luglio 2017

NARRATIVA

712

Anna Ekberg

LA DONNA SENZA PASSATO

Romanzo

TRADUZIONE DI
ALESSANDRO STORTI

EDITRICE NORD

Titolo originale
Den hemmelige kvinde

ISBN 978-88-429-2908-6

Per essere informato sulle novità
del Gruppo editoriale Mauri Spagnol visita:
www.illibraio.it

In copertina: foto farfalla © mas 213;
foto ghiaccio © Robert Jones / Arcangel Images
Art director: Giacomo Callo
Graphic designer: Marina Pezzotta

LA DONNA SENZA PASSATO

1

Dev'essere un meccanismo di sopravvivenza, pensa Helene, fissando il cerchio scuro lasciato dalla tazza di caffè sul laminato bianco della scrivania. Dev'essere un meccanismo di sopravvivenza, quello che la spinge a inchiodare lo sguardo su qualcosa di tanto piccolo e insignificante mentre tutto il suo mondo crolla. Si costringe ad alzare gli occhi e a guardarsi intorno nell'ufficio della centrale di polizia, tentando di concentrarsi sul documento che l'agente le ha consegnato. In cima al foglio c'è scritto: *Diritti dell'arrestato.* Il diritto di avere un avvocato, il diritto di mentire, il diritto di mangiare e bere. Se poi viene trattenuta ingiustamente per più di dieci minuti, le spetta un risarcimento di ottocento corone. Da quanto tempo l'hanno arrestata? Ben più di dieci minuti.

« Letto? » le chiede l'agente seduto di fronte a lei, uno smilzetto di neanche trent'anni, con un'uniforme che gli sta larga sulle spalle. Il collega più anziano, in completo grigio e camicia bianca, è lì al suo fianco e non ha ancora aperto bocca.

« Sì. »

« E non desidera un avvocato? »

« No. »

Il giovane lancia un'occhiata al collega, che si schiarisce la gola. « Signora Söderberg, sa come mai si trova qui? »

Helene fa per rispondere, quando nella stanza balugina un lampo.

Il poliziotto più anziano si alza di scatto. « Allora, vogliamo allontanare quei fotografi dalle finestre? » ruggisce.

Helene gira la testa. Un nuovo lampo dritto in faccia. Solleva le mani, ma solo per un istante. Ormai si è arresa, che ottengano pure ciò che vogliono: una foto della famosa Helene Söderberg sotto arresto, ammanettata, umiliata, finita.

« Mandateli via! » grida il poliziotto in completo grigio.

Alcuni giovani agenti si precipitano fuori, mentre altri abbassano le veneziane. A Helene non importa. Che fotografino pure quanto vogliono.

« Signora Söderberg... » Il poliziotto più anziano fa un respiro profondo e raddrizza la camicia. « Ci sono alcune formalità da sbrigare. Campione di DNA, impronte digitali, cose così. Ci vorrà un'oretta. Capisce? »

« Collaboro », dice Helene.

« Dopo, dovrà restare in cella fino al momento in cui si presenterà presso il tribunale per le udienze preliminari. » L'uomo la fissa. Si aspetta che lei dica qualcosa? « Ma prima sono tenuto a leggere ad alta voce l'imputazione. »

Helene non risponde nemmeno stavolta.

Il poliziotto in completo grigio esita, poi prende una decisione e sfila gli occhiali da lettura dal taschino della giacca. Ha l'aria di chi svolge un compito sgradito. Pronuncia le frasi lentamente, in tono meccanico, come se le stesse leggendo dal manuale d'istruzioni di una stufa. « Helene Söderberg, lei è accusata, in conformità col paragrafo 237, dell'omicidio intenzionale di Louise Andersen. »

Helene lo guarda negli occhi. Tutto qui? Le sembra una quisquilia. Intenzionale? Omicidio? Paragrafo 237? Louise Andersen? Gli altri poliziotti intorno a lei, quelli ai tavoli e le due donne al distributore di caffè, fingono di non ascoltare, ma dal silenzio che è calato si capisce benissimo che tutti hanno le orecchie tese. Da qualche parte c'è un telefono che squilla, ma nessuno risponde, nessuno vuole perdersi la scena: qui si fa la storia. Questo è un giorno di cui si parlerà per anni. Stasera, quando i poliziotti torneranno a casa dalle loro famigliole, si siederanno a tavola e racconteranno ciò che è accaduto oggi. I bambini ascolteranno a bocca chiusa e occhi sgranati la storia della caduta della potente famiglia Söderberg e del delitto dell'innocente Louise Andersen. Helene guarda l'agente più giovane, poi quello più vecchio. Tanto vale fornire subito la soluzione. Se la sono meritata. « Sono colpevole », mormora.

Sembra che l'aria venga risucchiata via dalla stanza, che il tempo si fermi.

« L'ho uccisa. Ho ucciso Louise Andersen. »

DUE SETTIMANE PRIMA

2

Louise si sveglia. Tutte le mattine la stessa vista. Non ci si è ancora abituata, tuttavia ha la sensazione di non poter vivere senza il mare. Così vicino da poterlo toccare. La finestra tonda sembra un oblò e le dà l'impressione di vivere a bordo di una nave. Potendo, le piacerebbe. Joachim la prende sempre in giro per questo suo desiderio, ma pazienza. Del resto, sembra una cretinata anche a lei: soffre il mal di mare ogni volta che prende il traghetto da Christiansø a Bornholm, e sceglie di vivere circondata dall'acqua? Il letto è orientato in modo che il mare sia la prima cosa che vede, non appena apre gli occhi. Da sempre, ha come il presentimento che prima o poi da quei flutti arriverà qualcuno che le cambierà la vita. Altra cretinata, ed è solo una sensazione, però c'è.

Oggi c'è bonaccia, le acque hanno quel blu profondo tipico della piena estate, e il cielo è terso. Fuori si sente brusio: i turisti stanno già imperversando. Louise osserva una donna che spinge una carrozzina, poi due anziani coniugi su una panchina. Li tiene d'occhio da un po': si siedono sempre lì. Sono due dei novantuno residenti delle isolette. Un giorno si siederanno così anche lei e Joachim? Quel pensiero romantico dura pochi secondi, poi viene spazzato via dall'arrivo di un uomo alto, di mezz'età, in giacca e cravatta. Non è un isolano, ma uno dei mille e mille villeggianti che vengono qui ogni estate. Si piazza davanti alla terrazza della caffetteria. Irrequieto, disarmonico nelle movenze, sembra che stia cercando qualcosa. O è ubriaco? Louise chiude gli occhi per un istante, poi viene disturbata da un rumore. È stato questo a svegliarla? Quel rumore di cui aveva tanta nostalgia?

Scosta la trapunta, posa i piedi sul pavimento in legno e lo sente caldo. Esce dalla camera, imbocca il corridoio e si ferma davanti alla porta chiusa. Resta immobile e si accorge che il suo volto si sta distendendo in un sorriso. Muscoli inutilizzati da tempo. Lui sta scrivendo. Scrive davvero. Non è quel dattilografare discontinuo e insoddisfatto che lei ha sentito tanto spesso negli ultimi tempi, come se lui stesse facendo una lotta corpo a corpo con la tastiera per poi uscirne come un reduce di guerra, con la faccia gonfia, paonazza e sudata. Adesso il rumore è diverso: un suono armonico di dita che scrivono libere, spinte dall'impulso creativo.

Louise pensa a quando si sono conosciuti. È uno dei suoi più cari ricordi. Joachim scriveva, aveva un intero mondo tutto per sé, che ha fatto irruzione in quello di lei. Una lettura pubblica, nella caffetteria gremita. Lei aveva quasi quarant'anni, lui aveva dieci anni - e dieci centimetri - in più. Louise ricorda la sua sicurezza, i folti capelli grigi, il modo di guardare il pubblico da sopra gli occhiali da quattro soldi, mentre leggeva ad alta voce un brano del suo libro. Ne è rimasta travolta: anche lui la voleva, non c'era dubbio. E lei era convinta di non essere alla sua altezza. A volte lo pensa ancora adesso, sebbene sappia benissimo che questo timore è dovuto solo alle sue insicurezze.

Abbassa la maniglia senza fare rumore e sguscia dentro lo studio. Lui non si volta, scrive e basta. Benissimo, non deve fermarsi. Finora è stato tutto talmente difficile... poco dopo aver cominciato un nuovo romanzo, si era bloccato. Non gli era mai successo, fino a quel momento aveva sempre scritto senza problemi. Ma poi la cosa si è ripetuta più volte, e lei si è accorta di quanto fosse inquieto. Era come se fosse diventato « impotente; anzi, peggio », come diceva lui. E Louise pensava: *Meno male che è solo un modo di dire.* In quel momento, però, non sapeva che c'era di peggio. Mentre Joachim era alle prese col blocco dello scrittore, Louise aveva problemi con la caffetteria. Aveva sottovalutato la quantità di lavoro necessaria per amministrarla. Non era più una dipendente che doveva solo svolgere una serie di mansioni: doveva imparare tutto da zero, imparare a essere quella che comanda, anche se dare ordini le veniva già naturale. Ma adesso può finalmente tirare il fiato, anche perché c'è Lina, che è insostituibile, zelante, ambiziosa e responsabile. È merito suo se Louise può permettersi questa giornata libera per godersi il ritorno di Joachim. Lui si ferma, si volta, la guarda da sopra gli occhiali, come fa ogni volta che qualcuno lo interrompe.

« Disturbo? » Louise sorride. « Non volevo, scusa. »

Lui si alza. In due passi le è accanto. La osserva per un istante, poi le posa le mani sui fianchi, un movimento leggero, liscio. La bacia, una mano sale verso la nuca e la stringe in una presa delicata, che poi cresce d'intensità. La preme contro il muro, le solleva la camicia da notte. Lei si abbassa le mutande e si contorce fino a sfilarsele del tutto. Lui si sbottona i pantaloni con una mano, mentre con l'altra le serra la nuca, continuando a baciarla. Penetra in lei. Il corpo di Louise percepisce il desiderio di Joachim, gli occhi che la fissano in volto, e la pelle accoglie ogni cosa. Louise risucchia quello sguardo che la crea.

Per un breve e tremulo istante, lei esiste unicamente in quanto oggetto dello sguardo di Joachim. Chiude gli occhi e lo sente emettere gemiti sempre più forti, sempre più rochi, fino all'orgasmo. Gli afferra le natiche e le sente tendersi e rilassarsi.

Sente tutto, vede tutto, nota tutto, ma da lontano, da un luogo recondito, dal quale è difficile fare ritorno.

Ritorno. Lui l'abbraccia.

« Devo fare pipì », bisbiglia Louise.

Lui ridacchia e le dà un rapido bacio sulla fronte. Conoscendolo, Louise sa che ha fretta di riprendere a scrivere.

Quando torna in corridoio sente Lina che la chiama dalla cucina, al piano di sotto: « C'è una nuova sostituta che si chiama Helene? »

« Eh? » dice Louise.

« Bjørk non è venuta. E qui fuori c'è uno che chiede di Helene. »

Mentre si cambia d'abito, Louise impreca tra sé. Le toccherà licenziare quella sfaticata di Bjørk e dire addio alla giornata libera. E povera Lina, che non vedeva l'ora di andare all'affumicatoio a prendere le aringhe e a civettare con gli operai stagionali venuti dalla terraferma, o anche solo di passare le ore su Facebook sorseggiando caffè, cose impensabili quand'è presente il capo. Ma a darle sui nervi non è solo l'idea della giornata libera andata in fumo. Il punto è che non le va di entrare in quell'afosa caffetteria ad apparecchiare i tavoli, a sostituire le candele e a occuparsi di tutte le altre tediose incombenze che precedono l'orario di apertura.

La giornata è già calda. Nella piccola cucina ben organizzata, Louise mescola l'impasto per le polpette di pesce. Il trito di finocchio fresco è già pronto. Le spezie, va a coglierle dai vasi in terrazza: dragoncello, aneto, cerfoglio, prezzemolo. Ha impiegato molto tempo a perfezionare la ricetta, che ora è una delle specialità della caffetteria. Ebbene, la giornata libera è andata a farsi benedire, ma in tutta onestà il lavoro di cucina le piace un mondo e si è goduta anche la capatina all'affumicatoio, essendo arrivata prima dell'invasione dei turisti. Una mosca ronza pigramente alla finestra a riquadri sopra l'acquaio. Louise si asciuga la fronte e le mani col grembiule, poi si avvicina per chiudere fuori l'insetto. Lancia uno sguardo fugace al suo riflesso nel vetro. I capelli biondi sono raccolti in un nodo stretto, la stessa pettinatura che Louise impone a tutte le ragazze quando lavorano in cucina. Resta immobile in mezzo alla brezza leggera, osservando la mosca che cessa di ronzare non appena la finestra viene aperta. Si posa sul davanzale, alzando e abbassando le ali, ma senza volare.

Anche lei una volta si era trovata fuori da quella finestra. Allora, tutte le possibilità erano ancora aperte. Avrebbe potuto fare qualunque cosa, girare il mondo, e invece è finita qui. Coincidenza o destino? Non sa nemmeno lei che cosa pensare, ma continua a stupirsi del fatto che le cose siano andate così. Ricorda parola per parola l'annuncio al porto di Rønne.

Cercasi sostituto per impiego estivo presso locale di Christiansø, piccolo ma accogliente e ben avviato. Si richiedono senso del dovere, affidabilità, buonumore, voglia di lavorare e predisposizione all'ambiente ristretto di una piccola isola.

La stessa formula che adesso usa anche lei per gli annunci. Quella volta non ci aveva riflettuto granché. Era appena arrivata, in cerca di nuove esperienze che non comportassero troppe responsabilità, e nel leggere quel testo si era aspettata un impiego di transizione, in attesa di trovare il lavoro della sua vita. E invece era rimasta lì. Quasi senza volerlo, era passata dal temporaneo al permanente. *Se funziona, perché cambiare?* Così ha risposto Tom Jones a un giornalista che gli domandava se non si stancasse a cantare sempre le stesse canzoni. *If it works, why fix it?*

«Tavoli pronti. Apro?» chiede Lina.

Louise guarda l'orologio. C'è ancora tempo. «Aspetta dieci minuti, intanto prepara l'insalata.»

Lavorano in silenzio, come si riesce a fare solo quando si è in armonia. Era così anche con Beate, la vecchia titolare. All'epoca, Louise non aveva idea di come si gestisse un locale. All'inizio si sentiva stupida, doveva chiedere istruzioni su qualunque cosa. Per fortuna Beate era sempre pronta a risponderle e ad affidarle gradualmente maggiori responsabilità. Louise non aveva mai pensato di diventare proprietaria di una caffetteria, ma Beate aveva visto qualcosa in lei, un talento che Louise stessa non credeva di possedere. Piglio manageriale? Senso degli affari? Beate abitava in una villetta ai margini di Gudhjem, la casa della sua infanzia, perciò l'appartamento soprastante il locale restava libero. Per tutta l'estate, Louise ha alloggiato – a caro prezzo, tra l'altro – presso un affittacamere. Finita l'alta stagione, Beate le ha proposto di assumerla e di trasferirsi sopra la caffetteria. Unica tra i quattro lavoratori estivi, avrebbe avuto un impiego fisso per tutto l'anno, inverno compreso. L'appartamento era piccolo, ma Louise se n'era innamorata all'istante. E poi, l'affitto era modesto.

Il primo anno ha dovuto acclimatarsi all'autunno e all'inverno: il buio, il freddo, gli orari, perfino l'odore del mare era diverso. L'isola di Christiansø e la sua sorellina, Frederiksø, erano popolate da gente diversa rispetto a quella che lei aveva servito durante l'estate. Ora avevano tutti più tempo, le giornate organizzate in modo differente, alcuni avventori venivano quotidianamente anche soltanto per perdersi nei propri pensieri davanti a una tazza di caffè e a un giornale. Qui sull'isola si pagano pochissime tasse, Louise se n'è accorta non appena si è trovata in mano la prima busta paga, notando che tra il lordo e il netto c'era pochissima differenza: l'arcipelago delle Ertholmene non rientra in nessun comune, perché storicamente è di competenza delle forze armate danesi, perciò non viene prelevato il normale trenta per cento che costituisce le tasse comunali. Ed è importante che le nove isole rimangano abitate, altrimenti c'è il rischio che vengano invase dai russi, come prevede il diritto internazionale. O almeno, così è stata spiegata la faccenda a Louise: se si vuole accampare diritti su una terra, bisogna abitarla. La diretta conseguenza di tutto ciò è che sulle belle isolette di Ertholmene si pagano pochissime tasse, proprio per attirare abbastanza danesi da tener lontani i russi.

Nei pensieri di Louise s'insinua la voce di Lina. «Sta picchiando alla porta.»

«Chi?»

«Quel tizio, quello che chiede di Helene. Lo faccio entrare? Possiamo aprire i battenti?»

3

I tavoli bianchi riflettono la luce del sole, ma solo fino a quando Louise non li fa coprire con le tovaglie. Colori greci: bianco e azzurro carico. Trova che s'intonino magnificamente alle erbe nei grandi vasi d'argilla rossi, d'artigianato locale, disposti in bella fila come una siepe, a fare da scudo verso la strada. In questi giorni è fiorito l'origano e si sente profumo d'Italia. Louise dispone i piccoli rametti in bicchierini da grappa su tutti i tavoli. Mai bouquet, sempre e solo spezie. D'estate la terrazza è la zona più importante del locale. La strada è piena di turisti, ustionati per aver preso sottogamba - come sempre - il sole isolano. C'è una spiegazione relativa al riverbero della luce sulle onde, ma Louise ha rinunciato a capirla. In ogni modo si mette sempre l'olio solare, ne ha scelto uno a basso fattore di protezione ma continua a usarlo fino agli inizi dell'autunno.

«Helene!» dice l'uomo. Sta quasi gridando.

Lei lo guarda di sfuggita. Solo adesso lo vede davvero. È un bell'uomo dai capelli scuri, con indosso un completo chiaro, costoso, che gli sta a pennello. Louise si volta ed entra, sorridendo a Joachim che è appena sceso e si è seduto a mangiare tenendo una pila di fogli davanti a sé. «Vorrei leggerti qualcosina», le dice. «Hai tempo? Sei in apertura?»

«Tra cinque minuti.»

«Benissimo. Il titolo sarà *La via d'uscita.* E l'incipit...» Joachim sfoglia le pagine. La pila sembra già molto alta, ma questo è un buon segno: quando si sblocca, scrive rapidamente. Si schiarisce la voce e comincia: «*Se lo ricorda, il cane. Stava in fondo alla strada che saliva ripida verso la scuola. Ogni mattina, il timore che stesse aspettando proprio lei. Agli altri bambini non faceva così tanta paura, abbaiava solo a lei. Ed era stato così che, alla tenera età di sei anni, aveva sviluppato la sua primissima strategia di sopravvivenza. Una strategia che negli anni successivi le sarebbe tornata utile...*» Joachim la guarda da sopra la montatura degli occhiali.

«Be'? E poi? Cosa fa, questa tipa?»

«*Si chinò, piuttosto lentamente, senza staccare lo sguardo dal cane. Poi raccolse un sasso, il più grande a portata di mano, e si avvicinò alla bestia. Sollevò piano la mano che reggeva il sasso, fin sopra la testa, tenendo lo sguardo inchiodato sugli occhi del cane...*» Joachim s'interrompe. «Ecco, questo era l'incipit.»

«Ma il romanzo di che cosa parla?»

«Di lei. E del suo amore per l'uomo che non può avere.»

«Almeno c'è un lieto fine?»

«Ovviamente no.» Joachim sorride. «Un grande amore non può avere un lieto fine.» La guarda negli occhi e si affretta ad aggiungere: «In letteratura».

E poi dice qualcos'altro, ma intanto quello strano tizio ha ripreso a gridare battendo sul vetro. «Helene!» continua a ripetere.

Lei si alza e con aria incuriosita lo guarda dall'altra parte del locale. L'uomo se ne sta lì a battere al vetro della porta.

«È uno svedese?» chiede Joachim.

«Dall'accento, direi di no», risponde Louise, tentando di farsi un'idea del tizio. Non sembra uno dei soliti che fanno baccano in strada. Non sembra un ubriacone, non è sporco né mal rasato. Però batte forte sul vetro.

«Gli parlo io», dice Joachim. Si alza, attraversa il locale deserto e apre la porta.

L'uomo lo oltrepassa. «Helene!»

«Ehi!»

Joachim tenta di trattenerlo, ma l'altro è più veloce, va dritto verso di lei, la fissa, e intanto grida: «Helene! Sono io!» È alto, spalle larghe, un gran bell'uomo, non c'è che dire. Capelli folti e lucenti, con una frangia che ricade in ciocche morbide fino agli occhi ma non li copre. Anzi, li evidenzia. Sono verdi. Occhi verdi e limpidi, puntati su di lei. «Helene.» Ha abbassato la voce. Col respiro affannoso, si ferma davanti a Louise.

Intanto Joachim l'ha raggiunto. «Mi sa che hai sbagliato persona, amico», gli dice nel suo solito tono autorevole. Non è facile ignorarlo. Quando parla lui, tutti lo ascoltano.

Invece quest'uomo non lo degna di uno sguardo e si avvicina ancora di più. «Helene, sono io.»

Joachim gli sbarra la strada, perciò l'uomo lo spinge da parte. Non è un colpo forte, è appena più di un movimento del braccio, ma è sufficiente a fargli perdere l'equilibrio per un istante. Una sedia si rovescia, una tazza cade a terra e s'infrange, Lina accorre a sorreggere Joachim. Louise, confusa, si guarda intorno. *Ma che succede?*

« Helene... »

Louise indietreggia. Ed è allora che accade: con uno scatto, l'uomo le afferra il polso sinistro.

« Mi lasci! »

« Che ti prende? Non mi riconosci? Sono io, sono Edmund. »

« Mi lasci! » ripete Louise, alzando la voce.

Joachim lo afferra. « Adesso basta! Lasciala. »

Ma l'uomo grida ancora più forte e solo adesso Louise nota che nel suo tono c'è una sfumatura di disperazione, o forse qualcos'altro, come se si sentisse oltraggiato. Non sembra furioso, né pericoloso. Infelice, semmai. Ha gli occhi lucidi e continua a fissare lei, lei sola. « Helene! » ripete. Sempre lo stesso nome. « Sei mia moglie, Helene. Mia moglie. »

« Guarda che hai sbagliato indirizzo. » Joachim lo trascina verso la porta. Mentre tenta di sbatterlo fuori, si rivolge a Lina. « Corri all'affumicatoio a chiedere aiuto. »

« Helene, non mi riconosci? Sono io, sono tuo marito! »

Quelle ultime parole sono come un pugno nello stomaco, la spingono all'indietro e per un istante la fanno vacillare.

4

Joachim non ha mai visto Louise tanto scossa. Tenta di sorreggerla. « Non ti senti bene? » le chiede. Ma lei resta inerte.

Alle loro spalle, uno dei ragazzoni dell'affumicatoio sta gridando: « Adesso basta! Non ti conosce! »

Joachim si volta a osservare la scena. Il giovane ha alzato un po' troppo la voce, ma va benissimo così: qui non c'è polizia, così quando ci sono problemi bisogna contare sull'aiuto degli isolani. E funziona. L'uomo vacilla, con lo sguardo nervoso e incerto, come se solo ora si rendesse conto del disordine che ha creato, dei turisti che lo fissano, dei quattro giovani e dei due titolari dell'affumicatoio che l'hanno catturato.

« Non mollarlo », dice uno dei più grandi, che sicuramente parla per esperienza. « Quando li si prende, questi ubriaconi, bisogna tenerli stretti finché non arriva la polizia da Rønne. »

Joachim riprende a concentrarsi su di lei. Per un momento... Fatica ad ammetterlo, ma c'è stato un breve istante in cui ha preso in considerazione l'idea che Louise conoscesse quell'uomo. La stringe tra le braccia e le dice: « Tranquilla, è tutto sotto controllo ».

« Ma che cosa voleva? »

« Non si sente bene, adesso si calma. »

« Non lo voglio qui dentro. »

« Sì, lo portiamo via, vedrai che si riprende e sparisce. »

« No, voglio che se ne vada subito. »

Joachim è perplesso. Come mai Louise ha una voce tanto acuta? Come mai trema? Non l'ha mai vista così. È la sua compagna, ma forse ci sarà sempre una parte di lui che non sa perché l'ha scelto. Ha stuoli di donne ai suoi piedi, ma non riesce a prenderle sul serio. Del resto, non sa prendere sul serio nemmeno se stesso. Si aspettano che lui, facendo lo scrittore, sia una persona particolarmente profonda e sensibile. Che fesseria. C'è gente che si comporta come se lui fosse una specie di oracolo. Louise no: lei non lo prende così sul serio, non ha paura di lui. Però ha paura di quell'uomo che ora è stato immobilizzato dai ragazzoni dell'affumicatoio. O perlomeno si sente a disagio davanti a lui. Non riesce a nasconderlo. Ora l'uomo si divincola con forza, e ricomincia a urlare, pure. Se solo si riuscisse a fargli chiudere il becco... È forte, ha un fisico tonico. Uno dei giovani lo prende per un braccio e punta tutto il peso del proprio corpo contro la schiena dell'uomo, per tenerlo fermo. Poi, con gesto risoluto, si sfila la cintura e la usa per legargli i polsi.

«Be', la telefonata l'ho fatta», dice Lina, arroccata all'estremità opposta del bancone del bar, come per prepararsi a barricarsi in cucina, all'occorrenza.

La polizia. Joachim fa un sospiro, forse un po' esagerato. D'altro canto, magari i tutori dell'ordine sanno chi contattare, sanno chi può aiutare questo disgraziato. Ora l'uomo si è calmato, il suo sguardo non vacilla più: è triste, rassegnato. Ma continua a scoccare occhiate verso Louise, e la cosa è inquietante anche per Joachim. La barca della polizia è più veloce del traghetto, ma per arrivare fin da Rønne ci metterà del tempo, quindi occorre trattenere l'uomo e tentare di farlo ragionare, senza esporre Louise ad altre sceneggiate.

«Lina, ti spiace restare qui finché non arriva la polizia? Io porto Louise in cucina, ha bisogno di un po' di tranquillità.»

A quel punto, Louise ha uno scatto nervoso. È come se le parole di Joachim l'avessero svegliata. «No! Ho la responsabilità di questo locale, non vado da nessuna parte finché tutto non si risolve.»

«E dai, Louise...» Joachim tenta di spingerla dolcemente verso la cucina.

Ma lei oppone resistenza. «Il locale è mio, la responsabilità è mia», ripete a bassa voce.

Lui la osserva e capisce: sta facendo il punto della situazione.

Difatti ecco che Louise si libera dalla stretta, drizza la schiena, fa un respiro profondo e torna a essere se stessa. Risoluta, dinamica, comincia a rimettere tutto in ordine. «Portatelo in cucina, dategli qualcosa da bere e aspettate che vi raggiunga io. Avete tempo?»

«Certo», risponde il maggiore dei giovani dell'affumicatoio, abbronzatissimo e impettito, tutto fiero dell'impresa compiuta: ha salvato Louise dall'aggressione di uno squilibrato.

Lo sconosciuto, invece, si è come sgonfiato. La fissa imbambolato e docilmente si lascia condurre via. Lei lo ignora, concentrandosi sugli avventori che cominciano a entrare nel locale. Sull'isola non c'è nessun altro posto dove placare la fame. Joachim la guarda con ammirazione e non può fare a meno di amarla ancora di più.

«Vi chiedo scusa per questa sceneggiata», dice Louise. «Accomodatevi pure, ripuliamo tutto in un batter d'occhio.»

Joachim continua a entrare e uscire dalla cucina senza trovare modo di rendersi utile. Finalmente arrivano due poliziotti. Il primo è un giovane atletico, dalla testa rasata, con vari tatuaggi. Uno così, non ci si aspetterebbe di vederlo da quel lato della legge. Joachim, a pelle, lo trova antipatico. L'altro, un po' più vecchio, gli dà un'idea di maggiore affidabilità. Tendono la mano e si presentano, ma Joachim non coglie il nome del secondo agente. Qualcosa come Kofoed? È un cognome diffuso, su quest'isola.

«È qui», dice Joachim, facendo cenno di seguirlo.

I due guardano con aria perplessa la tranquillissima clientela del locale: non sembra un frangente che richieda l'intervento della polizia.

«Quando avete chiamato, ci siamo immaginati una situazione diversa», dice il giovane.

«Sì, me ne rendo conto.» Joachim allarga le braccia, come per scusarsi, lanciando un'occhiata alla donna che ha telefonato. «Temo che Lina abbia esagerato un po'.»

«E adesso?»

«Si è calmato. Però ha qualcosa che non va, non so se sia ubriaco o se gli manchi una rotella.»

«Cos'aveva? Non era soddisfatto del servizio? O del conto?»

«Ma no, è entrato qui e pare che abbia scambiato la mia compagna per un'altra donna.» Joachim accompagna i due agenti in cucina, fa un gesto verso l'uomo seduto sullo sgabello e si guarda intorno. «Louise dov'è?»

Lina indica la porta della scala sul retro. « È salita un momento a prendere una cosa. »

Joachim lancia una rapida occhiata ai poliziotti. « Vado a dirle che siete arrivati. »

La trova seduta sul letto, con le braccia intorno alle gambe e il mento appoggiato alle ginocchia, affacciata al suo amato oblò. Quindi è ancora scossa, alla fin fine. Joachim si siede accanto a lei e la stringe. Lei appoggia la testa al suo petto e piange sommessamente. « Mi sono presa un tale spavento... »

« Lo credo bene. Ma ora è passato tutto. »

« È che mi ha colta alla sprovvista, con le cose che diceva. »

« Adesso si è calmato e sono arrivati gli agenti. Lo portano via, così verrà curato. »

« Certo, dev'essere uno squilibrato. »

« Magari ha sbagliato la dose di qualche farmaco, o ha dimenticato di prendere una pastiglia. Capita. Torniamo di sotto, i poliziotti vogliono parlare con te, prima di portarlo via. »

Louise annuisce, si asciuga le lacrime e si alza. Guardandola, non si direbbe che abbia appena pianto. Quant'è bella! Quant'è elegante! Troppo al di sopra di lui. Forse è per causa sua che Joachim ha avuto quel blocco. Ci ha pensato diverse volte: sarà pure un luogo comune, che gli scrittori non debbano essere troppo felici, ma chissà che non sia vero? Hemingway, Blixen... tutti i grandi. Un amore infelice è l'unico carburante di uno scrittore. Nel periodo peggiore, quando non riusciva a buttar giù nemmeno una frase, Joachim ha addirittura meditato di sacrificare la propria felicità con Louise. Ma ora scaccia quel pensiero: è solo una sciocchezza. Certo, che si può scrivere anche quando si sta assieme alla persona amata.

In cucina è ancora tutto tranquillo. Uno dei due agenti è al telefono e tiene qualcosa in mano. Una fotografia? L'altro parla a bassa voce con l'uomo, che gli risponde in tutta calma. È difficile capire che cosa si stiano dicendo, ma la scena è ben diversa da ciò che Joachim si aspettava.

Anche Louise si ferma, guardandoli con diffidenza. « Che cosa succede qui? »

« Dobbiamo chiedervi di venire anche voi alla centrale di Rønne. C'è una questione da sbrogliare. »

Joachim avanza di un passo. « Sbrogliare? »

« Dobbiamo parlarne a fondo, con calma. »

« Di che cosa? »

« È solo una precauzione. Dobbiamo sederci a tavolino e trovare il bandolo della matassa. »

Joachim si volta verso Louise, che serra le mandibole e scuote la testa. Ma gli basta un'occhiata agli agenti per capire che parlano sul serio e che è inutile discutere. Sospira e guarda di nuovo Louise, poi la prende da parte in un angolo della cucina. Lo sconosciuto la fissa con un'aria nostalgica e lui ne è infastidito, squilibrio mentale o no. « Ci tocca andare con loro », bisbiglia.

« Ma perché? »

Joachim fa spallucce. « Mah, non so. Vedrai che non è nulla. Dovranno scrivere un rapporto, immagino. »

« Che bisogno c'è di prendere sul serio un malato di mente? Quanto altro tempo deve farmi perdere? »

« E dai, Louise, non c'è motivo di rifiutarsi. Non ci vorrà molto, torneremo subito indietro. Nel frattempo, al locale penseranno Lina e... e quell'altra. »

« Maria. »

« Eh? »

« Si chiama Maria. Ma cribbio, Joachim, mi ascolti quando parlo? »

« Scusa. Certo, Lina e Maria. »

Louise si stringe nelle spalle con aria stanca, ma alla fine annuisce e va a prendere la giacca. E, proprio in quel momento, quando la vede fare il primo passo verso la porta, Joachim percepisce che in lei è cambiato qualcosa. Ma non sa che cosa.

5

Come mai si è spaventata tanto? Louise osserva l'uomo che viene fatto scendere dalla barca della polizia. Ora le sembra solo un povero disgraziato, circondato da allegri turisti al porto di Gudhjem.

L'auto di Joachim è in un garage in affitto, non lontano da lì. La portiera si apre cigolando. Louise resta fuori ad aspettare, mentre lui si mette al volante, ingrana la retromarcia ed esce dalla piazzola. È una vecchia Volvo arancione, che lui non lava e non tiene in ordine. Louise non ci fa caso. Tanto, non viene quasi mai a Bornholm: inoltra le ordinazioni alla sera, e alle undici del mattino seguente arriva il traghetto con le consegne. È Joachim ad aver bisogno, ogni tanto, di venire qui sull'isola madre, o in terraferma, per un incontro coi lettori. Va in macchina fino a Rønne, la carica sul traghetto, poi riprende il viaggio sulle strade del continente. Paesini, biblioteche, circoli di lettura, associazioni. Ma ormai è da un bel pezzo che non si allontana da qui.

Joachim apre la portiera a Louise. Lei si siede. Ogni movimento le costa una fatica immane, tanto sente pesante il suo corpo. Alla luce del giorno, la polvere sul parabrezza è ancora più evidente. Joachim tenta di pulirlo col tergicristalli, ma dallo spruzzatore escono solo poche gocce. Così quella piccola quantità di liquido lavavetri s'impasta con la polvere, e la visibilità peggiora ancora di più. Louise nota l'irritazione di Joachim. Tipico di lui. Nessun senso pratico. Né per l'economia, né per le pulizie, né per la cucina... né per il liquido lavavetri.

«È proprio necessario?» dice Louise, indispettita, senza aspettarsi una risposta.

«Quanto mi fanno girare i coglioni, 'ste cose», bofonchia Joachim, aggiungendo qualcosa a proposito del fatto di non essere mai stato in un commissariato, e che forse potrebbe tornargli utile per il libro che sta scrivendo.

«Cercalo su Google Immagini, così ci risparmiamo lo strazio.»

«Per uno scrittore, Google non basta.» Joachim le spiega che tutto sta nelle minuzie. La narrazione è come il diavolo: si nasconde nei dettagli. Ma lei non gli dà retta, pensa solo a guardare il paesaggio, composto soltanto da colori in movimento. Da quanto tempo non viene sull'isola madre? A lei va benissimo la vita quieta di Christiansø. Quella sì, che fa per lei. Un microcosmo dove c'è tutto. Fa un respiro profondo, tentando di rilassarsi. Di lasciarsi andare. L'intero corpo è ancora teso, fin dal momento in cui quello strano tipo è entrato dalla porta. Come mai le fa quest'effetto?

Raggiungono il commissariato, Joachim parcheggia davanti allo scialbo edificio a due piani. Il posto più brutto di Bornholm. Su questo, Louise non ha dubbi. Solo un rampicante - un'edera o una vite americana - sta cercando di coprire la verità, e cioè che questo luogo non ha nulla a che vedere con la bellezza dell'isola, ma semmai con l'opposto: bruttezza, violenza, ubriachezza, incidenti e problemi. L'auto della polizia è già parcheggiata lì. Louise e Joachim restano seduti in macchina, mentre gli agenti portano dentro l'uomo.

Joachim le posa una mano su una coscia e gliela stringe. «Vedrai, ci vorrà un attimo.»

Appena varcata la porta, si ritrovano di fronte a un lungo bancone, tutt'altro che accogliente, dietro il quale c'è un giovane, poco più che un ragazzo. E con troppo gel sui capelli. Li guarda con aria perplessa ma, prima che abbia il tempo di dire qualcosa, due poliziotti vengono ad accogliere Louise e Joachim. Uno è quello giovane che è venuto assieme al collega a prelevare l'uomo. «Morten Rask», si presenta, per la seconda volta, come se li avesse presi per malati di Alzheimer. L'altra è una donna di bassa statura, dai capelli castani liscissimi, tagliati a paggetto, e con un naso così storto che è impossibile non guardarlo. Stringe la mano di Joachim, poi quella di Louise. «Iben», dice. «Per cominciare, vorremmo parlarvi separatamente. Volete seguirmi?»

Louise e Joachim si scambiano uno sguardo.

« Io non mi allontano da Louise », dice Joachim, in tono deciso.

« Non si preoccupi, ci penserà il mio collega, alla signora, mentre noi parliamo. »

« Vai pure », dice Louise. « Togliamoci il pensiero, così poi possiamo tornare a casa. »

La poliziotta attende in corridoio, ha già aperto una porta e sembra impaziente.

Joachim sospira, fa spallucce, dà a Louise una frettolosa carezza e le sorride. Poi si volta e varca la porta, che si richiude alle sue spalle. Il corridoio rimane deserto di fronte a Louise. Sei porte, tre per lato, le ha contate. Chissà in quale verrà condotta lei? Morten le fa strada a passi energici e molleggiati. Si ferma davanti a una soglia. Grosse lettere bianche: SALA INTERROGATORI 2. Interrogatori? Che paroloni! Sarà la prima stanza libera che hanno trovato. Forse nella « sala interrogatori 1 » hanno portato quello strano tipo? Louise segue l'uomo nella stanza. È più ampia di quanto lei non si fosse aspettata. Ci sono due finestroni dal profondo davanzale interno, probabilmente rivolti a nord, a giudicare dalla scarsa luminosità. L'unico arredo presente è un tavolo, al centro, con due sedie per lato. Morten ne scosta una e le fa cenno di accomodarsi, poi va a sedersi di fronte.

Posa una fotografia davanti a Louise. Una scena estiva, di una famigliola sulla terrazza di una villa bianca, signorile. Una tavola apparecchiata con bandierine, qualcuno compie gli anni. Seduta al centro, una donna anziana, elegante, che tiene in grembo una bimbetta bionda. Entrambe sorridono all'obiettivo. Accanto a loro, un bambino un po' più grande, moro, girato di tre quarti. Alle loro spalle, una donna sta portando in tavola un vassoio con una caffettiera d'argento, tazze di porcellana impilate e una lattiera. L'immagine è talmente nitida da permettere di apprezzare le minime scanalature nella porcellana e le delicate decorazioni floreali azzurre. Spiccano anche le mani ben curate della donna. Lo sguardo di Louise si sofferma sul grosso anello di turchese accanto a una veretta. Osserva l'intera figura di lei. Capelli raccolti e ben pettinati, vestitino estivo color avorio con ricami d'oro, spalline sottili, attillato ma non stretto.

«Sa dirmi chi sono queste persone?» chiede Morten Rask.

«Non ne ho idea.»

«Non riconosce questa donna?» L'agente lascia penzolare l'indice al di sopra della fotografia, puntato verso la signora col vassoio. Magra, ma con le curve giuste. Capelli biondi, labbra carnose, occhi... azzurri? Difficile da capire. Louise ha difficoltà a metterla a fuoco. Ci prova, ma come mai è tanto difficile guardarla?

«Non ho mai visto nessuna di queste persone in vita mia.»

«Però nota la somiglianza?»

«Forse.»

«È lei?»

«No. Io non ho mai conosciuto questa gente, gliel'ho appena detto. Non riconosco nemmeno il posto, non ho mai visto quella casa.»

«Eppure le somiglia.»

«Capita.»

«Com'è possibile?»

«Non ne ho idea.»

«Ha una gemella?»

«Sono figlia unica.»

«Una sorellastra?»

«Le ho appena detto che sono figlia unica.»

«Sicura?»

«Come, prego? Certo, che sono sicura.»

L'agente si appoggia allo schienale, intreccia le mani dietro la nuca, la scruta. Il suo sguardo la mette a disagio. «Quanti anni ha, signora Andersen?»

«Quarantuno.»

«Quindi è nata nel...?»

«1974.»

Lui drizza la schiena e accavalla le gambe. «Mi parli un po' della sua famiglia.»

«Perché?»

Lui indica la donna nell'immagine. Stavolta l'indice colpisce pesantemente la fotografia, la tocca, e questo dà a Louise un senso di disagio che lei stessa non comprende. « Questa signora si chiama Helene Söderberg. È lei? »

« No. Gliel'ho appena detto. »

« E allora mi dica chi è lei. »

« Louise Andersen. Ma lei lo sa benissimo. Cos'è questa storia? »

« Chi è suo padre, signora Andersen? Come fa a essere così sicura di non avere una sorella? O una sorellastra di cui non è a conoscenza? Come lo sa? »

« Che storia è questa? Perché si rivolge a me come se fossi un'indagata? »

« Perché non vuole parlarmi della sua famiglia? »

Louise si affloscia, le gira la testa e ha la nausea. Accidenti al mal di testa. Quand'è cominciato? Stamattina? O ieri?

« E va bene, signora, ricominciamo daccapo. Lei si è trasferita sull'isola tre anni fa. Prima di allora, che cosa faceva? »

« Niente di che. Ho viaggiato, qua e là », dice Louise. Di nuovo il dolore alla testa. Alla fronte. Sta covando un malanno?

« Qua e là? »

« Sì, qua e là », ripete lei, stizzita.

« Che mestiere faceva? »

« Mah... niente di particolare. Lavoravo nelle caffetterie... » Louise non ha molti ricordi di quei viaggi. E nemmeno dell'orfanotrofio. Quand'è arrivata sull'isola, aveva bisogno di dimenticare tutto quanto. Di vivere nel presente. Non sarà mica un crimine?

« Signora Andersen? »

« Sì? »

« Può farmi il nome di un suo vecchio datore di lavoro? Così forse potrei contattarlo... » L'agente sfoglia alcuni documenti, e intanto la sua voce sparisce. Louise non la sopporta, quella voce. E non sopporta nemmeno il fruscio secco delle carte che scivolano l'una sull'altra, o la pelle ruvida del polpastrello dell'indice. Fissa quel dito, come ipnotizzata, poi ha un moto di nausea e chiude gli occhi. La stanza dondola, veleggia come il traghetto da Christiansø a Gudhjem, il beccheggio le è rimasto dentro. Oscurità. Riapre subito gli occhi. Non vuole essere risucchiata nel buio. Lui continua a sfogliare, concentrato, con le sopracciglia aggrottate. Che cosa cerca? Se non altro, non le sta lanciando uno sguardo accusatore. Louise fissa la donna col vestitino chiaro, osserva la villa, la signora anziana, i bambini. Non riconosce nulla.

6

La poliziotta entra per prima. La stanza è lunga e stretta, con una scrivania e una poltroncina da ufficio. Contro la parete di fronte alla porta c'è un tavolino circolare con tre sedie foderate di rosso. Sulla scrivania c'è una targhetta con un nome: IBEN H. HANSEN. Joachim si siede. Per che cosa starà la H? Un primo cognome, uguale al secondo? Joachim lo immagina scritto per esteso: *Iben Hansen Hansen*. E la sua fantasia galoppa, come sempre, costruendo la storia di due genitori, entrambi Hansen, che non hanno saputo decidere se Iben dovesse portare il cognome del padre o quello della madre. Una storia ridicola, meglio concentrarsi sulla realtà. Nonostante la fodera, la sedia è dura e scomoda.

Iben Hansen Hansen gira la poltroncina da ufficio e ci si siede. Tiene le gambe larghe, appoggia i gomiti alle ginocchia e resta china in avanti, con un'espressione amichevole. « Avremmo alcune domande su di lei e sulla signora Andersen. »

Joachim annuisce e attende il seguito.

« Edmund Söderberg. »

« Chi? »

« L'uomo che è venuto a cercare la sua compagna si chiama Edmund Söderberg, direttore della Söderberg Shipping, il maggiore spedizioniere di Silkeborg. Ne avrà sentito parlare, immagino. »

« Certo. » Joachim si appoggia allo schienale, duro anche quello. Non riesce a dissimulare la sorpresa. I Söderberg sono una delle famiglie più note e benestanti di Danimarca.

« Ho bisogno di sapere come vi siete conosciuti, lei e Louise. »

« Ma che cosa c'entra Louise con la Söderberg Shipping? »

« Prima, occupiamoci delle mie domande », dice la poliziotta in tono deciso. « Da quanto tempo conosce la signora Andersen? »

Joachim inspira profondamente; vorrebbe protestare, ma si rende conto che sarebbe inutile. «Mah, da due anni e mezzo, suppergiù», dice, allargando le braccia in un gesto di rassegnazione. «Tutto questo è ridicolo. È un interrogatorio?»

«Non ricorda quando l'ha conosciuta?» gli chiede quella donna indisponente.

«Ma sì, perdiana! Mi ricordo benissimo quando l'ho conosciuta. È solo che, se mi chiede la data precisa... Mi faccia pensare. Era marzo, e adesso siamo in... luglio? Due anni e quattro mesi?»

Iben annuisce, sempre con quel suo volto inespressivo.

Joachim detesta parlare con questo tipo di persone. Quelle che non lasciano trapelare nulla di se stesse. Anche lui assume la postura a gambe divaricate, coi gomiti sulle ginocchia, e imita il suo tono di voce. «L'ho conosciuta a un incontro coi lettori, presso la caffetteria che adesso è di sua proprietà. L'ho capito all'istante, che era diversa dalle altre e... be', da quel giorno siamo stati sempre assieme. Sono andato ad abitare con lei praticamente subito. Abbiamo finito?»

«E prima di allora, dove abitava?»

«In una pensioncina, se proprio le interessa.»

«Una pensioncina?»

«Sì. Avevo appena divorziato», dice Joachim. Osserva Iben Hansen Hansen, col suo anello nuziale, talmente grosso da sembrare un dado da vite. Forse un bel divorzio breve farebbe bene anche a lei? «Ha presente quelle situazioni in cui *bisogna* levare le tende?» le dice. Si rende conto di essere un po' puerile, ma è il modo in cui spesso reagisce davanti alla polizia, o in generale alle autorità. Diventa cocciuto e ribelle. «Dovevo andarmene da Copenaghen, sono andato più a est che potevo», si lascia sfuggire.

Ma per quale motivo le sta dando tante informazioni? Per ispirarla, forse? Spronarla ad andare avanti, a mollare quel coglionaccio che le ha imbullonato il dito?

«La mia ex moglie era originaria dell'Ovest, così mi è parso meglio prendere la direzione opposta. Via come il vento! Non avevo ancora avuto il tempo di sistemarmi per bene, perciò, be'... l'idea di andare a vivere assieme si è presentata da sé.

Del resto, sono cose che capitano, quando s'incontra il grande amore, sa?» Joachim inarca le sopracciglia nel tentativo di assumere un'aria da mentore.

«La signora Andersen è mai stata sposata?»

«No.»

«Sicuro?»

«Sì. Me l'avrebbe detto.»

«Che cosa le ha raccontato? Della sua famiglia, per esempio?»

«Non ha contatti coi parenti.»

«Dove abitano?»

«Non lo so.»

«Ha fratelli o sorelle?»

«No... non mi pare.»

«Non le pare?»

«Ma no. Me ne avrebbe parlato.»

«Che cosa faceva la signora Andersen, prima che lei la conoscesse?»

«Viaggiava molto.»

«Dove?»

«Mah. Zaino in spalla, andava alla ventura.»

Silenzio. Iben lo guarda. Joachim aggrotta le sopracciglia. Lui per primo si rende conto dell'assurdità di quanto ha appena detto. E tace anche lui. Com'è andata, di preciso? Si era trasferito in una pensioncina, una stamberga. Era esausto, dopo gli anni di litigi che avevano portato al divorzio. Più complicato di così, non si poteva. Ellen sabotava ogni suo tentativo di fuga. E Joachim pensa ai figli che non ha mai avuto. Ellen sosteneva di averci rinunciato per amor suo, di essersi sacrificata in modo che lui potesse scrivere in tutta tranquillità. E lui ci è rimasto di stucco. Non aveva mai sospettato che lei volesse avere figli. Adesso era troppo vecchia. Furiosa, l'ha accusato di averle rubato gli anni migliori, di averla distrutta, pretendendo troppo e tiranneggiandola. A farla crollare è stata l'idea che lui potesse trovarsi una donna giovane, con la quale formare la famiglia cui lei aveva rinunciato.

Quando lui l'ha lasciata, si è sentito come se stesse abbandonando una figlia. Non un'adulta, ma una bambina di cinque anni. Una bambina con una cattedra all'Accademia di Belle Arti. Ha semplicemente evitato di presentarsi all'appuntamento in aeroporto per quella breve vacanza a San Sebastián, che Ellen aveva organizzato dopo una lite furiosa. Doveva essere l'ennesimo viaggio per riaccendere la passione. E invece stavolta lui le ha dato buca. L'ha lasciata lì, al Terminal 2, senza nemmeno avvertirla. Un brutto tiro, ma necessario. Se si fosse presentato per dirle addio di persona, lei sarebbe scoppiata a piangere, e lui non sarebbe riuscito a lasciarla. Così ha preferito che la bambina rimanesse lì, abbandonata, ancora una volta.

Ha viaggiato per mare, per terra e per via aerea fino ad allontanarsi il più possibile da lei, entro i confini della Danimarca. Ha trovato una sistemazione a Christiansø, e l'unica cosa che l'ha tenuto in piedi è stata la scrittura. Nonostante la situazione miserevole, ha trovato una nuova e irreale libertà. Scriveva come un ossesso. Forse alzava un po' troppo il gomito, isolandosi del tutto e restando quasi sempre chiuso nella pensioncina, senza pensare ad altro che alla pagina successiva.

Ma poi, la sera in cui ha conosciuto Louise, è cambiato tutto. Louise risplendeva. Ricorda benissimo il momento in cui, alla caffetteria, si è messo a leggere ciò che aveva scritto quello stesso giorno, e alzando lo sguardo ha visto il volto di lei. Louise stava in fondo, accanto alla porta delle cucine, e pendeva dalle sue labbra. Quando i loro sguardi si sono incrociati, lei non ha distolto gli occhi. *Ogni parte di lei è manifesta,* ha pensato in quel momento. Era come se Louise non avesse filtri, come se vedesse il mondo con occhi nuovissimi.

La voce di Iben lo riporta alla realtà. «Quindi... lei l'ha conosciuta due anni e mezzo fa, e non ha idea di che cosa facesse prima? Non sa nulla della sua situazione familiare?»

Lui guarda alle spalle della donna, verso le veneziane abbassate che schermano a dovere la luce del sole. «Sì, penso che si possa dire così. Per come la vedo io, siamo due persone che assieme hanno trovato una seconda occasione.»

«Ma non le ha fatto domande?» Il tono di Iben è sempre inespressivo, misurato. Irritante.

«Certo, che gliele ho fatte.»

«E non le è parso strano non ottenere risposta?»

Gli era parso strano? La curiosità c'era stata, Joachim avrebbe voluto sapere tutto su quella donna che adesso era sua. Erano stesi sul letto di lui, l'uno accanto all'altra, nudi e crudi. Se lo ricorda bene, Louise era così piena di vita. Ed era stato proprio questo suo aspetto a stregarlo. Dopo Ellen, si era convinto che non avrebbe più vissuto una tale intimità con un'altra persona, e che quel genere di rapporto significasse soltanto obblighi e oneri. Ma con Louise è tutto diverso. Lei non gli fa domande sul suo passato. Desidera solo la sua presenza.

No, Joachim non ne ha fatte poi tante, di domande. Però di una cosa è certo: le poche volte che le ha chiesto qualcosa, l'ha fatto solo perché se ne sentiva in dovere. È normale. Quando lei gli ha risposto che non aveva più contatti con la propria famiglia, per lui è stato un sollievo, proprio perché Louise non ha legami, cioè è l'esatto contrario di Ellen.

Ora, però, sul volto di Iben è comparsa un'ombra. Compassione? Si schiarisce la voce. « Vuole sapere qualcosa di più su Louise? »

Joachim annuisce, perché è ciò che Iben si aspetta da lui, ma avrebbe una gran voglia di urlare: *No!* Non vuole sapere un accidente di niente. A un uomo serve sapere una sola cosa, sulla sua donna: che lei lo ama.

« Louise Andersen è cresciuta in un orfanotrofio ai margini di Randers. Madre tossicodipendente. La bambina le è stata tolta quand'era ancora neonata. La donna è morta quando lei aveva circa sei anni, ma non avevano mai avuto contatti. Probabilmente lei non l'ha mai saputo. Padre ignoto. Dopo l'orfanotrofio, Louise ha vissuto in una stanza in affitto fino a diciannove anni. Da lì in poi, abbiamo pochissime notizie di lei, nei nostri archivi. »

« Per esempio? »

« Mah, c'è solo un arresto, però è stata rilasciata quasi subito. »

« Arrestata? Per cosa? »

« A Copenaghen, in Skelbækgade », dice Iben. Non occorre aggiungere altro. Tutti i copenaghesi sanno che in Skelbækgade si trovano le prostitute più miserabili, quelle all'ultimo gradino della piramide: le rumene e le eroinomani. «Negli ultimi cinque anni è scomparsa del tutto.»

Joachim abbassa lo sguardo. È come se ogni parte di lui si stesse appesantendo. Louise? La sua Louise? «Scomparsa?» chiede, con una voce arrochita che non gli sembra nemmeno la sua.

«Sì, non sappiamo nulla sui suoi movimenti.»

«Ma non è che una persona possa sparire così, nel nulla.»

Iben si stringe nelle spalle. «Magari è andata ad Amburgo a racimolare qualche soldo. Sono in tante a farlo, là ci sono più clienti. Oppure in Svezia. Ma non abbiamo informazioni certe.»

«Ma al giorno d'oggi si lasciano sempre delle tracce, no?» replica Joachim.

«Ah, sì?» dice Iben, stavolta in un tono del tutto umano. «Solo nel 2013, in Danimarca, settecento persone sono sparite nel nulla. Di queste, quaranta non sono mai state trovate.»

Joachim la fissa, ma riabbassa subito lo sguardo. Chissà perché, gli occhi della poliziotta non fanno che rendere più cruda la verità. Louise. Tutte le cose che lui non sa. Come mai non gliene ha parlato? Che cosa nasconde? No, qui occorre raccogliere le idee. «Senta, io ho visto la carta d'identità di Louise... La sua tessera sanitaria... Cose così.»

«Ha visto altro? Documenti con una fotografia?»

«Ha una patente, cribbio!» dice Joachim, con rabbia. Tutta questa faccenda gli sembra ridicola.

«Ci risulta che se n'è fatta rilasciare una nuova, a Rønne.» Iben sfoglia le poche carte che ha portato con sé, con gesti che a Joachim sembrano teatrali. «Esibendo il certificato di nascita.»

«Dunque?»

«Forse ha rubato la... carta d'identità di Louise Andersen. O tutta la borsetta.»

«Non capisco. C'è un'altra Louise Andersen che ha denunciato un furto?»

Iben, spazientita, cambia postura. «Quello che complica davvero le cose è il fatto che Edmund Söderberg sostenga che quella donna non sia affatto Louise, bensì sua moglie Helene, scomparsa tre anni fa.»

Joachim sgrana gli occhi.

«Sono cose difficili da digerire, lo so», dice Iben.

Il neon sul soffitto barbaglia, e la cosa lo irrita. Joachim tenta di afferrare il senso delle notizie che ha appena avuto, ma non ci capisce niente.

«Ribadisco, non abbiamo nessuna certezza.»

Joachim fa un respiro profondo, non riesce a capacitarsi di ciò che gli sta succedendo.

«Vado a vedere a che punto è il mio collega. Torno tra un istante.»

Joachim resta solo, con lo sfarfallio del neon. Quando la porta si riapre, non sa quanto tempo è passato.

Iben torna a sedersi sulla poltroncina da ufficio. «Vorremmo che le parlasse lei.»

«Sì? Dov'è?» Joachim si alza.

«Ci occorre che lei provi a convincerla a raccontarci ciò che sa. Può farlo?»

Joachim resta immobile. «In che senso?»

«Abbiamo qualche dubbio sulle condizioni della signora.»

Joachim la guarda senza capire.

«È possibile che sia malata», spiega Iben.

«Malata?»

«Non lo sappiamo. Abbiamo convocato un medico dell'ospedale di Rønne, ma speriamo che sia sufficiente farla parlare con lei. Forse a lei dirà che cosa sa.»

«Malata?» ripete Joachim.

«Di schizofrenia, per esempio», dice Iben, come se fosse la cosa più naturale del mondo. «Al momento è un po' confusa, ma probabilmente basterà che parli con lei. Magari riesce a calmarla e a convincerla a dirci qualcosa in più.»

Malata. Joachim deve reggersi alla sedia. Il sangue nella sua testa vuole sparire. E anche il resto di lui.

«Si sente bene?»

D'un tratto, Joachim è stanchissimo. Spossato. È davvero così che stanno le cose? Chiude gli occhi e per un istante rivede Ellen al peggio di sé: una pazza che gli salta addosso serrandogli la gola, strillando, strappandosi i capelli e minacciando di fare a se stessa le cose più terribili.

Non Louise. Joachim non lo sopporterebbe. Iben gli fa strada, fuori della porta e lungo il corridoio. SALA INTERROGATORI 2. Lei lo attende lì dentro. Joachim non ha idea di che cosa aspettarsi. Non più.

7

Louise non si è mossa, da quando l'agente è uscito. Finalmente la porta si apre. Entra la poliziotta di prima, seguita da Joachim. Lui ha una camminata strana, esitante, si siede accanto a Louise e le prende le mani. Louise vorrebbe andarsene. Solo questo.

«Potremmo parlare in privato?» chiede Joachim alla poliziotta.

La donna riflette per un istante, poi annuisce. «Sono qui fuori. Se vi serve qualcosa, chiamatemi.»

Non appena restano soli, Louise dice: «Adesso possiamo andarcene?» Poi nota che lui la sta scrutando con aria indagatrice. «Perché mi guardi così? Che cosa ti hanno detto?»

«Louise, loro vogliono solo sapere come stanno le cose... e vorrei saperlo anch'io. Tu sai qualcosa? C'è qualcosa di cui non mi hai parlato?»

Louise distoglie lo sguardo. È arrabbiata, ma si rende conto di non averne motivo: Joachim ha tutto il diritto di sapere. Lei avrebbe dovuto dirgli tutto, fin dall'inizio. Ma come si fa a dire che non c'è niente da dire? Come si fa a tradurre in parole un vuoto tanto immenso? È sola al mondo. Nessuno sente la sua mancanza. È svenuta sul traghetto per Bornholm, poi ha ripreso i sensi. E nessuno si è accorto della sua assenza. Come si fa a spiegare una cosa del genere?

«Sono cresciuta in orfanotrofio», mormora.

«Perché non me ne hai mai parlato?» Joachim ha un'aria infelice.

«Avrei dovuto? Mi avresti considerata una povera derelitta. E non mi sarebbe piaciuto.»

«Ma non me l'hai detto nemmeno dopo.» Joachim ha un tono indulgente, come se si stesse rivolgendo a una bambina, e questo la preoccupa. «Dicono che sei scomparsa, che da quando avevi diciannove anni al momento in cui sei spuntata a Bornholm non ci sono tracce di te. Dov'eri? »

Louise si stringe nelle spalle, poi scuote la testa, stringe forte i denti e sente la tensione della mandibola propagarsi fino al collo, alla schiena, alle braccia. E la cosa le piace. Costringe il proprio corpo a irrigidirsi. È in grado di spazzare via le emozioni, placare i pensieri. Lo sguardo di lui sta esplorando il suo viso, come in cerca di qualcosa, e lei non lo sopporta. Non deve guardarla così, come un'estranea.

« Sono io », gli dice, prendendogli una mano. Poi gli bisbiglia all'orecchio: « Andiamocene ».

Avvicina il viso a quello di lui. Joachim chiude gli occhi e lei sente il suo fiato sulla pelle. Si stanno calmando tutti e due. I loro corpi si conoscono. È sempre stato così, fin dal loro primo incontro, e Louise sa che è così che deve essere. Sono fatti per stare assieme.

« Sono io, mi conosci », gli ripete. « Non ti ho mai mentito, Joachim. Mai. »

Lo bacia, e lui si lascia baciare. Per un istante è come il loro primo bacio, anche se quella volta è successo l'opposto: è stato lui a baciarla, e lei l'ha lasciato fare. Scioglie l'abbraccio e drizza leggermente la schiena. I loro volti sono ancora talmente vicini che ognuno sente il calore dell'altro, ma lei vuole vederlo in faccia. E vuole che Joachim veda lei.

« Devi credermi, Joachim. È fondamentale che tu mi creda fin da subito. Le cose importanti della mia vita sono quelle che mi sono successe assieme a te. E sono le uniche che occorra sapere. Tutto quello che c'è stato prima è solo nebbia, fumo, banalità. Non conta niente, capisci? »

Louise avverte un'esitazione in lui. Joachim si ritrae un po' di più. Lei si sporge in avanti per riavvicinarsi, però lui le posa una mano su una spalla e la respinge, delicatamente ma con decisione. « Louise, non è che si possa decidere che il passato non conta niente », le dice, in tono addolorato. « Devi raccontarmi tutto. Devo sapere che cos'è successo. »

« Perché? »

« Perché... perché tutt'a un tratto mi trovo davanti un tizio che dice che sei un'altra persona. E perché la polizia sostiene che tu sia scomparsa senza lasciare tracce per più di quindici anni.» Joachim la fissa a lungo. «Questo conta eccome. E io vorrei tanto che fossi tu a raccontarmi che cos'è successo in tutto quel tempo. Che mi dicessi la verità.»

«Devi credermi», lo implora lei. «L'unica cosa che conta siamo io e te.»

Ma vede il dubbio sul volto di lui. Un'ombra che gli ricade sugli occhi e si posa su tutti i tratti del viso. Joachim le prende le mani e la guarda, incuriosito, come se non la riconoscesse.

«Portami via di qui.» Louise si accorge di avere un tono disperato. Lui *deve* crederle. Si alza. Non hanno nessun diritto di trattenerla. Non ha fatto niente. «Andiamocene.» Afferra la maniglia, ma la porta è chiusa a chiave. «Vogliamo uscire!» grida Louise, battendo tre colpi.

Rientra la poliziotta, quella bassetta col naso storto. Come mai è entrata? Per via delle urla? «Calmiamoci», dice, allargando le braccia.

Lei la ignora e tenta di oltrepassarla, ma la poliziotta, con movimenti lenti, la trattiene.

«Mi lasci. Non ha nessun diritto...»

«Louise, qui non c'è nessuno che abbia cattive intenzioni verso di lei.»

Louise guarda Joachim. Mormora il suo nome come una preghiera, una supplica di aiuto. Lui non le crede. Ora si vede benissimo. Crede a... *loro.* Davanti a questa consapevolezza, per un istante Louise vede tutto nero. È sola. Lei è sola, contro di loro. Tutto crolla.

Arriva anche il poliziotto di prima, quello dalle dita brutte e ruvide. Louise si accorge di aver ricominciato a urlare. Non riesce a fare altro. È qualcosa dentro di lei, che si contorce e cerca di uscire. «Joachim!»

Nota qualcosa sul volto del poliziotto. Una chiazza rossastra sulla bocca. Si rende conto di avergli dato un pugno, o comunque una manata. I due agenti la prendono per le braccia e la tengono ferma.

«Si calmi», dice lui.

Louise tenta di divincolarsi, ma non ci riesce. Non hanno nessun diritto di trattarla così. Perciò scalcia. Non vorrebbe, anzi, è l'ultima cosa che vuole, però scalcia. Agita le gambe con tutta la forza che ha, verso Joachim che non le dà ascolto, e verso gli agenti che la tengono stretta. « Devi credermi, Joachim! » strilla.

Intanto alla porta è comparso un terzo poliziotto, più anziano dei primi due. Le loro voci si confondono. Louise coglie una sola parola: *medico*.

8

Un fiume eterno. Acqua che scorre limpidissima, sassolini, un ruscello. Intorno a lei è tutto buio, eppure ci vede: aghifoglie, bosco e... una stradina? Louise batte le palpebre un paio di volte, mentre il sogno si cancella lentamente. Dove si trova? C'è luce, il soffitto è bianco. Girando la testa, si ritrova un'ampia finestra a pochi centimetri dal viso. Tendine leggere, bianche, tirate a metà. Fuori c'è il sole. Sul davanzale interno c'è un vaso bianco con una felce dalle punte ingiallite. Sentendo dei passi, si volta.

È entrata una donna con un camice verde chiaro a maniche corte e un paio di pantaloni ampi. « È sveglia? » Sorride. Si piazza accanto al letto di Louise, preme qualche pulsante e l'alzatesta comincia a sollevarsi lentamente.

Louise tenta di muoversi, ma le membra non le obbediscono.

Vedendola in difficoltà, la donna dice: « È il sedativo, non l'ha ancora smaltito del tutto. Tra poco starà meglio ». Le dà una leggera stretta al braccio.

« Dove sono? » Louise ha la bocca talmente secca che a malapena riesce a pronunciare quelle parole.

La donna versa del succo in una tazza di plastica, gliela porge e la guarda bere. Lamponi, sapore d'infanzia. « All'ospedale di Rønne », le dice poi. « Reparto psichiatria. Io mi chiamo Sanne. »

Louise la scruta. Sanne? Lei conosce una Sanne, ma non questa qui. O è lei? Si guarda di nuovo intorno nella stanza bianca. È come se ogni cosa dentro di lei venisse scossa. Vede, capisce, ma non comprende del tutto. Si sente come un caleidoscopio che qualcuno rigira, in modo che tutti i frammenti colorati si compongano in strutture sempre diverse. « Che giorno è oggi? » azzarda.

« È sempre martedì, è rimasta sotto sedativi per un paio d'ore. Suo marito è appena andato via. È rimasto qui a tenerla per mano, ma la dottoressa diceva che sarebbe stato meglio se fosse stata sola, al risveglio.»

Louise resta con lo sguardo perso nel vuoto e tenta di riflettere. Suo marito? E c'è sempre quella cosa appostata sotto di lei, in attesa di tirarla giù. A fatica, Louise infila le mani sotto il piumone. La fodera è rigida e bianchissima. «Ho un tale freddo...»

«È per via del sedativo.» Sanne le tira il piumone fino al mento e glielo rimbocca. «Le ha lasciato un biglietto.» Sanne prende un foglio dal tavolo accanto alla testata e glielo porge.

«Lo rimetta pure dov'era», dice Louise, esausta. «Lo leggo dopo.»

Quando si risveglia per la seconda volta, sulla soglia c'è una donna dai capelli scuri, alta e robusta. Si avvicina al letto e tende una mano, ma Louise non se la sente di toccarla. Imperturbabile, la donna si siede. «Sono il primario. Mi chiamo Anna Pontoppidan.» La osserva. Attende. Attende che cosa? Dopo un lungo silenzio, le chiede: «Sa dove si trova?»

«Me l'ha detto l'infermiera. Sono all'ospedale di Rønne», risponde Louise.

«Sa dirmi come si chiama?»

«Louise Andersen.»

«E sa per quale motivo è qui?»

«No. Cioè, ricordo che mi hanno sedata, ma non so perché. Non capisco che cosa succede.»

«Abbiamo dato un'occhiata alla sua cartella clinica di tre anni fa, quando ha avuto quel malore sul traghetto. Aveva riportato un forte trauma cranico. È stata tenuta in osservazione per qualche giorno e si è ripresa in fretta. Non si è riscontrato nulla di allarmante, niente che facesse sospettare una lesione più grave. All'inizio era un po' confusa, non ricordava bene chi fosse e dove fosse. Però, come dicevo, dalla cartella clinica risulta che si è ripresa in fretta. Quindi non c'era motivo di prolungare la degenza. Quella volta.» La dottoressa la fissa, serissima, come per sottolineare ciò che Louise ha già capito. Cioè, che adesso è tutto diverso.

Louise ritorna con la mente a quella volta. Stesso ospedale, stesse lenzuola bianche e rigide, stessa inquietudine in corpo.

Ricorda come si è sentita quando si è resa conto di essere del tutto sola al mondo. Ricorda il senso di vuoto, di assenza. Era in possesso di tutte le facoltà elementari: sapeva mangiare senza sbrodolarsi, sapeva andare in bagno, leggere un giornale e fingere che ci fossero scritte cose che la riguardassero. Sapeva parlare con loro. Dire che tempo faceva, rispondere alle loro ansiose domande. Ma dentro di lei c'era solo un vuoto abissale, nel quale continuava a svolazzare qua e là senza mai trovare la via d'uscita. Quella volta l'hanno lasciata andare dopo qualche giorno. Adesso, invece... Le basta una rapida occhiata alla dottoressa. Ora Louise non può fingere che quel vuoto non ci sia. Nemmeno con se stessa.

Fa un sospiro, che forse la dottoressa interpreta come un invito a dire qualcosa in più. Difatti, ecco che riprende a parlare: «Stiamo cercando di determinare se lei soffra di amnesia psicogena, ossia una perdita di memoria dovuta a cause psichiche. Può essere stata scatenata da un'esperienza traumatica, da un'emozione violenta. Non dà necessariamente sintomi fisici, quindi può essere difficile da diagnosticare. Di norma si accompagna a una grave depressione, ma non sempre. In genere si dimentica solo ciò che ha a che vedere con la propria persona. Quasi sempre, questa condizione dura poche ore, o al limite qualche giorno, e di norma viene scoperta dai parenti, che possono renderla nota ai medici. Ma ci sono casi in cui intorno a chi ne soffre non c'è nessuno che possa accorgersene. I media parlano di persone ritrovate 'in stato confusionale'. Ne avrà sentito parlare anche lei, immagino».

Louise scuote la testa.

La dottoressa si appoggia allo schienale e prosegue: «Posso farle un esempio. A Londra, una donna scende in una stazione della metropolitana e chiede aiuto a un controllore. Non sa il proprio nome, né dove sia diretta. Si cerca di risalire alla sua identità mostrando una sua foto sui canali televisivi nazionali, ma senza risultati. La donna viene esaminata a fondo. Non presenta sintomi fisici, e gli psichiatri non riescono a scoprire nulla. Così si prova a interrogarla sotto sedativi, in una specie d'ipnosi. È un metodo molto discusso, ma a volte può rivelarsi efficace. Comunque, non ricorda nulla nemmeno in quello stato. Per il resto, è del tutto autosufficiente, perciò alla fine viene dimessa. Senonché, un anno dopo, la polizia riceve un avviso di ricerca dagli Stati Uniti. Allora salta fuori che la donna, di punto in bianco, ha abbandonato la famiglia in America e ha preso un aereo per l'Inghilterra. E che questo è accaduto in concomitanza con una grave crisi matrimoniale. Non appena le vengono fornite le sue generalità, la donna recupera la memoria». La dottoressa Pontoppidan la fissa.

Louise tenta di rispecchiarsi in quella storia incredibile. «Se era in fuga da un problema...» Cerca le parole giuste. «Non è che magari non voleva essere trovata? Forse stava solo facendo finta di non ricordare niente.»

«Sì, c'è questa possibilità. Ed esistono senz'altro casi di persone che si fingono amnesiche per non dover affrontare qualcosa di spiacevole. Ma i nostri test ne tengono conto. Esistono esami appositi. E vorremmo che vi si sottoponesse anche lei.»

Louise s'irrigidisce. «Dovete sedarmi di nuovo?»

«No, non si preoccupi. Come le dicevo, è un metodo molto controverso, che in Danimarca non si usa, anche perché presenta un problema: le domande generano nuove immagini nella mente dell'amnesico, perciò le risposte non sono per forza vere.» La dottoressa s'interrompe, poi riprende. «Non c'è niente di misterioso, negli esami cui si sottoporrà. Sono solo colloqui e test, che ci permetteranno d'individuare quali parti della sua memoria sono state colpite. Sono prove motorie, scansioni... Dobbiamo solo fare una mappatura delle sue funzioni cerebrali, in modo da poter capire qualcosa in più su quello che le è capitato. E permettere a lei di capire qualcosa in più su se stessa.»

Louise chiude gli occhi, ma vede solo il nero e la vertigine, perciò li riapre subito. Qualcosa in più su se stessa? Guarda la finestra, la tendina, la felce. Qualcuno dovrebbe innaffiarla. Riabbassa le palpebre e richiama alla mente la fotografia che le hanno mostrato in commissariato. La donna con quel vestitino chiaro e i capelli raccolti. Gli anelli alle dita. Il grosso turchese, la fascetta d'oro. Una fede nuziale. Tutto gira e la risucchia verso il basso, e lei si aggrappa al piumone. «Ce ne sono altri?» chiede, senza forze.

« Altri... cosa? »

« Altri casi? »

La dottoressa annuisce, pensierosa. Riflette per un istante, poi riprende la parola. « Possono anche presentarsi sintomi fisici che confondono le acque. Un uomo di mezza età cade a terra accusando dolori al fianco destro, si risveglia con scarsa motilità a tutta la parte destra del corpo, nonché perdita totale della memoria autobiografica. I familiari sono convinti che si tratti di una patologia fisica, e si rifiutano categoricamente di prendere in considerazione l'ipotesi di una reazione a un trauma psichico. L'uomo impara a riconoscere moglie e figli, ma la memoria non torna. Dopo qualche settimana, finalmente la moglie racconta che l'uomo ha avuto un'infanzia molto problematica, e che nel periodo immediatamente precedente l'amnesia ci sono state grosse difficoltà sul lavoro. A quel punto, il marito riconosce la propria storia e riacquista la memoria. »

Louise fissa la porta che la dottoressa, uscendo, ha lasciato aperta. Non avrebbe mai pensato che si potesse desiderare a tal punto una porta chiusa. Un luogo in cui essere del tutto soli. Si lascia ricadere sul cuscino. Poi le torna in mente il biglietto: Joachim le ha lasciato un messaggio. Le manca tanto. Ha bisogno di lui, ora più che mai. Adesso che il suo corpo risponde meglio ai comandi, Louise tende il braccio fino al tavolino accanto alla testiera e afferra il foglio. Spossata, si riappoggia all'alzatesta e legge.

Sei nei miei pensieri, giorno e notte, sei sempre con me. Non sei sola. Ti amo.

Lo rilegge più volte e si sente riscaldare dentro. Aveva proprio bisogno di quelle parole. Le lettere, però... Quegli occhielli oblunghi, e la D che si protende ben al di sopra di tutte le altre aste. È la scrittura di Joachim? Guarda di nuovo la firma. O meglio, lo sgorbio sotto quelle parole. Un movimento della penna, ripetuto talmente tante volte da essere ormai un automatismo, e da produrre una scritta illeggibile. Lei non la riconosce. Per quanto scruti quelle linee, non riesce proprio a trovarvi una J. Poi getta il biglietto sulla coperta, come se scottasse. È una E. Una E bella grossa, svolazzante. *Suo marito.* Così ha detto l'infermiera. *Le ha lasciato un biglietto.*

Louise inspira rapidamente. Quell'uomo, Edmund, le ha scritto un biglietto. Lo ricorda. *Helene, Helene,* continuava a gridare. È venuto lì, è rimasto seduto accanto a lei, mentre era sedata. Le ha tenuto la mano? Louise si alza a sedere, o perlomeno ci prova. Ha una gran voglia di urlare, strillare che Joachim deve venire a prenderla. Con la mano sinistra prende il biglietto e lo appallottola stretto. Poi lo scaglia verso la porta.

9

Joachim cammina in tondo in cucina. Il ritorno a Christiansø senza Louise è stato spaventoso: la sua mente non era concentrata sul viaggio, era ancora con lei. È stato un brutto colpo, assistere al suo crollo al commissariato e poi al ricovero in ospedale. Joachim si è messo al volante della Volvo e ha seguito l'ambulanza ma, quando l'hanno accompagnato nel piccolo reparto psichiatrico, Louise non era cosciente. È stato il primario, la dottoressa Pontoppidan, a consigliargli di tornare a casa per qualche ora e di prendere un po' di cose per Louise. Qualche vestito, per esempio. Quelli che aveva addosso si sono rovinati quando si è accapigliata coi poliziotti.

Joachim si siede sulla sedia di Louise, osserva i pensili turchesi, vecchia mobilia in legno dipinta da lei prima di conoscerlo. Aveva messo a posto tutta la casa: imbiancato le pareti, scelto le tendine leggere e chiare, con quelle tenui tonalità di azzurro e verde. Gli stessi colori ovunque: quelli del cielo, del mare, delle alghe. Quando Joachim è venuto a vivere qui, non se l'è sentita di apportare modifiche. Ha portato il computer e i libri, nient'altro. Lo studiolo è l'unica parte della casa che porti i segni del suo carattere. Una stanza piena di frustrazioni. Là dentro, lui ha combattuto... e perso. Le stanze che lui considera « casa » sono le altre: la cucina, la camera da letto, il piccolo salotto. E non si è mai sentito tanto a casa quanto qui. Con Louise. La felicità.

Helene?

Joachim si alza. Helene. La sua Louise, così viva e luminosa, sarebbe in realtà un'altra persona? La dottoressa non ha ancora azzardato responsi, ma la polizia sembra sicura che abbia ragione Edmund Söderberg, quando dice che Louise è la moglie scomparsa, Helene. È come un tarlo, quel nome. Helene. Come la bella Elena, che però appartiene alla mitologia greca e farebbe bene a restarci, anziché comparire qui a Christiansø. È figlia del dio Zeus, che sotto forma di cigno ha messo incinta Leda. E così Elena è nata da un uovo, graziosa e bianca come un cigno. La donna più bella del mondo. Talmente bella che tutti gli uomini perdono il senno, tutti la vogliono, sia Ulisse, sia Joachim, e adesso ci si mette anche quell'Edmund. Ma qui la storia comincia a farsi un po' troppo confusa, così Joachim torna a sedersi. Si arruffa i capelli. Riprende daccapo il mito greco, che al momento è più digeribile della realtà. Per evitare che tutti i pretendenti si uccidano a vicenda, viene proposto un patto: il padre di Elena... Anzi, no: sarà il mortale che le ha fatto da padre e l'ha cresciuta - di queste cose, gli dei non si occupano - a decidere chi l'avrà in moglie. Nominato il prescelto, tutti gli altri pretendenti dovranno giurare di proteggere il suo diritto di sposarla. Tutti per uno. Tra loro c'è anche Ulisse, che accetta il patto, ma poi cerca di tirarsene fuori. Si finge pazzo, ma viene smascherato e obbligato ad assicurarsi che Menelao, re di Sparta, possa sposare la bella Elena. E qui ci starebbe bene un lieto fine, visto che Ulisse sposa un'altra, cioè Penelope. Ma la storia di Elena è tutt'altro che conclusa, perché la bellezza genera guerra. Le tre dee più splendide - Afrodite, Era e Atena - sono in disaccordo su quale di loro sia la più bella. Nominano arbitro della contesa un principe troiano, Paride, promettendogli ognuna la virtù che le compete: Era il potere, Atena la sapienza, Afrodite l'amore. Paride dichiara che la più bella è Afrodite, la quale lo aiuta a rapire Elena. Ne nasce una lunghissima guerra tra Sparta e Troia, in seguito alla quale Ulisse compie il suo grande viaggio. E il suo ritorno durerà dieci lunghi e rischiosi anni.

Joachim fa un sospiro profondo. Questa piccola divagazione nella mitologia greca non gli ha risollevato l'umore. Si guarda intorno in cerca di un segno, una traccia, una spiegazione sulla donna che credeva di conoscere. Davvero è sposata? Appartiene a un altro? A Edmund Söderberg? Roba da non credersi. Per giunta, a uno che sembra il perfetto corrispettivo di Menelao nella Danimarca odierna: ricco e potente come un re. E quindi Joachim chi è? Paride, che l'ha rubata al sovrano? No, lui si sente più come Ulisse: stanco, in fuga da una guerra che non ha voluto lui, in un viaggio lungo e tormentoso, del quale neppure lui sa prevedere la fine. Se la sua casa non è questa, allora qual è? Va in camera da letto. Non può essere così. C'è qualcosa che non quadra. Fa un altro giro esplorativo. Osserva ogni oggetto, ogni mobile. È stata lei a scegliere ognuna di queste cose e a decidere dove posizionarla. Di lei, Joachim non sa quasi niente, verissimo, però tutto quanto è qui, davanti a lui. Se lei è un'altra, deve pur esistere una traccia, e quella traccia dev'essere qui.

« Avanti, Joachim », mormora tra sé.

Comincia dalla camera da letto. Apre tutti i cassetti del comò, tutte le ante dell'armadio, perquisisce tutti i ripiani. Vestiti, profumi, gioielli, creme. Tutte cose che lui conosce. L'abbigliamento è semplice: tessuti morbidi, stessi colori dell'arredamento, ossia tutte le tonalità che oscillano tra l'azzurro e il verde. I gioielli, invece, sono grossi, quasi tutti d'oro. Braccialetti elaborati, lunghe collane, orecchini sontuosi. Chiude gli occhi e la rivede davanti a sé. Altro che le solite donne pragmatiche, tutte pantaloni e pettinature comode. Joachim sa che lei non spende molto, per l'abbigliamento. Non potrebbe nemmeno permetterselo, con quel poco giro d'affari della caffetteria. Si serve nei negozi dell'usato, e acquista capi che, presi singolarmente, non sono poi granché. Ma quando li abbina...

In camera da letto, niente. Perlomeno, niente che lui non sappia già. Che figura barbina, trovarsi al commissariato e soltanto lì, nell'ufficiaccio di Iben Hansen Hansen, rendersi conto di non sapere praticamente nulla della donna con cui convive da più di due anni. Come ha fatto a non accorgersene? Come si spiega, questa cosa? Era così entusiasta della nuova relazione, che si è lasciato alle spalle tutto il passato. Cioè il divorzio da Ellen. È quella, la guerra da cui è fuggito. E ha riportato più ferite di quante non ne vedesse. Ma Louise, cioè Helene? Da che cosa è fuggita, lei? La dottoressa ha detto che questo genere di amnesia può manifestarsi in seguito a un avvenimento troppo tremendo per essere accettato. La mente non vuole sapere, non vuole ammettere. Che cosa le è capitato? Che cosa si cela nel suo passato? Joachim continua la sua perlustrazione: cassetti e armadietti, cucina e salotto, fruga ovunque ma non trova nulla. Irrequieto, passa di stanza in stanza. Resta a lungo in piedi con le braccia penzoloni e la testa piena di pensieri che non si lasciano rimettere in ordine. Insomma, lei è sempre stata qui, ha vissuto assieme a lui. Se gli avesse nascosto qualcosa, lui se ne sarebbe accorto, no? Gli ha mai mostrato qualcosa del suo passato? Una fotografia? Una lettera? Un diario? No... Anzi, sì! Gli torna in mente un vecchio zaino sul quale lui ha fatto qualche battutaccia. Era quello che Louise aveva in spalla quand'è arrivata a Bornholm. O almeno, così gli ha raccontato. E come mai lui ne ha riso? Perché quello zaino era del tutto incompatibile con lo stile di Louise: era tutto sdrucito, in tela, con un aspetto simil-militare. Di che colore era? Grigio?

Joachim tira la maniglia sul soffitto. Non ha mai messo piede nel sottotetto. La scala retrattile funziona male, ha i cardini arrugginiti, ma finalmente Joachim riesce a salire quei pochi gradini. Sembra di essere in sauna, sotto quelle lastre d'ardesia. Vecchie sedie... arancioni e marroni? Ma cos'aveva in testa la gente, negli anni '70? Joachim rovescia a terra due scatoloni. Vestiti. Di Louise? Fruga nelle tasche. Nel secondo scatolone trova lo zaino, che però è vuoto, a parte un vecchio sottobicchiere di cartone, di quelli che si usano nei locali per appoggiarci un drink o un bel boccale di birra gelata. « Giù dalla scala, giù di morale », mormora tra sé, mentre ridiscende in salotto con lo zaino. Poi lo osserva. Sembra... arrugginito? Ma no, arrugginiscono i metalli, non le stoffe. Eppure, sfiorando la tela, si ritrova la mano chiazzata di una fine polverina metallica. Forse lo zaino è caduto in una pozza d'acqua ferruginosa?

Il sottobicchiere di cartone ha un marchio ormai stinto. Campari. E anche qualche chiazza. Forse di Campari e soda, un miscuglio in voga qualche anno fa. Sul retro c'è un numero di telefono. 91880119. Oppure è una data? O un codice? No, è proprio un numero di telefono, scritto a biro, in fretta e senza cura, ma le cifre sono senz'altro quelle. Joachim tira fuori il cellulare e le inserisce nel campo di ricerca delle Pagine Bianche. *Ci dispiace. Il numero da lei cercato non ha dato risultati*, legge. E più oltre: *Potrebbe trattarsi di una scheda prepagata anonima, o di un numero protetto, o non più in uso.*

«Ma non mi dire», borbotta Joachim, ridigitando il numero e premendo il tasto di chiamata.

Dopo qualche squillo, all'altro capo della linea si sente una voce. «Pronto?» È un uomo giovane, all'incirca tra i venti e i trenta. In sottofondo, un brusio.

«Chi... Con chi parlo, prego?» chiede Joachim.

«Sono Peter, del seminterrato. Chi desidera?»

Joachim riflette. Il seminterrato? Ma che diamine significa? «Louise Andersen», spara.

«Louise... Non mi pare che ci sia una Louise, qui. Lei è del nuovo gruppo di audit?»

Già, lo è? È il caso di recitare? «Senta, Peter, io mi chiamo Joachim e mi occupo del caso di una persona scomparsa, Louise Andersen. Questo numero è stato trovato tra gli oggetti della donna.»

«Come? No, non ne so niente, io», risponde Peter, con una rapidità che Joachim trova sospetta.

«Be', volevo solo capire se lei potesse aiutarmi, prima che l'informazione venga trasmessa alla polizia», dice Joachim.

«Alla polizia? In che senso? Lei chi è?»

«Ripeto, mi chiamo Joachim. Questo numero era tra gli effetti personali della signora.»

«Non so. Louise chi? Quella dei piani alti, che è stata licenziata?»

«Forse.» Joachim cerca il modo migliore per ricavare altre informazioni. «Lei la conosce?»

«No», dice Peter, esitante. «Cioè, non di persona. C'era anche lei, l'ultimo anno, dopo che è stata approvata la legge finanziaria, ma se è per questo c'era mezzo ministero. Mi sembra ridicolo.»

«Quindi lavorava anche lei al... ministero delle Finanze?» chiede Joachim, tentando di guadagnare tempo per escogitare una domanda che sciolga l'intera questione.

«Finanze? No, Interni. Senta, ma è sicuro di aver chiamato il numero giusto? Io non so niente di quella donna. La prego di non ritelefonare», dice Peter. Però non interrompe la comunicazione.

« E Helene Söderberg? Le dice qualcosa, questo nome? » chiede Joachim.

Ed eccolo, il rumore del vuoto, del nulla. Peter ha riattaccato. Joachim resta lì, col cellulare in una mano e il sottobicchiere nell'altra. Ridicolo. Un sottobicchiere del cavolo. Col numero di Peter, presso il ministero degli Interni. Che significa? Bambini maltrattati, codici fiscali, ecco che cosa rientra nel campo del ministero degli Interni. E la statistica, senz'altro.

Si dà per vinto e torna in camera, si siede sul letto e guarda fuori della finestra. Il mare è calmo, quasi immobile, e il cielo del pomeriggio è blu intenso. L'estate grava su ogni cosa. Joachim ha voglia di vento, di burrasca, tuoni e lampi, qualunque cosa tranne questo bel tempo che è l'opposto di ciò che lui ha dentro di sé. Da solo, senza Louise, e senza avere la minima idea di che cosa ne sarà di lei. Anzi, di loro due.

10

Louise è seduta accanto a Joachim, a bordo dell'aereo che li sta portando all'Ospedale nazionale di Copenaghen, per fare tutti gli esami possibili e immaginabili. Edmund avrebbe preferito essere lui ad accompagnarla, l'ha detto quand'è tornato a trovarla in ospedale dopo che Louise ha ripreso i sensi, ma lei ha declinato l'offerta.

Sul sedile alle loro spalle c'è Morten Rask. Louise è esausta, ma non si appoggia allo schienale per non avvicinarsi al poliziotto. In testa ha ancora l'immagine della pelle ruvida di quelle grosse dita che tamburellavano freneticamente sul tavolo, durante l'interrogatorio. Lo detesta. Dal canto suo, lui non dissimula la sua convinzione che Louise menta. Una donna è scomparsa, forse due, quindi adesso è un caso di polizia. Questo è ciò che hanno detto a Joachim, quando si è opposto alla decisione di portarli a Copenaghen. Joachim la tiene per mano. Louise sente il calore della pelle di lui contro la sua, che le sembra troppo sottile. Ha questa sensazione da quando l'hanno... sedata? Oppure è stato lo shock a darle questo senso di freddo permanente?

Atterrano a Kastrup. Il poliziotto cammina al loro fianco, li guida verso la piazzola dei taxi e apre la portiera per farli salire. Poi si siede davanti e dice al tassista di portarli all'Ospedale nazionale.

I prelievi di sangue si fanno al pianterreno. E lì, purtroppo, c'è anche Edmund, come Louise ha modo di constatare lanciando una semplice occhiata lungo il corridoio. Sta parlando con un medico, forse uno psichiatra. È evidente che Edmund è un uomo molto rispettato, basti pensare al comportamento della polizia di Bornholm. Joachim stringe forte la mano di Louise.

«Helene», dice Edmund, guardandola con tenerezza.

Louise distoglie lo sguardo.

« Non è meglio aspettare che sia la scienza a parlare? » gli dice Joachim.

« Certo », dice Edmund, imperturbabile. « Ho già consegnato i campioni di sangue dei bambini. »

I bambini? Louise ripensa alla fotografia: la bimbetta paffutella e il maschietto un po' più grande, girato dall'altra parte. Sente un nervo battere alla tempia, si porta una mano alla testa e preme forte, come per arrestare quel fremito.

« Ti senti bene? » La voce è quella di Joachim.

Louise si accorge che tutti la stanno guardando e richiude la bocca. Non si era nemmeno resa conto di averla aperta. « I bambini? » balbetta. Intanto è spuntato un altro medico.

« Sofie e Christian », risponde Edmund, in tono sollecito. « Non ti ricordi...? »

Il medico gli posa delicatamente una mano su un braccio prima che aggiunga altro, e dice: « Scusi, credevo che fosse già stata informata. Sì, ci sono due bambini, ed esamineremo anche il loro DNA. Non c'è niente di certo ».

« Già, niente di certo », gli fa eco Joachim. « Proprio tenendo conto di questo fatto, ritengo opportuno che sia presente anch'io. Piuttosto, è proprio necessario che ci sia anche quell'uomo? Non potremmo alleggerire un po' la pressione su Louise? Credo che abbia ricevuto fin troppe accuse, nelle ultime ventiquattr'ore. »

Edmund avanza di un passo, tende le braccia. Ha indossato un completo nuovo, blu scuro, il colore della serietà. Louise tenta di controllare il respiro. Due bambini. Un marito moro e due figli.

« Allora, cominciamo gli esami », dice il medico, in tutta calma. Per lui, dev'essere ordinaria amministrazione: test di paternità, figli illegittimi che tutt'a un tratto avanzano pretese sul patrimonio del defunto genitore, è qui che si decide tutto. È qui che si segue la traccia del sangue fino a trarne una conclusione, cioè sapere chi ha avuto quali figli da chi.

Il medico allarga un braccio in un gesto rassicurante, ma non riesce a celare il disagio. Con molta cortesia, accompagna Edmund fuori, assieme alla donna in camice bianco che fin dall'inizio è rimasta a occhi spalancati sulla scena, come una muta testimone. Louise li odia, i testimoni anonimi. Che motivo c'è di permettere a persone che non c'entrano niente di vederla così, denudata e sospesa nell'incertezza?

Le fanno una lastra. Mentre Louise è stesa nell'angusto tubo bianco, circondata da una forte luce, i medici scoprono una vecchia lesione. Lo stesso tipo di trauma di cui parlava la dottoressa di Rønne? Può darsi. Ma loro non sono in grado di determinarne la causa. Edmund ha spiegato loro che Helene è scomparsa a tarda sera, mentre era fuori a fare una galoppata. Lui ha trovato il cavallo e il casco, ma non la moglie. I medici non riescono a stabilire se il trauma cranico sia compatibile con una caduta da cavallo, dicono solo che è stato grave.

«Grave?» chiede poi Louise, aspettandosi ulteriori delucidazioni.

«Potenzialmente letale», le rispondono in tono lugubre.

Le assegnano una stanza singola, le danno una pillola e la lasciano riposare mentre analizzano gli esiti di tutti gli esami. Mentre «la giuria delibera», come ha detto Joachim. Gli hanno concesso di aspettare assieme a lei, e si è seduto su una sedia accanto al letto. Louise gli chiede di tirare le tendine e spegnere la luce. Sarà forse la pillola, ma all'improvviso le è venuta una tale stanchezza, le sembra di vivere dentro una campana, ha la testa che rimbomba e non riesce a uscire. Non ha la forza di formulare domande, né risposte. Prende sonno all'istante. Quando si sveglia, fuori è quasi buio. Joachim dorme sulla sedia, con la testa che ciondola sul petto e la bocca semiaperta.

Louise si rigira in modo da vederlo meglio. Resta immobile per non disturbarlo. La pelle del viso è segnata, una vita dura ha lasciato le sue tracce. Eppure in quei solchi c'è un che di disarmante. Chissà che aspetto aveva da bambino. Quella parola la trafigge come una spina: l'hanno appena esaminata per vedere se ha figli. Ma... non ci si può certo dimenticare di essere madre. Perciò no, lei non può essere quell'altra, quella... Helene. Nessuno dimentica i propri figli.

Quando finalmente vengono a chiamarli, Louise trova che

le cose stiano correndo troppo. Vuole sapere, e al tempo stesso non lo vuole. Li conducono nell'ufficio del medico, una stanza d'angolo abbastanza spaziosa da contenere un tavolo da riunioni ovale, una scrivania accanto a una parete e perfino alcune poltrone. Il poliziotto è già seduto a un capo del tavolo, con un fascio di carte. Louise si siede di fronte, in modo da dare le spalle alla scrivania ma avere piena visuale sulla porta e sulle finestre. Joachim si siede accanto a lei.

Arriva Edmund e la sua presenza riempie la stanza. Ha molta autorità, più ancora del medico. Più di Joachim?

Alla fine, il dottore si schiarisce la voce e guarda dritto verso Louise. « Gli esiti degli esami non lasciano dubbi », dice a bassa voce, come se si vergognasse dell'orrendo responso. Dà qualche spiegazione sull'analisi del DNA e sulla scarsissima possibilità di un risultato errato.

Louise non lo sente, sente solo la conclusione, ossia che lei è Helene Söderberg, la donna scomparsa tre anni fa.

Louise. Helene. Resta seduta. Percepisce il contatto dei piedi col pavimento, delle cosce con la sedia, del dorso con lo schienale, della mano con quella di Joachim. Eppure le sembra di sparire. Di perdere peso e sostanza. Helene. Louise. Ciò che le dicono significa che lei non sa nulla. Non si muove, non dice niente. La sua mano continua a stringere quella di Joachim, ma lei, pur restando lì seduta, sta scomparendo, sta cessando di esistere. Louise. Helene. Joachim. Edmund.

Joachim e Louise. Helene e Edmund. Sofie e Christian, bambini. I suoi figli. Non è sola al mondo. Nulla è come credeva lei. Non è senza legami, non è uscita da un orfanotrofio. C'è qualcuno che si è accorto della sua assenza, ci sono persone che hanno denunciato la sua scomparsa. Solo che lei le ha dimenticate. Dimenticate. Ma loro non hanno dimenticato lei.

11

È stato Joachim a scegliere il locale, ma ora se ne pente. Guarda Louise... anzi, Helene, seduta davanti a lui, pallida e stanca. Il ristorante si chiama The Real Chinese, e la loro silenziosa presenza è del tutto incongrua, in mezzo ai più noti carrieristi della grande città. Gli occhi di Joachim corrono al menu e lo sguardo si sofferma sulla parola *Real*. Vero. Il *vero* nome di Louise è Helene. Negli ultimi due giorni non hanno pensato ad altro. Cioè alla terapia di Louise... no, uffa! Alla terapia di Helene presso i più abili psichiatri di Danimarca, che hanno avuto il loro bel daffare a cercare di estrarre frammenti di memoria dal buio in cui lei ha vissuto finora. Non ci sono riusciti. Però le immagini, le fotografie e addirittura i filmati che la ritraggono l'hanno convinta. E hanno convinto Joachim. Il Centro Studi sulla Memoria, presso l'Ospedale nazionale, ha sede in un vecchio edificio grigio accanto all'Istituto Niels Bohr, una delle parti più belle del tentacolare policlinico. Ma Joachim avrebbe quasi preferito che lei soffrisse di qualunque altra patologia, tra tutte quelle compatibili con la sua situazione, purché non un'amnesia retrograda, o psicogena che dir si voglia.

Non c'è più dubbio. Cioè, veramente non c'era dubbio nemmeno due giorni fa, quando il medico dell'Ospedale nazionale ha dato la diagnosi, ma era difficile da accettare. Più che altro per Helene, che voleva fuggire e ha supplicato Joachim di portarla via da lì. Però Joachim si è opposto, restando dalla parte del buon senso. Gliel'ha detto più e più volte: bisogna essere razionali.

L'ha proposto lei, di uscire a cena, per parlare in tutta tranquillità. Adesso, però, se ne sta in silenzio ed evita il suo sguardo. Joachim giochicchia nervosamente con le bacchette e si guarda intorno, impaziente, in cerca di un cameriere. Nessuno dei due è in grado di avviare il dialogo che entrambi sanno di dover sostenere: *E adesso che cosa facciamo? Ci sono dei bambini.*

Questo cambia tutto. Joachim non riesce a immaginare come si senta lei. *Helene.* Adesso vorrà farsi chiamare così? Lui può benissimo abituarsi a chiamarla Helene, ne è convinto, e può anche abituarsi all'idea che ci siano dei bambini. Ci ha riflettuto mentre lei veniva esaminata e aiutata da medici e psichiatri.

Se l'era immaginata tutta diversa, questa cena. Si era aspettato una tregua dall'incubo in cui lei è caduta. Anzi, l'incubo in cui *entrambi* sono caduti. Una serata disgiunta da tutto il resto, un po' come una fuga fuori porta. Avrebbe fatto bene a tutti e due. Per un istante vede lei e se stesso dall'esterno, così come probabilmente appaiono agli altri avventori: pallidi, sgonfi, taciturni. Bisognerà proprio dire qualcosa, non possono stare qui al tavolo senza nemmeno rivolgersi la parola. Dev'essere lui, e che diamine, a escogitare un modo per parlare con la donna che ama tanto. Una domanda, una semplice domanda, cosa ci vorrà mai? Magari sull'altra donna... quella che adesso la polizia sta cercando. La vera Louise Andersen.

« Nel tuo vecchio zaino ho trovato un sottobicchiere di cartone », dice Joachim.

« Un sottobicchiere di cartone? »

« C'era un numero annotato. » Joachim le racconta la telefonata con Peter. La osserva mentre le snocciola tutto ciò di cui si occupa il ministero degli Interni - emarginazione, statistiche su praticamente qualunque cosa esista in Danimarca - ma nessuna sua parola risveglia qualcosa in lei. Nessun ricordo. E comunque, Joachim ne ha già parlato con gli inquirenti, che però a quanto pare non hanno trovato nessun legame tra il sottobicchiere, Helene e Louise. « Oggi ti hanno interrogato? » le chiede, e a stento riconosce la propria voce.

Posa una mano sulla sua, ma lei la ritira di scatto. Anzi, si ritrae tutta e resta in silenzio, con entrambe le mani in grembo.

E Joachim capisce. *È assurdo. C'è qualcosa che non quadra per niente.* « Che domande ti hanno fatto? »

« Sempre le stesse. Continuano a chiedermi di Louise. Sembrano convinti che io mi ricordi qualcosa. I medici dicono che posso riacquistare la memoria. Più cose vengo a sapere, maggiore è la probabilità che io ricordi il resto. Ma i poliziotti m'interrogano come se continuassero a credere che io stia mentendo.»

«Ma dalle loro indagini non è emerso niente sull'altra donna?»

«No, tutte le sue tracce scompaiono dopo la partenza da Randers. A parte quand'è stata arrestata, dico. Da lì in poi, più niente, fino al momento in cui io scendo dal traghetto a Rønne con lo zaino di Louise Andersen.»

«Lo zaino arrugginito.»

«Eh?»

«Mah, niente», dice Joachim, facendo spallucce. «Sul fondo, la tela è piena di ruggine.»

Louise sorride e scuote la testa. «Tu e i tuoi dettagli.»

«La narrazione si nasconde nei dettagli.»

«Come il diavolo», dice Louise. Già, per un istante è come se fossero di nuovo Louise e Joachim. Come se fossero tornati a prima di tutto questo. Forse se n'è accorta anche lei? È per questo che si ritrae un po'?

«E poi il ricovero all'ospedale di Rønne?»

«Sì.»

«Te lo ricordi?»

«Mi ricordo di quando mi sono svegliata. E mi ricordo i dolori alla testa.»

«Il trauma cranico», dice Joachim, tentando di richiamare alla mente tutto ciò che è venuto a sapere dalla polizia. Ossia che Helene è stata trovata priva di sensi sulla banchina del traghetto di Rønne e che è stata portata in ambulanza all'ospedale. Una volta là, ha ripreso conoscenza. Aveva lo zaino di Louise Andersen, i medici la chiamavano Louise, e lei ha creduto che il suo nome fosse quello.

«I signori vogliono ordinare?» chiede il cameriere.

Joachim mitraglia una serie di nomi di pietanze. Troppe. Sa già che entrambi si metteranno a trastullarsi con le bacchette nel piatto, senza appetito. Quando il cameriere se ne va, lei s'immerge a lungo nei propri pensieri. Joachim fa per richiamarla alla realtà, ma si trattiene, perché non sa con che nome chiamarla. Sarà il caso di chiederglielo? Che gesto detestabile.

D'altronde, lui detesta tutto, di questa situazione. « Louise? » azzarda.

Lei rialza lo sguardo. Certo, è la cosa più ovvia, ma l'espressione del viso è strana.

« Posso continuare a chiamarti Louise? »

« È tutto talmente astruso che... No, non so. » Si copre il viso con le mani, resta immobile per qualche istante, poi le riabbassa. « Ho passato l'intera giornata a rispondere a domande su una donna che porta quel nome. »

« Vuoi cominciare a presentarti come Helene? Devo chiamarti così? » Joachim ascolta la propria voce: anche quella è diversa dal solito.

« Joachim, c'è una cosa che devo proprio dirti. » Lei si sporge in avanti e gli tende una mano.

Adesso è lui ad aggrapparsi a lei. Resta seduta a capo chino, coi capelli che ricadono in avanti e le coprono il viso. È assurdo. Il legame che c'è sempre stato tra loro è ormai sparito.

« Joachim... Non posso continuare la nostra vita assieme. Ne ho un'altra, che mi aspetta a Silkeborg. Un marito, due figli. Non posso andare avanti. »

« Ma è chiaro, non possiamo certo proseguire come se non fosse successo niente. » Joachim parla rapidamente, con impazienza. « È ovvio che questo cambia tutto, però troveremo una soluzione. Possiamo traslocare, andare ad abitare vicino a loro. Va da sé che i bambini faranno parte della nostra vita, certo, e io... »

Lei lascia andare la mano. « No. No, non capisci. *Io* non posso continuare. Ho tutta un'altra vita, un altro lavoro, una grande azienda con un esercito di dipendenti. E ho una famiglia. Edmund è mio marito. Io e te... non possiamo continuare a vederci. »

« Capisco benissimo », dice Joachim, ma non è vero: dal modo in cui lei parla, è evidente che dice così solo perché è sotto shock. « Louise... cioè, scusa, volevo dire Helene. » Tenta di prenderle di nuovo la mano. Lei è spaventata, ed è del tutto naturale che abbia paura, ma nessuno la obbliga decidere adesso. Non c'è nessuna fretta. « Helene, nessuno pretende che tu, in questo momento, sappia che cosa vuoi. Sei traumatizzata, tutto è accaduto così in fretta... Andiamocene. Uscire a cena è stato un errore. Torniamo all'albergo.»

Lei scuote la testa.

Joachim avvampa fino ad avere un bruciore al petto. «È per via dei soldi? È perché lui è ricco?»

«Come fai a dire una cosa del genere?» risponde lei, a bruciapelo, dunque schiettamente. Ma è chiaro, lei non è una che pensa solo ai quattrini, e Joachim si detesta per averlo detto.

«Scusa, non volevo dire questo.» Potrà anche chiedere perdono, ma parola detta, cento cavalli non la tirano indietro.

Lei resta a lungo in silenzio. Quando riprende a parlare, ha cambiato tono: stavolta è quello di una donna che ha ben riflettuto su ciò che sta dicendo. «Se non mi ributto anima e corpo nella mia vecchia vita, non potrò mai perdonarmelo. È già abbastanza spaventoso il pensiero di tutte le cose che mi sono persa. Mi detesto per aver tradito i miei figli, per gli anni che ho rubato loro: tre anni della vita dei miei bambini. Non credo che tu ti renda conto di... Loro mi credevano morta.» Si china verso il basso, si copre il volto con le mani e piange.

Joachim si alza, ha il corpo avvolto da uno strano torpore, vede la scena dall'esterno, come se non lo riguardasse. Vede se stesso accovacciarsi accanto a lei, cingerla con le braccia. Si rialza, l'attira a sé e la guida verso l'uscita del ristorante, via da tutti quegli sguardi. In strada, continua a tenerla stretta a sé e la sente cedere, abbandonarsi al suo abbraccio. Restano a lungo così, finché nessuno dei due ha più la forza di piangere. Lui inspira il suo profumo dolce e tenue. Riesce benissimo a capirla, è appunto questo a fargli più male. L'ha capito, che lei non può fare diversamente. Eppure le dice: «Visto che le cose devono per forza andare così, è proprio necessario che succeda tanto in fretta?»

«È l'unico modo possibile.»

Lui annuisce. Ma è un pensiero intollerabile. Non vuole rinunciare a lei.

«Adesso devo andare», dice lei, liberandosi delicatamente dalla stretta. Poi aggiunge qualcosa a proposito del fatto di doversi sottoporre ad altri test, l'indomani, ma Joachim non l'ascolta, gli fa troppo male. Lei s'infila una ciocca di capelli dietro l'orecchio, e lui imprime nella memoria quella scena: è l'ultima volta che la vede compiere quel gesto? Dovrà svegliarsi ogni mattina senza vedere lei che dorme tranquilla e sicura al suo fianco?

« Mi aspettano. C'è l'auto... »

Abbassa timidamente lo sguardo, e lui si rende conto che ad aspettarla è Edmund. Quindi ha già preso accordi con lui. Con Edmund, l'uomo che per tre anni ha cercato la sua Helene, fino al martedì mattina in cui un compagno d'affari che lui conosce a malapena non gli ha scritto dicendogli di aver visto una donna che forse somigliava alla moglie scomparsa. Edmund si è mosso la sera stessa, con un volo privato. Ha passato la notte su una panchina davanti alla caffetteria, col suo completo sartoriale tagliato su misura, del costo di migliaia e migliaia di corone. Alle prime luci dell'alba si è alzato e ha fatto capolino nel locale chiedendo della sua Helene, chiamandola a gran voce, finché non l'ha trovata.

Joachim scuote la testa. « Ma non dimenticherai la nostra vita assieme, vero? » mormora.

« No, non ti dimenticherò mai, ovviamente », risponde lei, addolorata. Il suo sguardo è pieno d'amore, e lui deve fare un grosso sforzo per non tendere di nuovo le braccia verso di lei.

S'infila le mani in tasca, si china verso di lei stringendosi nelle spalle e le parla con voce rotta dal pianto. « Capisco che tu debba per forza fare questo, lo capisco davvero, però... darei qualunque cosa perché non fosse così. Sappi che penserò sempre a come sarebbe stata la nostra vita assieme. Ogni mattina, quando ti sveglierai, sappi che io sarò da qualche parte a pensare che in quel momento ti sarai appena svegliata. E a sentire la tua mancanza. » S'interrompe per un istante. « Non rimarrò a Christiansø. »

Lui per primo è sorpreso da quella decisione. L'ha presa nel momento stesso in cui ha pronunciato quelle parole. Ma è così che dev'essere. Ne è convinto.

« Mi trasferisco a Copenaghen. Non posso continuare ad abitare laggiù, senza di te. Ma potrai sempre venire a trovarmi. Sempre che... » Non completa la frase.

Lei non dice nulla, ma comincia a muoversi, inquieta. Ecco l'addio, è adesso che si separano. Lui vorrebbe abbracciarla di nuovo, però lei lo previene ritraendosi. Azzarda un sorriso, che però finisce per somigliare a una smorfia. «Magari riuscirai di nuovo a scrivere, adesso che...» gli dice, tentando di assumere un tono incoraggiante.

Joachim la guarda. Poi capisce. Dunque anche lei, mentre erano seduti in quell'ufficio e lui era in preda alla frustrazione e alla rabbia, ha avuto il suo stesso pensiero. Ossia, che fosse colpa sua. «Chi se ne frega, della scrittura! Io voglio solo te», replica lui, pianissimo, perché la voce non ha la forza di reggere tutte quelle parole e si spezza a metà di una frase.

Lei arretra di un altro passo.

«Louise...»

Lei scuote la testa. È inutile. Si volta. Joachim resta immobile, anche se forse dovrebbe voltarsi anche lui, invece di stare lì come un masochista a osservare la scena, a guardarla mentre s'incammina lungo la strada senza nemmeno lanciare un'occhiata alle proprie spalle, per poi salire a bordo di un gran macchinone. Lei lo sapeva fin da prima della cena, che se ne sarebbe andata. L'auto era lì ad aspettarla. La vettura fa inversione e oltrepassa Joachim. Louise è seduta dietro, al volante c'è un uomo che lui non ha mai visto. Il semaforo diventa verde. Solo ora Joachim riesce di nuovo a muoversi, segue l'auto per qualche metro in direzione di Rådhuspladsen, con gli occhi fissi sul rosso dei fanali di coda. Forse esistono parole che potrebbero convincerla a tornare indietro, anche se lui non le ha ancora scoperte?

Joachim si ferma. I fanali rossi sono scomparsi in mezzo a quelli delle altre auto. Louise se n'è andata.

12

Un giorno di sole e cielo sereno. Sarà così, il giorno in cui lei tornerà. Helene non sa decidere da quale finestrino guardare fuori, non avendo idea di dove si trovi la villa, né di che aspetto abbia, ma ha un pensiero fisso, dal quale non riesce a liberarsi: *E se la riconosco? E se tutt'a un tratto mi accorgo che non è la prima volta che la vedo, ma la sento come casa mia? La tenuta di Silkeborg?*

Quelle ultime parole, deve averle pronunciate a bassa voce, perché l'uomo al volante le lancia un'occhiata fugace dallo specchietto. Porta un completo che le ricorda più un banchiere che un autista. Edmund è tornato a casa in aereo per precederla e avere il tempo di preparare i bambini al suo arrivo. Gli ultimi due giorni sono stati i peggiori: senza Joachim, senza sapere che cosa l'aspetta, e sempre con quegli psichiatri che cercavano di ricostruirle la memoria.

I medici sperano che rivedere i figli l'aiuti a ricordare. È successo in alcuni casi all'estero, le ha spiegato Hans Peter Rosenberg, specialista di punta in Danimarca, ingaggiato da Edmund. Rosenberg ha preso parte a convegni internazionali sull'amnesia in tutte le sue forme – da stress, da trauma fisico, da trauma psichico – ed è convinto che nel caso di Helene sia stata la botta in testa a farle perdere la memoria. Forse i colpi sono stati addirittura due, dunque un doppio trauma. È molto probabile che sia caduta da cavallo, il giorno in cui è scomparsa, visto che Edmund ha trovato il casco. Così dice Rosenberg. E quello sarebbe stato il primo colpo. Ma forse ne ha preso un altro sul traghetto per Bornholm? Lei scuote la testa. È molto stancante pensare a tutte le cose che non sa, non ne ha più la forza. Ha meditato di prendere contatto con qualcuno che abbia vissuto la sua stessa esperienza, quella di perdere se stessi e dimenticare chi si è. Si sente la persona più strampalata al mondo e pensa che lasciare Joachim sia stato uno sbaglio gigantesco. Del resto, è sbagliato tutto quanto, sono sbagliate tutte le opzioni. No, ora deve pensare ai bambini. Almeno questo.

È stata lei a decidere di arrivare di mattina. Le è parso l'orario migliore, rispetto al pomeriggio o alla sera. Le prime luci del giorno, un nuovo inizio. Così le è toccato partire da Copenaghen nel cuore della notte, ma tanto non avrebbe comunque dormito granché. Continua a guardare fuori dei finestrini, nell'eventualità di provare un'emozione, di riconoscere qualcosa. Svoltano nel lungo viale ed ecco comparire l'alta recinzione che circonda la villa. Il sole del mattino si riflette negli ampi finestroni dell'enorme... come chiamarlo? Palazzo? Non sa nemmeno in quale tipologia architettonica inquadrarlo, l'unica cosa di cui è sicura è che quell'edificio non le dice niente. Delusione. Stringe le mani intorno alla maniglia della valigia. Respira a scatti, inspirazioni leggere e rapide, mentre osserva i muri bianchi, i tre piani, le due balconate dalla bella balaustrata nera in ferro battuto, l'ampio scalone che sale verso il doppio portone. Davanti c'è un giardino ben curato, con un vialetto d'accesso e una piccola fontana al centro. Mentre l'auto percorre gli ultimi metri, Helene fissa il pesce finemente scolpito nel marmo, dal quale escono piccoli zampilli d'acqua che luccicano al sole del mattino. Le risveglia qualche ricordo? L'ha scelta Helene, quella scultura? Di certo non l'ha scelta Louise, non è per niente il suo stile. E Joachim lo odierebbe, quel pesce. No, non è il momento di pensare a queste cose. Proprio no.

Non ha nemmeno il tempo di aprire la portiera, ci pensa Edmund, che evidentemente è uscito dalla casa senza che lei lo vedesse.

« Bentornata », le dice, con un sorriso pieno di aspettative.

Le tende una mano, e lei ha un'esitazione nel prenderla. È la prima volta che si toccano. Anzi, no, è la prima volta che lei lo tocca di sua spontanea volontà, perché già alla caffetteria Edmund le ha afferrato un polso. La caffetteria che adesso è chiusa, ma Lina ha avuto tre mesi di stipendio, e comunque il contratto di locazione non è stato rescisso, bensì rilevato dalla Söderberg Shipping. È stato Edmund stesso a provvedere a tutto quanto.

« È stato un viaggio faticoso? » le chiede.

Lei fa spallucce. Sì, è stato faticoso, e ha sofferto sempre di più, a ogni chilometro che l'allontanava da Joachim. Ma mai tanto quanto devono aver sofferto i figli di Helene, quando lei è scomparsa. Continua a ripeterselo, mentre lo segue verso il portone.

A metà dello scalone, lui si ferma. «I bambini dormono ancora... Vuoi vedere il resto della tenuta? Prima preferisci dare un'occhiata dentro alla casa?» Le parla in tono calmo e affettuoso.

«Voglio vedere tutto quanto, non sono stanca», risponde lei, restandoci un po' male perché non è questo il momento in cui incontrerà i bambini.

Edmund la conduce sul retro, e Helene resta a bocca aperta davanti al lago al di là dei prati appena tagliati. Ovviamente lo sapeva fin da prima, che esistono persone che vivono in posti del genere. I ricchi. Ma trovarsi qui in prima persona e sapere che quei prati, che si estendono fino al lago, sono il giardino di casa sua... le dà un senso d'irrealtà. Il retro della villa ha una terrazza dal basamento in pietra naturale. Helene ha un sussulto. La riconosce, quella terrazza. Riconosce la doppia portafinestra che dà accesso alla casa. Poi le torna in mente la fotografia che le hanno mostrato al commissariato, quella scattata in occasione di un compleanno, con lei che porta in tavola un vassoio. Solo ora si rende conto di non sapere nemmeno chi fosse il festeggiato. Uno dei figli? Christian o Sofie? Si ripete i loro nomi per paura di dimenticarli. È assurdo, quei nomi li ha scelti anche lei.

«Quando si svegliano i bambini, di solito?» chiede.

«Dipende. Ieri sera ci hanno messo un bel po', a prendere sonno, quindi credo che sia meglio lasciarli dormire, ma può benissimo darsi che si sveglino presto. Sai, non vedono l'ora...»

Scendono verso il lago, passeggiando fianco a fianco, e Helene si sorprende nell'accorgersi di quanto le venga naturale, nonostante l'imbarazzo della situazione.

«Riconosci qualcosa?» le chiede lui.

Lei si volta a guardare la villa, le tegole smaltate del tetto, i muri bianchi, l'incessante zampillo della fontana. Riconosce queste cose? Si gira verso Edmund, che attende risposta. «Il panorama, forse», azzarda, anche se non è vero. Vorrebbe tanto accontentarlo in qualcosa.

«Il panorama?»

«Sì. L'acqua. Forse è per questo che ho scelto un posto come Christiansø, con lo stesso paesaggio.»

Riprendono a camminare, l'uno accanto all'altra, fino alla riva. Dall'altra parte del lago, sul versante delle alture, vede il bestiame al pascolo. Una rapida occhiata a Edmund. Di lui, non sa niente. Dovrebbe fargli qualche domanda, ma quale? Da dove cominciare? D'altronde, c'è tutto il tempo. Per ora, è già abbastanza impegnata a farsi un'idea della tenuta. C'è un pontile, ma nessuna barca. La superficie del lago è piena di anelli che continuano a formarsi, allargarsi e sparire.

Finita la passeggiata, Edmund le fa fare un giro della casa. Un'infilate di stanze dal soffitto alto, con mobili foderati di velluto, lampadari e vasi di porcellana. Helene non riesce a riconoscersi in quello stile, che ha un'aria impersonale e non fa pensare a un'abitazione, quanto piuttosto a un museo... anzi, no, non un museo, ma comunque un luogo fatto per essere messo in mostra. A Christiansø era tutto diverso. L'appartamento sopra la caffetteria non veniva mai mostrato a nessuno, era solo il posto in cui lei abitava con Joachim. Se quello era il loro nido, questa villa cos'è? Helene pensa alle tombe reali egizie, a tutte le inconcepibili ricchezze che i faraoni portavano con sé nell'aldilà. Questa villa è una mastaba? No, non deve pensare a queste cose. Non a Joachim. Non al fatto di essere l'unica erede di tutto ciò: è un'idea che non può essere digerita tutta in una volta, va assimilata pezzo per pezzo. Al momento, la cosa più importante sono i bambini. Quando si sveglieranno? Quando potrà vederli? Sentendo dei passi sulla scala, trasale. Edmund le posa una mano su una spalla e lei si sforza di non scrollarsela di dosso.

«È solo Caroline, la governante che si occupa dei bambini», la tranquillizza.

Nel soggiorno entra una donna intorno alla settantina, con un completo rosa che scende fino a coprire le ginocchia. Ha i capelli lunghi e li porta sciolti, una cosa poco comune per una donna di quell'età, ma le dona. Stringe la mano di Helene e si presenta.

« Ci conosciamo già? » le chiede Helene, e non è una frase di circostanza.

« No, signora, sono stata assunta dopo che lei è scomparsa », risponde Caroline, in tono formale ma gentile.

Helene guarda Edmund. Sembra che in sua assenza abbia scelto una buona sostituta. Non una nuova madre, ma una donna piena d'affetto.

« Si sono appena svegliati e sono già pronti, signora. Se è un buon momento... » dice Caroline.

Helene trasale. Dunque è adesso. Succede davvero, finalmente.

Edmund le posa una mano sulla spalla per tranquillizzarla, e stavolta lei gliene è grata.

« Portali pure giù, Caroline », dice Edmund. Poi, dopo che la donna si è allontanata, aggiunge a bassa voce: « Si è offerta di dare le dimissioni già ieri ».

« E perché? »

Edmund fa spallucce. « Immagino che preferisca non fare da ostacolo tra te e i bambini. Io, però, le ho chiesto di restare ancora un po'. » Azzarda un sorriso.

Helene abbassa lo sguardo. Ma certo, che la vecchina deve restare ancora un po': chissà mai che a Helene non salti il ticchio di sparire un'altra volta.

Li sente scendere le scale. I passi morbidi e pazienti di Caroline, e quelli di altri due. L'uno strascicato, l'altro saltellante. Ed eccoli sulla soglia, assonnati e in pigiama. Helene trattiene il fiato, ha paura della loro possibile reazione, e dentro di lei ci sono due emozioni opposte: gioia e delusione. Non li riconosce, non li ha mai visti. Eppure... la femminuccia somiglia a lei, non c'è dubbio. Il maschietto, Christian, è già grandicello. Ha una corporatura robusta per i suoi otto anni. Tutto suo padre: stessi capelli scuri, stesso naso un po' pronunciato, stesse sopracciglia marcate. Un bel bambino che diventerà un bell'uomo, si vede già. E la bambina... Helene la fissa, sbigottita, imprimendosi nella mente ogni dettaglio: i capelli biondi arruffati, gli occhi dello stesso colore indefinito dei suoi, tra il grigio e il verde. Ha le spalle tirate su fino alle orecchie, stringe la mano di Caroline e la guarda in tralice, imbarazzata. Christian resta sulla soglia, con aria sorniona e irresoluta. Si vede benissimo che avrebbe una gran voglia di andarsene. Helene deve fare qualcosa, dire qualcosa. È la loro mamma. Quella parola... le dà le vertigini, solo ora ne comprende appieno il significato. È madre di due persone vive, pensanti, sane. E non è rimasta con loro. Lentamente si avvicina e si accovaccia davanti alla femminuccia. « Ciao, Sofie. Sicuramente non ti ricorderai di me, eri piccola quando io... » S'interrompe. Che parola usare? Una rapida occhiata a Edmund, ma dalla sua espressione non traspare nessun suggerimento. « Ho battuto la testa, te l'avranno detto, e mi sono dimenticata tutto. Sono scomparsa, ma per fortuna il papà mi ha ritrovato. Adesso sono a casa e avremo tutto il tempo per conoscerci come si deve. Molto, molto tempo. » Dà una lieve stretta al braccio della bimba, poi si alza e si volta verso Christian, che è rimasto ad ascoltare attentamente. « Ti ricordi di me? » gli chiede in tono affettuoso.

Lui tace, non la guarda nemmeno, poi borbotta: « Credevo che fossi morta ».

Parole troppo serie per risultare adatte a una voce bianca. Helene ha una fitta al cuore; un dolore fisico, reale. È ancora piccolo. Sembra più grande, ma bisogna tener presente che ha solo otto anni. Ed è pur sempre un bambino che è rimasto senza mamma per tanto tempo. « Posso vedere le vostre camerette? » chiede Helene.

Nessuno dei due le risponde, e lei non sa che cosa fare.

« Forza, mostriamo le camerette alla mamma », dice Edmund in tono deciso.

Helene prova sollievo nel vedere che, quando lui esce dal salotto, i figli lo seguono. Lei chiude la fila e mentre salgono le scale guarda i tre davanti a sé. La sua famiglia. Questa è la sua famiglia.

Helene passa due ore seduta sul pavimento della cameretta di Sofie. Dopo una breve puntata nella sua stanza ordinata e ben organizzata, Christian ha dichiarato che aveva dei compiti da fare. Edmund ha protestato, ma Helene si è affrettata a dire che il bambino aveva tutto il diritto di starsene in santa pace. Non vuole essere invadente. Christian è il più grande, aveva cinque anni quando lei è scomparsa, e ha vissuto quegli eventi in tutt'altro modo. Gli occorrerà tempo per abituarsi al fatto che lei sia tornata. Per fortuna Edmund è stato comprensivo e si è fatto da parte, quando Sofie ha accettato la proposta di Helene di giocare un po' con le bambole in camera sua. È una stanza sovrammobiliata, da principessina, quella che tutte le bambine sognano, e Helene si sforza di capire se quest'arredamento sia stato scelto di comune accordo con lei, o se tutto sia stato acquistato dopo la sua scomparsa. Mentre cambiano d'abito alle bambole e decidono quale di loro è amica di chi, Sofie scocca sguardi a Helene.

Tutt'a un tratto, la bimba le chiede: « Vuoi vedere Lucky? »

« Lucky? »

« Il mio pony. È tutto bianco. » Sofie è raggiante, non ha più nessun imbarazzo. Mentre scendono di sotto assieme, prende Helene per mano.

Entrano in scuderia. Un lungo corridoio illuminato da ampi lucernari. Ai due lati, file di box spaziosi. Mentre loro passano, qualche cavallo fa capolino. Orecchie triangolari si orientano curiose verso di loro, occhi intelligenti e larghe froge nei musi ben torniti. Cavalli arabi. Per quel che può vedere Helene, sono tutti della stessa razza.

D'improvviso, per la prima volta, Helene prova una strana sensazione di familiarità. L'odore, la paglia, l'erba, i cavalli. Inspira avidamente, nel tentativo di assorbire quante più impressioni può. In fondo alla scuderia, una giovane sta spazzando. È una graziosa brunetta sui vent'anni, snella ma con belle curve, messe in risalto dalla tenuta da equitazione, e saluta affettuosamente Sofie. A Helene, invece, rivolge un cenno più distaccato, e lei ringrazia il cielo che Edmund non abbia scelto come bambinaia questa ragazza, in sua assenza. Tuttavia le tende una mano e si presenta. La ragazza gliela stringe malvolentieri, senza forza, e interrompe rapidamente il contatto. «Io sono Katinka, signora.»

Helene trova stranianti tutti questi «signora» qui e «signora» là. Le sembrano una ridicolaggine, e ha tutta l'intenzione di abolirli. Non appena ha completato quel pensiero, Sofie la trascina più oltre, verso un cavallo arabo bianchissimo, che si sta già sporgendo speranzoso dal suo stallo. La bimba apre lo sportello e sguscia dentro, come se fosse la cosa più naturale del mondo.

«Ecco, mamma, lui è Lucky.»

Helene sorride. Ha le lacrime agli occhi, ma le trattiene. *Mamma.*

Dopo colazione, Caroline riporta i bambini nelle loro camerette, mentre Edmund spiega che gli tocca lavorare un po'. «Giusto un'oretta», dice, come per scusarsi.

Helene va in camera da letto. Per la prima volta dopo molti giorni, è completamente sola. Si avvicina alla doppia portafinestra, che dà su una delle belle balconate. Un panorama mozzafiato. I prati con le numerose aiuole, il lago con le barche bianche che ondeggiano, i boschi tutt'intorno, la bella scuderia. È incredibile che questa sia casa sua. Si volta a guardare il letto. Matrimoniale. Si siede, sfiora il pesante copriletto, poi prova a sdraiarsi e guarda il soffitto. Si rialza, torna alla finestra e appoggia la fronte al vetro freddo. Sta ancora sudando, chissà mai quando il suo corpo riprenderà la temperatura normale. Sul prato, Edmund si sta dirigendo verso il pontile, parlando al cellulare e gesticolando lentamente con l'altra mano. Suo marito. E i suoi figli, che stanno riposando nelle loro camerette. E lei nella sua. È a casa.

13

A cena, finalmente Christian si ravviva. Sparito il broncio, si mette a raccontare una barzelletta che ha imparato a scuola, una storiella lunghissima su un gallo che invita a cena la sua gallinella innamorata e, sospirando, le dice: « Te lo giuro, cara, non ti lascerò mais ». È una sciocchezza, ma il modo in cui la racconta fa ridere per davvero, e forse la cosa più impagabile è vedere Sofie che si sganascia.

Poi arriva Caroline ad accompagnare i bambini al piano di sopra per il bagno e per metterli a letto. Helene trova strano restare a tavola, ma vede che i figli sono esausti, forse è meglio non cambiare le loro routine, soprattutto considerando che è ricomparsa a casa solo oggi. Tutti e due si avvicinano a Edmund: Sofie gli si arrampica sulle ginocchia e lo abbraccia, mentre Christian si limita a un « buonanotte ». Sofie tace per un istante, poi va anche da lei. Helene spalanca le braccia, e la bimba le monta in grembo e la stringe forte. Helene chiude gli occhi e si gode il profumo di quel piccolo corpo caldo. Quando li riapre, vede Christian davanti a sé, silenzioso e incerto, ma vicinissimo. Lo cinge con un braccio e lo trae a sé. Il bambino si china su di lei e la fissa intensamente con quei suoi occhi azzurri e serissimi. È la prima volta che i loro sguardi s'incrociano davvero. Suo figlio.

« Buonanotte, mamma », le dice.

Helene lo abbraccia forte, a lungo. *Mamma*. La aiuta, sentirsi chiamare così. O sentirsi chiamare, in generale. Forse è solo che... che lei, in sé e per sé, non è nulla, è la persona più spersonalizzata al mondo, ma se non altro riesce a essere qualcosa per chi le dà un appellativo. Madre, moglie, ereditiera. Quest'ultima parola è quella alla quale impiega più tempo ad abituarsi. Ogni volta che Edmund prova a parlarle della ditta, lei deve interromperlo. Per lei è troppo. Una cosa alla volta, prima quelle più importanti. « Buonanotte, tesoro », dice, con voce impastata dal trasporto emotivo.

Restano in silenzio per un po'. Edmund giocherella col tovagliolo, poi le chiede: « Com'era la cena? »

Helene abbassa lo sguardo sul piatto. Non ha quasi toccato cibo. Ha preso appena un boccone di filetto di maiale. Crema di asparagi bianchi, patate.

« È uno dei tuoi piatti preferiti », dice lui.

« Sì? » Helene lo guarda, sorpresa. Ha le lacrime agli occhi, e non sa da dove le vengono. Anzi, sì, lo sa: dal fatto di avere un piatto preferito che non le piace affatto. Sull'isola, non avrebbe mai cucinato niente di così pesante.

Edmund si alza. « Vuoi vedere un po' di fotografie? » Non si è accorto delle sue lacrime, e non è tenuto a farlo.

Helene annuisce e lo segue nel soggiorno che dà sulla terrazza. La grande portafinestra è aperta, e il sole della sera illumina la stanza. Fuori, in fondo al giardino, c'è quel lago che le sembra quasi un mare. Al centro del salotto, due grossi divani foderati in velluto verdognolo, separati da un tavolino. Lungo le pareti, stretti tavoli bianchi con fiori freschi disposti in vasi antichi, sovrastati da dipinti. Pittura paesaggistica a colori cupi, la stessa dei quadri appesi in camera da letto. Helene è perplessa: l'ha scelto lei, questo pittore?

« Le abbiamo raccolte dopo che sei scomparsa », dice Edmund.

Helene lo guarda. Poi abbassa gli occhi sugli album posati sul tavolino.

« Così di sera potevamo sederci a guardare le tue foto », aggiunge lui. « Insieme, io e i bambini. »

Quell'immagine le s'imprime nella mente. Edmund e i bambini, sera dopo sera, seduti qui a guardare le vecchie foto della mamma scomparsa, mentre lei se ne stava sull'isola a distribuire sorrisi e a fare l'amore con Joachim. Che razza di persona è? Sarebbe quasi meglio se fosse morta.

Si siede sul divano. Lui si piazza vicinissimo a lei, apre il primo album e glielo posa in grembo, poi indica la prima foto: lei in groppa a un cavallo arabo bruno. Pantaloni blu da equitazione, ampio sorriso. «Sei più andata a cavallo, dopo... l'incidente?»

Helene scuote la testa e ripensa a quando ha accompagnato Sofie in scuderia. I cavalli non l'hanno spaventata, ma non ha provato nessun desiderio di avvicinarsi a loro.

«Una volta ci andavi tutti i giorni. Sono tuoi, i cavalli», le spiega Edmund.

«Sono di razza?» chiede lei, incuriosita.

«Alcuni sì. Sono quasi tutti da sport equestri, da endurance... È giusto un passatempo.» Edmund si stringe nelle spalle con noncuranza, non è di questo che vuole parlare. Indica una foto di Helene in piedi accanto a un cavallo più scuro. «Questo è Samir, il tuo preferito. Eri con lui, quel giorno.»

L'incidente. Il colpo alla testa. Ecco di che cosa vuole parlarle. Helene osserva la propria immagine. Sia lei, sia il cavallo hanno un'aria del tutto rilassata.

«Ti stavi preparando a una corsa a lunga distanza, non era insolito che restassi via a lungo, fin dopo il tramonto. Poi però Samir è tornato dai boschi da solo. Il personale di scuderia è venuto a chiamarmi, e siamo usciti a cavallo a cercarti. Ho seguito tutti i tuoi soliti sentieri. Ho passato tutta la notte in giro a chiamarti.» La voce di Edmund è pacata, ma le mani tremano leggermente.

Helene prova a immaginarlo in groppa a un cavallo, nel bosco, con una torcia elettrica, a cercare e gridare il suo nome, col terrore di trovarla priva di sensi, forse morta.

«Il tuo casco era per terra, nell'erba alta.»

Non dice altro. Nel salotto cala il silenzio. Il sole sta scendendo, la luce diventa arancione, una brezza leggera porta un lieve profumo. Profumo di che cosa? Di lago, certo. Acqua dolce, ben diversa da quella del mare che lei si è abituata ad avere intorno. Questo profumo sembra piuttosto... già, che cosa? Terriccio?

Mentre Edmund si alza e va a chiudere la portafinestra, Helene sfoglia l'album. Altre fotografie di lei con diversi cavalli, anche alla pagina successiva, e a quella dopo ancora. L'album ne è pieno. In molti scatti compare il cavallo scuro, Samir.

Edmund accende il lampadario e gira il regolatore fino a ottenere la luminosità desiderata, poi torna al divano e si siede accanto a lei, stavolta un po' discosto. «La polizia ha passato a pettine la zona, senza trovare tracce. Abbiamo cercato ovunque, per giorni e giorni, coi cani e gli elicotteri. Abbiamo anche fatto dragare il lago, gli inquirenti parlavano di suicidio...» Sospira. «E poi abbiamo emanato un avviso di ricerca, anche all'estero. Ma non saltava fuori niente, non c'era nessuna traccia da seguire. Eri scomparsa e basta. Sparita nel nulla.»

Helene ascolta. È la sua storia, quella che sta ascoltando. Quelle cose sono successe a lei. «Che cosa facevo, a parte l'equitazione? Se i cavalli erano un passatempo, il mio lavoro qual era?» gli chiede, improvvisamente impaziente di sapere tutto.

«Collaboravi alla gestione della ditta. Era di tuo padre. È stato lui a fondare la Söderberg Shipping, a gettare le basi di tutto quanto. Noi abbiamo solo portato avanti il suo progetto.»

«Mio padre...» ripete Helene, accorgendosi che quelle parole le danno un fremito d'affetto. Ancora una volta si sorprende del fatto di non essere cresciuta in orfanotrofio, di non essere una senza famiglia, di avere una storia. «Parlami dei miei genitori. Com'erano?» gli chiede, ansiosa.

«Vieni da una dinastia famosa. Il tuo bisnonno era uno dei fondatori dei raduni di Himmelbjerget.» Edmund continua a cercare qualcosa nei suoi occhi, una scintilla che indichi che Helene ha riconosciuto qualcosa. E ogni volta resta deluso. «Erano raduni popolari, incontri politici che hanno contribuito alla creazione della democrazia danese.»

Helene annuisce. Tra le cose che le sta dicendo Edmund, ce ne sono alcune che lei conosce bene. Notizie storiche, che tutti sanno. Allo stesso modo, sa che Montevideo si trova in Uruguay, che la Danimarca è diventata un Paese democratico nel 1849, che il riso thailandese è più colloso delle altre varietà e dunque più adatto a essere preso con le bacchette. Sa milioni di cose, potrebbe parlare per giorni e giorni, con tutti gli argomenti che conosce. Peccato che tutte le informazioni su di lei, e su ciò che la circonda, siano state cancellate. «E mio padre? Anche lui ha contribuito...?»

Edmund sorride. «Il tuo bisnonno. Erano gli anni '40 del

XIX secolo. Tuo padre si chiamava Aksel, e al momento della sua morte era uno degli uomini più influenti di Danimarca.» Parla come se stesse leggendo un testo stampato: senza sentimento. Le racconta che Aksel si occupava di trasporti marittimi, soprattutto di legname ma anche turistici. Ben presto, però, si è reso conto che il futuro non stava nei mari, bensì negli oceani, così ha espanso la ditta in modo da avere un cantiere navale tutto suo, a Frederikshavn. Però ha mantenuto la sede centrale a Silkeborg, dov'era sempre stata, anche se molti collaboratori hanno cercato per anni di convincerlo a trasferire gli uffici a Copenaghen, o Aarhus, o addirittura alle Filippine.

«Ci sono foto sue? E di mia madre? Ho fratelli o sorelle?»

Edmund tende un braccio e prende un altro album, lo sfoglia avanti e indietro, poi lo porge a Helene, già aperto a una pagina piena di vecchie fotografie in bianco e nero. «Ecco tuo padre e tua madre. Sei figlia unica», le spiega, con un tono un po' troppo formale e impersonale.

Helene osserva le immagini. C'è una foto di nozze che ritrae una donna molto giovane, seduta su una sedia, in abito bianco e con un velo che le ricade sulle spalle. In volto ha un'espressione imbarazzata, quasi spaventata. Edmund si sposta piano sulla seduta del divano in modo da avvicinarsi a lei, le posa una mano su un braccio ma subito la scosta. Helene si concentra nuovamente sulla foto. Suo padre torreggia, ben eretto e importante. Ha parecchi anni più della sposina. A occhio e croce, ha passato i cinquanta. È da lui che Helene ha preso la forma del mento, il taglio degli occhi e le sopracciglia marcate. Guarda tutte le fotografie, pagina dopo pagina, fino a veder dischiudersi la vita dei suoi genitori. All'inizio la madre è giovane e, a poco a poco, si fa sempre più seria. Poi nasce Helene, mamma e papà mettono su la pancetta, le foto assumono una tinta diversa, l'abbigliamento cambia, sui volti compaiono rughe. Helene continua a sfogliare, ed è il dito, prima ancora dell'occhio, a individuare la sottile cresta frastagliata nella parte centrale. «Manca una pagina», dice.

«Ah, sì?» Edmund passa un dito sul solco. «Eh, già. Be', l'album è vecchio...» E gira pagina.

Helene vede alcune foto di se stessa da neonata, in braccio a sua madre, che la guarda con amore. Poi vede se stessa crescere, imparare a camminare, mettersi in posa accanto a quello che forse è stato il suo primo pony. Beve avidamente ogni immagine, e Edmund le lascia tempo, restando in silenzio accanto a lei. Helene sente di continuo il calore della sua coscia e il suo respiro. Quando arriva all'ultima pagina, richiude l'album e lancia un'occhiata agli altri, impilati sul tavolino. Ce ne sono tanti. Quante foto, quanti anni. Ora comincia a comprendere la portata di tutto ciò che ha dimenticato. « I miei genitori sono morti? » chiede, pur conoscendo già la risposta: se fossero vivi, ora sarebbero qui con lei. Anche loro avrebbero sentito la sua mancanza.

« Sì, tutti e due. Vuoi vedere qualche foto dei bambini da piccoli? »

« E non ci sono... che so, cugini? »

Edmund esita. « Sì, certamente, ma... »

« Ma? »

« Sai come vanno le cose, quando ci sono di mezzo i soldi. »

« No. »

« La famiglia... Tutti i guadagni di tuo padre... » Edmund si stringe nelle spalle. « Io credo che i parenti si aspettassero qualcosina in più di quanto tuo padre non fosse disposto a lasciare. »

Helene annuisce, ammutolita e piena di emozioni, poi apre un altro album. « Christian? » mormora, e Edmund annuisce. Tutti e due hanno le lacrime agli occhi.

Sfoglia lentamente l'intero album. Gira, l'una dopo l'altra, pagine della sua vita, anni che non dovrebbero poter sparire così. Continua a sforzare il proprio cervello: vuole riacquistare la memoria. Non le va di restare seduta a guardare, vuole anche poter ripensare ai momenti in cui quelle foto sono state scattate.

« Ricordi qualcosa? » le chiede Edmund, che evidentemente stava pensando la stessa cosa.

Helene scuote la testa con aria infelice. « Magari quando riprenderò la terapia », dice, ma la sola idea le mette una grande stanchezza. Edmund ha ingaggiato i migliori psichiatri e terapeuti di tutta la nazione, pur di rimetterle in funzione la memoria, ma ci hanno già provato i medici dell'Ospedale nazionale, e ogni seduta la lasciava esausta, come se i loro tentativi rischiassero di ucciderla.

D'un tratto Edmund le prende una mano e se la porta al viso. Helene, atterrita, tenta di ritrarla, ma lui non molla la presa.

« Helene, quanto mi sei mancata... » le dice, appoggiandosi a lei.

Helene sente le labbra di Edmund contro le sue. Labbra morbide, guance dalla rasatura perfetta. È suo marito, un bell'uomo. Gli posa delicatamente una mano sul torace e ha appena il tempo di sentire al tatto la saldezza dei suoi muscoli, prima di fermarlo. « È troppo presto, non ci riesco... »

Lui molla la presa e si alza. « Scusa. »

« Non hai nulla di cui scusarti, la colpa è mia. È solo che ho addosso una tale stanchezza... » Anche Helene si alza e lo guarda timidamente.

In silenzio si preparano per la notte e si coricano fianco a fianco. C'è spazio, il letto matrimoniale è largo e ognuno ha il proprio cuscino.

« Buonanotte. » Edmund si gira su un fianco, voltandole le spalle. Il suo respiro si fa pesante, ma Helene è in dubbio: si è addormentato o fa solo finta? Lei resta sveglia a lungo, ad ascoltare i nuovi rumori. C'è un lieve fruscio che potrebbe provenire dalla canna fumaria del caminetto della camera. Fuori, uno stormir di fronde. Ma il suono più evidente è quello di Edmund. D'ora in poi, Helene dovrà sentirlo dormire ogni notte. Ogni santissima notte. È suo marito. Prima o poi si abituerà a quest'idea, lo sa bene, eppure ha una tremenda nostalgia di Joachim. Chissà se ha già ripreso a scrivere?

14

Joachim si sveglia con un roboante mal di testa e un sapore di sgombro in bocca. Sgombro? Resta a lungo disteso a occhi chiusi, senza la forza di guardare ciò che ha intorno, cioè una topaia di Nørrebro, con pareti scrostate e pavimento in linoleum. C'è odore di cibi scaduti, e negli angoli si sente una punta acidula che fa pensare che l'inquilino precedente avesse un gatto. Fuori della finestra la brezza del mattino fa dondolare piano un cartello con scritto: VENDESI.

«Merda», borbotta. Dovrebbe baciarsi le mani, semmai. È stata Gudrun, quella della casa editrice, ad aiutarlo, permettendogli di dormire nell'appartamento finché non verrà venduto. L'ha comprato per il figlio, che però adesso è andato a proseguire gli studi a New York. Quant'è diverso, il mondo di Gudrun. Un figlio che va all'università negli Stati Uniti? Quella è una vita per gente con un vero lavoro e una vera famiglia.

Quando alla fine si volta su un fianco e apre gli occhi, vede gli scatoloni ancora chiusi e impilati lungo i muri. Finora non ha fatto altro che tendere le lenzuola sul materasso posato direttamente sul pavimento, e installare il computer sul tavolino rosso lasciato lì dal figlio di Gudrun. Accanto al computer ci sono due bottiglie di vino vuote e un calice mezzo pieno. Ecco com'è finito il suo tentativo di scrivere, ieri.

Si alza su gambe malferme e va nel gabinetto, talmente piccolo che a momenti bisogna entrarci in retromarcia, ed è incredibile che si sia trovato il posto per mettere una doccia. Evita di guardarsi allo specchio, tanto sa già che faccia ha, dopo una tirata come quella di stanotte: gonfia e rubizza, troppo vecchie per appartenere a un cinquantaduenne. Dedica qualche minuto a rovistare negli scatoloni in cerca di pastiglie per il mal di testa, ma non ne trova. Non è stato lui a prepararli. Ha lasciato il compito a Lina: lui non se l'è sentita, di tornare da solo a

Christiansø, senza Helene. La vecchia Volvo è ancora a Bornholm. I traslocatori gli hanno portato tutta la sua roba l'indomani. Vestiti vecchi e dattiloscritti ancora più vecchi.

Che fare? Che cosa accadrà, adesso? Deve starsene qui da solo, in un appartamento di Copenaghen, a svegliarsi ogni mattina in questo modo? E ad aspettare, nella speranza che lei cambi idea e torni da lui? Adesso è una madre di famiglia. Le è stato offerto ciò che lui non avrebbe mai potuto darle: casa e figli. Come può competere? Deve provare a scrivere. Tanto, l'infelicità c'è, basta metterla per iscritto. Forse è un bene che sia andata così. Si siede davanti al computer acceso e va in tilt. Si rialza, fa un giro dell'appartamento, guarda fuori da tutte le finestre. Gli manca Louise. Anzi, Helene. Un'assenza dolorosa, come quella di un arto strappato. Vorrebbe telefonarle. Potrà pure, no? Così, solo per dirle che gli manca e chiederle come se la passa. Ripensa al volto di lei quando sono usciti dal ristorante: piangeva, quando gli ha chiesto di lasciarla in pace.

Torna al computer. Ieri sera, nella lista delle connessioni disponibili, ce n'era una di nome Free-WIFI-fuck, che però adesso è sparita. In compenso è possibile agganciare Rete-di-Rebekka, quella della vicina del piano di sotto. Joachim ci riflette per un istante, poi indossa una camicia già abbottonata infilandola dalla testa, calza le scarpe consunte e scende i nove gradini fino a bussare all'appartamento di Rebekka. Passa un minuto, poi la giovane studentessa viene ad aprire. Carina, sulla ventina... e allora? Non è bella come Helene.

«Sì?»

«Ciao, Rebekka», dice Joachim, accorgendosi di arrossire. Forse lei lo riconosce? «Abito qui sopra, mi sono appena trasferito e volevo presentarmi.»

«Ah, va be'. Piacere.» Rebekka sorride. Bella dentatura da figlia di papà, unghie coperte da uno smalto rosa che comincia a sfaldarsi, mascara del giorno prima... i soliti fottutissimi dettagli. Che cosa se ne fa, lui?

«Senti... posso scroccarti Internet per un po'? La mia connessione arriva la settimana prossima.»

Tornato nell'appartamento, si collega alla Rete-di-Rebekka, poi resta per un istante con lo sguardo fisso sul logo di Google. « Avanti, forza », mormora. Deve scrivere della sua infelicità, anziché andare a cercare Helene. Non deve perdere altro tempo con lei. Nel campo di ricerca, digita: *Helene Söderberg*. Compare una marea di risultati sulla ditta e sul bisnonno che ha contribuito a organizzare i raduni di risveglio nazionale a Himmelbjerget, uno dei fautori della democrazia danese. Queste notizie non gli fanno bene, lo fanno sentire piccolo, tanto che all'improvviso quel microscopico bilocale gli sembra adattissimo a lui. La famiglia di Joachim non può certo fregiarsi del titolo di dinastia, non può certo competere coi Söderberg.

Proseguendo la lettura, le notizie su Helene sono sorprendentemente poche. C'è un'intervista di cinque anni fa, per una rivista femminile, con una sua fotografia. La pettinatura è diversa, liscia e con una tinta più chiara e perfettamente uniforme, di certo opera di un bravo parrucchiere. Comunque bella, ma più signorile. È diverso anche l'abbigliamento: un abito formale, blu, con una catenina al collo. Ci sono anche fotografie della villa, scattate sia all'interno, sia all'esterno. Tutto è lussuoso, sfarzoso, l'esatto opposto della vita che Helene ha vissuto con lui. Nell'intervista, parla di quanto si senta legata alla più autentica e romantica « danesità »... come se la Danimarca fosse nata su quella Himmelbjerget del cavolo. Joachim decide di tormentarsi ancora un po' e prosegue la lettura. Helene nomina Edmund diverse volte. *Mio marito*. Lo porta a esempio dell'uomo che comprende l'importanza di spartirsi tra coniugi i lavori domestici, dell'uomo moderno che, anziché limitarsi a dichiararsi a favore della parità tra sessi, la mette in pratica.

Suonano alla porta. Joachim trasale. *È lei? Di già?* E invece è un uomo in giacca e cravatta, con una ventiquattrore.

« Buongiorno, mi chiamo Schmidt e sono l'avvocato della famiglia Söderberg. Posso entrare? È questione di un minuto. »

Joachim, sbigottito, gli stringe la mano e lo fa accomodare.

L'avvocato si guarda intorno, scruta il materasso per terra, le bottiglie di vino che stanno ancora sul tavolino, gli scatoloni col contenuto che penzola fuori dei bordi dopo che lui ci ha rovistato dentro per cercare la pastiglia.

Pieno di vergogna, Joachim si affretta a portare le bottiglie in cucina e a spegnere il computer. «Scusi il disordine, ho appena traslocato e ho...» Si blocca.

L'uomo indica la sedia, come per chiedergli il permesso.

Joachim annuisce, così l'avvocato si siede, posa la ventiquattrore sul tavolo e la apre.

«Posso chiederle il motivo di questa visita?»

«Devo parlare con lei di questa faccenda e vedere se possiamo trovare un accordo che soddisfi entrambe le parti. Se vuole sedersi anche lei... Vorrei che desse un'occhiata ad alcune carte.»

Joachim sente rimontare il mal di testa, forse la sbronza non è ancora passata del tutto. Un avvocato di famiglia? Sposta uno scatolone verso il tavolo e ci si siede sopra. Ma è troppo basso. Ne prende un secondo, lo posa sopra il primo e si siede di nuovo. Così è troppo alto, ma pazienza. Un avvocato di famiglia, dunque. È ovvio che i Söderberg ne abbiano uno. «Un accordo, diceva? Non capisco.»

L'avvocato si schiarisce la gola e tira fuori alcuni fogli. «Avrà senz'altro sentito parlare della famiglia Söderberg. È una questione... delicata. Siamo ben consapevoli del fatto che la signora fosse scomparsa e abbia perso la memoria, ma...» Spinge i fogli sul tavolo in modo che Joachim possa vederli. Sul primo c'è una scritta a grosse lettere maiuscole.

ACCORDO DI RISERVATEZZA

Joachim legge il testo e comincia a intuire lo scopo della visita dell'avvocato. *Il presente accordo di riservatezza (di seguito «Accordo») viene stipulato in data...* Seguono i nomi delle parti: il suo nome e quello di Edmund Söderberg.

«Sarebbe molto spiacevole per la famiglia, se venissero divulgati troppi particolari. Per esempio, che la signora ha convissuto con un altro uomo nel periodo intercorso tra... Sa, per scrupolo verso Helene.» L'avvocato resta in attesa, mentre lui legge il documento da cima a fondo.

Firmando, Joachim s'impegnerebbe a non rivelare nulla a nessuno, né alla stampa, né a parenti o amici. E a non scrivere nulla su Helene. Una lunga lista specifica: *Né in forma letteraria, né in saggi, articoli, lettere...* L'accordo è stato studiato nei minimi dettagli. Raggiunta l'ultima pagina, Joachim vede una cifra e per poco non gli prende un colpo. Cinquecentomila corone. Mezzo milione.

«Siamo consapevoli del fatto che anche lei si trovi in una situazione spiacevole, perciò le offriamo un compenso», dice l'avvocato.

Un compenso? Per che genere di servizio? Il suo silenzio? Per evitare che girino storie imbarazzanti sulla scomparsa di Helene, oppure per accertarsi che lui rinunci a lei? Lo stanno pagando per dimenticare tutto? «Se Helene decide di lasciare Edmund, ci sto.» Joachim posa i fogli sul tavolo. La sua mano ha un fremito.

L'avvocato aggrotta le sopracciglia. Sembra confuso. «L'accordo prevede che lei rinunci al diritto di divulgare qualunque cosa sia accaduta negli ultimi tre anni e che s'impegni a non parlare mai di Helene...»

«Voglio solo assicurarmi di non firmare un documento che mi vincoli a rinunciare a Helene. La amo, e so che lei ama me. So bene che in questo momento non può fare diversamente, ma forse poi cambierà idea.»

«Temo di non capire. La signora è tornata a casa, quindi ora la famiglia vuole avere la certezza che non girino dicerie spiacevoli.»

Dicerie spiacevoli? Quelle parole sono un pugno allo stomaco. Riducono Joachim a una «diceria spiacevole», a qualcosa che i Söderberg hanno motivo di temere, a un elemento d'imbarazzo che può turbare la loro vita perfetta. Ora Helene riprenderà a rilasciare interviste ai settimanali femminili? Racconterà quant'è stata infelice, fino a quando il modernissimo marito non l'ha finalmente ritrovata? È questa, la storia che verrà divulgata? Joachim ha un moto di nausea e sente di nuovo quel sapore di sgombro. Ma come? Quando mai mangia sgombro, lui? Ieri sera, poi! «Non posso firmare», dice in tono deciso, respingendo le carte.

«Ma...» L'avvocato è palesemente sbigottito.

Joachim si alza. «Le chiedo scusa, mi dispiace che la cosa sia una seccatura per la famiglia, ma non posso.» Esita, poi riprende, a voce più bassa. «Non voglio creare problemi a Helene, non divulgherò mai niente che possa causarle imbarazzo, però non mi va di vendere per denaro la vita che ho avuto con lei. Il tempo passato assieme fa parte della sua storia tanto quanto della mia. Non ho la minima intenzione di dimenticare. Uno scrittore non vende il proprio vissuto: è l'unica cosa che ha.» Ed è vero. Lui non ha altro che questo: i ricordi della sua storia con Helene.

L'avvocato si alza e resta lì dov'è, con aria irresoluta. Quando Joachim gli porge le carte, lui solleva una mano. «Le tenga e ci rifletta un po', magari cambia idea. C'è anche la questione di Louise...»

«Questione?»

«Sì, quella della scomparsa di Louise Andersen. Helene è sospettata, dunque sarà meglio che non girino troppe storie.»

Joachim lo scruta. Quest'avvoltoio sta forse dicendo che, se lui firma l'accordo, ci saranno meno rischi che Helene finisca in carcere? «No, non cambio idea», gli dice, tendendogli con insistenza il fascio di carte.

Ma l'avvocato chiude la ventiquattrore e va verso la porta. «Ripeto: ci pensi su. Sul documento troverà il mio indirizzo e il numero di telefono. Quando avrà cambiato idea, mi chiami. Dopo che avrà firmato, il versamento sarà fatto entro un'ora.»

Con uno scatto, Joachim strappa i documenti a metà. Al rumore di carta lacerata, l'avvocato si volta e guarda sconcertato i mezzi fogli A4 che planano a terra. Scuote la testa, poi esce e richiude la porta senza troppe cerimonie.

Joachim è di nuovo solo. Solo, sì. È questa, la verità. Helene non ha scelto lui. Ma lui ha scelto lei, dovesse aspettarla per il resto della vita. Oltretutto, è convinto che in tutta questa faccenda ci sia qualcosa che non quadra. Come mai Helene è comparsa a Bornholm con l'identità di Louise Andersen? Che fine ha fatto la vera Louise? Cos'avevano a che fare un'orfanella e un'ereditiera? Joachim sente il bisogno di scoprire la verità. Fruga nella borsa del computer. E, sul fondo, in mezzo a due vecchi pacchetti di liquirizie Ga-Jol, eccolo lì, il sottobicchiere. L'unica traccia, la prima frase della storia di Louise Andersen è un lurido dischetto di cartone che una volta è stato usato per appoggiarci un drink, e che ora porta il numero di telefono di quel Peter presso il ministero degli Interni. 91880119. Joachim ha subito passato l'informazione alla polizia, che però non ha trovato niente di strano. Un numero annotato su un sottobicchiere non ha certo l'aria di portare a grandi svolte, l'hanno detto anche gli inquirenti, e Joachim concorda. Non significa niente. Lo getta sul tavolo.

« Merda », bofonchia, preparandosi un caffè solubile con l'acqua calda del rubinetto. Per rientrare in salotto bastano due brevi passi. « A meno che... »

Scuote la testa. Possibile che sia così semplice? Quel numero...

Joachim gira il sottobicchiere e legge: 61108816. Vista così, la scrittura sembra quasi più naturale. D'altronde, chi può dirlo? Le cifre sono vergate in modo sciatto, gli 1 sono solo tratti dritti. Ma tanto vale provare. Joachim prende il cellulare.

« Qui Algade, sono Gorm », dice una voce maschile, esausta.

« Louise Andersen », dice Joachim. Nient'altro. Conta tre secondi di silenzio.

« Con chi parlo, prego? » chiede l'uomo all'altro capo della linea, in tono un po' brusco.

« Dov'è? »

« Non so di chi stia parlando. Come le viene in mente di chiamare qui? »

« È scomparsa. Sto solo provando a cercarla. Tra le sue cose c'era questo numero. »

« Mai sentita. » L'uomo riattacca. Ma Joachim sa che Gorm di Algade ha mentito. Quei tre secondi di silenzio sono stati più che eloquenti.

15

Helene si gira tra le lenzuola e guarda Edmund, che sta ancora dormendo. Si alza facendo meno rumore possibile. Accanto al letto c'è una poltrona su cui è adagiata una vestaglia. La indossa e va nel bagno al quale si accede solo dalla camera. Pensandoci bene, più che una camera è una sorta di « appartamento da notte »: la cabina-armadio è praticamente una stanza a parte. Le manca Joachim. Tutto il suo corpo ha nostalgia di lui, delle sue braccia che la cingono, delle sue labbra, dei suoi occhi. Apre il rubinetto della doccia, s'insapona in fretta e si lava freneticamente i capelli, sperando che non entri Edmund. Quando si mette l'accappatoio ed esce dal bagno, prova sollievo nel vedere che lui dorme ancora. Nella cabina-armadio, osserva le lunghe file di abiti appesi alle grucce. Li scorre con lo sguardo, indecisa, in cerca di qualcosa che le venga voglia d'indossare. Prova una camicia di seta con una giacca azzurra e si guarda allo specchio, ancora a gambe nude. Passabile? Infila le mani nelle tasche della giacca, in una posa da donna d'affari. Sente tra le dita un pezzetto di carta. Lo tira fuori e lo osserva.

« Cos'è? » Edmund la fissa dalla porta.

« Non so, lo scontrino di un parchimetro. Cinque corone. »

« Li tenevi sempre da parte. » Edmund va a chiudersi in bagno.

« Perché? »

« Ma come 'perché'? » chiede lui, alzando la voce. Poi fa capolino dalla porta. « Eri tu a tenere la contabilità. Sei molto pignola. »

« Ah, sì? »

« Altroché. Uscite uguale detrazioni. Una spesa di cinque corone fa risparmiare una corona e venticinque centesimi sulle tasse della ditta. Di quand'è, quello? Puoi senz'altro metterci dentro anche quello. Cioè, le spese si possono detrarre fino a cinque anni dopo », le spiega ad alta voce da dentro il bagno.

Helene osserva lo scontrino. Il primo, piccolo segno della sua vecchia identità. Una spilorcia. Di quelle toste. È datato... 23 marzo. Cartiera Silkeborg. 23 marzo... cioè tre giorni prima della sua scomparsa, stando a quanto le hanno raccontato. Ripone lo scontrino nel cassetto del comodino, perché forse tra non molto ritroverà il suo vecchio io, e non vuole certo mangiarsi le mani per aver perso una detrazione fiscale di una corona e venticinque centesimi. Poi torna a progettare l'abbigliamento della giornata. Gli abiti da equitazione. Prende un paio di pantaloni e li appoggia alle gambe. Chissà se ricorda come montare a cavallo?

«Quelli, credo che per un po' non ti serviranno», dice Edmund alle sue spalle.

«Sto solo guardando.» Helene riappende i pantaloni alla gruccia. Poi si rende conto che è la frase che si usa nei negozi di abbigliamento per liberarsi di un commesso un po' troppo sollecito. «Credo che dovremmo fare qualcosa assieme ai bambini.»

«Caroline li ha già portati a scuola. Pensiamo che sia meglio mantenere le loro abitudini quotidiane, per quanto possibile», risponde Edmund, con calma olimpica, come se fosse ovvio che a prendere queste decisioni con la tata sia lui, non Helene.

Lei ne è delusa. Avrebbe tanto voluto stare un po' con loro.

«Pensavo che potremmo passare la giornata assieme», aggiunge Edmund. «Solo noi due, per recuperare...» S'interrompe, imbarazzato.

Non l'ha detto esplicitamente, ma Helene ha capito: si riferisce al sesso. Quell'idea le mette inquietudine. E rabbia, anche. Che cosa si è messo in testa? Che cosa si aspetta da lei? Ma riesce subito a dominare lo sconcerto: Edmund ha avuto nostalgia di lei, è comprensibile. Non ha dimenticato niente, lui, e ha sentito la sua mancanza per tutto il tempo in cui lei è stata via. Tre anni.

«Credo che proverò lo stesso a fare una cavalcata.» Helene si stringe nelle spalle, come per scusarsi. «Sarà il caso che anch'io riprenda le abitudini quotidiane di prima dell'incidente. Magari così mi torna la memoria.»

Edmund disapprova, è palese, ma non protesta. «Mando a dire alla stalliera di sellare Samir.»

Sullo spiazzo davanti alla scuderia, Katinka attende col cavallo già sellato. Ha lo stesso broncio del giorno prima. Helene si ferma accanto alla testa di Samir, che emette un lieve sbuffo: l'ha riconosciuta, non c'è dubbio. Lei gli posa una mano sul collo e sente il calore sprigionato dal pelo corto e setoso. Non ha paura dell'animale. Ma saprà cavalcare? Forse è come la bicicletta: una volta che si è imparato, diventa una specie di automatismo. Posa entrambe le mani sul cuoio liscio e ben ingrassato della sella, si appoggia delicatamente al fianco del cavallo e chiude gli occhi. Sa che cosa fare? Ricorda qualcosa? Li riapre. Non ci vuole poi una scienza, per capirlo: deve mettere un piede nella staffa e fare forza quel tanto che basta da montare in groppa.

Arriva Edmund, anche lui in abiti da equitazione. «Ti do una mano a montare?» chiede, prendendo le redini dalle mani di Katinka.

Helene ha appena il tempo di notare quant'è diverso lo sguardo che Katinka rivolge a lui. È come affascinata. D'altronde, ha l'età alla quale è normale fantasticare sugli uomini, ecco perché è tanto diffidente nei confronti di Helene. Edmund tende le braccia per sollevarla ma, senza nemmeno rifletterci, lei infila il piede nella staffa e monta in sella in un battibaleno. Ora che è lì, in groppa al cavallo, si rende conto di saper cavalcare. Anzi, forse è la cosa che le riesce meglio al mondo. «Preferirei fare il primo giro da sola», gli dice, tendendo una mano per prendere le briglie.

Edmund gliele porge. «Capisco.»

Helene stringe leggermente le cosce per assumere una postura corretta e sente che la sella sembra fatta su misura per lei. Lancia un'ultima occhiata a Edmund e Katinka, che stanno fianco a fianco. Si sono anche *sdraiati* fianco a fianco? Forse. Edmund è ancora giovane e la stalliera è palesemente gelosa di lei. Samir esce dal recinto e si dirige verso i boschi.

Tra i faggi, l'erica e le conifere si ramificano ampi sentieri.

Helene segue il tracciato in modo da avere il lago alla propria sinistra. La grande superficie blu è un costante monito di tutto ciò che lei non riesce a penetrare, di tutto ciò che resta celato sul fondale.

Lei per prima si sorprende di quanto sia brava a cavalcare. Capisce d'istinto che i comandi da impartire devono essere lievi, che dipende tutto da come si appoggia il peso e dal lato da cui partono i movimenti. È come se lei e il cavallo avessero un linguaggio comune, una grammatica che il suo corpo padroneggia alla perfezione. Si rilassa, riesce a respirare a pieni polmoni e a sciogliere le tensioni che la tormentano da diversi giorni.

Dopo un po', si accorge che Samir continua a tendere verso una direzione ben precisa: a est, lontano dal lago. Si è fatto più impaziente, accelera l'andatura fino al galoppo. Pur titubante, Helene lo asseconda. Punta sulle staffe per sollevarsi leggermente, stringe le ginocchia e si china in avanti. Il cavallo corre ancora più veloce, e lei si piega ancora di più, serrando forte le cosce. Dentro di lei dilaga un senso di libertà. Non ha paura, nemmeno nelle curve in cui è costretta a piegarsi di lato. Un'altra ansa del sentiero, un'altra ancora, poi tutt'a un tratto il cavallo si ferma. Per un istante Helene si ritrova proiettata in avanti, ma subito riguadagna l'equilibrio. Samir resta immobile, ansante, e anche lei ha il respiro affannoso.

Si trovano in una radura, davanti a loro scorre un ruscello. Helene smonta, molla le redini e Samir si mette a brucare l'erba. Lei si accovaccia sulla sponda, prende un po' d'acqua con le mani a coppa e beve, godendosi il gelo nella gola. D'un tratto, a questa sensazione se ne aggiunge un'altra, come di... già vissuto. Non ha dubbi, non è la prima volta che viene qui. L'ha sognato. Lei, da sola nel bosco, accanto a questo ruscello. Nel sogno era notte. O forse non era un sogno, ma un ricordo? Punta lo sguardo al di là del corso d'acqua, verso il fitto degli alberi.

« Una strada », mormora. Ricorda una strada che attraversava i boschi. Posa cautamente un piede tra i sassi bagnati, e Samir la guarda con aria preoccupata. « Tranquillo », gli dice Helene. Altri due passi, ed ecco guadato il ruscello. Alle proprie spalle sente i nitriti inquieti di Samir, come se la stesse chiamando. Forse è così che è successo l'incidente? Magari il cavallo se lo ricorda? Le conifere crescono fitte, tanto che alcuni alberi sono morti, e i loro rami si spezzano al minimo tocco, secchi e fragili come ali di farfalla. Helene si apre una via tra essi, lasciandosi alle spalle una scia di polvere di corteccia nell'aria. Ed eccola lì, la strada. Un camion le sfreccia accanto con una strombazzata di clacson per farla scostare dal margine della carreggiata. Qui... È qui che stava, quand'è scomparsa. O piuttosto, quand'è fuggita? Ha l'impulso di andare a chiamare Edmund e dirgli che si è ricordata qualcosa: il ruscello, il bosco, la strada. Il problema è che quest'unica cosa riaffiorata alla mente sarebbe difficile da raccontare a Edmund, proprio per via di quella strana sensazione di essere scappata. Riattraversa il fitto degli alberi e guada di nuovo il ruscello, tormentata dalle domande. Come mai ha abbandonato il cavallo? Le hanno detto che è caduta e ha battuto la testa, ma è andata davvero così? E, anche se fosse, poi avrebbe raggiunto la strada e... già, e poi? Avrebbe fatto l'autostop? Fino a Copenaghen? Questa storia non regge. Perlomeno, non nella parte in cui lei avrebbe battuto la testa.

Samir solleva lo sguardo verso il sentiero. Helene sente rumore di zoccoli, ed ecco che nella radura appare Edmund. Smonta dal baio, ma continua a stringere le redini e lo conduce lungo il fragile sottobosco, verso di lei. «Mi stavo preoccupando. Non tornavi più...» Sul suo volto c'è un'ombra che lei non ha mai visto. In questo posto non si sente al sicuro.

«Hai fatto benissimo a venire, tanto più che non sono del tutto sicura di ritrovare la strada», risponde Helene, tentando di assumere un'aria naturale, imperturbata. Edmund l'ha quasi raggiunta, ma lei si affretta a passare oltre e tornare da Samir. «Torniamo a casa?» dice, montando in sella e piantando i talloni nei fianchi del cavallo.

16

Bisogna essere disperati, per tornare nel nostro vecchio mondo pur di avere un minimo di conferme. Joachim sale le scale della sede della grande casa editrice, incrociando indaffaratissimi redattori e giovani stagisti sottopagati disposti a fare e dire qualunque cosa per inseguire il sogno di un impiego nell'industria libraria. Questo è il mondo da cui Joachim è fuggito. Quello di Ellen. Un mondo che ha un linguaggio tutto suo, codici tutti suoi, un universo in cui conta solo chi ha un posto al coperto e chi resta fuori. Joachim rivolge un sorriso a uno dei veterani di redazione, che non ricambia e si limita a un cenno discreto. È senz'altro un segnale: Joachim non è abbastanza importante, non ha mai fatto parte della cerchia che... mah, della cerchia e basta. In questo era molto più brava Ellen. Una campionessa. Lei sì, che conosceva il linguaggio di settore. E ora, attraversando il grande palazzo, riaffiorano i ricordi. Joachim aveva escogitato un trucchetto. Dato che non c'era verso di capire quando Ellen diceva la verità e quando mentiva, dopo un paio d'anni assieme a lei ha cominciato a fare caso al suo modo di esprimersi e ha notato una piccola differenza di velocità. Di solito, Ellen mitragliava furiosamente e dava risposte concise, spesso aggressive, ma quando mentiva rallentava il ritmo. Non molto, ma quel che bastava a permettergli di capire che per sapere la verità doveva rivolgersi altrove.

Diversi volti familiari alzano lo sguardo ma nessuno saluta, e lui sente già lo stomaco contrarsi. Lui non lo capisce, il linguaggio di settore. Non perché i suoi libri non vendano, anzi, di solito è il contrario. Se un autore vende più di qualche centinaio di copie, o anche un paio di migliaia, vuol dire che ha qualcosa che non va. Questa è una delle poche cose che Joachim ha afferrato. È una specie di equazione matematica: se un lettore si ritiene una delle poche persone al mondo ad avere buoni gusti letterari, non gradirà ciò che piace a tanti, perché questo significherebbe avere gli stessi gusti della maggioranza, e dunque non essere uno dei pochi eletti. Detto così è semplice, ma diventa complicato quando si considerano gli effetti su certe cose: chi saluta chi, chi non viene degnato di uno sguardo, chi è oggetto di chiacchiere maligne, chi può farsi vedere al fianco di chi a un evento pubblico, chi va in ferie dove... in breve, su tutto quanto.

Entra nell'ufficio. Gudrun è in piedi, al centro della stanza, con un fascio di carte in mano. Le carte di Joachim. Ha il solito aspetto di sempre: fianchi larghi, capelli neri, sicura di sé. « Il mio scrittore preferito! » esclama con un sorriso. Poi, dopo un abbraccio lungo e affettuoso, gli chiede se si trovi bene nell'appartamento.

Si conoscono da una vita. Gudrun ha sempre lavorato qui, fin da quando lui era una giovane promessa, sulla cresta dell'onda. E adesso che epiteti gli affibbiano? Gudrun crede ancora in lui, ma per un motivo o per l'altro in quell'e-mail gli ha scritto: *Ohhh, adesso sì che si ragiona!* E adesso che s'incontrano lui vorrebbe sotterrarsi dalla vergogna. È un povero mentecatto solitario, che ha perso la sua amata e da settimane non scrive una riga che non sia da cestinare. Al computer non ha fatto altro che spulciare Google in cerca di fotografie di Helene Söderberg e trovare l'indirizzo legato al numero di telefono annotato sul sottobicchiere di cartone: un negozio di macchine fotografiche in Algade. L'ha già spiegato alla polizia, a Iben Hansen Hansen, che alla fin fine non era Peter del ministero degli Interni, ma Gorm di Algade Foto. L'ha cercato su Internet e ha trovato un sito fatto coi piedi, che annunciava offerte di attrezzature fotografiche di seconda mano, tutte del millennio scorso. Iben gli ha detto che avrebbe trasmesso la segnalazione a chi di dovere, ma Joachim l'ha sentito benissimo, quel tono divertito: le forze dell'ordine non sono interessate, l'hanno preso per uno squinternato. Oltretutto, la bella Helene Söderberg è stata ritrovata. Di Louise Andersen, invece, se ne fregano tutti. Tutti tranne Joachim, l'unico a sentire la sua mancanza.

Gudrun scioglie l'abbraccio. « Allora, parlami di questo libro. Sono curiosissima. » Si accomoda su una delle due poltrone bordeaux strette nell'angolo accanto alla finestra.

Joachim si siede sull'altra, si posa le mani sulle cosce e sente la disperazione farsi strada in lui. È inutile guardare gli scaffali con tutti i libri che Gudrun ha pubblicato in questi anni. Mentre lei serve il caffè, lo sguardo di Joachim indugia un po' troppo a lungo su uno dei volumi appena usciti, *Il sistema*, un bestseller svedese, cinquecento pagine su Linneo. Gira il libro per leggere la quarta di copertina, che parla del soggiorno del 1735 a Haarlem, durante il quale il grande naturalista scrive il *Systema naturæ*, tredici pagine che hanno cambiato la concezione umana del mondo. Il romanzo è un carosello di erudizione e affabulazione, e parte dal 1666, quando la trisnonna di Linneo era stata arsa sul rogo per stregoneria a Stavanger, per giungere alle più ristrette cerchie dell'Europa illuminista, dove il crollo della religione segna la nascita di una nuova era. Per un istante, Joachim non sa decidere se tutte quelle stelline sulla bandella siano un tentativo di rappresentare il firmamento, oppure se davvero il libro abbia riscosso tanto successo presso la critica.

Rialza lo sguardo e Gudrun sorride. Joachim non ha niente, nemmeno tredici pagine, figuriamoci cinquecento. Non ha nulla da raccontare, a parte il fatto di essere un fallito, abbandonato a se stesso. E adesso gli tocca ammettere che una piccola parte di lui sperava di poter ancora aspirare a Gudrun. C'è stato un periodo in cui lei era interessata. Gli ha addirittura fatto delle avances, a una festa aziendale di parecchi anni fa, ma lui l'ha respinta con garbo e delicatezza, e da allora hanno sempre fatto finta che non fosse accaduto nulla. Già allora era felicemente sposata e, per quanto ne sa lui, lo è ancora adesso. Ma quella volta era disposta a rinunciare a tutto per lui. Joachim vede se stesso dall'esterno. Costantemente. Dalla mattina alla sera, è dolorosamente consapevole di se stesso. Cioè di Joachim senza Helene. Uno zero. Gudrun sta già cominciando a scoccare occhiate alle pile di fogli sulla scrivania: Joachim deve darle qualcosa. Può occupare questo posto al mondo, ma solo se produce qualcosa. « Romanticheria a gogò, un grande amore infelice. Ormai non ho più ritegno, mi sto cimentando in una cosa gigantesca. »

Gudrun sogghigna.

« Ma c'è anche un mistero, una persona scomparsa », prosegue Joachim. « C'è una donna, Louise Andersen, che sparisce e poi riappare, però alla fine salta fuori che è un'altra pers... » Si blocca. Sta dicendo una marea di boiate.

Ma Gudrun sembra sinceramente interessata. « Be'? Continua! Le pagine che mi hai mandato sono ottime, si vede benissimo che hai del materiale di prim'ordine. »

« Eh... » Joachim tenta di farsi venire in mente che cosa raccontano quei fogli. Le ha spedito tutto ciò che ha avuto il tempo di scrivere quella mattina, prima che Edmund facesse irruzione nella caffetteria. Cioè le pagine che non ha cancellato. Non riesce nemmeno a ricordare quante siano. Ha in mente una sola cosa: il volto di Helene quando gli ha detto addio davanti al ristorante.

Gudrun sfoglia nuovamente le carte e riprende, entusiasta: « Qui sento odore di cedola estiva. Usciamo in giugno? Se ci diamo dentro tutti quanti, è fattibile ». Gli lancia uno sguardo d'intesa. Sanno il fatto loro, conoscono l'editoria. Una pubblicazione in estate significa che il romanzo deve avere una prosa leggera, da leggere sotto l'ombrellone, magari saltando qualche pagina senza per questo perdere il filo.

« Mah, non so se riesco a finirlo così in fretta. Vorrei che mi venisse bene », dice Joachim, in tono docile.

« Joachim, viene bene qualunque cosa tu tocchi. Devi solo scrivere. Scrivi, scrivi, scrivi! Se vuoi sapere come la vedo io, il tuo problema è questo: pensi troppo e scrivi troppo poco. »

Joachim esce dal palazzo. Il colloquio è stato una perdita di tempo per entrambi. Prima di perdere Helene, non si era mai accorto di essere tanto solo. Niente famiglia, niente amici. Certo, potrebbe pur sempre ricontattare quel cugino di secondo grado o quell'anziana zia, o qualche amico di gioventù. Uomini invecchiati, ingrassati, mezzi pelati e delusi dalla vita, con cui ubriacarsi e piagnucolare sul fatto che le cose non siano andate come si erano aspettati: mogli malate terminali, carriere sfibranti. E lui non se la sente. Vuole solo parlare con Helene.

Tenta di convincersi che gli basti scrivere un libro su di lei, sul fatto di averla perduta, ma in realtà vorrebbe riaverla con sé.

Irrequieto, s'incammina lungo la strada e sa già che direzione prendere: quella del negozio di macchine fotografiche. In compenso, non sa bene che cosa dirà una volta entrato. Sarà il caso di fingersi un poliziotto? Non riesce a rinunciare a Helene. E la scomparsa di Louise Andersen è legata a lei. In testa ha un pensiero costante: se vuole riavere l'una, deve trovare l'altra, scoprire il motivo per cui Helene è ricomparsa sotto l'identità di Louise Andersen. E l'unico indizio in suo possesso è il sottobicchiere. Affretta il passo, vorrebbe mettersi a correre, e ha quasi l'impulso di misurarsi il battito cardiaco, il respiro, la sudorazione, ma farebbe solo la figura del cretino, su un marciapiede del centro di Copenaghen in mezzo a tanta gente in abbigliamento estivo. Tutti diretti verso i parchi, coi cestini da picnic. Ecco quanta vita c'è intorno a lui, vita della quale lui non fa parte.

Algade Foto. Joachim si ferma. Non avrebbe mai creduto che esistessero ancora negozi del genere. In vetrina ci sono attrezzature da cinepresa, un proiettore Super 8, piccole bobine grigie, obiettivi intercambiabili, oggetti di un'epoca in cui il mondo si poteva ancora toccare con mano. Joachim esita e, mentre tenta di racimolare il coraggio di entrare, riflette ancora un po' sui vecchi tempi e filosofeggia sul fatto che, quand'era giovane lui, era ancora possibile *spiegare* il mondo. Se nel 1985 avesse potuto viaggiare all'indietro nel tempo di un paio di millenni, avrebbe potuto descrivere a Giulio Cesare il futuro, il motore a scoppio che spinge una vettura, la fotocamera che fissa la luce su un nastro di pellicola, la locomotiva... Ma oggi? Il mondo d'oggi non si può spiegare. Facebook, Twitter, donne che dopo tre anni scoprono di essere qualcun altro... No, Giulietto nostro non se la berrebbe.

«Adesso», mormora, entrando in negozio.

Un vecchietto, chino su una macchina fotografica smontata sul bancone, alza lo sguardo. «Buongiorno, desidera?»

Joachim gli mostra il cellulare e visualizza una foto di Helene, sperando in una reazione. Mentre l'uomo scruta l'immagine, lui ripensa al giorno in cui l'ha scattata. Erano sugli scogli, sulla costa settentrionale dell'isola, e avevano appena nuotato.

« Sì, posso stampargliela, ma la qualità non sarà granché alta », dice il vecchietto, senza dare segno di aver riconosciuto Helene.

« Lei sa chi è questa donna? »

L'uomo scuote la testa. « No, non ho idea di chi... Ah, lei è quello che ha telefonato? Allora può anche andarsene a quel paese. »

« Helene Söderberg. Le dice qualcosa, questo nome? »

L'uomo socchiude le palpebre con aria sospettosa. « L'accompagno alla porta? »

Joachim ha una leggera vampa al collo, come un bambino colto con le mani nella marmellata. « Sto indagando sulla scomparsa della donna che amo. » È una liberazione dire le cose come stanno, dopo un'intera giornata passata a menare il can per l'aia, anche con Gudrun. È questione d'amore, ecco qua. Incrocia lo sguardo del vecchietto e gli sembra più... condiscendente? « Ci sono di mezzo due donne. La prima è Helene Söderberg, quella della foto, e la seconda è Louise Andersen. Lei conosce l'una o l'altra? »

« No, gliel'ho già detto. » L'uomo rivolge tutta la propria attenzione alla fotocamera smontata.

Joachim non si muove. Che fare? « È da tanto che gestisce quest'attività? Forse il titolare precedente le ha conosciute? »

« Guardi, io sono qui da trent'anni, e ho intenzione di restarci per altri trenta », replica l'uomo, senza alzare lo sguardo dal bancone.

Joachim si avvicina a una mensola piena di borse da fotografo e treppiedi, poi passa alle vetrinette di fotocamere nuove di zecca. Quando si volta, all'improvviso si ritrova a guardare negli occhi un giovane allampanato che lo sta scrutando dal retrobottega. Fa un passo verso di lui, ma quello sgrana gli occhi in un'espressione atterrita e scuote la testa. Joachim esita. Il vecchietto è tutto concentrato sul suo lavoro al bancone. Ma il giovane continua a fissare Joachim con una tale intensità da non lasciare dubbi: sa qualcosa, e vorrebbe parlargliene, ma non in presenza del vecchio. Così Joachim va verso la porta d'ingresso. « Be', grazie lo stesso. Mi scuso per il disturbo. »

« Certo, certo. Le auguro di trovare quello che cerca. » L'uomo alza di scatto lo sguardo, e Joachim ha l'impressione di vedere nei suoi occhi una scintilla di qualcosa. Aggressività? Fastidio?

Joachim è appostato nel bar di fronte. Si è seduto al tavolo accanto alla vetrata, in modo da poter tenere d'occhio il negozio di macchine fotografiche. Nelle ultime due ore, da quella porta non sono entrati molti clienti. A fine giornata, il vecchio e il giovane escono nello stesso momento. Il giovane s'incammina subito lungo la strada, mentre il vecchio resta lì a chiudere a chiave e ad abbassare la saracinesca, che scende con lentezza esasperante. Joachim segue con lo sguardo il giovane, finché può. Finalmente il vecchio ha serrato quel che doveva serrare e, per fortuna, s'incammina in un'altra direzione. Joachim corre sul marciapiede. Dopo un centinaio di metri, scorge il giovane che sta svoltando in una traversa. Lo raggiunge e gli posa una mano su una spalla. « Lei sa qualcosa? » ansima.

« Veramente no... » risponde l'altro, titubante. Porta scarpe da ginnastica, quella sinistra è slacciata e la stringa è bagnata e annerita a forza di essere trascinata nelle pozzanghere e nella sporcizia urbana.

« Si vedeva benissimo, che voleva dirmi qualcosa. Che cosa sa? »

« Mah, è solo che... quella Louise, di cui lei chiedeva... »

« Sì? »

« Ogni tanto telefonano diverse donne... » Il giovane abbassa gli occhi.

« Telefonano? E che cosa dicono? »

« Non so. Dovrebbe chiedere a Gorm. »

« Insomma, si può sapere di che cosa sta parlando? » Joachim si sta agitando, avrebbe voglia di schiacciare quel ragazzo come un frutto, pur di spremergli informazioni fino all'ultima goccia.

Ma l'altro fa spallucce. « Lui chiude sempre la porta. Spesso al telefono c'è una certa Miss Daisy. »

Joachim lo guarda, perplesso. « Miss Daisy? E chi è? »

« Una che telefona, tutto qui. Parla con Gorm. » Ancora una volta, il giovane si stringe nelle spalle.

« Senta, mi dica tutto quello che sa e facciamola finita. Le garantisco che nessuno saprà che ho parlato con lei. »

Il giovane solleva le spalle fino alle orecchie. « Non so altro. È solo che forse questa Miss Daisy c'entra qualcosa con quella signora che lei cerca. »

Joachim sospira. È chiaro che da questo ragazzino non ricaverà altro. Però qualcosa ha pur ottenuto: un nome. Miss Daisy. Può cercare quella donna. Sempre che di una donna si tratti. Inoltre, adesso sa con certezza che il vecchietto ha mentito. Quindi è chiaro che c'è sotto qualcosa. Oh, sì. Joachim ha una nuova pista da seguire. E ora prova uno strano senso di pace. Ha ancora una possibilità, basta trovare Louise e scoprire perché Helene si è spacciata per lei. Deve pur esserci una spiegazione. Una speranza.

17

Hans Peter Rosenberg, medico psichiatra, una volta alla settimana, questo è l'accordo. Una volta alla settimana, Edmund lo manda a prelevare in aereo, tanto per dire quant'è necessario. Helene si siede di fronte a lui nel salotto rivolto verso il lago. Preferirebbe stare coi bambini, anche perché non è affatto convinta che tutte quelle domande servano a qualcosa.

« Ancora niente? » chiede il dottor Rosenberg con aria premurosa.

Helene prende tempo, tenta di sorseggiare il tè. « Posso contare sulla sua discrezione? »

« Ci mancherebbe », risponde lo psichiatra, indignato.

« Anche di fronte a mio marito? »

Lui fa per dire qualcosa, ma si trattiene.

Helene lo osserva.

Lui sorride. « Ha mai sentito parlare del giuramento d'Ippocrate? »

« Mmm... no. » Helene non riesce a non lasciarsi contagiare da quel sorriso.

« È il giuramento che ogni medico deve prestare, da trecento anni a questa parte. E non sarò io a infrangerlo. D'accordo? »

Helene annuisce. Riflette. « Ho avuto un... » Cerca la parola più adatta. « Un barlume di memoria. »

« Cioè? »

Lei gli parla del ruscello nel bosco, del fatto di essersi ricordata che più oltre passa una strada. « La cosa mi ha fatto bene, perché dimostra che sono davvero Helene, la donna che una volta abitava qui e che è scomparsa. Ma mi ha anche messa in agitazione. Perché? »

« Perché non è ancora riaffiorato il resto, che però è lì, da qualche parte. » Il dottore sorride.

« Ma non mi viene in mente altro. Ricordo solo che correvo nel bosco. » Helene allarga le braccia in un gesto di rassegnazione. « E quando ho raggiunto la strada mi è venuta una sensazione strana, come se stessi... scappando. »

« Scappando? »

Helene annuisce. *Scappando*. Sì, è la parola giusta.

« Come vanno le cose, tra lei e suo marito? » le chiede il dottor Rosenberg.

« Bene. Ma mi sembra un'esperienza del tutto nuova. »

« È il minimo. Gliel'ha chiesto? »

« Che cosa? »

« Se eravate felici. Potrebbe essere uno dei fattori che hanno scatenato l'amnesia », risponde il medico. E poi aggiunge: « Se si scappa, c'è un motivo ».

« Lui dice che eravamo felici. »

Rosenberg la scruta per un istante. « Helene... Forse dovrebbe lasciar perdere le questioni più grosse e concentrarsi sulle circostanze della sua scomparsa, su ciò che è accaduto in quei giorni. Capisce? »

« Sì, forse dovrei. »

« Sembra che la sua memoria sia disposta a lasciarla entrare, ma solo da una porta ben precisa. » Il dottore si sporge leggermente in avanti, intreccia le mani e abbassa la voce. « È inutile mettersi a fissare le vecchie fotografie di lei e dei bambini. I ricordi non sono cose che si possano estrarre a forza. Si aggrappi a ciò che le è tornato in mente ora, cioè alla sua corsa nel bosco. Parta da lì. Che cos'è accaduto, poco prima che lei si mettesse a correre? O poco dopo? »

È Edmund ad accompagnare Rosenberg alla porta, e questo infastidisce Helene, che si sente sminuita, come una bambina che viene lasciata sola nel momento in cui gli adulti devono fare « discorsi da grandi ». Pensandoci bene, a irritarla è l'aspetto sessista della faccenda. Edmund si circonda di donne che « mandano avanti la casa »: una vecchietta in livrea da domestica, una stalliera... Ma Helene non si sente a suo agio nel ruolo della mogliettina tutta sorrisini da lasciare sola quando i maschi fanno « discorsi da grandi ». In lei c'è ancora un residuo di Louise, la donna che ha gestito una caffetteria svegliandosi ogni mattina per prelevare il pesce dall'affumicatoio, infornare il pane a lievitazione naturale col latticello della St Clemens e il miele casalingo, la donna che ha contrattato con la Carlsberg per avere tendoni da sole gratuiti in cambio dell'esclusiva sul servizio di birra speciale prodotta dal vecchio birrificio. Lei è quella che puliva le anguille togliendo viscere, vescicole natatorie e sangue, lasciandole sotto sale per mesi in modo che fossero pronte per il menu autunnale, divine con le barbabietole in salamoia e la composta di aglio selvatico; una ricetta quasi secolare, tipica dell'isola, alla quale non bisogna apportare la minima modifica, a meno di non voler generare una sollevazione popolare. Lei è quella che teneva la contabilità e puliva i congelatori col Rodalon per togliere l'odore di animali morti e sorbetto al limone. Sarà il caso di spiegare tutte queste cose a Edmund, una volta o l'altra. Magari lui non lo sa neanche, che cos'è il Rodalon.

I bambini sono fuori, sul prato. Helene li raggiunge e cerca di stare un po' con loro, ma è difficile: quel ricordo continua a tormentarla. Il ruscello, l'acqua gelida, il bosco. Per la prima volta dopo tre anni, la memoria fa capolino, ma solo per mostrarle un passato di cui non può parlare con altri che Rosenberg. Secondo il dottore, l'amnesia si è originata lì. Perché è scappata? Si era trovata un altro uomo con cui voleva fuggire? Improbabile. Se così fosse, dov'è l'uomo in questione? Non è Joachim, perché lei l'ha conosciuto un bel po' di tempo dopo. Forse era Edmund a essersi trovato un'altra, e lei l'aveva scoperto? In fin dei conti, sono cose che succedono di continuo, e un po' ovunque. Ma un'esperienza del genere fa perdere solo il buonumore, non certo la memoria. E dunque cos'altro è stato?

Si sforza di essere presente, per non perdersi nemmeno un istante in compagnia dei bambini, ora che finalmente è di nuovo con loro. Sofie non molla mai la sua mano. Christian la fa ridere e basta guardarlo in faccia per capire che si sta divertendo anche lui. Hanno lo stesso senso dell'umorismo, e questo è già un bene. Quanto alle manifestazioni d'affetto, verranno quando si sarà riabituato a lei. Ogni volta che si siedono, Sofie le si arrampica in grembo e Helene si gode la sensazione che le dà il peso del corpo della bimba. Le fa pensare al fatto che

Christian avesse più o meno quelle dimensioni, quando lei è scomparsa.

Dopo cena, va a mettere a letto i bambini, dopodiché raggiunge Edmund nello studio.

« Dormono? » chiede lui, alzando lo sguardo dalle sue carte.

« Sì, non hanno fatto storie. » Helene si guarda intorno. Più che uno studio, è una biblioteca: arredo classico e massicce librerie che salgono fino al soffitto. Tutte le lampade hanno un paralume verde. Al centro della stanza ci sono due divanetti in pelle bordeaux.

« La tua scrivania è quella. » Edmund gliela indica. È identica alla sua, ma leggermente più piccola.

Incuriosita, Helene si avvicina. La scrivania è accanto a una finestra con vista sul giardino e sul lago. Eccola, la sua camera con vista.

« Qui è dove ci mettiamo a lavorare, la sera. Però tu hai anche il tuo ufficio. » Edmund si alza, si piazza accanto ai divanetti e la guarda con palese desiderio.

Lei si avvicina e tutt'a un tratto il vestitino color crema le sembra più attillato del dovuto. È come se gli mostrasse tutte le curve del seno e dei fianchi. Si siede.

Edmund prende posto accanto a lei e le posa una mano su una coscia. « Helene... » La voce è roca.

« Com'era il nostro matrimonio? » lo interrompe lei.

Lui esita. « Buono. » La mano è ancora ferma lì, ma non si muove. Edmund sta aspettando un segno di consenso. La pelle è dorata, gli occhi vivaci e belli. È un uomo avvenente, inutile negarlo. E un bravo padre. Ma allora come mai lei è... fuggita?

« Dimmi qualcosa in più. Eravamo felici? Lo facevamo spesso? » gli chiede Helene, anche se è convinta che lui non ami parlare di queste cose, riservato com'è.

Dopo un lungo silenzio, Edmund la cinge con un braccio e la trae a sé.

« Tutte le coppie hanno i loro problemi. Qual era il nostro? »

« Trovare il tempo per stare assieme », risponde lui, a bruciapelo. « L'acquisizione è stata una tale impresa, che... »

« Acquisizione? »

«Non mi aspettavo che pensassi a queste cose, proprio adesso.»

«Eh?»

«Abbiamo lavorato diversi anni all'acquisizione di una compagnia olandese, grazie alla quale saremmo entrati nella cerchia dei maggiori spedizionieri al mondo. Era il tuo progetto, Helene, il tuo sogno», dice lui, in tono concitato. Poi si stringe nelle spalle. «Solo che dopo sei sparita...»

«Certo, ma... eravamo felici?»

«Felicissimi, Helene. Ci volevamo un bene dell'anima, condividevamo tutto, lavoravamo assieme, andavamo in vacanza assieme, stavamo coi bambini. E lo facevamo...» Imbarazzato, abbassa lo sguardo. «Lo facevamo spesso.»

Si china su di lei, con un movimento naturale, inarrestabile. Le loro labbra s'incontrano in un bacio istintivo, esplorativo. Helene ha il batticuore. È impensabile che riesca a provare un sentimento, se continua a mettere sotto esame le proprie reazioni. Deve rilassarsi. Edmund, evidentemente, non ha quel problema, a giudicare dai respiri. La bacia di nuovo, tenendole il viso tra le mani. Ha una tecnica inappuntabile: la bocca non è troppo umida, né troppo secca, né troppo aperta, né troppo chiusa. La lingua passa sulle labbra di lei, calda e piacevole. Eppure, eppure... Helene è in lotta con se stessa. Lo vuole e non lo vuole. D'un tratto, lui molla la presa e si alza. Lei lo guarda, confusa. Edmund le tende una mano, lei la prende e lui comincia a camminare. Attraversa tutto il pianterreno, sale la scala, entra in camera, va verso il letto. A quanto pare, non è il tipo d'uomo che salta addosso alla moglie nella biblioteca. Helene avrebbe preferito di sì? Già era difficile all'inizio, ma dopo quest'interruzione lo è ancora di più. Lui si toglie i vestiti, lentamente e con metodo, posandoli su una sedia. Lei resta immobile a guardarlo spogliarsi. Ha peli scuri sul torace e sul ventre. I muscoli sono ben definiti. Non parlano, lui non la guarda. Quando resta nudo, si avvicina e senza esitare sveste anche lei, con la stessa determinazione e sistematicità con cui si è spogliato lui. E lei lo lascia fare. Anzi, solleva le braccia in modo che lui riesca a sfilarle il vestito, alza un piede, poi l'altro, per liberarsi delle mutande. Ecco, sono nudi. Due corpi.

Uomo e donna. Lui la prende nuovamente per mano e la conduce fino al letto.

«Quanto sei bella. Sei sempre stata bellissima», ansima.

Si stende su di lei, premendola contro il materasso. L'intero corpo di lui contro l'intero corpo di lei. Punta i gomiti sul letto, ancora una volta le prende il volto tra le mani e la bacia. Lo stesso bacio ben calibrato, perfetto. Helene ricambia, non può fare altrimenti. Piano piano gli passa le mani lungo la schiena e sente tra le cosce il turgore del sesso di Edmund. Lui si spinge leggermente di lato per avere maggiore contatto.

«No», sospira lei.

«Eh?» Edmund si gira di lato. Restano distesi fianco a fianco, a riprendere fiato. Fuori si sente il vento tra gli alberi e, più lontano, sul lago, la sirena di una barca.

«Scusa», dice Helene, con un filo di voce.

«Non ti preoccupare.» Lui le posa una mano sul braccio. «C'è tutto il tempo, tutto il tempo che ti serve.» Proprio in quel momento, il suo cellulare squilla. «Che aspettino», dice Edmund.

«Ma no, rispondi pure.»

«Sarà sicuramente una questione di lavoro. Ci metto un attimo.» Lui si alza, indossa nuovamente tutti i vestiti, con la stessa metodicità con cui se li è tolti, poi lancia un'occhiata al cellulare e scende di sotto.

Helene resta da sola a letto. *La prima volta è la più brutta*, pensa, aprendo il cassetto del comodino. L'ha già esplorato, sa che cosa c'è dentro: una confezione di aspirine, qualche fazzoletto e una vecchissima Bibbia. La dedica sul frontespizio è quasi illeggibile, ma con un po' d'impegno Helene riesce a decifrarla: è rivolta al suo bisnonno, da parte di Steen Steensen Blicher, il pastore protestante che nel 1839 aveva guidato il primo raduno di Himmelbjerget. E poi c'è lo scontrino del parcheggio. È datato 23 marzo. Non riporta l'anno, ma Helene sa di essere scomparsa il 26 marzo. Dunque, tre giorni prima della sparizione della vecchia Helene, ha... già, cos'ha fatto? Aveva un appuntamento in questo posto? Alla cartiera Silkeborg? Può essere un indizio? Lo psichiatra le ha detto di partire dai giorni prima e dopo la scomparsa. Che cosa ci faceva, lei, alla cartiera?

Sente i passi di lui sulla scala. Sta tornando. Si affretta a riporre lo scontrino nel cassetto, poi si sdraia di lato, in modo da dare le spalle a Edmund. Pensa al *Merciaio ambulante,* l'unica storia di Blicher che lei abbia mai letto, non ricorda quando. La memoria le è nemica, e lei la odia. Ricorda le lingue, il sapore del porridge di pane nero e birra bianca, ricorda *Casablanca* e ricorda *Il merciaio ambulante*: *Non v'è al mondo cor più straziato / di chi ha perduto l'amato.* Joachim. È lui, l'amato perduto. Helene chiude gli occhi e finge di dormire. Immagina Joachim seduto al computer. Forse è felice, adesso che finalmente può scrivere di nuovo.

18

Joachim si sveglia presto. È il pensiero di Helene a strapparlo al sonno. L'idea che adesso lei sia felice, distesa al fianco del marito Edmund, e che abbia dimenticato tutto di lui. Ecco come si sente: completamente abbandonato.

Si mette a sedere con la schiena contro il muro freddo dalla tappezzeria color segatura. In tutta questa storia c'è qualcosa che non quadra. Ripensa a ciò che gli ha detto il giovane del negozio: forse il vecchio sa qualcosa, e ogni tanto parla al telefono con diverse donne, una delle quali si fa chiamare Miss Daisy.

Miss Daisy?

Joachim si alza dal letto, accende il computer e visita il sito del negozio di macchine fotografiche. Sulla homepage figura anche il cognome di Gorm, dal quale non è difficile risalire all'indirizzo: abita in una zona residenziale di ville. Lo inserisce nel campo di ricerca del sito dei trasporti pubblici. Partendo da Nørrebrogade, bisogna prendere un autobus, poi la metropolitana, infine camminare per un quarto d'ora. Scruta la mappa, memorizza i nomi delle vie da percorrere a piedi. Tanto vale andarci subito.

Non ha difficoltà a trovare la casa, ma gli viene un dubbio. Sarà davvero qui? Possibile che il titolare di un negozietto di macchine fotografiche abiti in una grande villa tutta bianca? Avrà una moglie ricca. Oppure avrà ereditato. La villa è un po' lontana dalla strada, vi si accede da un vialetto lastricato che corre tra due file di piante di malvarosa alte un metro. Joachim suona il campanello e dopo un istante viene ad aprire la porta una slanciata adolescente con un apparecchio ortodontico.

« Ciao. Papà è in casa? » le chiede Joachim, ma poi pensa: *Però, l'ha avuta tardi, sua figlia. Che la moglie sia molto più giovane?*

« Un attimo », risponde la ragazza, rientrando in casa.

D'un tratto, sulla soglia compare Gorm. Resta immobile per un istante, poi esce e si chiude la porta alle spalle. « Che cosa le viene in mente, di presentarsi qui? » sibila.

Joachim si fa coraggio. « Lei sa qualcosa. Adesso mi dirà tutto quello che sa su Louise Andersen. »

« Non so proprio niente. Sparisca », dice Gorm, a bassa voce ma in tono aggressivo.

« Io so già che lei ha avuto a che fare con Louise Andersen, quindi tanto vale che me lo dica. Ha parlato di lei con Miss Daisy. »

Nel sentire quel nome, Gorm sussulta. Lancia un'occhiata nervosa verso la porta di casa, poi avanza di un passo verso Joachim. « Possiamo parlare altrove? » dice, a voce ancora più bassa.

Joachim annuisce, ed è tutto un fremito. Ha fatto centro. Sta per scoprire qualcosa.

« Incontriamoci da un'altra parte. S'incammini lungo la traversa qui a sinistra, io la raggiungo in macchina, d'accordo? » Gorm guarda l'orologio. « La strada è lunga, ma lei continui a camminare. Sarò lì tra un quarto d'ora, venti minuti al massimo. »

Joachim riflette rapidamente. Non sarà un trucco per levarselo di torno? « Se non la vedo arrivare, torno qui. »

Gorm annuisce a denti stretti e rientra in casa. Joachim s'incammina e svolta nella strada laterale, che attraversa il quartiere di villette fino ad allargarsi e diventare un ampio viale con complessi condominiali su entrambi i lati. Dopo circa un quarto d'ora, una Passat rossa accosta al suo fianco. Joachim apre la portiera e sale a bordo. Gorm, al volante, riparte senza degnarlo d'uno sguardo.

« Dove si va? »

« Vuole parlare con Miss Daisy, no? »

« Voglio trovare Louise. »

« Mai sentita. Ma forse Daisy sa qualcosa. »

Escono dalla città. All'inizio, i complessi edilizi si fanno più grandi e numerosi, poi gradualmente si sfoltiscono e si riducono di dimensioni. Attraversata un'area industriale ai margini di Bagsværd, Gorm svolta in una traversa.

« Dove abita Miss Daisy? » chiede Joachim, senza ottenere risposta.

« Ehi! » Gorm inchioda. L'auto dietro suona il clacson, poi li sorpassa e c'è un breve scambio di gesti col dito medio. « Vuole incontrarla? »

Joachim lo osserva. C'è odio, nello sguardo del vecchio. Riprendono la marcia, entrambi in silenzio. Joachim guarda fuori del finestrino e vede che stanno entrando in un bosco, probabilmente il Hareskoven. Sta tenendo d'occhio tutti i cartelli stradali, proprio per capire dove lo sta portando Gorm. Ha paura e rimpiange di non aver portato qualcosa da usare come arma. Gorm svolta in una stradina sterrata, ferma l'auto e si volta verso di lui. « Resti in disparte, intesi? In disparte. »

Joachim non ha il tempo di rispondergli. Riesce appena ad accorgersi che Gorm ha preso dal taschino un oggetto oblungo e scuro, e che con un movimento ad arco lo colpisce alla tempia. « Ahia! Ma cosa fa? »

Gorm lo colpisce di nuovo, con risolutezza, come se non avesse nulla da perdere. Joachim tenta di scendere dall'auto, pentendosi di esserci salito. Una bastonata sulla nuca gli annebbia la vista per un istante. Uno spasmo alla mano. Se solo riuscisse a tirarsi fuori... Si muove lentamente, come in quegli incubi in cui ci si dibatte con tutte le proprie forze senza il minimo effetto. Gorm scende dall'auto, lo prende e lo trascina a terra.

« Ho... Ne ho parlato... » mormora Joachim.

Gorm ha alzato la mano. Ha intenzione di ucciderlo?

« Ne ho parlato con mio fratello. Non la passerà liscia. »

« Non si faccia rivedere mai più. E non parli con la polizia. Non sono solo, capito? » Gorm lo afferra per il bavero e lo scuote, come per esigere una risposta.

« Non sono solo neanch'io », dice Joachim, ma lui per primo si accorge di non avere un tono granché convincente.

Gorm sogghigna e scuote la testa. « La prossima volta non se la caverà così a buon mercato », dice. E lo colpisce di nuovo.

Joachim si sveglia, confuso e frastornato. Si porta una mano alla tempia e sente un grosso bozzo dolorante. Resta seduto a terra a lungo, e solo dopo un po' gli torna in mente il volto di Gorm, l'uomo che l'ha picchiato fino a fargli perdere i sensi. Con che cosa, poi? Un affilacoltelli? Sì, ne è quasi sicuro.

Cerca il cellulare in tasca, sperando che sia ancora lì. Con grande sollievo, sente al tatto la superficie di plastica liscia. Per prima cosa chiama la polizia, anche perché non sa cos'altro fare, ma quando la voce all'altro capo della linea comincia a tempestarlo di domande - dove si trova, che cos'è successo e via dicendo - lui non sa rispondere e riattacca. Medita di telefonare a Iben Hansen Hansen, ma... già, per dirle cosa? No, non ha abbastanza informazioni. Oltretutto, se Helene era in possesso dei bagagli di Louise e ora è sospettata di essere coinvolta nella sparizione della donna, forse non è il caso di parlare con la polizia. Così non l'aiuta di sicuro.

Si rialza a fatica e s'incammina verso la strada asfaltata. È come se il suo campo visivo fosse stato fatto a fette, tutto è ripartito in suddivisioni geometriche, come in un caleidoscopio. Vacilla, sembra sicuramente un ubriaco. Prosegue fino a trovare una casa con un numero civico ben visibile, poi cerca su Google il servizio taxi di... Ballerup? Værløse? Dev'essere più o meno da quelle parti. Una goccia di sangue cade sul display. Eccolo, finalmente. Telefona, fornisce i propri dati e la destinazione: il pronto soccorso più vicino.

All'accettazione, dice di essere caduto dalla bicicletta. Descrive il dolore al cranio e le alterazioni della vista. La donna dietro il bancone gli dice di sedersi ad aspettare. Joachim prova un odio profondo verso Gorm, ma dopo un istante a quest'emozione se ne sostituisce un'altra: un senso di gratitudine. Già, perché ora ha avuto una conferma, sa di essere sulla pista giusta. Altrimenti perché Gorm avrebbe avuto una reazione tanto violenta? Joachim tira fuori il cellulare e cerca su Google *Miss Daisy*. E salta fuori di tutto, a partire da *A spasso con Daisy*, il film del 1989 con Morgan Freeman e Jessica Tandy diretto da Bruce Beresford, basato sull'omonima opera teatrale di Alfred Uhry;

per finire con un'azienda che si vanta di fornire esattamente quello stesso genere di servizio: non solo un autista che trasporti il cliente da un punto A a un punto B, ma un amico. Joachim sorride, ma la contrazione dei muscoli facciali gli dà un dolore tremendo alla fronte, perciò li rilassa all'istante e riprende a esaminare i risultati della ricerca. C'è una scuola di canto corale che ha solo insegnanti femmine, poi un ristorante in Florida, un altro ristorante...

L'infermiera lo visita, le sue mani esperte gli si posano sul cranio. Quando tocca il bernoccolo, lui geme. La donna gli punta una torcia negli occhi, gli controlla i riflessi, lo sommerge di domande, per poi appioppargli un paio di pillole dicendogli di riposarsi fino a sera, ma di non stendersi a dormire per almeno sei ore. Gli dice che è solo una lieve commozione cerebrale, niente di grave; se però gli viene da vomitare o accusa altri malesseri, deve telefonare subito. « Sarebbe meglio se stanotte non dormisse da solo », conclude. « C'è qualcuno con lei? »

« Sì », dice Joachim, con le lacrime agli occhi.

Quando si avvia verso l'uscita, attraversando la sala d'aspetto vede i giornali sparsi sui tavolini. C'è l'*Ekstra Bladet* con la prima pagina rivolta verso l'alto, che d'un tratto gli dà un'illuminazione. Ripensa all'espressione imbarazzata di Gorm nel lanciare un'occhiata verso la porta di casa. La figlia, la moglie... Vergogna. *Vuoi vedere che questa Miss Daisy è una prostituta? Donne che telefonano, Gorm che si spaventa... Ha paura di venire sputtanato?* Joachim raccoglie il tabloid e si siede a sfogliare le ultime pagine, passando in rassegna i fantasiosissimi nomignoli e messaggi in codice facilmente decifrabili: *Sorø, esclusivo, spudorata, roleplay... Nuova a Esbjerg, specialista in arti amatorie e massaggio alla prostata*. Quanti progressi ha fatto il mondo, dai tempi in cui era giovane lui! Continua a sfogliare. Bingo! Eccolo lì, il nome. Miss Daisy. *Ti aspetto, apertura non stop*. Joachim prende subito il cellulare, poi perlustra discretamente con lo sguardo la sala d'aspetto. Che figura sta facendo? Quella di uno che vuole telefonare a una battona ma è troppo spilorcio per comprare il giornale. Bisogna proprio aver toccato il fondo, vero? Inserisce il numero di Miss Daisy tra i contatti, richiude il giornale ed esce in tutta fretta. Non sa se le vertigini siano imputabili più al trauma cranico o all'esaltazione di aver finalmente trovato una pista concreta. Una storia. Joachim lo sa, che c'è sotto una storia. E ha tutta l'intenzione di portarla alla luce.

19

Il primo viaggio al volante della sua auto, l'ha fatto con Edmund seduto accanto a lei. Ha cercato di tranquillizzarlo dicendogli che a Bornholm ha sempre guidato. Stava quasi per nominare la vecchia Volvo di Joachim, ma si è bloccata appena in tempo. Strano, però. Ha dei ricordi, ma non ne può parlare con nessuno; in compenso, è circondata da persone che pretendono continuamente di farla parlare di cose che le sfuggono: aneddoti sui bambini, di come si sono conosciuti lei e Edmund, durante un convegno del gruppo Söderberg a Singapore... Ricordi che non ha.

Edmund è stato molto chiaro nel dirle che preferirebbe che lei non guidasse da sola per altri sei mesi. Helene ha protestato, non ha la minima intenzione di passare sei mesi sotto una campana di vetro, ma lui è stato irremovibile. Per fortuna è uscito per un impegno di lavoro. Lei l'ha salutato con un bacio ed è rimasta a guardare l'auto che usciva dal vialetto, dopodiché ha aperto l'armadietto accanto alla porta principale e ha preso le chiavi della piccola Mercedes.

E finalmente eccola qui, da sola al volante. L'auto è come nuova, pulitissima, spersonalizzata, non come quella di Joachim. La Volvo era quasi un prolungamento di lui, e anche di lei. In quel vecchio catorcio hanno caricato di tutto: libri di Joachim, tazze da caffè, vasellame per la caffetteria.

Helene guida piano per le strade quiete, tentando d'imprimersi nella mente tutto quanto: il centro della cittadina, lo storico battello a ruota *Hjejlen* ormeggiato fianco a fianco con le altre barche turistiche, gli stabili più vecchi, i pontili, i siti storici. Il parcheggio della cartiera Silkeborg si trova di fronte a un grosso centro fitness. Ormai è da molti anni che la fabbricazione di carta è cessata, adesso si producono muscoli, a giudicare dai due uomini che stanno uscendo dall'edificio. Infila nel parchimetro una moneta da cinque corone, e da una fessura esce una contromarca. Quando compare la scritta DESIDERA LO SCONTRINO? preme SÌ. E il foglietto che viene stampato è identico a quello che ha trovato nella giacca, a parte la data. Dunque era qui, tre giorni prima di scomparire. Cioè tre giorni prima di montare in sella a Samir, cavalcare nei boschi, fermarsi al ruscello e correre tra le conifere, facendosi largo tra migliaia di rametti seccati dal vento... e ricomparire con un'altra identità. Una donna diversa, trasformata, col disco fisso riformattato. Eppure... Rosenberg dice che la memoria le ha mostrato la porta dalla quale desidera che lei entri, la porta che si apre sui ricordi legati alla scomparsa. Ebbene, ora l'ha varcata. Si guarda intorno. Poco oltre, c'è una steak house che tiene in vetrina un gigantesco cappello da cowboy, *all you can eat* a 139 corone. È qui che era diretta? Era venuta qui a mangiare? Ma no, le bisteccone americane non incontrano certo il gusto della vecchia Helene, e nemmeno di quella nuova. Oltretutto, se aveva infilato nel parchimetro solo cinque corone, vuol dire che intendeva trattenersi solo quindici minuti, che non bastano per dedicarsi al fitness, né per godersi tre etti di lombata. E dunque? Forse aveva un appuntamento nel parcheggio. Ma no, non avrebbe sprecato cinque corone di biglietto: se è... anzi, se *era* davvero così spilorcia come sostiene Edmund, avrebbe conferito con la persona in questione tenendo d'occhio i movimenti dell'addetto al parcheggio.

Helene comincia a camminare. Meno male che non c'è Edmund a vederla. Ci resterebbe... male? S'innervosirebbe, forse? E lei? È nervosa, lei? Come ha fatto a dimenticare tutto e sparire? Non ne ha idea, non sa nemmeno chi è. Osserva la gente intorno a sé, due donne della sua età che entrano nel centro fitness. Loro sì, che sanno chi sono. Il tassista, il giardiniere che raccoglie i rifiuti tra le aiuole, il guardiano del parcheggio che compila multe... tutte queste persone sanno chi sono. Tutte, tranne lei. È appunto per questo che è sgusciata fuori di casa ed è venuta qui.

Da qui, può andare solo in una direzione: risalendo il fiume. Dalla parte opposta c'è solo una strada trafficata. Entra nel bar. Dietro il bancone, una donna che ha più o meno la sua età sta facendo cuoricini nella schiuma di due cappuccini. Helene aspetta che i due avventori si allontanino.

« Buongiorno, desidera? » dice la donna, senza alzare lo sguardo.

« Le sembrerà una domanda strana, ma... mi ha mai vista prima d'ora? »

Ora la barista alza lo sguardo, colta di sorpresa. Poi sorride. « Solo sui giornali. »

« Lei è la titolare dell'esercizio? »

« Sì. »

« Da quanto tempo? »

« Posso chiederle come mai le interessa? »

« Mah... è troppo complicato da spiegare. Grazie lo stesso. Arrivederla. » Helene se ne va. È un'impresa disperata: sicuramente anche i poliziotti vanno di porta in porta a interrogare la gente, ma loro sono in tanti, mentre lei è da sola.

Tornando verso l'auto, incrocia un paio di dipendenti della SAS in uniforme. Davanti all'albergo ci sono solo due piazzole per parcheggiare, entrambe occupate dai minivan blu dell'hotel stesso. Helene riflette per un istante, poi annuisce tra sé. Sì, le sembra plausibile: forse aveva un appuntamento all'albergo, ma non ha avuto modo di lasciare l'auto lì davanti, perciò l'ha messa nel parcheggio un po' più in là, pagando per soli quindici minuti. Le porte a vetri scivolano di lato e Helene entra nell'atrio.

« Signora Söderberg? »

Helene si volta.

Un uomo in giacca e cravatta viene verso di lei, a passo esitante ma scrutandola con insistenza. È un po' avanti negli anni, con capelli grigi tagliati cortissimi e un aspetto talmente curato da avere un che di femmineo. È il direttore dell'albergo « Non sa che piacere, vederla vi... *vis-à-vis.* » È chiarissimo che stava per sfuggirgli un'altra parola: *viva.*

« La ringrazio », dice Helene.

« Qual buon vento la porta, signora? » le chiede l'uomo, allontanando un dipendente venuto a mostrargli alcune carte.

« Sono venuta qui perché, be'... lei sarà senz'altro al corrente della mia... situazione? »

Il viso del direttore resta immutato: comprensivo, cordiale, premuroso.

« Della mia amnesia », mormora Helene. Chissà perché, pronunciare quella parola la mette in imbarazzo.

Il direttore dell'albergo lancia una rapida occhiata alle proprie spalle, verso il gruppetto di affaristi coi bagagli ancora da scaricare dall'auto. Sicuramente aveva ben altre faccende per le mani, ciononostante accoglie Helene nel suo ufficio e si siede di fronte a lei, con un'aria paziente, seria e riguardosa.

« Volevo solo chiederle se sono venuta qui altre volte », dice Helene senza mezzi termini. Poi attende ansiosamente la risposta.

« Naturalmente, signora. Abbiamo dato sede a molti convegni della Söderberg. Lei è un'ospite di gran riguardo. » Il direttore annuisce e si schiarisce la gola.

« Sì, ma... sono venuta qui da sola, appena prima di scomparire? Il 23 marzo di tre anni fa. Lei lavorava già qui? »

« All'epoca ero vicedirettore. Però non so se ero al lavoro proprio quel giorno. Sono pur sempre passati tre anni, signora. »

« Avete un sistema di telecamere di sorveglianza? »

« Sì, signora. » Il direttore la guarda e sembra quasi spaventato.

« E tenete da parte i nastri? »

« Non sono nastri, sono solo *file*. Sì, li conserviamo. Ma non vorrà mica... » Si blocca. Stavolta non le ha dato della *signora*.

Helene si schiarisce la voce e si alza. « Vorrei visionarli. » Posa sulla scrivania il piccolo scontrino sgualcito. « Non ci vorrà molto, m'interessa solo un arco di un quarto d'ora di quel giorno preciso. »

Le registrazioni sono in bianco e nero, un po' imprecise, soprattutto quando il tecnico manda avanti veloce le immagini della mattina del 23 marzo. Si vede gente che entra ed esce dall'atrio con una rapidità impressionante.

« 15.43 », dice Helene, osservando l'indicazione di data e ora in fondo allo schermo.

Il tecnico si ferma sulle 15.41 e da lì riproduce la registrazione a velocità normale. Il direttore guarda lo schermo da dietro le spalle di lei. Nell'inquadratura si vede un'anziana coppia entrare nell'albergo, farsi dare una keycard e andare verso l'ascensore. Intanto si sono fatte le 15.43. Una cameriera spinge un carrello di lenzuola ed esce dall'albergo. Le 15.44. Helene sospira. Il direttore si schiarisce la gola. Le 15.47. Ancora niente. Eppure, dal parcheggio all'ingresso dell'albergo non ci si mette più di un minuto.

« Mi dispiace », dice il direttore, quando il filmato raggiunge le 15.50.

« La ringrazio ugualmente. » Helene si alza.

« L'accompagno. »

Escono dalla stanza, ma proprio mentre stanno per incamminarsi lungo il corridoio, il tecnico dice: « Un momento ».

Helene si gira a guardare, e sullo schermo vede se stessa entrare nell'atrio. Rientra e torna a sedersi. Nella registrazione, si sta dirigendo verso il bancone della reception. Indossa la giacca blu, quella in cui ha trovato lo scontrino. Pantaloni in tinta, scarpe nere di vernice. Stenta a riconoscersi in quella figura di donna dura, che non fa sconti a nessuno. La Helene del filmato pesca qualcosa dalla borsetta, forse un biglietto o una carta di credito, chissà? Il receptionist scuote la testa. Non lo si vede in volto, perché la telecamera è montata alle sue spalle. Helene gli porge con insistenza ciò che ha in mano, ma il receptionist si stringe nelle spalle e allarga le braccia, come per scusarsi. Lei resta immobile per un istante, poi ripone l'oggetto nella borsetta e se ne va. Tutto qui. Nella registrazione non c'è altro.

« Posso rivederlo? » chiede Helene.

Il tecnico ritorna all'inizio della sequenza, e Helene la visiona una seconda volta, poi una terza, ma senza ricavarne informazioni in più. Anzi. Però è chiaro che la Helene di tre anni fa è venuta qui per sapere qualcosa.

« Posso parlare con quell'inserviente? » chiede.

« Ci toccherà fare un salto alla reception a cercare il prospetto dei turni di quel giorno. »

« Ecco, è Martin, l'uomo con cui ha parlato », dice il direttore. Poi si rivolge alla ragazza dietro il bancone. « Che fine ha fatto Martin? »

« Non c'è più », risponde la giovane.

Il direttore si volta nuovamente verso Helene, con un'espressione dispiaciuta.

« È morto? » dice lei.

« Be', voglio sperare di no », risponde il direttore, trattenendo un risolino.

La receptionist s'intromette. « È sempre ai Pesciolini », dice, tutta allegra, con un tremendo accento di campagna dello Jutland centrale.

« Ai... che? » chiede Helene.

La giovane non riesce a celare lo sbigottimento. « Ma... i Pesciolini! È il nome di un parco. » Prende una cartina turistica, la apre sul bancone e traccia una croce in prossimità di uno dei laghi.

Helene le odia, le mappe. Difatti ha sempre lasciato che di queste cose si occupasse Joachim. Già, dov'è Joachim, adesso che le serve? Starà scrivendo, di nuovo felice, sicuramente in tenera compagnia di una vecchia fiamma.

« Ecco, i Pesciolini sono questi », spiega la receptionist. « E lì c'è la scuola d'immersione. Scommetto che lo troverete lì. Fa l'istruttore. »

Istruttore d'immersione? Saprà ripescare dalla memoria la domanda che Helene gli ha posto tre anni fa?

20

In treno, un uomo anziano con una bella giacca beige lo fissa con aria ostentatamente sprezzante. Joachim sa benissimo di avere una faccia che fa spavento, con tutte quelle contusioni e il labbro spaccato. S'insacca ancora di più sul sedile e appoggia la fronte al finestrino freddo. Gli toccherà recuperare l'auto che, per mille ragioni pratiche ed emotive, ha lasciato a Bornholm. Tutto è accaduto così rapidamente, anzi, per raggiungere la terraferma hanno preso l'aereo proprio perché la polizia aveva tanta fretta, ma è inutile girarci intorno: se si lascia indietro qualcosa, è perché si spera di tornare in quel luogo. Più importante la cosa, maggiore la speranza. È così che funziona?

Aveva ragione Fanny, la donna con cui ha parlato al telefono: la casa di piacere è davvero facile da trovare. Scende i tre gradini che portano all'ingresso del seminterrato. APERTO, dice un cartello scritto a grandi lettere vergate da una mano femminile. Alle finestre, le tendine sono ben tirate e sul lato esterno corre una fila di lucine rosse intermittenti a forma di cuore, tanto per fugare ogni dubbio. Entrando, si ritrova in una stanza ben illuminata con una giovane magrolina seduta dietro una specie di bancone in vetro, tutto macchiato di cera sciolta.

« Ben arrivato. »

Joachim riconosce la voce roca: è la stessa che ha sentito al telefono. Dunque è Fanny. La stanza ha pareti bianche, faretti sul soffitto, piccoli ma forti, e quattro sedie di vimini lungo la parete. Seduto su una di esse, un uomo dalla testa rasata sta leggendo un giornale di automobili. È senz'altro il buttafuori: la maglietta senza maniche, che mette in piena vista tatuaggi e muscoli, non lascia dubbi.

« Come... come si fa? » chiede Joachim.

« Lei è nuovo? » Fanny sorride. Nel suo sguardo non c'è nulla che faccia pensare che abbia notato la sua espressione tormentata: qui si usa discrezione, nessuno vuole essere riconosciuto, nessuno gradisce domande inopportune o commenti di sorta.

Stranamente, funziona: Joachim comincia a sentirsi più a suo agio in quella situazione imbarazzante.

«Per lei ho una ragazza bella soda, con forme floride e un sorriso grazioso. Se però preferisce una rossa impetuosa, ci si può organizzare. Secondo il suo gusto. Abbiamo anche una biondina malandrina.» Fanny gli rivolge un sorriso... malandrino, per l'appunto.

Joachim non riesce a trattenere una risatina. «La biondina, senz'altro.»

«Allora credo che manderò a chiamare Mindy.» Fanny si sporge in avanti e bisbiglia: «Ha qualche richiesta... particolare?»

«Ehm...» Joachim arrossisce, non ha idea di come rispondere a una domanda del genere.

«Allora facciamo il solito, direi.»

Joachim annuisce.

«Bene. Contanti? Accettiamo anche carta e MobilePay, sull'estratto conto risulterà come servizio benessere, massima discrezione.»

Lui mormora qualcosa a proposito di una carta di debito Visa/Dankort. Fanny sorride e gli fa cenno di accomodarsi accanto al buttafuori, poi si allontana. Joachim tenta di darsi un contegno e di tener presente il vero motivo per cui è qui: trovare Louise Andersen.

Dopo un po', Fanny ricompare. «Mindy è pronta. Entri dove vede la porta aperta.»

Joachim s'incammina lungo il corridoio. Anche qui, le stesse pareti bianche, un vago odore di ammoniaca. Varca la porta aperta ed entra in una camera ammobiliata soltanto con un letto di metallo nero dai pomi d'ottone e un comodino abbinato, con un'anta sotto. Nient'altro. Sentendo dei passi alle proprie spalle, si volta di scatto e si ritrova faccia a faccia con Mindy. I capelli sono talmente biondi da risultare quasi bianchi, gli occhi hanno un taglio leggermente a mandorla, un po' distanti l'uno dall'altro, truccati in modo da mettere in risalto la foggia felina, e la pelle è incipriata, appena imporporata sugli zigomi alti. In compenso, le labbra sono rossissime.

Mindy richiude la porta senza staccare lo sguardo da lui, gli passa accanto sfiorandogli i fianchi con una mano, poi si ferma accanto al letto e si volta a osservarlo, in attesa. Ha un reggicalze nero, un reggiseno e mutandine a perizoma, e un paio di scarpe con vertiginosi tacchi a spillo. I seni hanno una rotondità perfetta. Joachim fa per dire qualcosa, porgerle qualche domanda, ma lei si avvicina di scatto e gli posa un indice sulle labbra, mentre l'altra mano scivola sotto la cintola, fredda contro la pelle, che all'improvviso gli sembra fin troppo calda.

Joachim non è mai andato con una prostituta. È sempre stato impensabile: quand'era giovane, c'erano troppi rischi, e quando poi è cresciuto ha conosciuto Ellen. In più, quand'è diventato scrittore, ha cominciato a ricevere proposte che prima non si sarebbe mai sognato: belle donne gli scrivevano, gli telefonavano, lo abbordavano dopo un incontro coi lettori. E la cosa è proseguita anche dopo che le vendite sono calate e lui si è ridotto al ruolo di misterioso autore ritiratosi a vita privata a Christiansø. Dopo il divorzio, ha declinato quasi tutte le profferte. L'esperienza con Ellen gli ha insegnato a premunirsi. Da sposato, si è concesso parecchie scappatelle, ma poi non ne ha più sentito il bisogno. Con Louise... anzi, con Helene, era libero di respirare. Con Ellen no. Tenta di concentrarsi sul motivo per cui è venuto qui. È diventato anche lui una di quelle persone senza compromessi? Ossia proprio ciò che Ellen l'accusava di non essere? Altro che quegli artisti che lei ammirava tanto. Per esempio Turner, il pittore inglese che si era fatto legare all'albero di una nave durante una burrasca e vi era rimasto per quattro ore, per avere un'esperienza visiva completa di una tempesta sul mare. È così anche lui? Si è legato all'albero di una nave di nome Helene? Che cosa direbbe Ellen, se lo vedesse? Lo considererebbe finalmente l'artista che desiderava che fosse?

Si stende sul letto e sente su di sé le mani esperte di Mindy, efficienti e determinate. Non c'è nessuna tenerezza, né nel suo sguardo, né nel suo tocco. È per questo che la lascia fare? Si sente meno infedele a Helene? D'altronde, non si può certo parlare d'infedeltà, se si è stati piantati. O sì? Non lo sa, pensa solo a levarsi la camicia e calarsi i pantaloni. L'erezione non mente, parla chiaro, riguardo al corpo e alle sue pulsioni. Eppure, con la strana sensazione di essere di fronte alla sua ultima occasione, Joachim si mette a parlare. «Sto cercando una donna che lavorava qui tre anni fa. Si chiama Louise. La conosci?»

Mindy sospira, lo scavalca con movenze eleganti e posa i piedi a terra, in modo da restare seduta sul bordo del letto, dandogli le spalle. Tende la schiena, come se avesse i muscoli indolenziti. Joachim tenta di rivestirsi, ma s'infila le mutande dal verso sbagliato e le sente premere contro l'erezione.

«L'ho capito subito, che non eri qui per scopare», dice lei, in tono monocorde.

Joachim prende il cellulare dalla tasca, visualizza la foto di Helene, poi aggira il letto e si piazza di fronte a Mindy, mostrandole il display. «La conosci?»

Sorpresa. Sopracciglia aggrottate. Ma dura solo una frazione di secondo, poi il volto torna a essere inespressivo. «Mai vista in vita mia, okay?»

Ma quell'istante di perplessità la dice lunga: Mindy si aspettava di vedere un'altra faccia. Dunque per lei il nome di Louise è collegato a una donna diversa. Peccato che lui non abbia una fotografia della vera Louise. Eppure dev'essere possibile convincerla a parlare. «Conoscevi Louise? Sai che fine ha fatto?»

Mindy si alza lentamente. «Vuoi dire Stella? Mi pare che abbia smesso.»

«Stella», ripete Joachim, assaporando quella parola. Ma certo. Dove si è mai vista una prostituta che si fa chiamare col suo nome vero? Sono tutte Vanessa, Mindy, Pamela, roba del genere.

«Visto che non ti va di scopare, puoi anche tornare a casa», dice Mindy.

«Louise Andersen si faceva chiamare Stella? Devo trovarla. È importante», insiste Joachim, posandole una mano su un braccio. Lei lo guarda come se quel tocco fosse un'offesa gravissima, ma lui continua: «Tu puoi aiutarmi. Devo sapere che fine ha fatto Louise, cioè Stella. La donna di questa foto credeva di essere lei, ha vissuto per tre anni con l'identità di Louise, e io devo sapere come sono andate veramente le cose. E tu puoi aiutarmi. Basta che tu mi dica che cosa sai. Anche se ti sembrano dettagli che non contano niente, magari per me sono indizi».

Mindy socchiude le palpebre, sembra soppesare la richiesta.

«Ti pagherò bene, se mi dirai qualcosa.»

Lei ritrae lentamente il braccio e arretra. «Aspetta un momento», dice. Poi esce dalla stanza.

Forse è disposta a parlare? No, è più probabile che sia andata a chiamare il buttafuori. Però sa qualcosa, Joachim ne è convinto. È frustrante essere a un passo da una risposta eppure vederla tanto lontana. Si guarda intorno. Ora deve agire in fretta.

Rapido come il fulmine, raggiunge il comodino e apre l'anta. Eccola lì, la borsetta. Costosa, in pelle. Joachim l'afferra e fruga, tendendo l'orecchio nell'eventualità di sentire dei passi che si avvicinano. Nel momento stesso in cui si ritrova in mano un sottobicchiere di cartone, capisce di aver fatto centro. Lo estrae e lo osserva. È identico a quello di Helene. È più nuovo, la stampa non è stinta, ma il logo del Campari è lo stesso. Sul retro, al posto del numero di telefono, qualcuno ha scritto a biro una data e un'ora. Oggi. Stasera. Ma dove? Sente un rumore in corridoio, così ripone in tutta fretta la borsetta nel comodino, richiude l'anta e arretra di tre passi. La porta si spalanca nel preciso istante in cui Joachim si sta infilando in tasca il sottobicchiere.

L'uomo della sedia di vimini entra per primo e viene verso di lui con fare minaccioso. «Allora, che cazzo combini?» ruggisce, ed è chiaro che non si aspetta una risposta. Alle sue spalle c'è Mindy.

Joachim afferra la camicia e le scarpe, ma il buttafuori gli agguanta una spalla, lo spintona e per poco non lo fa cadere. Ripensa all'infermiera, che gli ha detto di riposarsi. Tende le mani per proteggersi. «Scusi, scusi, me ne vado.»

«Vorrei ben vedere.»

«Ho avuto una commozione cerebrale», dice Joachim, come per scusarsi. Non vuole essere pestato di nuovo.

Il buttafuori non si muove. Lo supera di tutta la testa. Palpitazioni. Finalmente si sposta, permettendogli di raggiungere la porta. Mindy, a braccia conserte, ha sempre lo stesso volto inespressivo. *Che bellezza irreale,* pensa Joachim, anche se non è certo il momento di notare queste cose.

Il buttafuori lo segue lungo tutto il corridoio, fino alla porta di uscita. Salendo i tre gradini, gli dà un ultimo spintone. Joachim incespica e gli cadono di mano le scarpe e la camicia. Resta sul marciapiede ad armeggiare con lacci e bottoni, vergognandosi come un ladro. Chissà che idea si farebbe Helene, se lo vedesse in questo stato. Joachim tenta di non pensarci, tanto Helene non può vederlo, e mai lo vedrà: è chiaro che si è perfettamente ambientata nella sua nuova vita, che il passaggio è stato indolore, altrimenti l'avrebbe già contattato.

21

Helene sale in auto e va dritta alla scuola d'immersione. Non c'è motivo di aspettare. Vuole trovare quel Martin e chiedergli che cosa gli ha mostrato tre anni fa, alla reception dell'albergo. Guida piano, più volte deve sostare per guardare la cartina. L'auto ha il navigatore integrato, ma Helene non ha idea di come farlo funzionare, sa solo che è nuovissimo. Edmund le ha raccontato che quello vecchio è stato requisito dalla polizia, quando lei è scomparsa. Gli inquirenti hanno tentato di rintracciarla agli indirizzi che lei aveva messo in memoria tra i preferiti. Ad averlo adesso! Potrebbe fare la stessa cosa, visitare tutti quei luoghi nella speranza che qualcosa le riaffiori alla mente. La donna che ha visto nel filmato della telecamera di sorveglianza è la stessa che ora regge il volante di quest'auto, eppure è diversissima. Quella era una donna forte, tenace, alla quale non si riusciva a dire di no. Bastava guardare l'andatura, la postura. Sembrava che fosse la padrona di tutto. Una regina.

Guarda nello specchietto retrovisore. Quella station wagon verde scuro... era dietro di lei anche l'ultima volta che ha guardato. Helene mette la freccia e svolta a destra. L'altra auto va dritta. Cominciamo con le paranoie? Controlla nuovamente la cartina. Avrebbe dovuto svoltare molto prima, ma questa strada è troppo stretta per fare inversione e da entrambi i lati c'è una ripida discesa. Tanto vale proseguire. Diversi cartelli indicano Himmelbjerget, la maggiore attrazione turistica della zona. Alla prima biforcazione, si ferma. Forse è un buon punto per girare? Guarda di nuovo nello specchietto. Riecco quell'auto. Adesso sì, che i sospetti si fanno fondati. Qualcuno la sorveglia? È Edmund? È preoccupato per lei? O per ciò che potrebbe scoprire? Imbocca la strada a sinistra e accelera. Mille pensieri le attraversano la mente con la stessa velocità dei faggi che sfrecciano fuori del finestrino. Tende una mano per prendere gli occhiali da sole e per poco non esce di strada, ma riesce a raddrizzare il volante appena in tempo. Chi è l'inseguitore?

Helene lascia la Mercedes nell'ampio parcheggio asfaltato di Himmelbjerget, pensando che il modo migliore per sfuggire a un pedinamento sia quello di nascondersi tra la folla. Baracchini di ristoro o di souvenir, gente ovunque, famigliole in gita, scolaretti, comitive di pensionati in visita guidata. Helene si accorge di avere tutta la muscolatura rigida. Non ha mai telefonato a Joachim, dopo quella sera al ristorante. Dovrebbe? No, sarebbe inutile. Tanto sa già come andrebbe a finire: un dialogo non le darebbe ciò che le manca. Anzi, non farebbe che accrescere il senso di vuoto. Proprio in quel momento il cellulare squilla.

«Helene, dove sei?» Edmund ha un tono turbato.

«Ah, non ti ho avvisato, scusa. Ho trovato una vecchia amica che mi ha riconosciuta, ed era talmente bello incontrare qualcuno che facesse parte di quei tempi, che... mi sono lasciata prendere la mano e ho perso di vista l'orologio.» La bugia le esce di bocca con tanta naturalezza che Helene si sorprende di se stessa. Una rapida occhiata alle spalle, ed eccola lì, l'auto verde, parcheggiata non lontano dalla sua.

«Non dovresti proprio uscire.»

«Edmund... non mi va di restare chiusa in gabbia.»

«Ma quale gabbia?» dice lui, indignato. «È solo che... ci preoccupiamo per te.»

Helene fa un respiro profondo. Edmund le sta dicendo cose sensate. D'altro canto, lei ha tutto il diritto di sapere.

«Chi è l'amica?» le chiede lui, in tono conciliante.

«Vibeke», risponde a bruciapelo Helene. «Non so se la conosci, mi dice che al nostro matrimonio non c'era. È una mia ex compagna di scuola.»

«Torni presto? I bambini ti aspettano.»

«Certo, mi sbrigo subito.»

Silenzio.

Una pausa abbastanza lunga da darle il tempo di pensare: *Sa che ho mentito. Sa dove sono, forse è stato informato dall'uomo del-*

l'auto verde. E posso capirlo. Edmund ha paura che io sparisca un'altra volta... Oppure ha paura di ciò che potrei scoprire?

« Però... »

Edmund inspira profondamente. In sottofondo si sentono i bambini giocare. Sarebbe ora di tornare a casa, ma Helene *deve* sapere qualcosa di più.

« Scusa, ma vorrei proprio parlare con Vibeke. Metti che poi non la incontro più... » Come bugia, fa acqua da tutte le parti, ma non ci sono alternative.

« D'accordo. Però stai attenta. Sono in ansia, a sapere che giri in macchina da sola. Sei sicura di farcela? »

« È tutto a posto. Prendo un solo drink. »

« Ti ricordi che domani hai la riunione col consiglio di amministrazione? »

Helene se n'era completamente dimenticata. Il consiglio di amministrazione. Tutti maschi, che la conoscono da anni, e lei non ne conosce nemmeno uno. Ha chiesto se è davvero necessario e si è sentita rispondere che lei è l'erede universale di tutta la baracca, ci sono contratti che possono essere firmati solo da lei, decisioni che vengono rimandate da tre anni, con un costo considerevole, in termini di potere di mercato. Edmund gliel'ha spiegato già diverse volte.

Conclusa la telefonata, Helene si guarda intorno. Del pedinatore non c'è traccia.

Si accoda a una comitiva di vecchietti appena scesi da un pullman. Dal parcheggio risalgono il pendio regolare, dirigendosi verso la cima. Helene si fa largo in modo da trovarsi in mezzo al gruppo, poi si guarda alle spalle.

« In una classifica dei punti più alti di Danimarca, Himmelbjerget si colloca solo al settimo posto, ma offre senz'altro il panorama più bello », dice la guida, pochi passi avanti a lei. « Senz'altro avrete già sentito dire che Himmelbjerget non è una vera montagna, ma una collina. Ebbene, tecnicamente non è nemmeno una vera collina. » La guida si volta, tutta allegra. Accorgendosi di Helene, fa una faccia perplessa, ma non protesta. « Non è una vera collina, perché non è lei a essersi alzata dal resto della regione: è stato il terreno tutt'intorno a essere scavato dal passaggio dei ghiacci, dopo l'ultima glaciazione. E lo Julsø, cioè il lago che vedrete quando avremo raggiunto la cima, si è formato nel solco in cui la fusione del ghiacciaio ha portato via la terra.»

Helene tende le orecchie. Julsø? Ma è il lago in fondo al giardino di casa sua! Chissà se dalla cima si vede la villa? Risalendo il pendio, Helene tenta di calcolare in quale direzione cercarla. Dalla terrazza si vede il tramonto, dunque dovrebbe trovarsi a est della collina. I vecchietti camminano lenti, ma senza soste, e Helene si stupisce della loro resistenza. Alcuni sono palesemente più in forma di lei, che ha già il fiatone. Quando finalmente raggiunge la cima, è in un bagno di sudore e respira a fatica. Lascia correre lo sguardo su tutte le persone intorno a lei. Sono solo vecchietti e famigliole con bambini, il suo pedinatore non è certo tra questi. Ora il respiro si fa meno affannoso. Il panorama è splendido, il pendio che scende verso il lago è diviso tra boschi e distese di erica nelle quali un sentierino serpeggia fino alla riva. La guida parla della storia di questa località, e Helene ne resta affascinata, anche perché l'argomento riguarda lei, la sua famiglia, il bisnonno che era tra gli organizzatori dei raduni. Feste popolari con migliaia di partecipanti, profondamente legati alla natura e ai diritti dell'uomo, entro la simbolica cornice di Himmelbjerget, promosse da Steen Steensen Blicher, propugnatore della Costituzione danese. Sul posto sono presenti diverse lapidi in ricordo del pastore protestante letterato. C'è anche la Quercia della Donna, piantata nel 1915 per festeggiare l'introduzione del suffragio universale. Ora le sue radici si diramano a fondo nella terra e la chioma è una fitta tettoia sopra la testa di Helene, che alza lo sguardo e resta abbagliata dalle sottili strisce di cielo luminoso.

Chiude gli occhi per un istante. Qualcuno la sta seguendo? Chi? Deve scoprirlo. Si avvicina al grosso binocolo di metallo fissato a un palo sulla cima dell'altura. Funziona a monete. Fruga nella borsetta fino a trovarne una. È puntato verso i laghi e i boschi che li circondano. Helene lo gira verso il parcheggio. Non riesce a vedere le auto, ma ha una buona visuale sul sentiero. Ed eccolo lì, non lontano dalla bancarella dei souvenir che vende i tradizionali bastoni da passeggio di Himmelbjerget e altre cianfrusaglie. Anche lui con un binocolo, puntato verso di lei. Si volta nello stesso istante in cui lo sguardo di Helene si posa su di lui. Beccato. Col cuore che le martella in petto, Helene arretra di due passi. Dunque non era una sua paranoia, quel tizio la sta pedinando per davvero. Perché? Si sforza di ragionare lucidamente. *Devo vedere che faccia ha, così posso riconoscerlo*, pensa, riavvicinandosi al binocolo. Ma ormai è troppo tardi: l'uomo è seminascosto e si è messo un paio di grossi occhiali scuri e un baschetto, come fanno le celebrità quando vogliono starsene in santa pace. Però c'è un dettaglio: scarponcini militari neri e robusti, non esattamente il tipo di calzatura che la gente usa in piena estate.

Helene deve andarsene, ma senza che lui la individui e la segua. Come fare? Raggiunge la comitiva di anziani cui si è accodata durante la salita e si avvicina alla guida nel tentativo di confondersi nella moltitudine. I vecchietti s'incamminano lungo il Sentiero dei Serpenti, scendendo verso il lago. Una rapida occhiata alle spalle. L'uomo è in cima all'altura e guarda verso di lei.

« Ehi! » grida la guida. Ma Helene sta già correndo, deve scappare. Sente qualcuno dire qualcosa a proposito dei serpenti, due anziani parlano dei marassi che nidificano nell'erica. È per questo che si chiama Sentiero dei Serpenti?

Helene si volta e non lo vede più. Alcuni membri della comitiva sono visibilmente affaticati e hanno difficoltà a camminare in discesa, così lei sorride a due anziani coniugi e si offre di aiutare il più anziano a sorreggersi. Nel frattempo continua a controllare se quell'uomo la sta pedinando, soprattutto quando si avvicinano al molo dell'hotel Julsø. Alla banchina ci sono tre vecchie barche, una delle quali è il battello a ruota, che una donna sta liberando dagli ormeggi. Helene si guarda alle spalle. L'uomo è sceso lungo il sentiero e si sta facendo largo tra gli anziani. Fulminea, in dieci passi raggiunge il molo nel momento in cui il battello sta partendo. La donna sembra leggerle nel pensiero, ma dice: « Mi dispiace, le tocca aspettare la prossima corsa ».

Helene salta. È una distanza brevissima, l'imbarcazione ha appena cominciato ad allontanarsi dalla banchina, ma lei si prende ugualmente una ramanzina.

«Scusi, non avevo sentito», risponde, allontanandosi dalla donna e dirigendosi sotto il tettuccio, dove le vecchie panchette in mogano laccato luccicano al sole. L'inseguitore è rimasto a terra, davanti all'albergo, a guardare il battello che si allontana sulle acque del lago. Ha un abbigliamento neutro, pantaloni estivi e camicia leggera, ma è sempre nascosto dal baschetto e dagli occhiali. Helene si appoggia allo schienale, esausta. Tira un sospiro di sollievo, ma è anche turbata: chi è quel tizio? Come mai la pedina? C'entra Edmund?

22

Stasera alle undici. L'orario è scritto sul sottobicchiere di cartone nella tasca di Joachim, quello col logo del Campari. È bianco, rosso e blu, colori che fanno pensare alla costiera amalfitana, a Sofia Loren, alla Ferrari e alle fresche brezze del Mediterraneo. Joachim resta appostato per diverse ore in un portone di fronte alla casa di piacere. Che cosa accadrà alle unidici? Dov'è attesa Mindy, alle undici di stasera? Con chi ha appuntamento? Che programmi ha? E dove? Joachim ricontrolla il sottobicchiere, in tutto e per tutto identico a quello trovato tra le cose di Helene quando ancora si chiamava Louise. È da un bel po' che gli scappa la pipì, ma non osa abbandonare la postazione: se Mindy uscisse proprio in quel momento, lui perderebbe la sua unica pista. A parte, naturalmente, quell'altra cosuccia che ha scoperto: il nome Stella. Alla fine però non ce la fa più. Esce dal portone e saggia i cancelli dei cortili, ma sono tutti chiusi a chiave. Intanto continua a girarsi per vedere se c'è movimento alla porta del seminterrato: tutto tace. Abbandonando l'idea di un cortile, scavalca una recinzione talmente bassa da sembrare fatta solo per segnare il confine tra i terreni condominiali e il marciapiede, anziché per impedire l'ingresso agli estranei. Si piazza sulla sottile striscia d'erba e urina contro il muro dello stabile, senza perdere di vista la porta della casa di piacere. La luce aranciata del tramonto si stende come un'ampia fascia sui tetti. Sopra, il cielo è blu scuro. Tra un'ora, Mindy è attesa in un punto prefissato, dove accadrà qualcosa di ben preciso.

Joachim è stanco, ma gli è passato il mal di testa e ha smesso di vedere tutto a riquadri baluginanti. Dev'essere un buon segno.

Finalmente la porta si apre. È lei. Ora. Va nella direzione da cui è arrivato lui. Joachim la segue a distanza. Davanti alla stazione, Mindy ferma un taxi e sale a bordo. Joachim è ancora troppo lontano, così si mette a correre più veloce che può e raggiunge il marciapiede nel preciso istante in cui l'auto riparte. Un'occhiata disperata alla strada. Sta arrivando un altro taxi con l'insegna verde accesa. Joachim agita le braccia, e per fortuna il tassista accosta.

«Mi rendo conto della ridicolaggine, ma... posso chiederle di seguire un collega?»

Sorprendentemente, l'uomo non fa domande. Mette la freccia e rientra nel traffico, alle calcagna dell'altro taxi. Joachim, nervoso, si sporge in avanti per tenere d'occhio la situazione, e per un istante si sente in un film. *Segua quella macchina*. Nelle vicinanze di Kongens Nytorv, il taxi di Mindy accosta. È in una traversa piena di locali, ristoranti e discoteche. Gruppi di giovani vestiti per la sera, i maschi da una parte, le femmine dall'altra, tranne qualche coppietta. Da diversi ingressi si sente musica che si mescola alle chiacchiere e alle risa. È come essere catapultati in un altro mondo, una terra esotica sui mari del Sud. Mentre paga il tassista, Joachim vede Mindy salire i gradini d'ingresso di un locale notturno, il Roxy. La facciata è nera e lucida, col nome scritto a lettere elegantissime. Joachim sa benissimo di non essere in lista, ma ci prova ugualmente. Il buttafuori ha la testa rasata, come quello della casa di piacere. È vestito di nero e, senza dire nulla né degnarlo d'uno sguardo, scuote la testa. Joachim prosegue imperterrito, ma non ha nemmeno il tempo di raggiungere la soglia.

«Oh, sei scemo?» dice il buttafuori.

«Prego?»

«Presentati benvestito e con un'accompagnatrice, altrimenti scordatelo.»

Joachim si guarda. Scarpe da ginnastica, jeans, camicia sgualcita, per non parlare del bozzo in testa e dell'occhio nero. Si sente stupido. E disperato. Manca poco alle undici. Non sa ancora che cosa deve fare Mindy, con chi deve incontrarsi, ma ha la sensazione di essere sul punto di perdere una pista fondamentale. *E questo non deve accadere*. Con questa frase che gli risuona più volte nella mente, scende di corsa i gradini, verso il taxi che non è ancora ripartito, e spalanca la portiera.

23

Solo al crepuscolo Helene si arrischia a prendere un taxi per tornare a Himmelbjerget. Il parcheggio è deserto, l'unica auto è la sua, al centro dello spiazzo. Paga il tassista, che subito riparte. E se il pedinatore fosse ancora qui in giro? Per un istante Helene guarda gli alberi agitati dal vento, poi sale in macchina in tutta fretta.

Ormai vede inseguitori ovunque. Lungo il tragitto per la scuola d'immersione continua a guardare lo specchietto retrovisore, ma non c'è mai nessuno. Parcheggia a ridosso della fila di alberi e resta immobile per un po', poi scende dall'auto e constata che oggi la scuola è chiusa. E adesso? È il caso di gettare la spugna e tornare a casa?

« Signora Söderberg? »

Poco oltre c'è una luce. Helene si avvicina.

Una giovane donna, seduta su una panchina ad armeggiare con alcune attrezzature da immersione, le sorride. « Lo dicevano, i giornali, che era ricomparsa. »

Helene la fissa. A un simile frangente non era preparata. « Mi perdonerà, ma non mi ricordo di lei. Ci conosciamo? »

La donna mette da parte l'attrezzatura, si alza e si avvicina. D'istinto, Helene arretra di due passi. L'altra sembra perplessa. « Allora è vero, quello che hanno scritto. La storia dell'amnesia, dico. » Le rivolge uno sguardo indagatore, poi aggiunge: « Si sente bene? »

« Sì, sto... sto solo cercando Martin. L'istruttore di questa scuola. »

« Sì, so chi è Martin. Ma è sicura di star bene? Le serve aiuto? »

« Devo solo parlare con Martin », risponde Helene, tentando di mantenere un tono rilassato.

« Arriva subito. Sta facendo un'immersione serale con un gruppo. » La donna indica il pontile.

«Grazie.» Helene va dritta in quella direzione e percorre il pontile fino all'estremità.

Dopo un po', sott'acqua appaiono alcune luci che si avvicinano, formando una lunga fila serpeggiante, come un mostro subacqueo luminescente. Il primo sommozzatore emerge accanto alla scaletta e sale sul pontile. È inguainato in una muta nera. Poi ne arriva un secondo, un terzo, un quarto. Tutti identici all'aspetto, tutti appesantiti dall'attrezzatura. L'ultimo della fila spinge la maschera da sub verso la fronte. Un volto lentigginoso, pizzetto rosso, occhi gentili. «Signora Söderberg!»

«Lei è Martin? Ha due minuti?»

Dall'ingresso della sede, uno degli allievi lo chiama. «Martin, vieni ad aprire?»

«Devo chiederle una cosa, ci vorrà un istante», si affretta a dire Helene. «Lei sa che tre anni fa sono scomparsa, giusto?»

Martin annuisce. «So solo quello che ho letto sui giornali.»

«Appena prima di allora, sono venuta all'albergo dove lei lavorava e le ho mostrato un oggetto. Di che cosa si trattava?»

Martin riflette. «Non mi ricordo di preciso... ma mi pare che mi avesse chiesto di una persona che aveva alloggiato lì.»

«Chi?»

«Non saprei.» Martin si stringe nelle spalle.

«Uomo o donna? Non ricorda proprio niente? È molto importante.»

«Sbrigati, Martin, stiamo morendo di freddo», grida un altro allievo.

«Eh, un attimo!» risponde Martin, spazientito, mentre lei attende con ansia. Poi tutt'a un tratto rivolge lo sguardo verso una persona alle spalle di lei.

«Helene!» dice una voce maschile.

Sentendo una mano su una spalla, Helene si volta.

Edmund. Sguardo folle, collo paonazzo, tono sconvolto. Ecco perché Helene non aveva riconosciuto la voce.

«Cosa ci fai qui?» gli chiede lei, sorpresa.

«Ma come 'cosa ci fai qui'? Cosa ci fai tu qui, semmai?» Edmund sta quasi gridando.

Helene non sa come rispondergli. Non l'ha mai visto così. «Come facevi a sapere che ero qui?»

« Mi ha telefonato Ann Louise. » Edmund fa un gesto con la mano.

Helene guarda verso la sede della scuola d'immersione e vede la giovane che l'ha riconosciuta appena è arrivata, e che ora se ne sta lì a braccia conserte a guardarli con aria incuriosita. « Ti ha telefonato? » gli chiede, sbigottita.

Il volto di Edmund si contrae in una maschera di rabbia. « Cosa sta succedendo, Helene? Ti rendi conto di quello che fai? Vuoi sparire un'altra volta? »

Quelle parole la colpiscono come un pugno. « Ma ti avevo avvisato che tardavo », replica Helene, tanto per restare sul vago.

« Sì, mi hai detto che eri in giro con un'amica, ma sono passate diverse ore. Oltretutto, non vedo amiche, qui. Mi racconti balle? Che cosa stai combinando? Ann Louise mi ha telefonato dicendomi che ti aggiravi da queste parti in stato confusionale. Sono in ansia per te. Non parliamo poi dei bambini. A loro non pensi? »

Helene annuisce. Ha ragione lui. Disorientata, si volta verso Martin, che sembra imbarazzato. « Mi dispiace », dice, rivolta tanto a lui quanto al marito. « Scusate, non ci ho riflettuto. »

Edmund la cinge con un braccio, la stringe a sé e, in tono più affettuoso, le sussurra all'orecchio: « Lo so, che non l'hai fatto apposta. E so che sei ancora frastornata. Passerà. I medici ti aiuteranno ». Si volta e comincia a trascinarla con sé verso il macchinone che attende dall'altro lato della sede della scuola. Vedendoli arrivare, l'autista accende il motore e scende ad aprire le portiere. Quando passano accanto ad Ann Louise, la giovane sorride a Edmund, che le dice: « Grazie per avermi avvertito, è stato un aiuto prezioso ». Molla la presa su Helene per poter stringere con entrambe le mani quella di Ann Louise, la quale arrossisce come una ragazzina che ha appena incontrato il cantante preferito o un presidente. Ma che ci fa Edmund alle donne? Lo guardano tutte così. Tutte tranne Helene.

Edmund la cinge nuovamente con un braccio, e lei ha appena il tempo di vedere l'invidia nello sguardo di Ann Louise, prima di ritrovarsela alle spalle e di essere spinta nell'abitacolo. Si accomoda sul sedile posteriore e dal finestrino vede i sommozzatori che, incuriositi, si sono radunati a osservare la scena. Martin è vicinissimo all'auto, dal lato di Helene, ma tiene lo sguardo fisso sulla maschera da nuoto. La tiene davanti al viso, ci alita sopra, strofina il vetro. Sembra che la stia ripulendo, e invece tutt'a un tratto solleva il viso, guarda Helene negli occhi e le mostra la maschera. E lì, sul vetro appannato... c'è una parola: KIRSCH. Helene strizza le palpebre. No, non è uno scarabocchio, né un parto della sua immaginazione. Sono lettere vere. Un messaggio. *Kirsch.* Ma che cosa significa?

L'auto parte, Edmund le libera le spalle e resta in silenzio accanto a lei.

« Com'è che conosciamo Ann Louise? » gli chiede Helene, cauta.

« Ha lavorato in scuderia, per un periodo. È passato tanto tempo, andava ancora alle superiori. » Edmund sospira, si passa le dita tra i capelli e la guarda come se fosse un'estranea.

« Però ha il tuo numero di telefono. »

« Non farci caso », risponde lui, stancamente. « Funziona così, quando si è personaggi pubblici. È un bene e un male allo stesso tempo. Stavolta è stato un bene. Ero davvero preoccupato. » Le stringe la mano.

Helene lo sente tremare. « Capisco », dice. E decide di non rimuginarci più.

Si appoggia allo schienale. Vuole veramente lasciar perdere l'intera questione, ma i pensieri fanno quello che vogliono e turbinano liberi nella testa, ruotando intorno a tutte le cose cui lei non riesce a trovare una collocazione. Per esempio, al pedinatore. E al messaggio di Martin: *Kirsch.*

24

La vicina del piano di sotto, Rebekka, apre la porta e sorride. Joachim ha il fiatone, ha il taxi che lo aspetta in strada e il tassametro va avanti. Si è cambiato d'abito, ha indossato un completo blu risalente all'epoca in cui per un breve periodo era tornato di moda il gessato. Non lo usava dalla sera in cui ha tenuto quell'incontro coi lettori alla caffetteria.

«Buonasera.» La voce di Rebekka lo riporta alla realtà.

«Ciao, Rebekka. Sei impegnata?»

«In che senso?»

«Ti andrebbe di vestirti elegante? Ti spiego tutto in taxi.»

Il tassista pigia l'acceleratore, incalzato dalle insistenze di Joachim. Rebekka tiene lo sguardo fisso sul finestrino. Si è messa un abitino da quattro soldi, un po' audace.

Ci sono volute parecchie spiegazioni per convincerla a reggergli il gioco. Cinque preziosi minuti passati a garantirle che le sue intenzioni sono davvero quelle, nonché a parlarle di Louise, la donna scomparsa. Poi, all'improvviso, Rebekka l'ha interrotto chiedendogli se questa fosse una specie di ricerca per un libro. Joachim l'ha fissata, domandandosi se la giovane l'avesse ascoltato anche solo per un istante. Solo dopo si è reso conto che tutte quelle storie d'amor perduto, orfanelle scomparse e prostituzione non fanno minimamente parte del mondo di Rebekka, la quale però era ben disposta a soprassedervi, di fronte alla prospettiva di accompagnare un famoso scrittore in una sua ricerca. E così, alla fine, Joachim le ha fatto credere che è proprio così, che sta scrivendo una storia di vite bruciate, locali notturni, Copenaghen degenerata... E lei ha accettato.

Al Roxy, Joachim paga il servizio di guardaroba. La tariffa è un salasso, evidentemente serve a capire se l'avventore è davvero degno di entrare nel locale. Si guarda al grande specchio che copre quasi tutta la parete di fondo. A conti fatti, ora che si è messo i vestiti adatti e si è presentato in dolce compagnia, il volto tumefatto è in tono con l'ambiente: così combinato, sembra un picciotto di chissà quale mammasantissima. Entrando, drizza la schiena e scandaglia con lo sguardo la sala, poi guarda l'orologio. Le undici e dieci. Di Mindy, neanche l'ombra. «Cazzo.»

«Che c'è?»

«Siamo arrivati tardi, non la vedo.»

«Quindi torniamo a casa? Non c'è qualche altra donna da intervistare?» Rebekka gli posa una mano su un avambraccio, inclina la testa di lato e gli rivolge uno sguardo di sincero dispiacere.

Joachim scuote la testa. «Mah, già che siamo qui, tanto vale che ti offra da bere.»

Trovano un posto nell'angolo bar. Luci soffuse, tutto in bianco e nero, o metallo a vista. Per terra, una moquette spessa e soffice. Al soffitto, pesanti lampadari in ferro che danno un'illuminazione morbida e dorata. Alle pareti, pelli di zebra, di capra e di altre bestie bianche e nere. Negli angoli, poltroncine varie, tutte spaiate, dalla chaise-longue al pouf, sulle quali stanno mollemente adagiate belle donne in abitini costosi. I maschi sono quasi tutti un po' in là con gli anni, gli unici giovani sono il barista e il dj, che però in compenso hanno una bellezza da statua greca. La musica è di un genere estraneo all'orecchio di Joachim. Rebekka, invece, balla con naturalezza, addirittura per un momento chiude gli occhi e si lascia trasportare. Probabilmente non è abituata a trovarsi in un locale così costoso. Per la verità nemmeno Joachim potrebbe permettersi una serata così, ma d'altro canto il resto della giornata non è stato meno assurdo, tra le corse in taxi, l'aggressione e l'espulsione dal bordello. Guarda gli occhi malandrini di Rebekka e allarga le mani. «Cosa bevi?»

«Un daiquiri alla fragola.»

Joachim ordina.

Il barista è un allampanato giovane pel di carota dalla pelle marmorea, e Rebekka lo scruta da cima a fondo, senza imbarazzo, per poi voltarsi verso Joachim con occhi luccicanti. «Quando racconterò alle mie amiche che sono stata qui...!»

«Cos'ha di particolare, questo locale?»

«Ma come? Basta guardare chi c'è!»

Joachim osserva gli altri avventori. A quanto pare la selezione della clientela richiede, oltre a un abbigliamento distinto, almeno venticinque anni di differenza d'età tra maschi e femmine. Quindi Joachim e Rebekka rientrano perfettamente nel canone, se si esclude il fatto che lui abbia modi assai meno sfacciati: è evidente che questo, per gli altri uomini, è solo il preludio. Ci sono donne che si lasciano palpeggiare senza batter ciglio. In generale è uno spettacolo pietoso. Ma Rebekka non ci fa caso, è troppo impegnata a spiegargli chi è chi, chi è celebre per che cosa, nomi e facce che Joachim non conosce. È molto probabile che quegli uomini siano in gran parte famosi per essere famosi. Lui volta le spalle alla pista da ballo e si concentra sul suo whisky. E riecco il senso di frustrazione. Non è arrivato in tempo. Gli restano solo due sottobicchieri del Campari, uno con un numero di telefono dal quale non riesce a ricavare nulla, l'altro con l'orario di un appuntamento ormai passato.

Vuota d'un fiato il bicchiere e fa un cenno al barista: tanto vale continuare a bere fino a perdere la ragione, così magari può concedersi il lusso di una piccola avance a Rebekka. Il barista annuisce per fargli capire che si è accorto di lui, ma è impegnato in una telefonata. Prende una penna, annota qualcosa, poi posa il cellulare. Joachim, impaziente, scorre la lista dei drink: il prossimo deve essere più grande, deve durare di più, come in quel mito norreno in cui Thor beve il mare dal corno di Útgarða-Loki. Un'eternità alcolica. E però, però... Joachim alza lo sguardo dalla lista. Che cos'è accaduto, poco fa? Il barista ha scritto qualcosa su un sottobicchiere del Campari, identico a quello che lui ha in tasca. Lo osserva. Il giovane prepara un drink e lo porta a una cliente seduta da sola a tre sgabelli di distanza da Joachim, posandolo sul sottobicchiere. La donna prende in mano il drink, solleva il sottobicchiere, lo legge rapidamente, poi lo ripone in borsetta. Joachim punta lo sguardo sul barista, che sta venendo verso di lui, poi si gira nella direzione della donna, che però è già sparita. E il drink è ancora lì, quasi intatto.

«Diceva?» Il barista si è fermato davanti a lui, in attesa di un'ordinazione.

Dunque è così che funziona? Il Roxy procura prostitute d'alto bordo, i clienti telefonano e il barista segna gli appuntamenti, mentre le ragazze se ne stanno lì pronte, così lui sa quali di loro sono libere? I numeri di telefono o gli orari, o i luoghi d'incontro vengono annotati su un sottobicchiere. Il locale trattiene una percentuale e nessuno può essere accusato di fare da mezzano, perché non ci sono carte, né sms, né e-mail.

«Voleva ordinare?»

Joachim si guarda intorno. Il barista perde la pazienza e passa a fare altro. Ci sono due donne sedute davanti al bancone, senza bicchiere. Si vede benissimo che sono in attesa. Della chiamata di un cliente, forse? Con un gesto deciso, Joachim tira fuori il cellulare e memorizza il numero di telefono del locale, stampato sul retro della lista dei drink.

«Beviamo qualcos'altro?» chiede Rebekka.

«Dove sono i bagni?»

Rebekka gli indica la direzione, poi rivolge l'attenzione al barista. Se lo mangia con gli occhi.

Joachim entra di corsa nella toilette dei signori. Piastrelle nere, armature d'acciaio, orinatoi d'acciaio, porte d'acciaio. Si accerta di essere solo, poi telefona. Il barista gli risponde subito. Joachim fa un respiro profondo e si tuffa nella parte, ponendo la domanda che gli è già costata diverse tumefazioni. «C'è Louise?»

«Louise? Intende Louis?» Il barista sembra confuso, ma il tono non è per nulla aggressivo.

«No...» Joachim esita e ripensa alla risposta che gli ha dato Mindy, quando lui le ha fatto quel nome. *Vuoi dire Stella?*

«Pronto?» dice il barista.

«Stella.»

Silenzio.

Accidenti. Questa è l'ultima occasione, gli toccherà dire le cose come stanno, se vuole riuscire nel suo intento.

«Questa è la sua sera libera», risponde il barista. È senz'altro una panzana, ma è il genere di cose che i clienti preferiscono sentirsi dire: non vogliono sapere che è già occupata, cioè che stanotte si fa scopare da un altro. « Domani? »

« D'accordo », dice Joachim, tentando di assumere il tono più disinvolto e indifferente di cui è capace. Non deve sembrare disperato, altrimenti solleverebbe sospetti.

« Dove gliela mando? »

« All'Hotel d'Angleterre, alle 14. Ma deve essere Stella. Voglio solo lei. »

« Di chi deve chiedere? »

« Di Joachim. Le dica di chiedere di Joachim. »

25

A colazione, Helene si rende conto di averla combinata grossa. La sua sparizione è stata un brutto colpo per i bambini. Sofie ciondola sul piatto, con uno sguardo vitreo, si vede benissimo che non ha dormito abbastanza, ammesso e non concesso che abbia dormito. Helene sta con loro e spiega che è uscita solo per fare un giretto, e che non sparirà più.

Dopo che Caroline li ha accompagnati a scuola, Helene si sente stranamente irrequieta, in preda ai pensieri su Himmelbjerget e sull'uomo che la pedinava. Manie di persecuzione? Può fidarsi del proprio cervello? Di se stessa? Torna in camera da letto e tenta di ricacciare sullo sfondo le esperienze del giorno prima, in modo da essere più presente, per se stessa e per i suoi cari. Osserva i vestiti che Edmund ha scelto per lei. Gli ha chiesto Helene di farlo, perché non ha idea di come ci si vesta per una riunione col consiglio d'amministrazione. Edmund le ha preparato un completo blu scuro dal taglio maschile. Helene sfiora la stoffa pesante, a trama fitta, poi va in bagno a sistemarsi i capelli e li raccoglie in una crocchia. Un filo di trucco, quel tanto che basta a notarlo. Uno sguardo generale allo specchio. Passabile. Poi rivede davanti a sé le occhiate che Edmund le ha lanciato durante la colazione. Sguardi delusi, ma anche lussuriosi. Già, il desiderio. Helene deve fare qualcosa per rimettere in funzione la famiglia, il matrimonio. Si toglie la vestaglia, si sfila rapidamente la biancheria intima, poi rimette la vestaglia.

Apre la porta dello studio senza bussare. Edmund solleva la testa per un istante, poi si concentra di nuovo sul laptop. Helene si stringe nella vestaglia, richiude la porta e si avvicina alla propria scrivania. Edmund resta seduto, chino in avanti, assorto. Chissà perché, si era aspettata che si alzasse e venisse da lei, che tutto fosse facile. E invece è Helene a dover andare da lui. Si piazza alle sue spalle e lui richiude in tutta calma il laptop, ma non si gira. I capelli formano una piccola rosa sulla nuca e sono soffici, Helene glieli accarezza e lascia scorrere un dito lungo la pelle morbida fino al colletto della camicia. Ripensa ai capelli di Joachim, arruffati, con tutti quei toni di grigio... No, non devono venirle in mente queste immagini. « Edmund? » mormora.

Lentamente, lui gira la sedia e alza lo sguardo su di lei, esitando. Helene s'inginocchia in modo da avere il suo viso ad altezza d'occhio, gli posa entrambe le mani sul torace, si china in avanti e lo bacia. Lui ricambia, ma controvoglia. Helene gli infila le mani sotto la camicia e slaccia i primi due bottoni, poi, dato che lui non protesta, ne slaccia altri due. Il bacio di Edmund si fa più morbido, più profondo. Una mano scivola lungo i fianchi, l'altra s'insinua sotto la vestaglia, si chiude a coppa sul seno destro e accarezza il capezzolo. La sensazione tattile corre verso il basso e Helene geme. Quant'è facile: viene toccato un punto e l'intero corpo risponde. Edmund respira più rapidamente, molla la presa e fa per alzarsi, ma Helene lo trattiene: un'interruzione per attraversare la villa e salire al piano superiore rischierebbe di rovinare tutto. Gli sbottona i pantaloni. Edmund si piega all'indietro. Helene osserva per un istante il suo membro. Lo tiene con una mano, tira indietro il prepuzio, muove le dita su e giù, a ritmo lento e costante, ascoltando i suoi gemiti impazienti. Scruta la fitta rete di vene sotto la pelle sottile e delicata. Più sotto ancora, c'è la sua volontà. *Ho in mano la sua volontà*, pensa. Si china un po' di più e lascia scivolare la lingua su tutta la lunghezza, dalla base alla punta, intorno alla rotondità del glande, e vede formarsi una gocciolina trasparente sulla cima. Prova un'ondata di desiderio quasi dolorosa. Vuole andare a segno. Si alza. Anche stavolta lui crede che stiano per salire al piano di sopra, ma di nuovo Helene lo spinge sulla poltroncina, delicatamente ma con decisione. Gli tira giù i pantaloni fino alle caviglie, poi gli posa le braccia intorno al collo e si siede su di lui. Si abbassa lentamente, geme, si piega in avanti a baciarlo a occhi chiusi. Più giù, più a fondo. Sente le mani di Edmund sui fianchi, il fiato nell'orecchio, le dita che si conficcano nelle natiche. Ora fa tutto lui, respira al suo stesso ritmo, un ansito sempre più roco, sempre più forte. Helene apre gli occhi e lo osserva: Edmund ha le palpebre abbassate, completamente perso nel proprio impeto. Ed ecco gli spasmi, le contrazioni. Ogni parte del corpo di Edmund si tende e si rilassa, e la stessa cosa avviene in lei, contemporaneamente. Guarda meravigliata quell'uomo che, pur trovandosi sotto di lei, dentro di lei, è lontanissimo. Suo marito. Restano in silenzio, immobili, lei china in avanti, con la guancia contro quella di lui. Edmund è il primo a cominciare a muoversi: agita i piedi e tenta di stendere una gamba. Helene si alza. Si sente in colpa per Joachim?

«Mi si è addormentato un piede», dice lui, come per scusarsi.

Salgono al piano di sopra, ancora in silenzio, limitandosi a scambiarsi sguardi imbarazzati. Una volta in camera, Edmund s'infila subito in bagno. Helene si siede sul letto accanto ai vestiti da indossare per la riunione col consiglio di amministrazione. Va tutto bene, non deve fare altro che restare qui, soprattutto per i bambini, dopo tutto quello che hanno passato, ma anche per Edmund. Eppure si sente tremendamente in colpa.

Si alza, corre al piano di sotto, si siede alla scrivania e accende il computer. Dopo il log-in, apre Internet e cerca su Google la parola *kirsch*. Trova una marca di tendine, l'acquavite alle ciliegie e la ricetta della torta della Foresta Nera, tra i cui ingredienti c'è anche il kirsch. Dopo aver passato in rassegna diverse pagine di risultati, si dà per vinta e torna al piano di sopra.

Edmund ha finito di lavarsi ed è già mezzo vestito. Ha scelto un completo che fa pendant col suo: stessa gradazione di blu, stesso tessuto. «Ti stai preparando? Dobbiamo essere là tra un'ora. Io scendo a fare una chiamata veloce.» Fa per uscire dalla camera, ma sulla soglia si ferma di botto, torna da lei e la bacia.

Helene non se l'era aspettato, ricambia il gesto ma con troppa goffaggine. Tenta di baciarlo di nuovo, stavolta come si deve, ma lui se n'è già andato. Così indossa i vestiti, che le calzano a pennello. Si specchia e ripensa a quanto le piaceva vedere se stessa attraverso gli occhi di Joachim, come se fosse stato quello sguardo a renderla reale. Le sembrava di esistere solo quando lui la osservava. Però no, non va bene, lei ha tutto il diritto di godersi quest'altra realtà. Ciò non toglie che le sembri strana. Tutto è come dovrebbe essere, ma al tempo stesso è assurdo. « Uffa », mormora. Guarda l'orologio, lancia un'ultima occhiata allo specchio, poi scende di sotto. A metà della scala incrocia Caroline, che sta salendo.

« Bimbi a scuola. E anche questa è fatta », dice l'anziana donna. Ha un'aria stanca. Edmund ha accennato al fatto che Caroline conti di andare in pensione entro breve, ma che sia disposta a restare ancora un po', se c'è bisogno.

« Grazie, Caroline. »

« Credo che farò un riposino, prima che venga l'ora di andare a prenderli. »

« Buona idea. Se ha troppo lavoro, me lo dica pure, sa? »

« No, no. » Caroline sorride e le stringe una mano.

Per un impulso improvviso, Helene non prosegue la discesa. « Ah, senta... Le dice niente la parola *kirsch*? » le chiede con nonchalance.

L'anziana donna riflette per un istante. « Io non bevo superalcolici, però nel pomeriggio devo andare a fare un paio di acquisti, se vuole gliene prendo una bottiglia. »

Helene scuote la testa. « No, grazie, era solo una sciocchezza. E poi, stavo pensando... E se ci dessimo del tu? »

Caroline accetta con un timido « sì », e Helene si rende conto di dover mettere fine a quelle ridicole indagini, di dover smettere di giocare all'investigatrice. Semmai dovrebbe badare un po' di più al suo prossimo, alle persone che ha ferito o tradito, e a quelle che lavorano per lei, per esempio questa povera vecchina che vorrebbe tanto andare in pensione. Deve farlo per se stessa, ma soprattutto per i suoi figli.

26

Louise Andersen. Oggi, finalmente, Joachim la conoscerà. Oggi la storia può concludersi. È questo che pensa Joachim, dirigendosi verso l'Hotel d'Angleterre. Louise Andersen. Però, a conti fatti, che cosa si aspetta da quest'incontro con la vera Louise? Che questa donna prenda il posto di Helene? Che venga ad abitare con lui a Christiansø? Si aspetta di potersi mettere a tavolino a scrivere il romanzo di ciò che ha perso? Il romanzo della sua infelicità? Non lo sa. Sa solo che deve metterci la parola fine. È uno scrittore, lui. Le storie devono essere accompagnate fino al loro compimento. La sua sofferenza deve avere termine.

Sale a passo deciso le scale della metropolitana e si gode il vento in faccia. Qui a Kongens Nytorv rischia d'imbattersi in Ellen, che quasi sempre viene a fare colazione al bar per poi andare all'Accademia di Belle Arti, dall'altra parte della piazza. Chissà se lavora ancora lì? Prima di entrare nell'albergo, Joachim ripensa a una delle scappatelle di Ellen con un professorino francese. O forse canadese? Be', comunque parlava francese ed era antipaticissimo. Quando Joachim le ha chiesto se se lo fosse portato a letto, lei l'ha fissato a lungo, sorridendo, poi ha scosso la testa e gli ha risposto con uno strascicatissimo: « Nooo ». Così facendo, ha fugato ogni dubbio: quando mente, Ellen parla più lentamente. Per lei, la verità è una bazzecola, può benissimo spararla fuori all'istante. Con le bugie, invece, si concede di tirare per le lunghe.

Ma perché Joachim ha fissato l'appuntamento proprio qui? L'Hotel d'Angleterre è ben al di sopra delle sue possibilità economiche. E infatti se n'è già pentito. Semplicemente, doveva sbrigarsi a dare una risposta al barista, e quello era il primo albergo che gli è venuto in mente.

Varcando la soglia, resta abbacinato dall'eleganza e per un istante si blocca, sentendosi piccolo piccolo, un ometto che ha sbagliato mondo. Ed è con questa sensazione che si avvicina al bancone della reception, fornisce le proprie generalità, si fa consegnare la keycard e paga un pernottamento che non sfrutterà. D'altronde, non è certo un albergo a ore. Guardando il conto, per poco non gli prende un colpo, davanti a quella cifra da capogiro.

« Verrà una donna a chiedere di me », dice, sentendo le guance avvampare. « La faccia salire pure. »

La levigata receptionist non batte ciglio e gli dà un cenno d'assenso appena percettibile.

Joachim si accinge ad andarsene, ma è sempre più in ansia. Tra non molto si troverà faccia a faccia con la donna che si fa chiamare Stella. Cioè Louise Andersen?

« Joachim? »

Si volta. E lì, davanti a lui, nel bel mezzo dell'atrio dell'albergo, ecco Charlotte Lund, una delle veterane della casa editrice. È una donna magra, dall'aspetto curatissimo. Lo saluta con una stretta di mano un po' fiacca.

« Ma tu guarda, non me l'aspettavo proprio, d'incontrarti qui », gli dice, inarcando le sopracciglia.

Joachim traduce all'istante. Già, perché in quel particolarissimo linguaggio di settore, che lui tanto detesta, una frase del genere significa: *L'Hotel d'Angleterre non è un posto per te.*

« Gudrun me l'aveva detto, che eri venuto a stare a Copenaghen, ma trovarti proprio qui... » Charlotte sogghigna. Ha perso parecchio peso, dall'ultima volta. Praticamente è pelle e ossa. Joachim ricorda di aver trasentito qualche stralcio di conversazione, a una cena di qualche anno fa: Charlotte era appena rientrata dall'Asia - dal Vietnam, forse - e la cosa che più l'aveva colpita di quei luoghi era l'assenza di persone grasse. « Tu pensa, sono qui a pranzo con Jorn Schneider, ti va di venire a fargli un salutino? Per lui sarà uno spasso, conoscere uno scrittore danese. »

Uno spasso? Riecco il linguaggio di settore. Lo spasso che si prova guardando un pagliaccio. Dunque a Joachim tocca il ruolo del pagliaccio danese di Charlotte? «Sarebbe bello, ma purtroppo ho un appuntamento proprio adesso.»

Charlotte Lund lo scruta con stupore, poi nota la keycard. «Alloggi qui?»

«No. Cioè, sì, ma solo per una notte. In casa mia c'è stato un allagamento, è scoppiata una tubazione al piano di sopra e... be', visto che tanto paga l'assicurazione, tanto vale approfittarne.» Joachim azzarda un sorriso.

«Ma dai? Dovrai darmi il contatto del tuo assicuratore, allora», risponde lei, ricambiando il sorriso. È chiaro che non gli crede.

Joachim sa esattamente che cosa sta pensando Charlotte: che lui è uno scrittorucolo di mezza tacca, grassoccio e stagionatello, venuto qui per incontrarsi con una battona. Cioè la verità. Salendo in ascensore, gli riaffiora un altro ricordo di quella cena: Charlotte Lund che simulava un conato di vomito nel parlare del suo disgusto per le persone che si abbuffano. Lei mangia solo un giorno su due. O su tre, a volte. Lo spinning, in compenso, lo fa tutti i giorni.

Joachim entra nella camera e si siede in poltrona. Sta sudando. Tra poco arriverà Stella, la vera Louise, e allora si vedrà se c'è caso di cavarle qualche informazione. Si alza e cammina in tondo, irrequieto, tra la mobilia di gusto. Sente suonare il cellulare e si affretta a rispondere.

«Pronto, Joachim?» dice una voce compassata, che lui non riconosce.

«Sì, con chi parlo?»

«Sono Edmund. Edmund Söderberg.»

Joachim s'irrigidisce, serra i denti e stringe forte il telefono, anche se ha una gran voglia di scaraventarlo contro una parete. «Dica», riesce finalmente a esalare.

«Ha rifiutato l'accordo.»

«Già», risponde Joachim. Gli era passata di mente la visita dell'avvocato. Gli sembra che sia passata un'eternità, da quando si è piazzato in mezzo agli scatoloni a sventagliare quel contratto da mezzo milione di corone.

«Perché?» Il tono di Edmund è neutro, indecifrabile.

« Non ho nessuna intenzione di scrivere di Helene, ma quell'accordo ha presupposti che non mi piacciono. »

« Quali? » chiede Edmund, col tono di chi davvero non ne ha idea.

Joachim esita. « La mia esperienza con Helene è autentica. Non sono disposto a firmare un documento che la cancellerebbe, come se quei due anni e mezzo non ci fossero mai stati. »

Ora è Edmund a esitare. « Ma se comunque non ha intenzione di sfruttare questa storia come materiale letterario, tanto vale firmare. »

« No, che non firmo. È una storia che appartiene solo a me e a Helene, e non sono intenzionato a svenderla in questo modo. »

« Potrei raddoppiare la somma », dice Edmund.

« Prego? » Lì per lì, Joachim ci resta di stucco, poi ha un moto di rabbia. « Ma mi ha ascoltato? Non è questione di soldi. Qui c'è di mezzo la nostra storia, mia e di Helene. È nostra. Non può farla sparire magicamente coi suoi quattrini. »

« Senta un po'. Per quel che mi riguarda, lei può benissimo continuare a vivere nelle sue illusioni romantiche, ma Helene ha una grossa responsabilità, e non solo nei confronti della nostra famiglia. La Söderberg Shipping ha migliaia di dipendenti in tutto il mondo, e ognuno di loro ha una famiglia che dipende dal fatto di conservare il posto di lavoro e guadagnarsi il pane, e cioè, in ultima analisi, dal buon andamento della ditta. E la ditta non navigherà in buone acque, se comincia a girare la voce che la maggiore responsabile economica ha perso la ragione e ha passato diversi anni in stato confusionale su un'isola assieme a uno scrittore fallito. Si rende conto della gravità della situazione? »

Joachim è paralizzato dal tono leggermente aggressivo che Edmund ha assunto all'improvviso, ma anche da ciò che gli ha appena detto. C'è del vero, in quelle parole.

« La stampa si sta già interessando alla faccenda, dobbiamo fare qualcosa per fermarla. È molto semplice: lei firma l'accordo, prende un milione di corone, e io non la importuno più. » Edmund ha ripreso il tono neutro e compassato di prima.

« No, che non firmo », dice Joachim, senza più forze, sedendosi in poltrona.

Un respiro profondo all'altro capo della linea. Poi di nuovo la voce di Edmund, ben rilassata. « Può permettersi di dirmi di no, Joachim? Alloggia all'Hotel d'Angleterre e i suoi gusti in fatto di alcolici non sono certo diventati più economici, con l'età. Le basterà vendicchiare qualche copia di un romanzo, per coprire le spese di questo stile di vita? Vini di pregio, whisky costoso, prostitute... e auguriamoci che non venga a saperlo Helene. »

Joachim balza in piedi. « Mi fa pedinare? Che cosa sta combinando? »

Nessuna risposta. Edmund ha riattaccato.

Joachim ha le palpitazioni, suda, si guarda intorno in cerca di dispositivi di sorveglianza, ma ovviamente non ce ne sono. Eppure Edmund sa che lui è qui. Qualcuno lo segue? Va alla finestra, solleva la tendina e guarda in cortile. Nessuno.

Qualcuno bussa alla porta. Joachim si volta di scatto, frastornato. Poi, dopo un'istante, si ricorda del motivo per cui è qui.

« Sono Stella », dice una voce femminile in corridoio.

27

Helene parcheggia la Mercedes davanti alla sede centrale della Söderberg Shipping. Edmund ha tentato di convincerla a lasciarsi accompagnare dall'autista, ma lei non ha voluto saperne: non riuscirà mai a ritrovare se stessa, se viene continuamente trattata come una bambina. Già, ritrovare se stessa. Questa è l'espressione con cui la gente, di solito, intende dire che è un po' stressata. L'ha usata Lina, una volta, alla caffetteria: le serviva un periodo di ferie per « ritrovare se stessa ». Per Lina, come per chiunque altro tranne Helene, « ritrovare se stessi » significa passare un paio di giorni in panciolle su una spiaggia o in un centro benessere. Per Helene, invece, è una ricerca impossibile. Sarà più probabile che la NASA scopra forme di vita nello spazio. Forse non esiste nemmeno, questa « Helene stessa ». O forse si trova nella ditta? Alza lo sguardo sull'edificio, sulla scalinata di pietra che sale verso l'ingresso. È un vecchio palazzo giallo, ricco di denaro e di storia. In Danimarca, lo Jutland produce i soldi e Copenaghen li spende. O perlomeno, così titolava il giornale di ieri. L'articolo parlava dello Jutland in termini di antichi capitali, tradizioni secolari e stirpi imprenditoriali. Compariva anche il nome dei Söderberg, ma a quel punto lei ha interrotto la lettura: non ne aveva più la forza, le lettere dell'alfabeto la stancano più di qualsiasi altra cosa, in questo periodo. La fanno pensare alle parole che Joachim non ha potuto scrivere perché stava assieme a lei. Ora lui può ricominciare. Helene si rende conto di essere ingiusta, sa benissimo che le cose non stanno affatto così, eppure si sente abbandonata.

Il cellulare squilla. Helene trasale, non si è ancora abituata alla nuova suoneria, la trova un po' inquietante. È un messaggio di Edmund, che vuole sapere dov'è. Helene gli risponde: SONO ARRIVATA, CI VEDIAMO TRA UN ATTIMO. Resta seduta in macchina ancora per un po'. Ancora una volta la sua mente corre agli eventi di Himmelbjerget, all'uomo che la pedinava... anzi, all'uomo che *forse* la pedinava. Può fidarsi di Edmund? Il telefono è giù di batteria. Lo mette in carica e lo lascia in auto.

«Signora Söderberg? Io sono Karen», dice la donna venuta ad accoglierla all'ingresso, sistemandosi la gonna azzurra. Le stringe la mano, ma solo per un istante, poi ritira le braccia e le incrocia sul petto, come se avesse freddo.

«E sarà lei a farmi da cicerone?» Helene tenta di guardarla negli occhi, ma senza successo.

«Sono... sono la sua segretaria», risponde Karen, nervosa. Si aspetta... che cosa? Di essere riconosciuta?

Helene la scruta. «Lo era anche... prima?»

«Da quasi diciassette anni, signora.» Ci è rimasta male. «Compresi... gli ultimi tre.» Ha un viso tondo. Dietro gli occhialini c'è uno sguardo amichevole ma guardingo.

Helene afferra il sottotesto: davanti a lei c'è la persona che la conosce da più tempo, a parte tutti gli zii e cugini che a quanto pare suo padre ha allontanato da sé, con la sua tirchieria. Ma tutt'a un tratto ha il sospetto che il papà abbia fatto bene: il parentado non merita niente, che non si azzardi a venire da lei a spillarle soldi. È così che la pensa. Sta riaffiorando la vecchia Helene? «Le chiedo scusa, Karen.»

«Non ha niente di cui scusarsi, signora. Venga, le mostro gli uffici.» Karen entra di buon passo nell'edificio.

Nell'atrio si sente il rumore dei loro tacchi contro il marmo lustro del pavimento. Helene alza lo sguardo sui massicci lampadari che danno una luce morbida al bianco soffitto a volta. Rivolge qualche cenno discreto ai dipendenti in livrea seduti dietro il lungo bancone che segue la curva della parete. Ai due lati di quest'ultimo c'è una scala che sale. Lo stabile risale all'inizio degli anni '50. Edmund le ha spiegato che è qui che si sfornano i talenti da inviare ai distaccamenti della Söderberg Shipping, sparsi in tutto il mondo.

«Saliamo a piedi», dice Helene. Vuole vedere bene l'edificio. Già ai primi scalini sente una stretta allo stomaco. È nervosa per l'incontro col consiglio di amministrazione. Certo, ha studiato per prepararsi adeguatamente, ma non è pronta a sentire il frullo d'ali della storia. Che poi è anche la *sua* storia, la sua parte di eredità, la sua responsabilità. Gli uffici della direzione sono in cima all'edificio. A ogni piano, passando per i corridoi, Helene getta un'occhiata dentro ogni porta aperta e vede diversi open space ammobiliati con gusto. Molte parti della sede hanno decorazioni marinaresche; il corrimano della scala, per esempio, è una robusta corda torta, scura ed elegante. Molti dipendenti, sentendo i passi di Karen e Helene, alzano lo sguardo ma si affrettano a riabbassarlo sulle loro carte o sullo schermo di un computer. Strano. Come mai distolgono di scatto gli occhi? La sua presenza li mette a disagio? Helene scaccia quel pensiero: è solo paranoia, certo.

All'ultimo piano, Karen si ferma davanti a una porta ed esita. «Il suo ufficio.»

«Ci siamo sempre... date del lei?»

«Sempre», risponde Karen, anche stavolta a bruciapelo. Offesa?

Helene non riesce a riconoscersi in tutte quelle forme di cortesia, tutti quei «lei» e i «signora». A passo lento, entra nell'ufficio. La stanza è dominata da una grossa scrivania in palissandro. Helene si siede sull'elegante poltroncina in pelle, d'antiquariato, e si appoggia allo schienale. Da qui, al quinto piano, l'orizzonte è sconfinato.

«Posso portarle qualcosa, signora?»

«Che cosa bevevo, di solito?»

«Fino alle nove, caffè. Per il resto della giornata, solo acqua.»

«Come 'fino alle nove'? A che ora arrivavo?»

«Alle sette e mezzo. Sempre la prima, come suo padre, signora.»

Helene scuote la testa, meravigliata. Ogni mattina alle sette e mezzo? Peggio che alla caffetteria. «Avrei una domanda, che forse potrà sembrarle un po' strana...» Arrossisce.

«A me può chiedere qualunque cosa, resterà tra queste quattro mura», la tranquillizza Karen.

«Il mio lavoro, qui... in che cosa consiste, di preciso?»

«Lei è capo economista, signora», risponde Karen.

Capo economista? Helene assapora quelle parole. Helene Söderberg, capo economista della Söderberg Shipping, mastodonte dell'industria scandinava. Mica male. D'altronde, però, la cosa non la sorprende più di tanto: è esattamente ciò di cui si occupava alla caffetteria. Quando ha cominciato a mettere in ordine la contabilità, Beate le ha detto che era un'economista nata. Quando poi ha rilevato il locale, ha apportato molti cambiamenti che ne hanno migliorato la profittabilità. Era necessario, del resto. Non avendo un capitale di partenza, ha dilazionato il pagamento su una rateizzazione quinquennale. Quindi bisognava andare al risparmio, ma la cosa le riusciva benissimo. Adesso sa da dove le veniva quell'abilità. Karen è ancora lì, davanti a lei, con un'aria gentile e disponibile. Helene esita, ma c'è una domanda che non può fare a meno di porre: deve sapere per certo se le sue sono solo paranoie, o se davvero c'è qualcosa di poco chiaro. « Com'era il mio rapporto con... gli altri? »

« In questi uffici c'è un'ottima cooperazione », dice Karen, in tono convinto.

« Sì, ma coi dipendenti? »

Lo sguardo di Karen vacilla su un punto alle spalle di Helene, poi si abbassa. Ora è lei a esitare. « Sa, sono in pochi a comprendere quanta responsabilità gravi sulle persone come lei, signora. »

« Qual è stato l'ultimo progetto cui ho lavorato, prima di... »

Karen si schiarisce la gola e si affretta a rispondere, in modo da sollevarla dal peso di completare la frase e pronunciare quella spaventosa parola: *scomparire*. « È stato... vediamo un po'... » Riflette per un istante. « Ah, ecco: stavamo cercando un contratto. Ci eravamo accorti di un pagamento annuale allo Julsø Kro, ordinato ancora da suo padre, signora, ma non c'era stato verso di capire come mai. »

« Ah, sì? » Helene si stringe nelle spalle e sorride. « Ed era un pagamento cospicuo? » chiede, tanto per non fare la figura di quella che non sa che cosa dire.

Karen ricambia il sorriso. « Lei diceva che un pagamento è *sempre* cospicuo, che sia di cinque corone o di cinque milioni. »

Helene la osserva. Non la riconosce. Però, se è per questo, non riconosce nemmeno la descrizione di se stessa.

Finalmente sola. Si guarda intorno un'altra volta. Bene, ora lo sa. Fa il capo economista e sta sulle scatole ai dipendenti. Pazienza. Prende un goccio di caffè, sbocconcella un biscotto, guarda di nuovo il cielo. La coltre di nuvole si è assottigliata e sta per diradarsi. Per la prima volta dopo molto tempo, Helene si concede di pensare a Joachim. Che cosa starà facendo? Le torna in mente la sua schiena curva, quand'era assorto nella scrittura, e poi i capelli arruffati, i gesti delle braccia, lo sguardo impaziente. Sospira. Forse anche lui la pensa? Dovrebbe dimenticarlo. Joachim è stato una parentesi, un intermezzo. La vita cui Helene è destinata è quella di adesso. Col tempo, tutte queste cose - Edmund, i bambini e la ditta - occuperanno sempre più spazio, mentre il periodo passato con Joachim ne occuperà sempre meno. Non può andare diversamente. Helene scaccia questi pensieri e finisce il caffè. La parete è ornata da fotografie in cornici di legno, semplici ma di qualità. Si alza per osservarle da vicino. Una di esse raffigura la costruzione della fontana davanti alla villa. Dev'essere stata scattata negli anni '60, a giudicare dai vestiti. Meno male che non l'ha scelta lei, quella brutta fontana a pesci e delfini. Probabilmente quello era il periodo in cui la ditta si era appena espansa sulle spedizioni transoceaniche, e suo padre voleva celebrare la solenne occasione con un simbolo che saltasse all'occhio.

Nelle altre foto ci sono navi in porto. A Frederikshavn, forse? È lì che il papà ha impiantato un cantiere navale tutto suo, giusto? Navi varate con la tradizionale bottiglia di champagne. L'apertura della prima succursale di Singapore. Helene da bambina, in spalla al papà, in qualche Paese orientale. Si siede pesantemente sulla poltroncina. Quanta storia, qui. È impressionante. E però... *Aspetta, aspetta...* Si rialza. Ha notato qualcosa. Una scritta. Scruta nuovamente le fotografie. È sicurissima: nelle foto più vecchie, quelle d'anteguerra, dove tutti hanno una faccia seria e sono ben vestiti, c'è un particolare che ha attirato la sua attenzione. Ed eccola. Suo padre, ancora piuttosto giovane, in posa al molo di Silkeborg. Alle sue spalle c'è una nave. Ma non è quello, il dettaglio che le interessa. È al margine sinistro: cinque o sei giovani stanno scaricando legname da una chiatta. E lì, sulla fiancata, c'è il nome della chiatta. Le lettere scendono appena sotto il pelo dell'acqua e si rispecchiano sulla superficie: ...IRSCH. Quel Martin, l'istruttore d'immersione, ha scritto *Kirsch*. Helene stacca la fotografia e aguzza la vista. L'iniziale è tagliata dalla linea dell'acqua, ma solo nella parte bassa. Non è una K. È una H. La scritta è HIRSCH.

Helene ripensa alla parola che Martin ha scritto sulla maschera appannata. Forse ha mosso il dito con rapidità, perché tutto stava accadendo molto in fretta? O forse è stata lei a leggere male? Possibile che abbia scambiato una H per una K, e che ci fosse scritto *Hirsch*?

«Helene?»

Per poco non le prende un colpo. Si volta di scatto e si trova faccia a faccia con Edmund, che scruta prima lei e poi la fotografia. Helene si affretta a riappenderla.

«Tutto a posto? Ho provato a chiamarti...»

«Sì, va tutto bene. Ho lasciato il telefono in macchina per...»

Edmund la interrompe. «Sei pronta? Il consiglio di amministrazione ti aspetta.»

28

Joachim esita per un istante, prima di aprire la porta. Tutta questa faccenda potrebbe finire qui. Se la donna che sta per entrare nella camera d'albergo è davvero Louise Andersen, potrà spiegare come ha conosciuto Helene. In realtà, però, non è detto che l'abbia conosciuta. Ma Joachim non ha il tempo di completare quel pensiero. Con un movimento rapido e deciso, apre la porta. La donna è un po' più giovane di quanto si fosse aspettato, ed entra senza che dai suoi occhi castani o dalle sue movenze traspaia nessuna emozione. Per lei, è un cliente come tanti. Una zompata e via, si passa al successivo. Capelli neri e lisci, giacca chiara attillata che esalta le poche forme, stivaletti marroncini a tacco alto, una borsetta dalla quale fa capolino una pompa da bicicletta. *Benvenuti in Danimarca,* pensa Joachim. *Qui, vanno in bici perfino le zoccole.* Trucco discreto, pelle liscia e delicata. Dunque è questo l'aspetto di Louise Andersen?

«Possiamo liquidare la questione del pagamento, prima?» dice la donna, con aria innocente.

«Certo, ci mancherebbe.» Joachim prende il portafogli, lo apre e conta le poche banconote all'interno. Come mai non è passato a prelevare? «Ehm... quant'è?»

«Ottomila.»

Gli cascano le braccia. Mai e poi mai avrebbe pensato che costasse così tanto. È una follia. La signorina di ieri non era mica così cara.

Vedendolo esitare a sfilare le banconote, la donna torna verso la porta.

«Mi sono dimenticato di passare dal bancomat. Possiamo limitarci a una chiacchierata.»

«Scordatelo.»

«Sei Louise?» le chiede.

Ma lei sta già uscendo.

Joachim non ha nemmeno il tempo di riflettere, tutt'a un

tratto si ritrova lì a trattenerla e richiudere la porta. La cinge per bloccarle le braccia e le preme una mano contro la bocca per soffocare il suo grido. La donna si dibatte, tenta di scalciare coi tacchi appuntiti, però lui scansa gli affondi e la stringe con forza. Immaginando come lo vedrebbe uno spettatore esterno, pensa che questo comportamento non è proprio da lui. Lo fa solo perché vi è costretto. Serra i denti. «Louise... mi dispiace davvero», dice, con una voce profonda e ruvida che non gli sembra nemmeno la sua. «Non voglio farti niente, ma devi ascoltarmi. Devi capire perché è tanto importante che tu mi dica tutto quello che sai. D'accordo, Louise? Non voglio farti del male. Adesso ti lascio libera.»

Il corpo della donna si rilassa e resta immobile, anche se il cuore batte forte, Joachim lo sente contro il braccio. Non appena le toglie la mano dalla bocca, lei parla, ma senza forza nella voce. «Com'è che mi chiami Louise?»

Joachim non risponde. Non sa nemmeno se restarci male o no.

«Mi hai presa per un'altra. Lasciami, cribbio!»

«Dimostralo», ribatte, senza riflettere. Poi, all'improvviso, si rende conto che la donna non ha nessun motivo per dire la verità: se è rimasta nascosta per tre anni, perché rivelare la propria identità a un cliente occasionale? Violento, per giunta!

Lei s'infila una mano nel taschino e, con un movimento lento e nervoso, ne sfila un portafogli in cuoio chiaro, come quello degli stivaletti. «Guarda tu stesso.»

Joachim apre il portafogli e vi trova una tessera di assistenza sanitaria coi dati: Rikke Sommer, nata nel 1985. Adesso sì, che ci resta male. Credeva di essere a un passo dal traguardo, e invece è ancora al punto di partenza. Si è sbagliato. Non ha fatto neppure un passo avanti. «Tre anni fa, è arrivata a Bornholm una donna coi documenti di Louise», dice, continuando a trattenere Rikke affinché non scappi. E, per come può, le racconta tutta la storia. Le parla di Helene e di Louise Andersen, che è scomparsa. «Però tra le sue cose ho trovato questo sottobicchiere con un numero di telefono. Ho scoperto che è quello di un negozio di macchine fotografiche. E adesso sto cercando di ricostruire il quadro completo.»

Rikke - o Stella che sia - drizza la schiena e si allontana di un passo, ma non accenna a fuggire.

«Ti chiedo scusa per averti trattenuta a forza, ma...»

Lei annuisce, pensierosa.

«Sono andato da Miss Daisy», riprende Joachim. «La casa d'appuntamenti, hai presente? E là ho conosciuto una che si chiama... Mindy? Sì, Mindy. Quando le ho parlato di Louise, ha fatto il tuo nome: Stella. L'ho pedinata, l'ho vista entrare al Roxy. Così ho chiesto di te.»

«Già, perché credevi che io fossi Louise Andersen.» Non è una domanda, ma una constatazione. La donna fa un lieve cenno con la testa. Sembra ancora sul chi vive.

«Tu sai qualcosa?» le chiede Joachim, speranzoso.

«Non ho mai sentito parlare di quella... Louise», dice lei, ma è palese che c'è dell'altro. Abbassa la voce, come per paura di essere ascoltata, anche se in camera ci sono solo loro e la porta è chiusa a chiave. «Però, se tra le sue cose hai trovato quel sottobicchiere, vuol dire che c'entrava anche lei.»

«Con che cosa?»

«Con quello che ci stanno facendo.»

«Ma... non lo fate di vostra volontà?»

Stella riflette, poi si stringe nelle spalle. «Molte di noi hanno grossi debiti, sai...» Lo guarda con occhi pieni di vergogna. «Tante ragazze del Roxy... Sai che cos'è il deep web?»

Joachim scuote la testa. No, quelle parole non gli dicono nulla.

«È la parte segreta di Internet. Cioè tutto quello che non si trova sui motori di ricerca e che non si può tracciare. Per trovarlo, bisogna sapere che c'è. Loro lo usano per cose estreme, che a me non piacciono.» D'un tratto, la voce si fa dura. Stella lo fissa, evidentemente per lei è molto importante che lui le creda.

«Estreme? In che senso?» chiede Joachim.

«Di tutto. Non solo il sadomaso, ma cose *davvero* al limite della... La testa in un sacchetto di plastica fin quasi a soffocare, pestaggi violenti... Ci sono uomini che ne fanno talmente tante che le ragazze per poco non muoiono. Alcuni si eccitano a strangolare una donna mentre le vengono dentro. C'è sempre il rischio che qualcosa vada storto. Alcuni vogliono solo picchiare. Pura e semplice tortura. Però è un grosso giro di soldi. C'erano dentro anche alcune ragazze del Roxy, almeno all'inizio. È una follia, è pericolosissimo, non voglio neanche avvicinarmi a quella gente. » Stella fa uno sbuffo rabbioso.

« Ecco perché tutta questa segretezza », dice Joachim. « I numeri sui sottobicchieri... »

« Infatti. Niente messaggi, niente e-mail, niente che si possa tracciare. I clienti sono politici e grandi imprenditori. Non ci deve essere uno straccio di prova. »

Joachim sapeva già che esistono queste cose, e che ci sono persone disposte a pagare per farle, ma è ugualmente sconvolto. E Louise Andersen è implicata? « Come si contatta questa gente? »

Stella risponde all'istante. « Non la si contatta. »

« Ma io devo scoprire qualcosa di più », dice Joachim, accalorato.

« Dammi retta, non bisogna avvicinarsi a quelle persone per niente al mondo. »

« Ma io *devo*, devo scoprire come hanno fatto i documenti di Louise a finire addosso a Helene. C'è qualcosa che non quadra, non riesco a darmi pace... » Joachim si blocca. Fa un respiro profondo. « Ci sarà pure qualcuno che ne sa di più, in quell'ambiente. Qualcuno che possa darmi una spiegazione. »

Stella esita. « Bisogna farsi invitare. »

« In che modo? » chiede Joachim, impaziente.

Ora Stella ha uno sguardo diverso. Non ha più l'espressione spaventata di quando lui la stava trattenendo a forza. L'equilibrio di potere è ribaltato. Lo guarda come un povero disgraziato. Prova compassione per lui. « Forse potrei procurarti un numero », dice piano.

29

È un sollievo rifugiarsi nella quiete del gabinetto, chiudere la porta, sedersi e stare da sola. Sta per incontrare il consiglio di amministrazione, persone sconosciute. Edmund è già entrato, lei è venuta qui con la scusa di rinfrescarsi un po'. Ha la nausea e uno strano senso di avversione la riempie interamente. Non vuole stare qui, si sente estranea a questo posto, ma ormai non c'è più modo di tornare indietro. Si alza e afferra la maniglia, ma proprio in quel momento sente due donne entrare nell'antibagno chiacchierando animatamente.

« Ha fatto effetto anche a te? » dice l'una, con un sospiro di esasperazione.

Helene si siede senza fare rumore.

« Uuuh, altroché! Mi si è chiuso di nuovo lo stomaco. Adesso dovrò riabituarmi... » replica l'altra. La voce è più cupa e l'accento è quello di Copenaghen.

« E io che speravo che stesse troppo male per tornare al lavoro! »

« Vero? Così in fretta! » Poi, in tono confidenziale, aggiunge: « Mi hanno detto che si è presa una botta in testa ».

« Sì, e magari le avesse aggiustato il cervello! »

« E invece è ancora quella di prima », sospira l'altra. Poi bisbiglia: « Bentornata all'inferno ».

L'inferno? Helene cerca di togliersi dalla testa quella parola, mentre fa il suo ingresso nella sala del consiglio di amministrazione. Gli altri la odiano. Ha fatto la stronza coi dipendenti. Riesce a riconoscersi nei tratti caratteriali di cui parlavano le due donne nell'antibagno? Osserva il lunghissimo tavolo da riunioni, ascolta il coro di sedie che grattano il parquet mentre tutti si alzano. Non si possono nemmeno contare le facce che la stanno fissando. Tutti maschi, in tutte le forme e varianti possibili. Titubante, Helene si volta verso Edmund, che scosta una sedia per farla accomodare. Appena si siede lei, riprendono posto tutti gli altri.

Edmund le posa una mano sul braccio, come per tranquillizzarla. « Ebbene, vorrei dare il bentornato a Helene. Sapete già quanto sia stata... pesante, quest'esperienza. Senz'altro impiegheremo un po' di tempo a riadattarci alle consuete routine. Per ora, Helene si limiterà a un ruolo di ascoltatrice, per poi riprendere gradualmente il controllo dei reparti che le competono. »

C'è la « festicciola informale » organizzata da Edmund. Helene ha la testa ovattata, la riunione è durata diverse ore e buona parte di ciò che è stato detto le è entrato da un orecchio e uscito dall'altro. Per giunta, non ha riconosciuto nessuno dei presenti. Per quasi tutto il tempo è rimasta seduta a fissare le carte che aveva davanti a sé, fingendo di ascoltare, mentre Edmund e gli altri discutevano l'acquisizione dello spedizioniere olandese, ossia il progetto che è stato lasciato in sospeso al momento della scomparsa di Helene. Si è sforzata di afferrarne i dettagli, perché in fin dei conti ha ancora quell'istinto di possesso che le si era risvegliato già a Bornholm, ancora prima di rilevare la caffetteria. Un'insaziabilità innata. Dunque si può dire che ha ritrovato se stessa? Helene Söderberg non è solo taccagna, ma anche avida? Una che vuole accaparrarsi tutto? Una donna che incute paura in quelli che la circondano? E ora eccola qui, con un calice di bianco, a sorridere all'uomo che le stringe la mano.

« Che piacere vederla così in forma. Eravamo tanto preoccupati... »

Il sorriso di Helene le contrae il volto in una maschera che non le si adatta. Questo tizio è il dodicesimo a dirle più o meno le stesse parole. I membri del consiglio di amministrazione sono direttori o titolari di altre grandi aziende, tutte con sede nella Danimarca occidentale. Helene ha già individuato alcuni tratti comuni: sono più sicuri di sé, rispetto alla gente di Bornholm, e inamovibili nel loro modo di vedere il mondo. C'è una certa logica nel fatto che la democrazia danese sia nata qui. Non si lasciano mettere i piedi in testa da nessuno, queste persone, e soprattutto l'uomo che ora le stringe la mano con calore, ma un po' troppo forte, mentre le racconta dell'ultima volta che lei e Edmund sono andati a cena alla sua tenuta di campagna, dove vive con la moglie. Sorride, batte le palpebre e aggiunge sottovoce: «Glielo dico così, nell'eventualità che se ne fosse dimenticata».

Helene è trincerata in un angolo della grande terrazza aperta, senza nemmeno sapere come ci è finita. Le larghe assi dell'impiantito, stinte dal vento e dal sole, ricordano la tolda di una nave. Intanto alla festicciola si sono aggiunte altre persone, e Edmund se ne sta lì in mezzo a loro, a conversare in modi ostentatamente amichevoli con un vecchietto e relativa... badante? Infermiera? Figlia? Chiunque sia, la donna continua a tenere a braccetto il canuto vegliardo. Edmund lo prende per l'altro braccio e assieme lo aiutano a venire verso di... oh, no. Helene non ce la fa proprio. Altri sconosciuti. Gente mai vista, che sa tutto di lei.

«Helene? C'è Karl Gudmundson, compagno d'affari di tuo padre, fin dagli inizi.» Edmund fa un sorriso un po' artefatto. «Dall'alba dei tempi», aggiunge, alzando la voce.

«Guardi che mio padre ci sente benissimo», dice la donna, sorridendo e salutando Helene con una stretta di mano. «Il problema è la memoria, semmai.»

La bocca del vecchietto è in costante movimento, senza però aprirsi: sembra che stia ruminando qualcosa che non si consuma mai. Seguono alcune frasi di circostanza e un commento sul fatto che Gudmundson sia membro onorario di chissà quale parte dell'azienda, ma il vecchietto sembra confuso tanto quanto Helene. In effetti anche lei viene trattata più o meno nella stessa maniera: come un'invalida, una povera cerebrolesa che però è piena di quattrini, e se così non fosse non la degnerebbero d'uno sguardo. Uffa. Helene si scusa, deve proprio allontanarsi. Mentre si dirige verso la scala, le cade di mano la borsetta. Si china a raccoglierla. E lì, a poca distanza da lei, in mezzo a tutte quelle scarpe di vernice e ai tacchi a spillo, c'è un paio di anfibi robusti e neri, adatti alle lunghe marce, alla guerra. Sono quelli dell'uomo che la pedinava a Himmelbjerget? Chi altri? Helene prende la borsetta, si rialza e guarda nella direzione degli anfibi. Ci sono tantissime persone, ma nessuno che porti un baschetto e un paio di occhiali da sole: solo uomini dalla stessa pettinatura, stessa carnagione, stessa faccia. E qualcosa le batte dietro le tempie, due punteruoli che cercano di uscire. Scende la scala a precipizio, per andare a rifugiarsi nel suo ufficio e riflettere in pace. Deve capire se qualcuno la pedina o se è uscita di cervello. Si aggira come una pazza per il corridoio e due giovani donne la guardano atterrite.

«Scusate... il mio ufficio?» chiede Helene.

«In fondo a sinistra», dice la più giovane delle due.

«Mille grazie.»

Trovato l'ufficio, Helene ci si chiude dentro. Vuole andare a casa. Sa che dovrebbe tornare alla terrazza sul tetto, guardare negli occhi i suoi dipendenti, far vedere chi è, assumersi le proprie responsabilità, ma non ci riesce. Era una strega. *È* una strega. E questo pensiero ne genera un altro: chissà che la questione non ruotasse intorno a lei, quand'è scomparsa. Aveva un amante? Oltre che strega, è anche una fedifraga che ha inscenato la propria sparizione? Forse Edmund le ha messo un uomo alle calcagna - il tizio con gli anfibi - proprio perché lei l'ha tradito? Helene si siede sulla poltroncina, lasciandosi affondare nel cuoio morbido; ha l'impressione che tutto stia andando a rotoli. Lei stessa è una figura in dissolvenza, un barbaglio sempre meno nitido, per quanto cerchi di restare aggrappata a qualcosa. Di tutto ciò che credeva di sapere su se stessa, non c'è niente di vero. È stata una buona madre, almeno? Per un istante le fischiano le orecchie e si sente sospesa su un abisso, sulle tenebre del vuoto, sul gelo del nulla, di tutto ciò che non sa.

«Che succede?» dice Edmund dalla soglia.

Helene non sa rispondere, riesce a malapena a metterlo a fuoco, apre e chiude la bocca senza che ne esca un suono.

Lui accorre, si accovaccia accanto a lei e, preoccupato, le posa una mano sulla fronte. «Scotti.»

La pelle di lui contro la sua. Quel tocco cancella il gelo. Helene ritorna alla realtà. «Sono una persona così spaventosa?» gli chiede con un filo di voce.

« Ma no, perché dici così? »

« Mi odiano », dice Helene, senza forze.

« Chi? »

« Tutti quanti! » Helene allarga un braccio.

« Ma no, che non ti odiano. Sei sparita per tre anni, adesso sei tornata. Devono abituarcisi, tutto qui. Non sono poi così ossessionati da te, sei solo la loro datrice di lavoro », spiega Edmund, calmo.

« Ma allora come mai sono arrivate così poche telefonate, da quando sono tornata? Non la sopporta nessuno, questa Helene! A Christiansø avevo tanti amici... »

Edmund fa un respiro profondo. È palese che quelle ultime parole l'hanno ferito, anche se il loro scopo era un altro. « Eri... *sei* una madre di famiglia, la tua passione è sempre stata rivolta al lavoro e a noi. Questo non significa che gli altri ti odino. E comunque frequentavamo diverse persone. Per esempio Ulrik e sua moglie Majbritt. »

Ma Helene non ricorda nessun Ulrik e nessuna Majbritt.

« È solo che ho pensato che non fosse ancora il momento di buttarti nella vita sociale. Sbaglio? »

Quelle parole vanno a segno e scacciano almeno una parte dell'oscurità. Helene rallenta il respiro.

« Ti senti meglio? » mormora Edmund.

« Sì. »

« Pensi di poter reggere un ultimo giro di saluti? Se riuscissimo a toglierci quest'incomodo senza drammi, sarebbe l'ideale. Meno chiacchiere girano, meglio è. Sarà meglio riportarti alla guida dell'azienda quanto prima, dico bene? » Edmund sembra ottimista. Crede in lei.

Helene non vuole deluderlo. Si alza, pronta per l'ultimo giro. Basta stringere i denti. « Ma tu resti al mio fianco, vero? »

« Certo. Sempre. »

Si avviano verso la porta. Con lui, Helene si sente più forte, più sicura. Ma sì, che ce la farà. Deve solo distribuire sorrisi, strette di mano e ringraziamenti, dopodiché si torna a casa. Tutto andrà per il meglio. È naturale che si senta scossa e frastornata, ma le passerà. O almeno, questo è ciò di cui tenta di convincersi mentre attraversa la stanza assieme a lui. Ma poi le cade lo sguardo sulla fotografia appesa alla parete, quella con la vecchia chiatta che si chiama *Hirsch*. È una coincidenza troppo strana, quasi sospetta. *Lascia perdere*, pensa, ma poi si ferma di botto. La foto non c'è. « Che fine ha fatto la nave? » si lascia sfuggire.

« Quale nave? » Edmund sembra perplesso.

Helene si stacca dal suo braccio e si avvicina alla parete. La cornice è ancora lì appesa, ma la foto che conteneva è cambiata: anche questa è vecchia e in bianco e nero, ma raffigura la sede dell'azienda. E prima non c'era. Helene scorre rapidamente con lo sguardo tutte le fotografie. Forse ricorda male? Quella della nave era appesa altrove? No. « C'era la foto di una nave, anzi, di una chiatta. Era qui, prima della riunione col consiglio di amministrazione. Adesso non c'è più. »

Edmund osserva le fotografie e si stringe nelle spalle. « Non ho idea di che nave sia, quella che hai in mente, Helene. Queste foto sono le stesse di sempre. Le ha appese tuo padre. »

Helene guarda di nuovo la parete. La *Hirsch* era lì, ne è sicura. Fa per parlare, per far capire a Edmund che c'è qualcosa che non va, ma poi le torna in mente Himmelbjerget, con l'uomo che la pedinava... *Vuoi vedere che...* Una parte di lei sta franando. Non riesce a concentrarsi, vede solo inquietanti ombre nere che si fanno sempre più vicine, fino a chiudersi intorno a lei. Edmund l'attira a sé e le bisbiglia qualcosa all'orecchio. Helene prova a dire qualcosa a proposito di quegli anfibi, del fatto che un uomo la sta seguendo, che c'è qualcosa di losco.

« Helene? Non c'è nessuno che ti segue. Io ti amo. Ti amo, Helene. »

Lei annuisce, ammutolita, con le guance rigate di lacrime. È spaventata. Cosa le sta succedendo?

« Non ti senti bene », dice Edmund, con aria infelice. « Scusami se me ne accorgo solo adesso. »

Karen compare sulla soglia, anche lei sembra in ansia. « Posso fare qualcosa? »

« Sì, chiama un medico, per cortesia », le dice Edmund. « E cerca di rintracciare Rosenberg. »

Il medico le inietta un tranquillante. Helene non protesta, anzi, gliel'ha chiesto lei, si fida. Prova sollievo all'idea di non sentire più nulla, né la mancanza di Joachim, né il fatto di non sapere chi è, chi ama. Solo una pausa, una breve tregua. Il medico la visita con cura, ponendole qualche cauta domanda, non troppe, né difficili. Poi si volta verso Edmund e dice: « Ha bisogno di riposo. Sta vivendo troppe esperienze, tutte in una volta ».

Edmund si scusa. Con lei o col dottore?

« Dovrà restare in osservazione per qualche giorno », dice il medico. Dal tono, sembra arrabbiato. Arrabbiato con Edmund.

Helene lo sente parlare, ma quelle parole le scorrono addosso come acqua calda. Scivola in un delicato dondolio. Ascolta e capisce, ma non gliene frega niente. Che le facciano pure quello che vogliono, a lei interessa solo staccare la spina.

Ricompare Karen. « Il dottor Rosenberg è a un convegno negli Stati Uniti. »

« Solo una pausa... » mormora Helene.

Edmund le stringe una mano e le accarezza una guancia, come si fa coi bambini. « Solo una pausa », le fa eco.

30

Stasera alle otto. Fin troppo tempo. Joachim scende in Bredgade e cerca di capire in che cosa si sta cacciando. Ha stretto un accordo. Errore madornale? Stella sembrava spaventata, quando ha telefonato. Si era fatta dare il numero da un'amica, o da una collega, e l'aveva annotato con un rossetto nero sulla carta da lettere dell'Hotel d'Angleterre. Aveva insistito per oscurare il proprio numero, in modo che il ricevente non potesse vedere chi chiamava, poi aveva porto il telefono a Joachim, mormorando con voce tremante che doveva dire: « No limits ». L'accordo è andato in porto, Joachim ha appuntamento alle otto di stasera alla piscina di Frederiksberg, dove riceverà ulteriori istruzioni. Altro non gli è stato detto. Sa solo che Stella era terrorizzata, addirittura ha bruciato il foglio col numero di telefono, dicendo che non voleva avere niente a che fare con questa faccenda. Scusandosi, le dà duemila corone e la guarda dileguarsi tra la folla di Bredgade.

La piscina di Frederiksberg. Sembra tanto massiccio, questo parallelepipedo in mattoni a vista. Un quarto alle otto. Joachim entra e si piazza accanto a una delle colonne a sezione circolare che sorreggono l'enorme atrio. Da qui può tenere d'occhio l'ingresso e le due scale che portano agli spogliatoi, l'uno per i signori, l'altro per le signore. Alle sue spalle, il gabbiotto della biglietteria. Scruta tutti quelli che varcano la soglia. Quasi tutte donne a piccoli gruppi, probabilmente il nuoto è una cosa da amiche. I pochi uomini sono anzianotti.

« Sauna », bisbiglia uno.

Joachim si volta di scatto e lo vede uscire dall'edificio. Per un istante medita di rincorrerlo, ma abbandona l'idea: è troppo pericoloso, meglio fare come dicono, stare alle loro regole. Sauna, dunque? Ci sarà un altro uomo ad attenderlo, là dentro? Si avvicina allo sportello del gabbiotto e acquista un ingresso in sauna.

«Per lei la nudità è un problema?» gli chiede la bigliettaia. «Non è consentito indossare un costume da bagno, però può portare una salvietta da legare ai fianchi.»

Joachim entra in una delle anguste cabine, si spoglia, chiude nell'armadietto tutto quanto tranne la salvietta, poi si piazza sotto la doccia e si lava a movimenti rapidi e impazienti, dopodiché apre la porta della sauna. Piastrelle bianche alle pareti e sul pavimento, panche di marmo a tre livelli. Non si vede altro, nei fitti vapori. Strizza le palpebre, nel tentativo di capire quante persone ci siano. Non vede facce, solo sagome indistinte, e coglie qualche stralcio di conversazione in danese e in arabo. Ora capisce come mai gli hanno dato appuntamento qui: è impossibile capire chi stia parlando con chi.

Si ferma sulla soglia, indeciso. L'uomo che lo attende dev'essere uno di quelli che non stanno parlando. Quale? Joachim si siede in un punto dove non c'è nessuno, in modo da avere un po' di spazio libero intorno a sé, e attende. Poco dopo, una sagoma si lascia scivolare lungo la panca alle sue spalle e si china in avanti fin quasi a toccare la testa di Joachim. «Che cosa cerchi?»

Quella voce lo raggela. Joachim avrebbe una gran voglia di girarsi, ma con tutto quel vapore non riuscirebbe comunque a vedere che faccia ha quell'uomo, e oltretutto sa benissimo di non potergli fare domande su Louise. Deve andarci coi piedi di piombo, studiare l'ambiente e saggiare il terreno fino a trovare qualcosa di concreto da usare come base di partenza. Dato che il *no limits* ha già funzionato durante la telefonata, decide di ritentare: «Una donna. Nessuna limitazione».

Un lungo silenzio. Poi l'uomo bisbiglia: «Perché?»

Intorno a loro, le chiacchiere proseguono vivaci. Basta parlare a bassa voce, nessuno capirà una parola. Ma Joachim deve dire qualcosa che convinca l'interlocutore. «Voglio una donna per passare una notte in cui gli unici confini siano quelli del mio desiderio.»

«Chi ti ha dato il numero di telefono?»

«Una troia», bisbiglia Joachim, anche se quella parola non

gli piace per niente. « Non voleva spingersi più in là di un certo limite, così mi ha dato quel numero, dicendomi che voi fate al caso mio. È così? » Il suo animo trema, ma il corpo resta saldo.

« Come si chiamava? »

Joachim deve decidere in fretta. Se facesse il nome di Stella, la esporrebbe a un rischio. « Non ne ho idea, ormai non le distinguo neanche più. »

« Il prezzo è alto, ma lo saprai già », mormora l'uomo.

« Sì, lo immaginavo, ma se ne vale la pena... »

« Noi ci accolliamo tutto il rischio, ed è questo che paghi. Il piacere che ne ricavi dipende solo da te. E non è da tutti, sai? Si credono tanto tosti, fanno gli sbruffoni, ma quando si arriva al dunque diventano delle fighette piagnucolose. Quindi ora ti chiedo: fai sul serio? Guarda che dopo non voglio sentirti frignare. Una volta che hai pagato, non torni più indietro. Devi andare sino in fondo. »

« Nessuna limitazione? Garantito? » Joachim continua a fare il duro, anche se le parole dell'uomo lo fanno sentire come un bambino sorpreso con le dita nella marmellata.

« Se paghi, lei è tua. Ce li hai, i soldi? »

« Quant'è? »

« Duecentocinquantamila. In contanti. Anticipati. »

Joachim trattiene un singulto di protesta. *Un quarto di milione? Ma sono pazzi?* Alla fine però annuisce. « Sì, ce li ho. Quando e dove? »

« Domani sera alle nove, al parcheggio sotterraneo di Israels Plads. Coi soldi, tutti in una volta, intesi? »

Joachim annuisce di nuovo.

L'uomo si sporge ancora di più, gli posa una mano su una spalla, raggelandolo. « Sarà l'esperienza più grandiosa della tua vita », bisbiglia. « Tieni presente che la donna è tua al cento per cento, puoi anche ammazzarla, se vuoi. Adesso resta seduto. Se esci prima che siano passati cinque minuti, l'accordo è annullato. » Si alza e sguscia fuori della sauna senza il minimo rumore.

Joachim ne osserva la sagoma. Statura media, corporatura media, una schiena come mille altre. Potrebbe seguire quest'uomo e tentare di vederlo meglio, ma non è il caso: forse là fuori ci sono i suoi scagnozzi, che si fingono normali clienti della piscina e lo tengono d'occhio. Stanno attenti, questi signori. Ed è ovvio, visto che smerciano vite umane. Vite di donne. Lui ha imboccato questa via e deve seguirla sino in fondo, secondo le loro regole, prima di poter porre le sue domande. Ma può ancora tirarsi indietro. E che diamine, dove le trova, duecentocinquantamila corone in contanti? Che genere di persona è in grado di tirare fuori tutti quei soldi, sull'unghia? Joachim conosce già la risposta: i disperati. Come lui.

31

Il sole è basso, una boccia luminosa. Helene si lascia abbagliare e ne sente il calore sulla pelle del viso. Sotto di lei, le carezze del lieve beccheggio, lo sventagliare della vela, i colpi ritmici del sartiame contro l'albero. Voci. I suoi genitori? Sta sognando e non vuole svegliarsi, ma le palpebre hanno una volontà tutta loro, battono e si aprono.

«Sei sveglia?» Edmund si china sul letto come un'ombra minacciosa.

Helene si mette a sedere e lui arretra, spaventato. Si guarda intorno, confusa. «Dove siamo?»

«Ma... alla clinica», dice Edmund, come se si fosse aspettato che lei lo sapesse già.

È una stanza strana, le ricorda un po' l'appartamento di Christiansø. Finestre a listelli sottili, con ampi montanti e ariose tendine di pizzo, danno sul verde di grossi alberi dalla robusta chioma. Il sole filtra dal fogliame, portando ombre che si stagliano sulla tappezzeria a fiori. Helene ricorda il medico, l'iniezione, il calore, la sensazione di avere la testa in fiamme, di essere sul punto di crollare. Forse è andata così anche quand'è... scomparsa? Un corto circuito al cervello?

«Karen mi ha portato questa», dice Edmund, sollevando leggermente la borsetta di Helene, posata sul comodino.

«Mi hanno ricoverata?» chiede Helene, confusa.

«Sì...» Edmund esita.

Helene abbassa lo sguardo e si accorge d'indossare una tuta morbida, color rosa antico. *Non ero mica vestita così, prima*, pensa. «Preferirei andare a casa, adesso mi sento molto meglio», mormora.

«Prima dovrai fare una chiacchierata coi medici, poi si vedrà», risponde Edmund.

«In che senso 'si vedrà'?» Helene si rende conto di avere usato un tono spazientito.

«Su, Helene, non sei in te. Mi parli di pedinamenti, di anfibi... Hai avuto un crollo, devono visitarti. Ci vorrà un po' di tempo.»

Che cosa intende dire Edmund? Ancora una volta Helene ha l'impressione che tutto stia dondolando. «Voglio solo andare a casa», dice, con un filo di voce. «Sono sicura che mi farà bene stare coi bambini, in mezzo alle cose che conosco.»

Edmund non risponde. Un profondo silenzio che dura diversi secondi. Intende dire che davvero non vuole riaverla a casa?

«Ascoltami, non posso restare qui.»

«Mi dispiace, Helene, e ti prego di non fraintendermi, ma non sta a te decidere.» Nervoso, si strofina le mani contro le gambe dei pantaloni.

«Se io voglio tornare a casa, non puoi costringermi a restare.»

«Sei pericolosa per te stessa. E vederti in questo stato non fa bene nemmeno ai bambini, giusto? Sto solo dicendo di aspettare finché non avremo sentito il parere dei medici.» Edmund si alza e va alla finestra, dandole le spalle.

Lei si lascia ricadere sul cuscino. Che cosa sta accadendo? Che cosa gli è successo? Che cosa *le* è successo? Secondo lui, è meglio per i bambini che lei resti qui a rimettersi in salute. Come mai Helene non riesce a credergli? Che razza di madre è? È davvero così malata da dover essere rinchiusa e allontanata dai figli? Oppure... è una trappola? Quest'ultimo pensiero si sta lentamente ma inesorabilmente radicando in lei, nonostante gli sforzi di reprimerlo. Forse Edmund ha inscenato tutto? L'ha messa sotto una pressione sempre maggiore, fino a portarla all'esasperazione, al crollo, per farla ricoverare? È lui che la spinge a credere di essere pazza? È per questo che era scappata? Le viene voglia di urlare. Anzi, sente che è l'unica cosa giusta da fare: strillare fino a sfogare tutta la frustrazione, l'angoscia, il dubbio. E invece resta in silenzio, immobile, e sente le forze abbandonarla, anche perché c'è un secondo pensiero che lei non riesce a scacciare: che sia davvero mentalmente instabile, e che sia Edmund a fare l'unica cosa giusta.

Lui torna a sedersi, apre la valigetta e ne estrae alcune carte.

Helene non riesce più a sopportare il silenzio. « Cosa sono quei fogli? »

« Ho riflettuto parecchio, per capire se fosse il caso di mostrarteli. »

« Sì, ma che cosa sono? » Helene tende una mano per prenderli, ma lui li allontana. Devono essere davvero importanti, visto l'atteggiamento.

« Te li mostro solo per farti capire che puoi fidarti di me, che tutto quello che faccio è per il tuo bene. » Finalmente Edmund le porge le carte.

Helene le guarda, e vi trova il nome di Joachim. Il suo cuore batte più forte. Strizza leggermente le palpebre per mettere a fuoco le lettere che si rifiutano di connettersi a formare un significato.

« Ci ricatta fin da quando sei tornata a casa. Vuole soldi per non raccontare la storia alla stampa », dice Edmund. « Mi dispiace di doverti mostrare queste cose, mi dispiace davvero. »

La sua voce arriva da un punto lontanissimo. L'attenzione di Helene si concentra solo sulle parole scritte su quelle carte. Un contratto. Joachim ha firmato un contratto. Fin qui, tutto chiaro. Ha sottoscritto un mucchio di parole il cui senso profondo è questo: ciò che c'è stato tra loro non è mai accaduto. Guarda la cifra. Un milione di corone. Una somma enorme, erogata dalla ditta che appartiene a lei, per cancellare il ricordo di Helene. Sente la mano di Edmund accarezzarle un braccio. Com'è possibile? Lo Joachim che lei ha conosciuto non avrebbe mai venduto la loro storia, non si sarebbe mai abbassato a ricattare qualcuno.

« Mi dispiace tanto, Helene, ma devi capire che l'unico di cui tu ti possa fidare sono io. »

L'unico di cui lei si possa fidare? Helene si gira lentamente verso di lui. Verso suo marito. Vorrebbe tanto dargli ragione, ma non ci riesce. Perché? Come mai non è in grado di fidarsi di lui? Sente lacrime fredde sulle guance. Sente le mani di lui tergergliele. Lo lascia fare, restando immobile a riprendere fiato finché il respiro non rallenta. Poco per volta sparisce la sensazione che ogni cosa sia sfocata e la realtà riprende nitidezza: è a letto, in ospedale. Ricoverata. Joachim l'ha tradita, ha tradito il loro amore. Eccola lì, la realtà. Eppure, quella fotografia... Non se l'è sognata. Sa benissimo che cos'ha visto. « La foto », dice, esitante.

« Quale? » Edmund sembra leggermente irritato.

« Quella in ufficio. Qualcuno l'ha sostituita, mentre non c'ero », dice Helene, a bassa voce ma con decisione.

« Ascoltami, Helene. » Edmund le prende una mano tra le sue e la guarda negli occhi. « Quella foto non esiste, non c'è mai stata una nave di nome *Hirsch*. È solo uno scherzo della tua mente. Non è colpa tua, ed è del tutto comprensibile, con tutto quello che ti è capitato, ma è proprio per questo che sei ricoverata. Abbiamo telefonato a Rosenberg, è negli Stati Uniti ma torna già domani. Verrà qui, Helene, e ti aiuterà. Questa è una clinica privata, tutti i nostri principali collaboratori si sono sempre curati qui. Io faccio parte del consiglio di amministrazione, anzi, mi pare che siamo gli azionisti di maggioranza. » Le rivolge un sorriso rassicurante. « Faranno di tutto, per te. Niente giornalisti, niente di cui preoccuparsi, d'accordo? Ci pensiamo noi, Helene, così poi tornerai a essere te stessa. I bambini potranno venire a trovarti. » Le batte delicatamente il dorso della mano.

Hirsch.

Edmund ha detto *Hirsch*. Ma lei non gli ha mai fatto il nome di quella nave, né qui, né in ufficio. Ne è sicurissima. Helene ha sempre avuto la sensazione che qualcosa non quadrasse.

Ora ne ha la certezza.

32

Joachim scende nel parcheggio sotterraneo, stringendo la discreta sacca sportiva nera che si è fatto consegnare dall'avvocato dei Söderberg appena qualche ora fa. Non sono state necessarie molte parole, Joachim ha firmato l'accordo e ha preso i soldi. Si sente in colpa, ma tenta di convincersi che non poteva fare altrimenti: per scrivere la storia, deve conoscerla. Già, peccato che con quella firma abbia rinunciato al diritto di scriverla. Bel paradosso.

Impaziente, fa un paio di passi, che riverberano tra le pareti di cemento. Tende l'orecchio. Sta arrivando un'auto? No. Ha ancora nella testa il tono condiscendente di Edmund, quando lui gli ha telefonato per dirgli che accettava l'offerta a un'unica condizione: che le prime 250.000 corone gli venissero consegnate all'istante, in contanti, e il resto con un bonifico bancario.

Sente una portiera sbattere. È il momento? Un'auto rossa, una berlina, gli passa accanto lentamente. Al volante c'è una donna, ma lui non la vede in faccia. Sta aspettando solo da dieci minuti, ma gli sembrano un'eternità. Ha la gola secca e aloni di sudore sulle ascelle, anche se qui sotto c'è un'aria freddina ben lontana dalla calda estate all'esterno. Poi sente un altro motore, più grosso. La vettura svolta l'angolo, è un furgone bianco dai vetri oscurati. Si ferma a una certa distanza da lui, con gli abbaglianti accesi. Nell'abitacolo ci sono due sagome, Joachim vede solo che sono uomini.

Un finestrino si abbassa. «Voltati! Spegni il cellulare. Faccia al muro. Immobile», grida una voce maschile con l'accento di Copenaghen.

Joachim capisce che hanno pianificato tutto in modo che lui non li veda mai. Gli abbaglianti servono a impedirgli di leggere il numero di targa. Si volta e stringe la presa sulla sacca. Sente una portiera aprirsi, poi dei passi alle sue spalle. Poco dopo, si apre anche l'altra portiera, altri passi, il motore è ancora acceso, poi il portello laterale che scivola e due paia di piedi che si avvicinano in fretta. Joachim gira quasi impercettibilmente la testa, nel tentativo di vedere che cosa sta accadendo.

« Immobile », sibila uno dei due uomini, vicinissimo. « Hai spento il cellulare? » Gli prende il telefono dalla tasca e controlla. « Sì. »

Gli infilano sulla testa un sacchetto di stoffa, un materiale ruvido che gli gratta la fronte e il naso. Tutto diventa nero. D'istinto leva una mano per sfilare il cappuccio, ma sente un forte colpo all'avambraccio destro, quello che regge la sacca. Molla la presa e geme dal dolore.

« Non vorrai che ci scoprano? » lo rimprovera l'uomo.

Gli tirano le braccia dietro la schiena e due cerchi metallici si chiudono sui suoi polsi. Manette? Lo hanno ammanettato?

« Pronti. » L'uomo gli dà uno spintone alle spalle.

Joachim avanza a passo malcerto, batte gli stinchi contro il bordo dello chassis, poi un altro spintone gli fa perdere l'equilibrio, mandandolo a cadere all'interno del furgone. Senza troppi complimenti, gli sollevano le gambe per infilarlo completamente nel vano, poi chiudono con violenza lo sportello. Poco dopo, la vettura riparte, sale ed esce dal parcheggio sotterraneo.

Per un lungo tratto, Joachim resta immobile. Ci si è cacciato lui, in questo pasticcio. Pagando, perfino. Poi si contorce fino a trovare una posizione non troppo scomoda, steso su un fianco e con la testa appoggiata a qualcosa. Le braccia tirate dietro la schiena cominciano a dolere, e di tanto in tanto deve cambiare leggermente postura per ripristinare la circolazione. Intanto tende l'orecchio nella speranza di ricavare qualche informazione, ma sente solo il rombo del motore. I due guidano forte, sorpassando altri veicoli. Una superstrada? Non parlano tra loro. O forse la cabina di guida è fonoisolata?

« Ehi? Dura ancora molto? » grida.

Nessuna risposta. I sussulti cominciano a dargli dolori alla schiena. Il furgone sta rallentando? Una curva? Una rotatoria? Poi accelera di nuovo. Un'altra superstrada. Ancora un rallentamento e una rotatoria. Alla terza volta, gli viene il sospetto che stiano continuando a percorrere la stessa tratta, per fargli credere di aver coperto una distanza molto più lunga.

«Ohi, ci siete? Quanto manca?» grida Joachim.

Anche stavolta nessuna risposta. Apre e chiude gli occhi, ma non fa nessuna differenza, nel buio umido e appiccicoso del cappuccio. Che cosa sta combinando? Come mai è qui? Si risponde da sé: perché questa è la sua unica opportunità. Altrimenti non scoprirà mai la verità su Louise Andersen e su Helene, la donna che ha perso, il cui volto compare di continuo davanti a lui. Sotto la pelle delicata delle palpebre chiuse e le diramazioni dei capillari, gli occhi si muovono a scatti, come segnali Morse. Deve scoprire che fine ha fatto Louise. A quel punto si fermerà, l'ha giurato a se stesso.

Si era addormentato? Lo sportello si apre, mani sgarbate lo afferrano e quasi lo trascinano fuori. Gli tremano le gambe, dopo il lungo tragitto. Lo conducono via dal furgone. Joachim vacilla su quel terreno molle e irregolare, i due devono sorreggerlo da entrambi i lati. Fa un respiro profondo. L'aria che filtra nel cappuccio è fresca, ma viene subito saturata dall'umidità del suo fiato. Sente un profumo speziato. Conifere? Salsedine? L'hanno portato in un bosco vicino al mare? Con un piede urta qualcosa di duro.

«Alza le gambe», dice uno dei due.

«Adesso scendiamo una scala», l'avvisa l'altro.

Joachim solleva il piede per superare l'ostacolo e si ritrova su una superficie dura. Spinge avanti cautamente l'altro piede fino a trovare l'orlo del gradino, poi scende. In fondo alla scala, l'odore di terra e cemento è inconfondibile: un sotterraneo.

Gli tolgono le manette e il cappuccio. Sente una porta che viene chiusa a chiave alle sue spalle, ma si volta ugualmente. Se ne sono andati, è solo. Muri, pavimento e soffitto, tutto è in cemento e trasuda un'umidità fredda. Lungo le pareti ci sono candelieri di ferro con fiammelle inquiete. Dal soffitto sporgono ganci robusti, Joachim immagina che se ne possano trovare nei vecchi mattatoi. Accanto a lui c'è un tavolo d'acciaio con un'ampia varietà di strumenti. Sembra approntato per un'operazione chirurgica. Distoglie lo sguardo, ma non abbastanza in fretta: ha avuto il tempo di vedere gli schizzi di sangue rappreso. E non solo sul tavolo, anche per terra. Chiazze vecchie, tuttavia è chiaro che il sangue era parecchio. Hanno fatto apposta a non ripulirle? I clienti preferiscono così? La parete di fronte è l'unica rifinita, ma ha un'aria ancora più gotica. I ganci non sono moderni, fanno pensare al medioevo, anzi, all'alba dei tempi, quando Dio era entrato nella fucina della creazione e aveva forgiato l'odio per le donne con una lega metallica talmente robusta da non consumarsi mai. Un odio profondo, radicato, irrazionale, che Joachim ha visto in Gorm, nei clienti del Roxy e anche in Miss Daisy. Ed Ellen? E Charlotte Lund, quella della casa editrice? Come mai gli tornano in mente loro, adesso? Semplice: perché risvegliano qualcosa in lui. Qualcosa che lui non vuole guardare in faccia.

Accanto al muro di fronte alla porta c'è un tavolo lungo e stretto, coperto da una tovaglia rosso scuro che pende fino a terra. Sopra di esso, appeso alla parete, c'è un grosso specchio convesso. Joachim ne ha già visti di simili, sono tipicamente veneziani, noti in certe zone come «occhi di strega», ma non ne ha mai trovato uno di queste dimensioni. Si avvicina, evitando di guardare il proprio riflesso. La sua attenzione è catturata da alcune scatole metalliche sul tavolo, con strane ed elaborate decorazioni sul coperchio. Ne apre una. Contiene una pinza. Un'altra contiene lunghi aghi di diverso spessore. L'angolo accanto al tavolo è coperto da un paravento costituito da una fitta rete di ferro nero, come quello dei candelieri. Dietro di esso c'è un carrello appendiabiti con molti costumi, mantelli, bautte, tutto a colori scuri e in materiali spessi e lucidi. Sfiora un vestito nero attillato, probabilmente da donna. Poi sente la porta riaprirsi e si volta.

Quant'è giovane. E quant'è magra. È truccata come Mindy – cipria, occhi bistrati e labbra rosse – ma non ha nulla della sua bellezza. Il reggiseno è minuscolo, le mutande sono poco più di un filo teso sulle sporgenze delle creste iliache. Calze a rete, reggicalze un po' troppo largo, forse non ne esistono della sua misura, esile com'è. Gli cade lo sguardo sull'ombelico sporgente. La ragazza si avvicina, barcollando sui tacchi troppo alti.

Ha movenze strane, scoordinate. Joachim serra i denti e drizza la schiena: ora o mai più. Se vuole scoprire qualcosa, questo è il momento. Avanza di un passo e la ragazza s'irrigidisce. Ha le pupille dilatate. L'hanno drogata. Che cosa si era aspettato? Di parlare con una che gli avrebbe detto tutto ciò che gli serve sapere? Fissa la ragazza, la prende tra le braccia, la stringe e le bacia la fronte. Lei resta immobile, a braccia penzoloni. Ed è allora che Joachim percepisce qualcos'altro, qualcosa di nuovo, di estraneo, una consapevolezza che lo inonda, lo fa arretrare. La ragazza, confusa, gira la testa per seguire, come al rallentatore, il suo movimento. Joachim sente la rabbia, il livore, il potere. Lei può essere sua, se lui la vuole. Gli obbedirà. Non può fare altrimenti. Joachim si volta e riempie rapidamente i polmoni, frastornato. Non riconosce più se stesso. Va all'angolo del paravento, prende il vestito nero. Non riesce a togliersi dalla testa quell'immagine. Chiude gli occhi. Un corpo di donna legato e inchiodato al muro a gambe divaricate, il volto contratto in una smorfia di dolore, la bocca spalancata in un grido... E lui. Già, dov'è lui, in quest'immagine di fantasia? Che cosa fa? Joachim riapre gli occhi e si costringe a specchiarsi nel grande occhio di strega. Le occhiaie, la ricrescita della barba, la pelle ancora abbronzata dalla lunga estate, le borse sotto gli occhi, i capelli sparati. E quello sguardo.

33

Helene attende il calare della notte per attuare il suo piano. Piano? Che parolone. Idea, semmai. Quella di filarsela e cercare la verità. Le chiavi della macchina sono ancora nella borsetta, non deve fare altro che uscire e... No, non ancora. Non prima di avere ottenuto le informazioni che le servono. Edmund l'ha fatta rinchiudere dicendo ai medici che lei è un pericolo per se stessa, che inventa cose e nomi. La *Hirsch*, per esempio. Però ha detto anche un'altra cosa, cioè che da sempre, in questa clinica, si fanno curare i collaboratori della Söderberg Shipping. Ed ecco l'idea, il piano.

Per tutto il giorno è stata circondata da medici e infermieri, volti gentili, parole premurose. Fin troppo? *Mi sorvegliano,* pensa. *Ecco perché continuano a entrare in questa stanza: per controllare che io non sparisca.* Facce tutte uguali, ma una le è rimasta impressa: quella di Johan Iversen, un dottorino dolicocefalo e stempiato, che le ha chiesto più e più volte che sintomi avesse avuto, prima del crollo, pregandola di descrivere le sensazioni nel modo più preciso possibile. I colloqui con lui sono stati lunghi e imbarazzanti, non solo perché Helene faticava a concentrarsi, ma anche perché il medico aveva problemi col computer su cui annotava le risposte: lo schermo si bloccava di continuo. «Scusi. Le chiedo scusa, davvero», le ha detto, col collo arrossato dalla vergogna, alla quarta volta che capitava. Poi ha chiamato un'infermiera che l'ha aiutato a modificare le impostazioni. La donna ha lanciato a Helene un sorriso di complicità, come a dirle: *Ah, questi maschi!* Helene ha ricambiato distrattamente.

Ebbene, il piano ha cominciato a prendere forma. Da molti anni la famiglia Söderberg si cura in questa clinica privata, che è una delle più rinomate di Danimarca. Quest'ultima cosa non la sorprende: le è parso di capire che qui a ovest non si faccia troppo affidamento su ciò che viene deciso a est, per esempio gli ospedali pubblici. Quello in origine era un sanatorio per malattie del sistema nervoso. Ora appartiene alla Söderberg Shipping e a capo del consiglio direttivo c'è Edmund. Ma nelle strutture ospedaliere tutto viene messo a registro in cartelle cliniche e verbali. Non si cancella nulla. Il suo cervello disordinato e paranoico ha tentato di collegare frammenti d'informazione per ricavarne un quadro coerente, ma a conti fatti che cosa sa? Sa che tre anni fa, appena prima di scomparire, è entrata in quell'albergo a chiedere qualcosa che ha a che vedere con la parola *Hirsch*. Gliel'ha detto Martin. Ora sa anche che la *Hirsch* era una delle imbarcazioni della ditta. Però in albergo alloggiano le persone, non i natanti. Perciò si può pensare che quella chiatta avesse preso nome da una persona, una persona che Edmund vuole tenerle nascosta. Ma se lei non doveva vedere quella fotografia, come mai gliel'hanno appesa in ufficio? Evidentemente è stata scelta da qualcuno che non ha notato ciò di cui si è accorta lei, ossia la scritta quasi illeggibile sulla fiancata della chiatta, al margine sinistro, quasi inghiottita dalle acque. Chi l'ha appesa l'ha scelta perché raffigura suo padre da giovane, ancora pieno di energie. Ora, considerando che i collaboratori della ditta si sono sempre fatti curare qui, e che tutti gli esseri umani prima o poi si ammalano, forse tra loro c'è stato anche questo Hirsch. In tal caso, ci dev'essere la sua cartella clinica.

Sta facendo castelli in aria? Forse. Ma questi ragionamenti le sono sembrati sensati già nel momento in cui li ha concepiti. Ecco perché ha subito messo in atto la prima parte del piano: carpire i dati d'accesso del dottorino, per poter consultare l'archivio e cercare la cartella di Hirsch.

Mentre l'infermiera si sporgeva da dietro le spalle del medico e tutt'e due erano assorti a fissare lo schermo che faceva i capricci, Helene si è lentissimamente inclinata di lato e con un'occhiata ha colto il nome utente: Joiv, ossia le prime due lettere del nome e del cognome, Johan Iversen. Facile da ricordare. La difficoltà stava nel PIN, ma arrischiandosi a sporgersi in avanti è riuscita a vedere quali tasti premeva: 55039.

Adesso è notte. Buio fuori, silenzio dentro. Helene resta distesa ad aspettare che l'infermiera abbia terminato il suo giro. Ed ecco il rumore degli zoccoli bianchi in corridoio. Si apre la porta, spunta una testa. Helene tiene gli occhi chiusi e fa respiri pesanti e regolari. Non appena sente di nuovo lo scatto della maniglia e i passi che proseguono oltre, balza in piedi, si avvicina alla porta, la dischiude piano piano e sguscia fuori, nel corridoio deserto e illuminato solo da vago chiarore della luna. In pochi passi raggiunge la stanza di fronte. La porta è aperta e anche qui la luce è spenta. Il computer è sul tavolo. Alla pressione di un tasto, compare all'istante il riquadro del log-in. Helene ha un leggero tremore alle mani, ma niente di che. Nome utente: Joiv. PIN: 55039. Se lo ricorda, altroché, per tutta la giornata non ha pensato ad altro. Ma funzionerà? Sul riquadro compare un cerchiolino azzurro che gira. Senza pensarci, Helene si porta una mano ai capelli, attorciglia una ciocca intorno a un dito e comincia a tirare. Se ne rende conto solo quando inizia a farsi male. Finalmente il cerchiolino si ferma. Helene trattiene il fiato. Poi emerge una nuova schermata: superficie bianca, linee in abbondanza, ingressi, cartelle. Un sistema di ricerca.

Per un istante rivolge l'attenzione al corridoio. Rumori? Passi? Voci? Tanto le tremano le dita, che quasi non riesce a digitare quella parola così importante: *Hirsch*. È la prima volta che scrive quel nome. Preme invio e ricompare il cerchiolino azzurro che gira, gira, gira. Quando si ferma, il tempo cessa di scorrere e la lascia sospesa in un vuoto insostenibile. Fissa lo schermo, in attesa della risposta che potrebbe segnare la svolta decisiva. Finalmente accade qualcosa, compare una scritta: NESSUN RISULTATO. Quelle due parole la investono come un ariete. Forse ha sbagliato grafia? Ripensa alla maschera da sub, al nome che Martin ha tracciato sul vetro appannato, poi fissa di nuovo lo schermo. È davvero difficile credere che sia solo un abbaglio. D'un tratto, riecco i passi in corridoio. Sta tornando l'infermiera, Helene deve sbrigarsi a tornare nella sua stanza. Si alza dalla sedia, si volta verso la porta, poi lancia un ultimo sguardo al computer. Che cosa c'era scritto sotto il campo di ricerca? Qualcosa a proposito delle cartelle del

1980? Meglio ricontrollare. I passi si avvicinano, ma Helene torna a sedersi, preme un tasto e vede ricomparire il riquadro del log-in. Fulminea, digita il nome utente e il PIN, mordendosi il labbro mentre il cerchiolino azzurro continua a girare.

La porta si apre. « E lei che ci fa, qui? » dice l'infermiera, in tono furente.

Helene è tornata alla finestra di ricerca. Fissa lo schermo per ricontrollare quella scritta.

« Roba da matti. Chiamo le guardie. » L'infermiera preme un pulsante rosso alla parete.

Intanto, Helene legge l'intera scritta: *Le cartelle del 1980 non sono state digitalizzate, si trovano nell'archivio cartaceo.* Fa un respiro profondo e alza lo sguardo verso l'infermiera. La donna sta dicendo qualcosa, ma Helene sente soltanto i propri pensieri: *Questa non è la fine.* Deve trovare l'archivio, c'è ancora una possibilità.

34

Joachim fissa lo specchio, sforzandosi di trovare se stesso in quel volto segnato. È così che si diventa, dopo aver rimosso la scorza di un bell'aspetto? È sempre stato così? Ripensa a Louise, alla *sua* Louise, la quintessenza dello splendore e della vitalità. Lo vedesse adesso! Si spaventerebbe come questa ragazzina? Joachim vacilla, malfermo sulle gambe. La ragazza ha vistose cicatrici sulle braccia, probabilmente lasciate dalla frusta appesa al muro. A meno che non siano tagli. Questa è l'unica opportunità, Joachim lo sa. È una situazione disperata, ma deve pur tentare. La prende per un braccio e le bisbiglia all'orecchio: «Hai mai sentito parlare di una certa Louise? È scomparsa. Sai che fine ha fatto?»

Un lampo di sorpresa negli occhi della giovane gli dimostra che, se non altro, ha capito la domanda. Ma sta fissando qualcosa alle spalle di lui.

Joachim si volta, ma vede esattamente la stessa scena di prima: il muro di cemento, il paravento che copre il carrello appendiabiti, il tavolo con la tovaglia rossa che lo fa sembrare un altare, e lo specchio convesso. Torna a rivolgersi alla ragazza. «Louise Andersen? La conosci? Sai dov'è?»

Lo sguardo della ragazza vacilla di nuovo. Ed è allora che Joachim ha l'improvvisa sensazione di essere osservato. Si volta lentamente verso lo specchio. C'è qualcuno, dall'altra parte. Qualcuno che ha visto tutto, cioè che lui non sta facendo il suo dovere. Già, che cosa dovrebbe fare? Agguantare una frusta e scatenarsi sulla ragazza? Incatenarla e tagliarla a pezzi? La trascina fino alla parete di fondo e le strappa di dosso le mutande, poi prende una corda nera e gliela lega stretta a un polso. Lei non oppone resistenza. Joachim afferra il robusto gancio che sembra fatto per ormeggiare una nave o per legarvi un cavallo, non una ragazza magrolina. Il marchio della ditta produttrice è inciso nel metallo: FERRIERE DI AMAGER. Fa passare la corda nel gancio e l'annoda. Poi fa la stessa cosa con l'altro braccio. E lei resta lì, come crocifissa, pronta a sacrificarsi per i peccati di Joachim. Le guarda il sesso. Rasato, nemmeno un pelo, solo una morbida fessura. Una rapida occhiata allo specchio. Loro sono là dietro, ne è sicuro. Si stanno masturbando? Attendono di vedere la ragazza che viene ridotta in fin di vita?

« Louise Andersen », bisbiglia Joachim, prendendo la frusta dal muro. Deve usarla? Giusto una sferzatina, tanto per salvare l'apparenza. Una sferzatina da duecentocinquantamila corone. « Ho un nome », ripete a voce bassissima, appena prima di levare il braccio. Ma, mentre la frusta fende l'aria umida del sotterraneo, chissà perché, gli compare davanti agli occhi il volto di Ellen. Colpisce. Lei grida. Era Ellen a dire che non bisogna scendere a compromessi, se si vuole raggiungere il proprio obiettivo. Un'altra frustata, più forte. Nell'urlo della ragazza, Joachim sente l'eco della propria volontà. È lui a fare questo, e lo fa perché lo vuole. Ritira la frusta, che però resta attaccata alla pelle dell'interno coscia della giovane. Tira, e lei grida ancora di più. Soltanto adesso Joachim si accorge che la frusta termina in un amo triplo, di quelli per la pesca al luccio, un pesce troppo grosso per poter essere tratto con un amo semplice. Vede il sangue che sgorga dalla coscia. Si avvicina e tenta disperatamente di liberare l'amo che ha scavato un brutto buco nelle carni, ma non riesce a sfilare gli ardiglioni. « Cazzo », sibila.

Quando finalmente ci riesce, prova orrore di se stesso. Per un istante resta paralizzato dal turbamento per la sorte della ragazza, costretta a lasciarsi torturare fino a restare mezza morta una volta alla settimana. In quel momento si apre la porta ed entrano i due uomini di prima. Entrambi portano un cappuccio nero che lascia scoperti solo gli occhi.

« Non è colpa mia! » grida la giovane.

« Non preoccuparti, questo qui è tutto fumo e niente arrosto », dice il primo, slegandola.

Joachim resta immobile e fa un respiro profondo. Forse è possibile farli ragionare? « Sentite, io sto cercando una donna... »

Intanto un terzo uomo viene a prendere la ragazza, la cinge

con un braccio enorme e la porta via lungo un corridoio. In lui, tutto è sovradimensionato: cosce potenti, collo taurino, passi pesanti. Gli altri due vengono verso Joachim con fare minaccioso. « Allora, che cazzo vuoi? » Gli si parano davanti, con uno sguardo che gli mette paura. Non ha scampo.

« Sto solo cercando Louise », piagnucola, tentando di tenerli d'occhio entrambi, anche se uno dei due si sta piazzando alle sue spalle. « È importante. » Si sforza d'inventarsi parole sull'amore, qualcosa per intenerirli. « E non ha a che vedere con voi, ma con Helene », riprende, con un filo di voce, nel tentativo di spiegare tutta la storia. Basterebbe convincerli ad ascoltarlo, che poi è il motivo per cui si è messo a fare lo scrittore: spiegarsi, dire al mondo il motivo per cui è sempre stato quel tipo di persona. La scuola, sempre col fiato dei professori sul collo, il padre mai soddisfatto che l'accusava di avere la testa tra le nuvole. E aveva ragione, Joachim non riusciva mai a portare a termine nulla, né gli studi di matematica e fisica, né il compito di accatastare la legna assieme al papà. Si bloccava sempre. Si piantava lì, col ciocco in mano, a contare i cerchi nel legno per capire quanti anni avesse l'albero e a quali eventi storici avesse assistito. La scrittura è cominciata come forma di difesa. L'apologia di un sognatore. Ed è questo che tenta di spiegare ai due uomini incappucciati: che lui ama Helene, che lei è la concretizzazione di tutti i suoi sogni di un tempo, e che ora non sa più che cosa fare della sua vita. « Capite? » mormora. « Sto cercando solo Louise. »

I due sono ancora immobili, l'uno davanti a lui, l'altro alle sue spalle.

« Vi prego... »

Un calcio all'incavo delle gambe, deciso, da professionisti.

Joachim cade sulle ginocchia, che gli fanno talmente male da strappargli un grido, e prende a unghiate il pavimento nel tentativo di distribuire il dolore.

« Non devi venire qui a cercare nessuno », sibila uno dei due, tirandogli le braccia dietro la schiena e ammanettandolo, stavolta più strettamente. Di nuovo il cappuccio sulla testa, la stoffa è ancora umida del suo fiato disperato. Una mano sulla spalla. Lo rialzano e lo trascinano fuori della stanza, su per la scala. Solleva i piedi nel tentativo di posarli sui gradini, ma gli danno uno spintone alla schiena. « Avanti. »

Joachim incespica, batte forte un ginocchio contro il bordo di uno scalino, che gli lacera i pantaloni. Sente il sangue colare giù per lo stinco. Respira rapidamente, tutt'a un tratto fatica a capire dov'è l'alto e dov'è il basso. Poi si sente afferrare per un braccio e sollevare di peso fino alla cima della scala. Di nuovo all'aperto. Profumo di abeti, rami scossi dal vento. Lo spingono con impazienza. Ancora il rumore del portello del furgone che si apre. Lo caricano a bordo. Ora Joachim capisce che con ogni probabilità sta per morire. Queste persone non si fanno scrupoli, nemmeno davanti a una vita umana. Forse è adesso che finisce tutto. E pensare che gli sarebbe bastato rivedere Helene, anche soltanto una volta.

35

Può fidarsi solo di se stessa. Non di Edmund, non di Joachim che l'ha venduta, ha venduto il loro futuro per un milione di corone. *Adesso devo essere forte,* pensa, guardando i dipendenti della clinica. Il medico è arrivato per ultimo e, a giudicare dall'espressione, è quello che ha meno voglia di star qui. Continua a distogliere lo sguardo, mentre l'infermiera racconta la prodezza di Helene, dandole della ribelle. Lei è ancora seduta sulla poltroncina da ufficio a rigirarsi lentamente la tazza tra le mani.

« Volevo solo controllare la posta elettronica. »

L'infermiera guarda il medico, che rappresenta l'autorità. È lui a dover prendere la parola.

« Ovviamente non è permesso leggere le cartelle cliniche », dice infine il dottore. « Sono riservate. »

Helene annuisce. Non riesce a pensare ad altro che all'archivio cartaceo. Deve scoprire se esiste una cartella su Hirsch. Ovvero, se Hirsch esiste anche nella realtà, non solo nella sua testa.

« Dovremo riportarla a letto », riprende il medico. « E domani dovremo parlare con suo marito. È la cosa migliore, no? » La domanda è rivolta a Helene, e non è retorica. Glielo sta chiedendo davvero. Si volta verso l'infermiera. « Vuole riaccompagnare la signora al suo letto? » Poi si rivolge alla guardia. « Torni pure all'ingresso. Qui non c'è più bisogno di lei. »

Helene si alza lentamente e vede il gruppo sciogliersi. La guardia esce dalla stanza e l'infermiera si avvicina a lei, tendendo la mano, con un'espressione severa. Il medico, invece, viene verso la scrivania e con lentezza esasperante sfila la mano dalla tasca, muovendola verso il telefono. Edmund. Vuole chiamare Edmund.

« No », dice Helene. La sua voce è profonda e autoritaria, e lei per prima se ne sorprende.

Tutti e tre la guardano.

La mandibola si serra, dandole una fitta alle tempie. « Lei non parlerà con mio marito. »

Il medico tiene la mano sul telefono, ma d'un tratto ha un'aria colpevole, come se fosse stato colto in flagranza di reato. « Ehm... » dice. Nient'altro. Di nuovo le vampe rosse sul collo.

Sul volto dell'infermiera accade qualcosa. O è sempre stato così? No, ha cambiato espressione, come anche il medico e la guardia. Hanno paura di lei, è evidente, lo si capisce dallo sguardo, dalla voce. Helene prova a guardare se stessa coi loro occhi: Helene Söderberg, la *signora*, una delle donne più potenti di Danimarca, erede di un impero finanziario tra i maggiori della nazione, nonché socia maggioritaria della clinica. È la loro padrona. Ha potere su di loro, sul loro posto di lavoro, sul loro futuro. Le basta uno schiocco di dita per mettere fine alla loro carriera. Ecco perché sono in soggezione dinanzi a lei. Ecco perché hanno paura.

« Voi sapete chi sono io », riprende, abbassando il tono. Ripensa alla Helene del filmato, quella che è entrata a passo deciso nell'albergo. Alla Helene delle fotografie: forte, gelida, severa. *Quella* Helene non ha bisogno di alzare la voce. Le basta un mormorio per farsi obbedire. « Sapete che posso farvi licenziare come se niente fosse. Se questo episodio uscirà da queste quattro mura, io negherò tutto. Potrò dire che stavo male, che ero ottenebrata dai farmaci, potrò protestare per il trattamento che mi avete riservato e dire che non vi siete comportati in conformità con la deontologia professionale. La vostra parola contro la mia. » Fa una pausa a effetto, guardandoli negli occhi uno per uno. Ecco che effetto fa, il potere. Che bello, parlare ed essere obbediti. « Scendiamo all'archivio », dice piano.

Il medico fa strada lungo le scale, fino al seminterrato. Nel corridoio vuoto preme un interruttore e un iroso neon bianco illumina il quartetto che avanza a denti stretti verso l'estremità opposta. Si ferma davanti a una porta e si gira verso l'infermiera. « Ha la keycard? »

La donna passa la tessera nella fessura del lettore e digita un codice sul tastierino numerico. Dopo un lampeggio verde, si sente lo scatto della serratura. Helene, impaziente, si fa largo fino alla porta, la spalanca ed entra.

L'archivio, finalmente. La smania che le infiamma il petto riesce quasi a sovrastare il martellio alle tempie. Se solo riuscisse a rilassare la mandibola... Niente, è come se le arcate dentarie si fossero fuse assieme.

Dietro di lei, l'infermiera e la guardia stanno vicinissimi, schiena al muro, come ostaggi. Come se Helene fosse armata. Dei tre, il più composto è il medico.

« Devo trovare la cartella di una persona che si chiama Hirsch », dice Helene.

« Di quand'è? » chiede il dottore.

« Non lo so. »

« Uomo o donna? »

Helene fa spallucce e guarda le lunghe file di ripiani d'acciaio che torreggiano davanti a lei, dal pavimento al soffitto, raccoglitori su raccoglitori. Meno male che non gliel'ha detto, che non è nemmeno sicura dell'esistenza di una cartella con questo nome. E che la persona in questione potrebbe essere solo un parto della sua mente. Serra i denti ancora più forte. No, Hirsch esiste, *deve* esistere, altrimenti... già, altrimenti cosa? Questa domanda lascia un vuoto spaventoso nella sua testa. Se Hirsch non esiste, lei sarà costretta ad arrendersi al fatto di essere pazza. Il medico si dirige a passo deciso verso uno dei corridoi tra le scaffalature. Helene lo segue, lanciandosi un'occhiata alle spalle per assicurarsi che gli altri due siano ancora al loro posto, contro il muro. Basta uno sguardo, non faranno niente, hanno capitolato. Il medico si ferma davanti a un ripiano e comincia a passare in rassegna i raccoglitori. Ci vuol tempo, deve estrarli uno per uno e sfogliare le cartellette all'interno. Helene fa altrettanto, esamina la fila di raccoglitori marcati HI. Quegli scarabocchi vergati a mano rappresentano una moltitudine di storie di malattie. Alcune cartellette contengono solo un foglio, altre spessi fasci di carte, pagine e pagine che descrivono casi di sifilide e tubercolosi, malattie di un altro secolo, un'altra epoca. Helene sfoglia freneticamente, ma al tempo stesso ha paura che le sfugga qualcosa, e allora torna indietro a ricontrollare. HICKS, *Arne*. Rigira la cartelletta tra le mani, temendo di aver letto male. Forse ha fatto confusione con le lettere e c'era scritto HIRSCH? No, è davvero Arne Hicks, poco più di quarant'anni, malato di leucemia. È morto molto in fretta, pover'uomo. Altra cartelletta. Le dita scivolano sulla carta sottile. Un foglio taglia la pelle, Helene lecca la gocciolina di sangue e torna al punto di prima. È talmente frustrata che vorrebbe gridare. C'era andata tanto vicina, e invece non trova niente. A ogni documento che non porta il nome Hirsch il suo cuore batte più lento. E le possibilità si riducono.

«Ecco», dice il medico, in tono stanco, irritato e umiliato, porgendole una cartelletta sottilissima.

Helene molla la presa sul raccoglitore, le carte si sparpagliano per terra. Strappa la cartelletta dalle mani del medico. In copertina c'è scritto: HIRSCH, *William*. Il battito accelera. Apre e legge avidamente. Ora scopre chi è Hirsch. Sotto la data di nascita, nel 1918, c'è scritto: *Ebreo*. Ma era una cosa da scrivere in una cartella clinica? Che mondo! Ricoverato nel 1937 per appendicite acuta, intervento chirurgico andato a buon fine. Dimesso. Tutto qui. Helene sfoglia le poche pagine e trova i dati personali. Coniugato con Rosa Hirsch. William e Rosa? Le dicono qualcosa, questi nomi? Le riportano alla mente un ricordo? Poi, in fondo al foglio, trova un'annotazione: *Direttore della Söderberg-Hirsch Shipping*. Prego? Helene rilegge, incredula. «Trovi Rosa Hirsch», ordina bruscamente al medico, accovacciato a raccogliere le carte che lei ha lasciato cadere. Non stacca gli occhi dal foglio, ma sente che lui obbedisce.

Poco dopo, il dottore le porge una nuova cartella clinica. Helene la sfoglia rapidamente. Un parto. Una bambina. La figlia di Rosa e William. Più oltre, si parla di una polmonite. Nient'altro. Resta lì, con le due cartelle in mano, a fissare inebetita quella scritta: *Söderberg-Hirsch Shipping*. Ma com'è possibile? Come mai non ne ha mai sentito parlare? Tutti i discorsoni di Edmund, le lodi sperticate sull'azienda di famiglia, la storia del papà Aksel che ha costruito tutto dal nulla, subito dopo la guerra. Tutto qui, quello che le è stato raccontato. Mai una volta che sia saltato fuori un secondo titolare. Perché? Come mai William Hirsch passa sotto silenzio?

Il medico resta immobile davanti a lei, in attesa. Helene si volta verso gli altri due, ancora silenziosi, schiena al muro. Le obbediscono, per adesso, ma prima o poi cambieranno atteggiamento e telefoneranno a Edmund. La metteranno sotto sedativi. Helene riflette, tuttavia le bastano pochi istanti per capire che deve filarsela, allontanarsi da qualunque ambiente su cui Edmund abbia potere. Via dalle sue bugie, dai suoi segreti. E poi deve trovare qualcuno... che non lavori più per la ditta, ma che sappia qualcosa. E subito le viene in mente quel vecchietto. Com'è che si chiamava? Aveva un nome similsvedese, o... ah, ecco, Gudmundson! Membro onorario, duro d'orecchio... anzi, no, di memoria. *Andiamo bene, tra l'uno e l'altra... Ma chissà che due memorie malfunzionanti non ne facciano una buona.*

« Devo andare », dice al medico. Prima però dovrà recuperare la valigia e le chiavi della macchina. E mettersi qualche vestito, per non uscire in camice.

Intanto, il volto equino del medico ha cambiato espressione. Niente nervosismo, niente rossore al collo. La guarda negli occhi, strizzando leggermente le palpebre. Forse sta cercando di capire che cosa stia accadendo.

« Qual è il modo più veloce per uscire dalla clinica senza che nessuno mi veda? » gli chiede Helene.

36

A svegliarlo è il dolore. Ma il dolore gli è amico, non saprebbe immaginare una vita senza di esso. Comunque sia, non gli dispiacerebbe riacquistare la vista. Joachim tenta di alzarsi. Quant'è passato, da quando ha creduto che lo uccidessero lì, sul retro del furgone? Un'ora? Un giorno? Un anno? Non hanno fatto niente, a parte girare in tutte le direzioni possibili fino a lasciarlo disorientato. Dopo un lungo tragitto, finalmente si sono fermati, l'hanno trascinato fuori e uno di loro gli ha detto all'orecchio: «Sappiamo chi sei, Joachim». Poi l'hanno buttato a terra come una buccia di banana lanciata dal finestrino in autostrada. Nessun riguardo, nessuno scrupolo. Del resto, anche lui è biodegradabile, un giorno sarà nutrimento per i vermi, i quali a loro volta daranno nutrimento al grano e all'avena, quindi tanto vale gettarlo qui e dargli una bella botta in testa.

Ecco, adesso gli torna in mente la botta. Ricorda di aver gridato e di essersi dibattuto per qualche istante, dunque non ha perso i sensi come i personaggi dei fumetti quando si prendono un pugno in testa. Però si è appena risvegliato dopo essere rimasto privo di conoscenza per un po', quindi si può presumere che ci sia stata una seconda botta.

«Cazzo.»

Si sfila il cappuccio. È solo, di notte, in un bosco. Si tasta, ma non trova sangue, solo un bernoccolo nel punto in cui si era appena sgonfiato quello lasciatogli da Gorm. Robusto, il suo cranio. Il cuore, in compenso, è fin troppo delicato. Due donne, la prima l'ha amato troppo e la seconda non l'ha amato abbastanza da restare con lui. Certo, detto così non sembra un trauma grave, ma il cuore regge poco, non come il cranio, che sopporta tutti questi urti. Joachim preferirebbe il contrario: una testa fragile e un cuore resistente. Ci metterebbe la firma.

Segue la strada fino a uscire dal bosco. Kirke Hyllinge. Joachim si mette ad anagrammare quelle parole fino a ottenere toponimi da film comico. Sarà l'effetto della botta? Poi si rende conto di essere rimasto con un pugno di mosche. Non ha ottenuto nulla, si è ritrovato su un binario morto. Non riuscirà mai a trovare Louise Andersen, né la trama del suo romanzo, né l'amore.

Stazione ferroviaria di Roskilde. Joachim accende il cellulare e lo stringe con entrambe le mani, come per spremerne l'ultimo rimasuglio di energia allo stesso modo in cui le donne egizie strizzavano i panni per farne uscire l'acqua del Nilo. Batteria al 5%. Chi se ne frega, tanto deve solo andare a casa. Già, quale casa? C'è solo un materasso per terra nell'appartamentino del figlio di Gudrun. Domani bisognerà trovare qualcos'altro. Fare un viaggio. In Africa? Ma sì, va'. Risalire il Nilo, dal Cairo al Kenya. Le sorgenti del Nilo sono in Kenya? E chi se lo ricorda? A lui interessa solo tuffarsi nell'acqua lurida, attraversare la savana e offrire le proprie carni alle bestie feroci, le caviglie al morso dei serpenti, il sangue alla zanzara anofele. Forse il regno animale riuscirà laddove hanno fallito Gorm e tutti gli altri psicopatici misogini.

Arriva il treno. Joachim sale a bordo. I pochi passeggeri lo fissano.

« Permesso... » mormora, cercando la carrozza fumatori, pur sapendo benissimo che non esiste più. Si siede e scorre con la mente le immagini dello spaventoso evento cui ha preso parte. Donne maltrattate, da bambine e da adulte. Distrutte. Vengono maltrattati anche gli uomini, ma è più difficile parteggiare per loro. Uomini che legano le donne a un gancio...

« Amager... » bisbiglia tra sé, e si blocca.

C'era un marchio inciso nel metallo di quel gancio progettato per sollevare bestiame o carichi pesanti, non donne. FERRIERE DI AMAGER. Così diceva la scritta. Tutto qui, quello che ha ricavato. Non ha visto in faccia nessuno, a parte la ragazza, e non ha idea di dove si trovi quel sotterraneo. Di sicuro non a Kirke Hyllinge. Però sa che il gancio è uscito dalle Ferriere di Amager. E allora? Che cosa significa? Niente. È solo che il suo cervello da scrittore è sempre alla ricerca di dettagli che possano dare alla storia un po' di... « Aspetta, aspetta », dice, interrompendo il filo dei propri pensieri. Non è di questo che parlavano lui e Helene, quell'ultima sera al ristorante? *La narrazione si nasconde nei dettagli*, l'ha detto lui. E lei gli ha risposto: *Come il diavolo*. E lo dicevano a proposito di... cosa? Ah, già, dello zaino di Helene. O meglio, di Louise. Giusto, anzi: quello zaino è l'unica prova dell'esistenza di Louise Andersen. Joachim l'ha trovato in soffitta, l'ha esaminato e vi ha trovato quello stramaledetto sottobicchiere che l'ha depistato.

« Ferro », mormora. Sul fondo, lo zaino era pieno di ruggine, e lui ha immaginato che fosse rimasto per un po' in una pozza d'acqua ferruginosa. Con l'ultimo 3% di batteria, Joachim cerca su Google le Ferriere di Amager. Dismesse da tempo. Ci sono alcune fotografie scattate da qualche intrepido che si è avventurato nel capannone abbandonato. Spazi enormi, grandi forni, architettura dei tempi in cui il mondo che conosciamo oggi si stava ancora versando nello stampo. Quell'epoca è passata, ma le sue rovine esistono ancora. Dove?

Joachim si alza e guarda l'elenco delle stazioni. Venti minuti alla linea per la capitale. Impaziente, si apposta davanti all'uscita del vagone.

37

C'è soltanto Helene, nel parcheggio della Söderberg Shipping. Poche auto, tra cui la sua. È venuta a piedi dalla clinica, accompagnata dall'aurora. Che cosa diceva la sua segretaria? Che Helene era sempre la prima ad arrivare in ufficio? Vuol dire che non le è mai capitato di alzarsi assieme ai suoi figli. Era sempre fuori casa, quando si svegliava il resto della famiglia. E stava a contare perfino le monetine da cinque corone. Poi è successo quel che è successo.

Si arrischia ad attraversare lo spiazzo asfaltato e sedersi in macchina. Il cellulare è ancora in carica, nella posizione in cui l'ha lasciato lei. Lo accende e scorre la rubrica. Pochini, i contatti. Edmund, Karen, Caroline, Christian... Sofie no, non ha ancora un telefono, perché Edmund dice che è troppo presto. Helene seleziona il numero della segretaria e chiama.

«Signora Söderberg!» Karen sembra spaventata.

«Scusa, ti ho svegliata?»

«No, signora, si figuri, ero già in piedi», dice Karen, ma è chiaro che mente. Perché? Quale datore di lavoro si aspetta che i dipendenti siano già operativi alle cinque e mezzo del mattino?

«Karen... A quella festicciola ho salutato un uomo, un certo Gudmundson.»

«Sì, Karl Gudmundson», risponde all'istante Karen.

«Mi serve il suo indirizzo.»

Hvide Sande, cioè «Sabbie Bianche». Pittoresco, come toponimo. Fa pensare a gente in spiaggia, donne in gonna che lanciano occhiatine civettuole da sotto la tesa del cappello di paglia. Helene guida, mentre il mattino avanza. I suoi pensieri vagano verso i dipinti con le donne sulla spiaggia di Peder Severin Krøyer, e verso Joachim, il periodo passato con lui, il suo corpo, la sua voce, il suo modo di guardarla. Tutto ciò che adesso non c'è più. Un cartello indica: HVIDE SANDE 10 KM. Accosta e scende dall'auto, con le lacrime agli occhi. L'amor perduto. Roba da matti, è bastato un toponimo a metterle il magone. Il nome di un paesino del cavolo. Immagina tutti gli abitanti di Hvide Sande girare per le strade a piangere un amore che non c'è più. Osserva la piana battuta dal vento, le piantagioni di abeti ancora piccoli, passeranno anni prima che una famiglia possa usarne uno come albero di Natale e radunarvisi intorno, mano nella mano. D'un tratto lancia uno strillo. Un urlo di rabbia, di disperazione, verso quel mattino dello Jutland occidentale. Non sono ancora le otto. Helene resta immobile per un istante. Quel gesto le ha fatto talmente bene che lo ripete. «Joachim!» grida. Come ha fatto, il suo Joachim, a cancellare tutta la loro vita assieme? Tutta qui, la considerazione che ha di lei? L'ha venduta, quel Giuda. L'ha tradita. Ha liquidato il ricordo di lei e la loro storia, per un milione di corone. Ruota tutto intorno ai soldi? Un altro strillo.

Ecco fatto. Che liberazione, sbraitare agli alberi di Natale.

Per tutto il resto del tragitto fino a Hvide Sande, Helene continua a lanciare occhiate allo specchietto retrovisore. Nessuno l'ha vista uscire dal parcheggio, ne è sicura, eppure c'è una macchina che la segue, a una tale distanza da permetterle di vedere solo i fanali accesi. Per quanto rallenti o acceleri, quell'auto è sempre lì. È lo stesso uomo che la pedinava a Himmelbjerget? La segretaria ha fatto la spia? O Edmund sta tracciando il cellulare?

L'indirizzo di Gudmundson la porta oltre il centro dell'abitato, fino a un complesso di residenze per anziani con vista sul mare sconfinato. Helene parcheggia. Non vede altre auto arrivare. Resta lì per un istante, con l'improvvisa voglia di una sigaretta. Questa sì che è bella. È mai stata una fumatrice?

L'aria di stantio non passa inosservata. Sarà brutto da dire, ma i vecchi hanno un odore diverso dai giovani. A Helene ricorda un po' l'armadietto della frutta, alla caffetteria, quando le pesche cominciavano a essere un po' troppo mature. Sempre pesche prendevano, lei e Lina. Servivano per il sorbetto, il dolce preferito di Joachim. Anzi, l'unico che mangiasse.

«Scusi? Buongiorno, sto cercando Karl», dice Helene a un'infermiera.

«Ne abbiamo più d'uno.»

«Gudmundson.»

La donna indica il corridoio. «Ultimo appartamento, l'unico col balcone.»

Helene segue le frecce sul pavimento di linoleum fino all'ultima porta. Bussa, ma nessuno risponde. Una rapida occhiata alle spalle, poi entra. Gudmundson è ancora a letto. *Sta già tirando gli ultimi respiri?* pensa Helene, avvicinandosi. La bocca è un vuoto nero dal quale sgorga un suono grave, un respiro infinitamente stanco, con un lieve sibilo bronchiale che le fa pensare a una vecchia armonica arrugginita. «Signor Gudmundson?» Gli posa delicatamente una mano su un braccio.

Dietro di lei, la porta si apre. «Scusi?»

Helene si volta. Sulla soglia c'è un uomo che, a giudicare dall'espressione, non fa sconti a nessuno, anzi. Ha uno sguardo accusatore.

«Che cosa sta succedendo qui?»

«In che senso?» Helene si alza e gli tende la mano, come si fa da secoli, quando s'incontra una persona per la prima volta.

Ma a quanto pare l'uomo non è avvezzo a certe cortesie e scuote lievemente la testa.

«Sono Helene Söderberg, sono venuta a...»

«So benissimo chi è. È stato suo padre a pagare a Karl un appartamento con balcone, ma questo non le dà il diritto di fare irruzione come le pare e piace. Sono il direttore.»

«Volevo solo...» Helene guarda il balcone, che non è nemmeno granché bello. Il parapetto d'acciaio dà un'idea di freddo. Un regalo del papà? Un premio per i molti anni di onorato servizio? Ed eccola là fuori, sullo spiazzo, l'auto. Al volante c'è un uomo. Helene ne è sicura, è lo stesso che l'ha pedinata quel giorno a Himmelbjerget. Uno di quelli che hanno un aspetto indistinguibile - giacca a vento, riga da una parte - e che possono essere assunti per qualunque tipo d'impiego: contabili, tranvieri, installatori di software, pedinatori.

«Le visite a Karl vanno concordate con la famiglia.»

«Le chiedo solo un momento», dice Helene.

«E io le chiedo di andarsene subito. Fine della discussione.»

Accento di Copenaghen. Forse il cognome Söderberg gode di maggiore stima presso gli jutlandesi? Di sicuro non presso questo tizio qui. A meno che non abbia ricevuto una telefonata di Edmund.

Helene sorride. «Ma io ho un accordo con la figlia di Karl.»

«Ah. Non... non ne sapevo niente.»

«Le telefoni», dice Helene. «E ora, se vuole scusarmi, dovrei parlare con lui.» Si avvicina a lui, inarcando le sopracciglia, col contegno altero della donna di potere.

Il direttore arretra e mormora qualcosa a proposito di una telefonata alla figlia del signor Gudmundson, ma Helene sente solo metà della frase, perché la porta si è già richiusa.

Niente serratura. Helene incastra una sedia sotto la maniglia, sperando che regga, poi torna verso il letto dell'uomo che ha lavorato per i Söderberg fin dalla fondazione della ditta e che ne conosce la storia più di chiunque altro. È stato il braccio destro di suo padre, almeno secondo Edmund. «Karl», gli dice ad alta voce, vicinissima all'orecchio.

L'anziano apre gli occhi e la guarda.

«Karl, si ricorda di me?» gli chiede Helene.

L'uomo non risponde. Ha gli occhi annacquati e slavati. La bocca si muove, a labbra chiuse, allo stesso modo di quando l'ha conosciuto sulla terrazza degli uffici. Un movimento come quello si può interpretare in tantissimi modi diversi. Una fame mai saziata? Un bambino strappato troppo presto dal seno materno?

Helene osserva le pareti strapiene di fotografie ingiallite con cornici scure, vecchie stampe calcografiche di paesaggi stranieri, deserti con cammelli, cittadelle arabe di piccoli mercanti che espongono spezie, noci e frutta su panni damascati. I davanzali interni delle finestre sono stracarichi di lampade a olio e candelieri antichi. Per terra ci sono tappeti orientali originali, che si sovrappongono gli uni agli altri a formare un motivo decorativo tutto loro. Forse Karl ha viaggiato molto, quand'era giovane e lavorava per la ditta, e ha portato un po' di Arabia Felix nel freddo della sua patria nel Nord. «Karl?» ritenta Helene.

Lui la fissa, continuando a ruminare. Sarebbe interessante provare a cacciargli qualcosa in bocca e vedere che cosa succede.

Helene si guarda intorno in cerca di un indizio, un cimelio della carriera di quest'uomo, di una vita passata a lavorare per i Söderberg. Si avvicina alla libreria e scorre i dorsi dei volumi. Enciclopedie professionali, manualistica, vocabolari. In fondo a un ripiano basso ci sono tre libri senza titolo in costa. S'inginocchia, ne prende uno e lo sfoglia rapidamente. È un album della Söderberg Shipping. Contiene articoli di giornale e fotografie, tutto ritagliato con cura e ben incollato. Il materiale sembra ruotare intorno alla figura di Gudmundson. Ricorda un po' quegli album che i genitori preparano per sé, dopo che i figli sono andati a vivere da soli. Sotto ogni elemento ci sono luogo e data, scritti a stilografica blu. Una calligrafia inclinata, di facile lettura. Sotto le fotografie ci sono anche i nomi delle persone ritratte. Helene continua a sfogliare. La seconda metà del volume ha le pagine ancora bianche. Lì finisce la storia di Karl Gudmundson. Prende il secondo album e lo apre. Materiale risalente agli anni '60 e '70, ben oltre i primi vagiti della ditta. Esamina anche il terzo, scorrendo avidamente le pagine e le fotografie. Niente, nemmeno qui. Sospira. Quante difficoltà. Questo è un lavoro per la polizia, non per una civile, per giunta da sola.

«No», mormora tra sé. «Riprendiamo daccapo.»

Stavolta osserva con attenzione le fotografie. Ce n'è qualcuna dell'anteguerra, quando suo padre ha cominciato con una semplice chiatta. Ed eccolo lì, in compagnia di un altro giovane. Sarà William Hirsch? E un po' in disparte c'è anche un ragazzino. Gudmundson, forse? C'è un piccolo ritaglio di giornale, ingiallito e fragile. Helene lo dispiega. L'articolo parla della fondazione della ditta Söderberg-Hirsch. Dunque non c'è più dubbio, la Söderberg-Hirsch è esistita davvero, non è lei a essere pazza. Però, osservando la foto di William Hirsch, ha l'impressione che le fattezze di quel giovane abbiano un che di... familiare? L'articolo parla dell'equipaggio della chiatta, delle torbiere e dei mattonifici lungo il fiume Gudenå, dell'ampliamento della via d'acqua per il trasporto di merci e passeggeri. Ci sono alcune fotografie dell'alzaia. I volti, sporchi e imbronciati, col tempo diventano più rilassati, qualcuno addirittura abbozza un sorriso, ma non nei primi scatti.

Alla pagina successiva è incollata una sola foto. Ritrae due uomini davanti a un edificio modesto, ben diverso dal moderno palazzone attuale. È la primissima sede dell'azienda, coi due fondatori. Il primo è papà Aksel, con un'espressione severa, e quel suo naso troppo largo per le sopracciglia tanto fini. Al suo fianco, William Hirsch. I nomi sono scritti sotto la fotografia. Hirsch dimostra un paio d'anni più di Aksel Söderberg, ma entrambi fissano l'obiettivo con la stessa sicurezza di sé, quasi con arroganza. Helene continua a sfogliare. Ritagli del *Silkeborg Avis*, carta ingiallita. C'è un trafiletto su un aereo statunitense che ha abbattuto un traliccio dell'alta tensione a New York. Nessun sopravvissuto. Come mai Gudmundson ha inserito la notizia nel suo album? Forse conosceva uno dei passeggeri? Alla pagina successiva, Karl Gudmundson compare nelle foto ed è nominato in un articolo che parla della giovane azienda lanciata verso il futuro. Helene continua a sfogliare e si accorge di avere accelerato il respiro. Come mai Edmund le ha tenuto nascosto il secondo fondatore della ditta? Per quale motivo William Hirsch deve restare segreto? Qui ci sono articoli su articoli, tutti sulla nuova e ambiziosa ditta e sul rampante duo che la costituisce. Però poi, da una pagina all'altra, Hirsch non c'è più. Sparisce anche dal nome della ditta: Söderberg Shipping. Restano soltanto il padre di Helene e Karl Gudmundson. Sfoglia avanti e indietro. Prima, William c'è. E poi scompare. Come mai? A quanto pare, è accaduto nel pieno della guerra.

Helene si avvicina al letto e solleva l'album in modo che il vecchietto possa vederlo. «Karl», dice, in tono insistente. «Che fine ha fatto William?»

Karl guarda il volume aperto e il solco tra le sopracciglia si fa più marcato. Helene gira la pagina avanti e indietro nel tentativo di dare una spintarella alla memoria danneggiata dell'uomo. Le foto con William, le foto senza William. Il vecchio le rivolge uno sguardo bonario, non ha idea di chi sia Helene.

È adesso che deve accadere: l'amnesia di lei e la demenza senile di lui devono incrociarsi. Meno per meno fa più.

Uno scossone alla porta. Qualcuno ha afferrato la maniglia. La sedia la blocca, ma non reggerà a lungo. « Apra! » grida una voce maschile dal corridoio. È il direttore. Helene si alza.

All'improvviso, Karl dice: « Caroline? » Tende una mano, con l'indice sfiora la guancia di Helene in un gesto tanto inaspettato quanto tenero.

« Caroline? » chiede Helene, in tono incalzante. Gli prende la mano e gliela stringe.

« William... » dice Karl, con un filo di voce. Batte le palpebre, poi mormora: « Era ebreo ». Il suo tono si è fatto un po' più duro.

« Apra, o chiamiamo la polizia », grida l'uomo dal corridoio.

Gudmundson abbassa nuovamente lo sguardo sulla fotografia.

Helene gli dà una leggera stretta alla mano, come per trattenere la sua attenzione. « William Hirsch era ebreo? L'hanno preso i tedeschi? »

Karl annuisce, ma Helene ha la sensazione che il vecchietto avrebbe risposto con lo stesso cenno a qualunque altra domanda, pur di restarsene in pace.

Helene torna a un'immagine degli anni '40, che sembra una foto di gruppo di tutti i dipendenti della ditta, che all'epoca erano appena una quindicina. Accanto a William c'è una signora distinta. È vestita elegante, coi capelli raccolti in una crocchia e una mano sul pancione. « È Rosa? È la moglie di William? »

Karl annuisce, ma anche stavolta Helene si domanda se l'uomo non dica di sì a tutto.

« Karl... siamo in Cina, noi? »

Lui la guarda, confuso. Bene. Vuol dire che ha ancora un minimo di lucidità. « Nooo, non in Cina. In America. Sono scappati... »

« Sono scappati in America? »

Gudmundson inclina la testa di lato. « Rosa? »

Helene sospira. Karl si è perso di nuovo nei suoi pensieri, guarda nuovamente l'album e mormora qualcosa d'indecifrabile. Lei gli lascia la mano e si alza. Il vecchio solleva lo sguardo. Helene torna a osservare la foto aziendale. Riconosce suo padre. O meglio, riconosce le proprie fattezze in quelle di Aksel Söderberg. Poi osserva William e Rosa, la moglie incinta, che hanno... già, che fine hanno fatto? Sono fuggiti in America durante la guerra? Quella donna ha un che di familiare, ma cosa? Helene riflette. Questa è la prima volta che vede una foto della famiglia Hirsch, ne è sicura: queste persone non figurano in nessuno degli album di casa e dell'ufficio, come se fossero state risucchiate via da un aspirapolvere. In uno, però, c'era una pagina strappata. Dev'essere stato Edmund a far sparire tutte le loro tracce. Ma allora come mai Helene ha l'impressione di aver già visto quelle facce? Anche William, sì, ma soprattutto Rosa: il volto, la postura sicura di sé. E Caroline, poi? Come mai Gudmundson ha pronunciato quel nome, come un fulmine a ciel sereno? Il vecchietto è sprofondato in se stesso ma, quando Helene gli posa una mano sulla spalla, le fa un sorriso affettuoso.

«Apra!» Di nuovo la voce del direttore.

Helene va alla porta e sposta la sedia. Il bordo del bracciolo è stato rovinato dalla maniglia... o meglio, dai rabbiosi tentativi del direttore di entrare. Non appena apre, l'uomo la fulmina con lo sguardo.

«Tutto a posto», dice Helene. «Si era inceppata la maniglia.»

Lui vorrebbe afferrarla, si vede benissimo, ma non osa.

Tutto a posto? No, tutt'altro. Ora Helene sa dove ha già visto il volto di Rosa. Certo, quella signora è sicuramente morta e sepolta, ma i tratti del viso, le fattezze semitiche, gli zigomi e i capelli, sono quelli della donna che si occupa dei suoi bambini. Il nome, la faccia, la postura. Caroline Hirsch, fuggita in America con la madre, ora abita in casa di Helene?

38

L'insegna è sbilenca. Il cancello è serrato da una robusta catena avvolta a più giri ai montanti e chiusa da un enorme lucchetto, ma nella recinzione ci sono diversi varchi e in più punti le inferriate sono cadute a terra. Dev'essere passato molto tempo, da quando le ferriere erano in funzione. Joachim si china per introdursi in una delle brecce e il dolore gli strappa un gemito: gli fa male la schiena. Non trovando nemmeno un autobus da Rådhuspladsen, se l'è fatta a piedi, col colletto tirato su fino alle orecchie, e adesso è bagnato fradicio e tremante dal freddo. Ha attraversato tutta Christianshavn, per poi seguire il tracciato della vecchia ferrovia Amagerbanen, oltrepassando il Kløvermarken e camminando sulle traversine fino a trovare, una buona volta, il capannone delle Ferriere di Amager, ora in attesa di essere spazzate via dalla Storia o convertite a residenze.

Joachim tende l'orecchio. È mattina, si sente solo il rumore della pioggia. Per sicurezza, prima fa un giro di ricognizione intorno al capannone. I terreni sono pieni di erbacce, lamiere arrugginite e calcinacci. Avvicinandosi all'entrata sul retro, si ritrova coi piedi in una pozza d'acqua lurida. Gocce gelide gli piovono nei capelli e corrono giù per il collo. Riprende ad avanzare, sale una scala che conduce a una porta, dalla quale si accede a un'ampia stanza vuota. Da lì si prosegue in un corridoio con altre porte senza uscio. Camminando piano, guarda in tutte le stanze. Vani quadrati, finestre senza vetri. È tutto vuoto, non c'è modo di capire a che cosa fossero adibiti questi locali. Officine? Uffici? Si ferma. Cos'era quel rumore? Sembrava quello di un oggetto di metallo caduto sul cemento. Attende, ma sente solo il silenzio. Riprende a camminare e guarda nella stanza successiva. Qui la finestra è stata tappata, e in un angolo c'è un materasso. Entra, scavalcando i mucchi di rifiuti, bottiglie vuote, mozziconi di sigaretta, scatole, cartoni da pizza, fogli di giornale appallottolati e resti di un falò. Si accovaccia, posa una mano sul materasso e la ritira di scatto: è umido e pieno di muffa. Però qualcuno ci ha dormito di recente. Un senzatetto, di sicuro. Meglio passare la notte qui, che non in mezzo a una strada o in un parco. Forse Louise veniva a dormire qui? Magari assieme a Helene, appena scomparsa a Silkeborg? Joachim fatica a immaginare la *sua* Louise in questo posto, ma magari tre anni fa era più accogliente.

Prosegue sino alla fine del corridoio, poi torna indietro per salire a esplorare il piano superiore, ma tutt'a un tratto una sagoma scura gli si para davanti. Arretra di un paio di passi e urta qualcosa con un piede. Subito si abbassa a raccogliere l'oggetto, una barra metallica, che però è come incollata al pavimento. Tira con tutte le sue forze e, quando riesce a staccarla da terra, per poco non cade all'indietro. Una sporgenza puntuta, forse una commessura o una vite, gli buca il palmo. Solleva la barra sopra la testa e ruggisce a pieni polmoni. La figura davanti a lui indietreggia di scatto, alzando le braccia come per proteggersi.

«Cos... cosa fai?» balbetta la figura. Una voce maschile.

Joachim lascia cadere la barra. Ora che la sagoma è entrata nel fioco fascio di luce di una finestra, è evidente che si tratta di un ometto mingherlino, più spaventato di lui. La bocca, ancora aperta, manca degli incisivi superiori. Una sporcizia nera mette in risalto i solchi profondi che corrono dai lati del naso agli angoli della bocca. Calcato sulla testa ha un berretto blu, dal quale spuntano ciocche bisunte.

«Che cazzo fai? Ti sembra il caso di comparirmi davanti in quel modo?» Joachim si guarda la mano. Sanguina, ma non molto.

L'uomo abbassa le braccia e contrae leggermente un angolo della bocca in una smorfia che Joachim non sa interpretare. «Mica abiti qui, tu.»

«Sto cercando una persona, Louise Andersen, la conosci?»

«Eh, con tutte le donne che son passate di qui...»

«Siete in tanti, a dormire in questo posto?»

«Boh? Non è che ci sia un registro d'albergo, eh?» Il suo tono da ragazzino impertinente stona col suo aspetto fisico. Non sarà più giovane di quel che dimostra?

« Cosa c'è al piano di sopra? » gli chiede Joachim.

« I forni. Meglio se non sali. »

« Perché? »

« Puzzano », dice il senzatetto.

« Puzzano? »

« Nei forni, ci buttiamo i rifiuti. »

Joachim si guarda intorno. Non si direbbe proprio che questi signori portino i rifiuti altrove.

« Hai spiccioli? Sigarette? »

Joachim fruga nelle tasche, tira fuori il portafogli e tiene d'occhio l'uomo, che guarda con bramosia il denaro e le carte. Forse ha fatto male a mollare la barra di metallo. E anche a mostrargli il contenuto del portafogli. Be', chi se ne frega. Tanto, al momento, i soldi non gli mancano, visto che si è potuto permettere di mollare un quarto di milione a un gruppo di uomini che torturano a morte le donne. Porge al senzatetto tutti i contanti che ha: una banconota da cento e qualche moneta. « Non fumo, però », aggiunge.

Tutto contento, l'uomo accartoccia i soldi e se li mette in tasca. Contemporaneamente, tira fuori un pacchetto di sigarette tutto gualcito e se ne accende una con uno Zippo dorato. Poi, con la massima disinvoltura, entra nella stanza più vicina.

Joachim fa un respiro profondo, tentando di rallentare il battito cardiaco almeno un po', dopodiché torna alla scala e sale. La luce del mattino tenta di farsi strada nelle crepe dei pannelli di compensato che tappano le finestre. Avanza a passi cauti fino al margine di una buca, una specie di cratere. Aveva ragione il senzatetto, c'è una puzza tremenda.

Sale al terzo piano e si ritrova in un'enorme sala senza elementi divisori, solo massicci pilastri di cemento che torreggiano tutt'intorno. Al centro c'è un parallelepipedo con una porta a grata. È ben serrata e non c'è modo di vedere dove conduca. Joachim tira la maniglia puntando i piedi, ma è inutile, gli occorre un piede di porco o un altro oggetto con cui far leva. Col fiatone, gira per la grande sala, frugando coi piedi in mezzo ai mucchi d'immondizia fino a urtare qualcosa di duro. È un tubo metallico lungo circa un metro e mezzo. Si china a raccoglierlo, stavolta con più attenzione, per non tagliarsi di nuovo.

Poi si volta verso la porta. Deve aprirla e vedere che cosa c'è dietro. È l'ultima occasione. Infila il tubo nella fessura e preme con tutto il peso del proprio corpo. Il metallo cigola, resiste, ma piano piano comincia a cedere. Alla fine, con uno strido, la grata salta via. Joachim sporge la testa all'interno e viene investito da un fetore dolciastro, soffocante, insostenibile. È la tromba di un ascensore. A giudicare dal vago lucore sul fondo, la porta più bassa dev'essere aperta. Ma non c'è niente, a parte una famigliola di piccioni.

Joachim torna all'aperto e prende avide boccate d'aria fresca. Prova sollievo a trovarsi qui fuori, e anche ad ammettere la sconfitta. Questa giornata segna la fine del suo folle viaggio. Louise Andersen è una chimera, un parto della sua mente. Forse è così un po' per tutti: l'amore è solo un'idea, anzi, un ideale che continuiamo a rincorrere, ma che non esiste nel mondo reale e non si può trovare in un'altra persona. Joachim credeva di sì, e invece era solo un abbaglio, un inganno basato sul fatto di non prendere in considerazione il passato né il futuro. Va sempre così, in tutte le relazioni: bisogna scansare la realtà, l'eventualità di sentirsi attratti da altri, di desiderare una scappatella, o di smettere di amare l'amato qualora si ammalasse. Insomma, per tenere in piedi la pietosa menzogna dell'amore occorre evitare tutte le domande alle quali non si può rispondere con sincerità. Ecco a che cosa pensa Joachim, mentre s'incammina per tornare in città. Questo sì che è un sollievo. È pronto a mollare l'osso. Del resto, ha un conto in banca ben farcito, ha avuto quasi tre anni di grande amore, e c'è parecchia gente cui non capita nessuna di queste due fortune. Adesso è il momento di un bel viaggetto...

Si ferma e si volta. Il capannone industriale è un'ombra nera che blocca la luce del mattino.

« Lascia perdere », mormora, ma è come se il suo corpo e la sua volontà si fossero messi a parlare lingue diverse. A conti fatti, non ha controllato bene la fucina, il gigantesco crogiolo dal quale sono usciti i ferri di quella raccapricciante stanza delle torture sotterranea che si trova in chissà quale parte della Selandia.

Torna di corsa alla scala, sale al primo piano e trova il senzatetto beatamente disteso sul materasso a fumare.

L'uomo gli rivolge uno sguardo benevolo. « Vuole trasferirsi qui? Questa è la mia stanza. »

« Devo solo chiederle di prestarmi l'accendino », risponde Joachim, impaziente.

L'uomo estrae lo Zippo dalla tasca. « Guardi che si chiama Pietro, eh? »

Joachim sale al piano superiore e lungo il tragitto afferra una pila di giornali gratuiti abbandonata per terra. Si ferma davanti al cratere. L'odore è insopportabile. Non c'è solo spazzatura, là sotto.

Appallottola quattro pagine, le incendia e le tiene sopra l'abisso nero. La carta brucia in fretta, costringendolo a lasciarla andare. Il cartoccio si disgrega in fiocchi infiammati che planano lenti su ciò che c'è sul fondo del cratere: resti umani. Una cosa che un tempo viveva e respirava, un cuore che batteva, occhi che vedevano. Braccia allargate, schiena contorta, gambe tese all'indietro in un'angolatura innaturale. Il viso è rivolto all'insù, ma è privo di pelle e al posto degli occhi ci sono due buchi neri. Praticamente un teschio. Se non fosse per i lunghi capelli neri, Joachim non avrebbe neppure capito che si tratta di una donna.

39

Caroline è figlia di William Hirsch? Questa domanda tormenta Helene lungo tutta la strada da Hvide Sande a Silkeborg. Come mai quella dolce vecchina, servizievole fino all'abnegazione, ha fatto il proprio nido nel cuore della famiglia di Helene?

Parcheggia davanti a casa e resta seduta per qualche istante. Non vede l'auto di Edmund, né quella di Caroline, però sente alcuni rumori provenire dalla scuderia. Scende dalla macchina, sale la scala ed entra. Silenzio assoluto. Corre verso le stanze degli ospiti, percorre il lungo corridoio e si ferma davanti alla porta di Caroline. Sa che la camera è questa, già altre volte è venuta a bussare per comunicarle qualcosa, ma non è mai stata invitata a entrare, e Caroline si è sempre limitata ad aprire appena uno spiraglio. Che cosa nasconde?

La porta è chiusa a chiave. *Una porta chiusa a chiave, in casa mia!* pensa Helene. *Segreti? Informazioni occultate? Ora basta!* Appoggia una spalla e azzarda una spinta. Niente. La serratura è come quella di tutte le altre porte della villa, le bastano pochi istanti per andare a prendere la chiave di un gabinetto. Funziona. La gira nella toppa, e la porta si apre senza problemi. Davanti a lei c'è una specie di appartamentino, con un soggiorno doppio, una camera da letto e un bagno con vasca. Caroline Hirsch? È questo il suo nome? Helene va dritta al comò, apre tutti i cassetti e li perquisisce metodicamente. Nulla. Apre le ante dell'armadio e resta a bocca aperta davanti alla gran quantità di capi d'abbigliamento appesi alle grucce o ben piegati sui ripiani. Deve ispezionare tutta quella roba? Sì. È suo diritto. Getta tutto a terra: camicie, sciarpe, abiti da vecchia, cose che s'indossano quando non occorre più badare a essere attraenti, ossia quando alla bellezza bisogna anteporre la praticità.

A un certo punto sente un rumore, qualcosa che cade a terra con un lieve tonfo. Uno scrigno. Lo raccoglie e lo scuote. Contiene qualcosa. Ma le manca la chiave. Scende di sotto, va in cucina, prende un coltello e lo infila nella fessura del coperchio, ma la lama si piega e le colpisce un dito, facendole un male d'inferno. Riprova con una cote, usandola a mo' di martello. Niente. Esasperata, comincia a battere furiosamente lo spigolo dello scrigno contro il tavolo. Le servono risposte.

«Scusa? Che cosa fai col mio portagioielli?»

Helene alza lo sguardo. Eccola lì, Caroline, sulla soglia. Sembra spaventata.

«Hai la chiave?»

«Non ho nessuna intenzione di...»

«Dammi la chiave!»

Caroline non batte ciglio.

Helene riprende a battere lo scrigno contro il tavolo e, al terzo colpo, ecco che si apre una crepa. Senza nemmeno alzare lo sguardo, ci infila la cote. La serratura non cede, ma lo spiraglio si allarga. Tenta di rovesciare il contenuto sul piano del tavolo e riesce ad afferrare una catenina.

«Quella è mia», dice Caroline, con le lacrime agli occhi.

Helene dà uno strattone, ma la catenina ha un pendaglio che resta incastrato dietro la crepa. Intanto sente il rumore di un'auto che si sta fermando davanti alla villa. Guarda fuori. È Edmund. Be', pazienza: le servono risposte, e risposte avrà.

«Me l'ha regalata mia madre», dice Caroline.

«Chi, Rosa?» dice Helene, in tono severo, guardandola negli occhi.

L'anziana esita. «Sì, Rosa.»

«Che cosa ci fai in casa mia, coi miei figli? Chi sei?»

«Be', direi che lo sai già.» Caroline sente dei passi e si volta.

Edmund compare sulla soglia e guarda prima l'una e poi l'altra. «Helene? Sei qui? Ti abbiamo cercato... Ma che cosa sta succedendo?» Guarda lo scrigno e il tavolo rovinato. Ha le occhiaie, i capelli scompigliati e i vestiti sgualciti, i segni di una notte insonne.

Helene prova un'inaspettata tenerezza per quell'uomo alto e bello, e una punta di rimorso per aver nutrito sospetti infondati su di lui, quando invece avrebbe dovuto diffidare di Caroline. «Edmund... Caroline non è quella che dice di essere.»

Lui avanza di un passo. « Temo di non capire. » Nel suo tono c'è qualcosa di disorientante. Alla gioia di rivederla si è sostituita una nota dura, spigolosa.

« Caroline è la figlia di William Hirsch, fondatore della ditta assieme a mio padre. È stato ucciso dai tedeschi, perché era ebreo. La moglie, Rosa, è fuggita in America. Era incinta e ha dato alla luce una bambina... che adesso è qui, in casa nostra. Non so bene che intenzioni abbia, ma di sicuro punta ai quattrini, tramite chissà quale forma di ricatto. » È talmente turbata che le trema la voce.

« Helene... » mormora Edmund. Si avvicina a lei, ogni movimento è misuratissimo, ma è palese che ribolle di rabbia. È furioso. Perché? Non l'ha ascoltata? Non le crede? « Helene, tu non sei in te. Tutte queste cose, te le sei immaginate. » La cinge con un braccio.

« Non toccarmi! Non sono malata. Dammi retta, questa donna è un'imbrogliona. »

Edmund fa per dire qualcosa, ma Caroline lo interrompe bruscamente: « Lascia perdere. Non si arrenderà mai ».

Lui lascia andare Helene e abbassa lo sguardo, appoggiandosi con una mano al tavolo. « Caroline... » dice, come in segno d'avvertimento.

Ma la donna scuote la testa. « Tanto, prima o poi scoprirà tutto », gli dice, con lo stesso tono calmo con cui parla ai bambini. « E speriamo che stavolta la prenda un po' meglio », aggiunge, abbozzando un sorriso.

Stavolta? In che senso? Helene, accanto all'acquaio, ha ancora in mano la cote.

« Da dove comincio? » chiede Caroline, lanciandole un'occhiata per poi vagare con lo sguardo verso il prato verde fuori della finestra. « Tuo padre, Helene... »

« Caroline... » ripete Edmund, sempre in quel tono d'avvertimento.

« Ci hai visto giusto. Mio padre è stato ucciso dai tedeschi. Denunciato da Aksel. È stato tuo padre, Helene, a causare la morte del mio. »

Helene non le crede. Lo sente, che è una bugia.

« Tuo padre voleva stringere un accordo coi tedeschi. Un

contratto molto redditizio. Ai nazisti servivano navi commerciali che trasportassero materiali da e per la Germania. E loro erano due giovani, appena ventenni, che prima della guerra avevano comprato una chiatta e un traghetto malconcio. »

Caroline s'interrompe e Helene la osserva.

Poi, dopo un'esitazione, la donna riprende a parlare: « Un accordo coi tedeschi poteva dare moltissime opportunità. Oltretutto, non c'era concorrenza. Nemmeno mio padre voleva avere a che fare col Reich, e difatti si è opposto, si rifiutava di collaborare col nemico. Ma Aksel non sentiva ragioni. Del resto, era un uomo che guardava al futuro ». Caroline riesce finalmente a fare un sorriso vero e proprio. È stanca, basta guardare il modo in cui si regge la schiena con una mano, mentre si siede al tavolo. « Aksel sapeva che prima o poi la guerra sarebbe finita e che la Germania sarebbe tornata a essere il maggiore partner commerciale. Verso la fine della guerra, mio padre si è dato alla macchia. Si è nascosto, altrimenti l'avrebbero mandato in un lager, capisci? »

« Sì », risponde Helene, con un filo di voce.

« Ma tuo padre l'ha denunciato ai tedeschi. »

« Non ti credo. »

« C'era un testimone, Helene. Un uomo li ha visti catturare mio padre e spararagli. Quando hanno buttato il corpo in uno dei laghi, Aksel era presente. »

Helene tenta di riflettere. È possibile che suo padre fosse un assassino?

« Il tuo intero patrimonio, Helene, tutte le cose che hai ereditato... » Anche stavolta, Caroline ha un'esitazione. Poi riprende, quasi sottovoce. « Le tue immense ricchezze sono il frutto di un crimine inconcepibile. Capisci? »

« Non ti credo », ripete Helene.

Ma Caroline non le bada. « Nel 1945, sono nata io. Passata la guerra, siamo tornate qui, e mia madre ha tentato di convincere Aksel a darle la sua parte della ditta che mio padre aveva fondato assieme a lui, un'azienda che si era espansa oltre ogni previsione, grazie alla collaborazione col Reich. Ma ormai il nome Hirsch era stato tolto dalla ragione sociale. Aksel voleva cancellarci dalla Storia. Ha minacciato mia madre. »

«Di cosa?»

«Di denunciarla per calunnie, se avesse mai parlato con qualcuno di ciò che le aveva raccontato il testimone, l'uomo che aveva assistito alla morte di mio padre... e che poteva puntare il dito contro Aksel. Le ha offerto un po' di soldi e un biglietto per Città del Capo.» Caroline si stringe nelle spalle. «Aveva aperto una filiale in Sudafrica e le ha offerto un impiego là.» Fa un risolino sprezzante. «Tu pensa, una madre vedova a Città del Capo negli anni '50. È diventata una donna amareggiata dalla vita. Eccola, la mia eredità: l'amarezza. Eravamo state defraudate di tutto: soldi, giustizia...»

Helene si siede al tavolo e per un istante prova compassione per lei. Edmund, invece, non riesce a star fermo. Ma che gli prende?

«Quando ho completato gli studi, sono venuta in Danimarca a cercare tuo padre. Ero giovane, lui non sapeva chi ero e ha perso la testa per me. Il piano era appunto questo. L'unico modo per ottenere ciò che ci spettava era un matrimonio. È sempre stato così: per una donna, l'arma più efficace è farsi mettere incinta.»

«Incinta?» Helene scuote la testa. «Mio padre ti ha messa incinta?»

«Del resto, quello che contava davvero non erano i soldi.» Caroline punta lo sguardo su Helene. «Non erano i soldi! Mio padre ha contribuito alla nascita della ditta, ma tuo padre l'ha cancellato dalla Storia, come se non fosse mai esistito. E io credevo che, se fossi riuscita a farlo innamorare, se fossi stata abbastanza affascinante... mah?» Si blocca.

«E poi cos'è successo?»

«A un certo punto ha mangiato la foglia. Non era mica scemo, eh no. La sapeva lunga, lui. Chissà che cosa gli ha messo la pulce nell'orecchio. Forse la mia somiglianza con mia madre, o forse ha frugato tra le mie cose e ha trovato le lettere che lei mi aveva scritto. Comunque sia, ha capito che ero la figlia di Rosa.» Caroline sospira.

Helene si sorprende a crederle. In effetti, i casi sono due: o Caroline è dannatamente brava a cacciar balle, oppure le cose sono andate proprio così. «Continua.»

Sul volto dell'anziana passa un'ombra di mestizia. « A quel punto, è diventato un'altra persona. È montato su tutte le furie e mi ha rispedito a Città del Capo, costringendomi a firmare un documento in cui dichiaravo che il padre del mio bambino era un'altra persona e minacciandomi di rendermi la vita un inferno, se mi fossi mai riavvicinata a lui. »

Helene incassa la testa tra le spalle, sempre più convinta che la donna stia dicendo la verità.

« Poi si è sposato con una delle sue contabili », riprende Caroline. « E dopo due anni, nel 1972, sei nata tu. » Il suo volto s'infiamma di rancore. « Aveva una gran premura di cancellare la memoria di noi Hirsch. Eravamo un perenne marchio d'infamia sulla sua immacolata immagine di grande imprenditore. Tuo padre era un uomo deciso, voleva un erede e l'ha avuto. »

« Ma tu eri incinta », dice Helene, frastornata. « Hai avuto un bambino da lui? »

Caroline annuisce, con una stanchezza sconfinata.

« Ma se è figlio di mio padre... vuol dire che io ho un... fratellastro? O una sorellastra? » dice Helene.

« Un fratellastro », risponde Caroline. Alle sue spalle, Edmund cammina avanti e indietro, irrequieto.

« È vivo, vero? » Helene è curiosissima. *Ho un fratello!* pensa.

Caroline sospira e fa un sorriso teso, poi fa un cenno con la testa, come per indicare qualcosa alle proprie spalle. Helene non capisce. Edmund emette un lieve gemito. Si è fatto piccolo piccolo, non sembra nemmeno lui.

Caroline la guarda negli occhi. « E adesso sarebbe interessante vedere se perdi la memoria un'altra volta. »

All'improvviso, Edmund grida: « Caroline! No! »

Helene lo fissa. Possibile che...? « Sei... » mormora.

Edmund abbassa gli occhi sul pavimento a scacchi bianchi e neri per non incrociare il suo sguardo.

Helene si alza, ma un moto di nausea la costringe a sedersi. Reprime il conato di vomito e si copre la bocca. « Ma... ma... » Adesso sì, che coglie la somiglianza tra i due. Ci sarà qualche tratto in comune anche tra lei e Edmund? La statura, la corporatura, il naso? Quel naso è uguale al suo? « Ma è incesto! »

mormora. «I bambini... Se Edmund è mio fratello...» Si alza e comincia a camminare, ma è come se le gambe si muovessero di volontà propria.

«Ecco che scappa un'altra volta e dimentica tutto», dice Caroline alle sue spalle.

Edmund si mette a gridare in faccia alla madre, ed è l'ultima cosa che Helene sente prima di chiudersi in bagno, cadere in ginocchio, aprire la bocca e vomitare acido puro. Ha avuto due figli da suo fratello. Incesto. Grida con quanto fiato ha in gola, tappandosi le orecchie. Non vuole sentire, non vuole vedere, rimpiangendo di aver mai desiderato sapere.

Edmund appare alle sue spalle, si china su di lei e la stringe. Ha gli occhi arrossati. «Helene, io ti amo. Io ti amo, Helene», dice, con un filo di voce.

Helene si accascia di fianco al water. Ormai non le interessa nemmeno dove posa le natiche. Anzi, peggio è, meglio è. Nessun luogo può più farle paura. Ecco in che stato era, quando ha trovato Louise. D'un tratto capisce come sono andate le cose: sconvolta, è andata a fare una cavalcata nei boschi e...

«Helene, io ti amo», ripete Edmund.

... ed è balzata a terra in riva al ruscello. Poi si è messa a correre sugli aghi secchi delle conifere fino a sbucare dall'altro lato del bosco, cioè al margine della strada, senza sapere che cosa fare. Aveva bisogno di riflettere, ecco tutto. Non ha mai voluto abbandonare i bambini. È solo che il suo cervello si è serrato, la memoria si è spenta. Ecco come mai è sparita. Finché lui non l'ha trovata. «Il malato sei tu», mormora.

«È cominciata così, come ha detto Car... mia madre.» Edmund lancia un'occhiata nervosa alle proprie spalle.

Alla porta c'è Caroline, che ora sembra del tutto rilassata, come se si fosse tolta un peso.

«Puoi lasciarci da soli, mamma?» le dice Edmund a bassa voce.

Caroline esita, si sistema il vestito, poi si allontana lentamente.

«Mia madre provava disprezzo per tuo padre, e l'ha trasmesso a me.» Edmund accarezza una mano di Helene, ma il suo tocco è come un fuoco che trapassa la pelle e penetra fino all'osso. «Quando sono nato, tuo padre non ha voluto riconoscermi. Ha dichiarato che era impossibile che io fossi figlio suo. Così facendo, ha rafforzato l'odio di mia madre. È stata lei ad avere l'idea di farmi assumere nella ditta, lavorare sodo per scalare le cariche e guadagnarmi la fiducia di tuo padre, spacciandomi per un altro. Per conquistare il tuo cuore, bisognava prima conquistare il suo. Ho cominciato a vent'anni, alla filiale sudafricana, e ho fatto carriera fino a diventare il suo assistente personale. A me confidava tutto. Però, Helene, io lo ammiravo molto. Certo, mia madre mi aveva raccontato tutta la storia, crescendomi nell'odio per quell'uomo, eppure... eppure lo ammiravo. Era una persona fantastica, carismatica, un genio della finanza.»

«*Tuo* padre», mormora Helene.

«Eh?»

«Era anche *tuo* padre.»

Edmund esita. «Lo so, ma non sono mai riuscito a considerarlo tale. Del resto, nemmeno sapeva chi fossi. Sono diventato suo genero, ed è così che mi considerava. Però, Helene, la mia non era una recita, mi sono davvero innamorato di te. Il piano di vendetta era di mia madre, non mio.»

«Perché, a che cosa mirava tua madre?» Helene si alza, sente il bisogno di andarsene.

Edmund le prende una mano. «Ristabilire l'onore di famiglia tramite il matrimonio. Così noi Hirsch avremmo avuto ciò che ci spettava: una parte dell'azienda.»

«Onore?» Helene non crede alle sue orecchie.

«Però io ti amo, Helene, e i bambini sono sani. Nessuno verrà mai a saperlo. Noi due possiamo mantenere questo segreto. Del resto, anche tu ti sei innamorata di me, e puoi ancora amarmi. Io farei qualunque cosa, per te.»

Lei si divincola ed esce dal bagno. Dove può fuggire, stavolta? Lui continua a parlare, ma è solo un irritante ronzio nelle orecchie di Helene, che sale a fatica la scala, diretta verso la camera da letto. Edmund sta ancora blaterando, le racconta tutta la storia: tre anni fa, Caroline non è riuscita a trattenersi e si è presentata al funerale di Aksel, perché quello era il compimento della sua vendetta. Helene l'ha vista scambiare un'occhiata con Edmund e ha capito che nascondevano qualcosa. Ricordava di averla già vista da qualche parte, ma per quanto frugasse nella memoria non riusciva a capire dove. Alla fine, però, il ricordo è tornato, allo stesso modo in cui adesso le è tornata tutta la storia: ricchezze, uomini, amore e flagelli. In un vecchio album d'anteguerra, di quando Aksel era giovane, aveva trovato una fotografia in bianco e nero in cui compariva una donna, un po' in disparte, al varo di una nave al porto di Silkeborg. Una bella signora che somigliava a Caroline. Ha chiesto a Edmund chi fosse la vecchietta che aveva visto al funerale e come mai somigliasse tanto alla donna ritratta in una foto del tempo che fu. Edmund ha negato di conoscerla, così Helene si è messa a indagare, cominciando dall'albergo in cui avevano alloggiato quasi tutte le persone venute al funerale. Trovato il cognome Hirsch, non si è data per vinta - nemmeno allora - finché non ha ottenuto le informazioni che voleva. Ma non è stata in grado di digerire la verità.

«Che male c'è, in fin dei conti?» conclude Edmund. «Possiamo benissimo rimanere assieme, tanto nessuno saprà mai niente. Ho strappato la pagina dall'album, il cognome Hirsch è stato cancellato. Sono disgrazie successe prima ancora che nascessimo. Adesso siamo assieme, possiamo essere felici, Helene.»

«Mai», sibila Helene. Si ferma solo quando entra in camera e osserva i suoi vestiti.

«Scusate l'interruzione, ma...» Caroline è apparsa sulla porta, senza che Helene l'abbia sentita arrivare. «C'è la polizia.»

«La polizia?» Edmund resta a bocca aperta.

Alle spalle di Caroline compaiono due agenti in divisa.

«È successo qualcosa ai bambini?» chiede Helene.

«No», risponde il poliziotto più anziano.

«Ma allora cosa...?»

«Helene Söderberg?» dice il più giovane.

Helene avanza di un passo. *Allora è successo qualcosa a Joachim?* pensa.

«Glielo chiedo un'altra volta: lei è Helene Söderberg?» dice l'agente.

« Lo sa benissimo, chi è mia moglie », gli risponde Edmund, brusco.

« Siamo obbligati a chiederlo », spiega il più anziano.

« Obbligati da chi? »

« Dall'autorità per le indagini preliminari. Signora Söderberg, lei è in arresto. »

Edmund, fulmineo, si mette in mezzo. « In arresto? Per cosa? »

« Per l'omicidio di Louise Andersen. »

40

È una liberazione, essere chiusa in cella, lontana da Edmund, dalla terribile verità, dai giornalisti accalcati davanti al commissariato di Aarhus in attesa di scattare altre foto di lei in manette. Quante altre gliene servono, prima di ritenersi soddisfatti? Helene si guarda intorno nell'angusta guardina. Pareti nude, illuminazione eccessiva. Li sente arrivare dal corridoio, vengono a prelevarla per un nuovo interrogatorio, ma lei non vuole. Gliel'ha già detto, che è innocente ma che per lei non fa nessuna differenza. Che la sbattano pure in galera e buttino via la chiave. Da quanto tempo è chiusa qui? Due giorni? Non lo sa di preciso, ha dormito quasi sempre. O meglio, si è esclusa dalla realtà, sprofondando in se stessa. Se il cuore fosse un muscolo volontario, l'avrebbe già fermato.

Edmund ha tentato di venire a farle visita dopo l'udienza preliminare e i prelievi di sangue, ma lei non ha voluto vederlo e ha rifiutato anche l'assistenza degli avvocati della famiglia Söderberg. Non ha nemmeno ascoltato che cosa diceva il giudice. Ha capito solo che è stato trovato il cadavere di Louise Andersen. La polizia è ancora in attesa dell'identificazione definitiva tramite impronta dentaria, ma è praticamente assodato che il corpo sia quello di Louise, perché portava al collo un medaglione con una fotografia di lei da bambina. Gli inquirenti hanno ritenuto indispensabile prendere in custodia Helene al più presto: essendosi impossessata dell'identità e dei documenti personali di Louise, è la sospettata numero uno e, dal momento che i Söderberg sono molto facoltosi e potrebbero ostacolare le indagini, il giudice per le indagini preliminari ha insistito per tenerla dietro le sbarre fino al termine dell'inchiesta. La polizia ha anche perquisito la villa, chissà poi perché.

La porta si apre.

«Vuole seguirmi?» le chiede l'agente, prendendola per un braccio. L'altro attende fuori.

Helene obbedisce. Non ha più la forza di opporsi. Le facciano pure quello che vogliono: sono le autorità, che siano loro a decidere la sua sorte, d'ora in poi. A lei sta bene affidarsi a mani altrui: prima quelle della legge, che la porteranno dal tribunale al carcere, e poi, quando sarà vecchia, quelle di un'infermiera che la porterà dal letto alla vasca e viceversa. Per ultime verranno le mani che la deporranno nella bara. Soltanto allora, finalmente, sarà libera.

Mentre la conducono lungo il corridoio, pensa a queste cose, ma anche a Edmund e a Caroline. E ai bambini. A tutto ciò che è accaduto, alla tremenda verità che finalmente ha appreso. È stata quella, a farle perdere la memoria? La colpa dell'amnesia è del suo subconscio, che ha tentato di proteggerla dalla consapevolezza di avere avuto figli dal fratello?

«Si accomodi, signora Söderberg», dice il poliziotto.

Helene obbedisce.

Lui si siede di fronte. Il completo ha lo stesso tono di grigio dei suoi baffi. «Signora, io mi chiamo Gregers Sperling», le dice con voce stanca. «Lei ha rifiutato la presenza del suo avvocato, giusto?»

«Sì.»

L'uomo la scruta, tamburellando con le dita contro il tavolo. Il rumore riverbera tra le pareti nude.

Helene tace e guarda distrattamente il movimento delle mani.

Poi il poliziotto si sporge verso di lei, fino a trovarsi a pochi centimetri dalla sua faccia. «Lei ha dichiarato di avere ucciso Louise Andersen, ma... mi racconti qualcosa di più. Come l'ha conosciuta? In che rapporti eravate? Per quale motivo l'ha uccisa? Lei è riapparsa a Bornholm col bagaglio e i documenti di Louise.»

Helene riflette, si sforza di ricordare, e tutt'a un tratto nella sua mente riaffiora qualcosa. Un profumo. Vanigliato? «Usava un'acqua di colonia che sapeva di dolce.» Sì, è un ricordo reale. Nella sua memoria c'è davvero Louise. L'ha conosciuta, ricorda la voce roca e la risata. «Ho abitato là, in quel posto...» dice, ma tentenna. Ora le è tornato in mente un altro odore: tutto il resto, tutto ciò che non era Louise, sapeva di muffa. E faceva un gran freddo, per riscaldarsi si stringeva a Louise, che l'accoglieva sotto la sua coperta. « Ha preso i miei soldi », dice, con una voce che non le sembra nemmeno la sua. « Avevo solo quelli, mi servivano davvero, ma lei me li ha rubati, dandomi della borghese viziata... » Sorpresa di se stessa, Helene interrompe il fiume di parole. Da dove le sono venute tutte queste informazioni? Le ha inventate di sana pianta, oppure sono ricordi veri? Non lo sa. Riesce a pensare a una sola cosa: al fatto che i suoi bambini, belli e innocenti, siano frutto di un incesto. E che il suo matrimonio e la sua vita sentimentale si fondino su segreti e bugie. Però ricorda di aver patito il freddo con Louise, ricorda la sparizione dei soldi, quei soldi che avrebbero dovuto essere la sua via di fuga. Una fuga assieme ai figli? Era così? Sì, stava cercando un modo per recuperare i bambini, proteggerli e ricominciare daccapo in un luogo dove nessuno li conoscesse. « Sono stata io a uccidere Louise », mormora. Chiude gli occhi e ripete: « L'ho uccisa io ».

È un'assassina, una bugiarda, un'ingannatrice, figlia di un mostro, moglie di uno psicopatico. Ed è un mostro anche lei, ad aver messo al mondo due povere creature innocenti in quel modo. E ad aver commesso un omicidio. Non ha più dubbi. Guardandosi i palmi sudati, ha l'impressione di poter leggere la propria vita in quel groviglio di linee. Quale di esse ha predeterminato che lei dovesse scegliere la via del delitto?

« Questo, me l'ha già detto. Adesso, però, vorrei qualche dettaglio in più », dice Sperling.

Helene chiude di nuovo gli occhi e fruga nella memoria, ripescando immagini su immagini. Ora i ricordi riaffiorano a gran velocità. È buio, fa freddo e lei è arrabbiata con Louise. Hanno litigato per via di quei soldi. Già, hanno litigato, e Louise se ne va. Helene lo ricorda come se fosse oggi. « Mi aveva rubato i soldi che mi servivano per andarmene. Erano gli ultimi contanti che avevo. Non volevo usare la carta di credito, perché può essere sorvegliata, e per me era importante sparire senza lasciare tracce. Abbiamo avuto una lite. Louise ha detto che potevo fare soldi prostituendomi come lei, ma io le ho risposto che non ci pensavo nemmeno. Allora lei si è offesa, ha detto che mi credevo migliore di lei e... Insomma, abbiamo litigato, poi lei se n'è andata e io sono rimasta lì da sola, al buio, senza sapere che cosa fare.» Helene s'interrompe per cercare il ricordo giusto, tra tutti quelli che stanno tornando a galla. Buio, disperazione, rabbia. Louise si era offerta di aiutarla, ma adesso... «Sotto il materasso ho trovato un coltello. L'ho aspettata. Avevo pianificato tutto. Guadagnava bene, quindi sapevo che sarebbe tornata con un mucchio di soldi. Volevo accoltellarla...» Fruga nella memoria. Dov'è quell'immagine? Lei che attende nella stanza buia, si apposta di fianco alla porta, pronta a conficcare la lama nella schiena di Louise, tra la scapola e le costole, dritta al cuore. L'immagine è chiarissima. Ma che cos'è successo dopo? Per quanto tempo ha aspettato? «È tornata e io l'ho pugnalata con tutte le mie forze. Le ho piantato il coltello tra le costole.» Rivede la scena, la lama che entra ed esce, l'acciaio che penetra la carne, più e più volte. «Volevo usare la sua identità e i suoi soldi, ecco perché l'ho fatto.» È senza fiato, travolta dalla storia che sta raccontando, da tutte quelle parole che si trasformano in immagini non appena le escono di bocca. Adesso ricorda tutto.

«E dopo che cos'ha fatto?» le chiede Sperling, calmissimo.

È calma anche lei. Per la prima volta dopo quella fatale giornata alla caffetteria di Christiansø, in cui Edmund l'ha riconosciuta, è tranquilla. È un'assassina, andrà in prigione, conosce la verità su ciò che ha fatto. «Ho occultato il cadavere. L'ho nascosto per bene.»

«Dove?»

Helene fruga nelle macerie della sua memoria e, in mezzo al buio pesto, trova le spaventose immagini del corpo morto, del sangue - quanto! - e di tutte quelle coltellate. Dove ha nascosto il cadavere? Comincia a piangere e non sa da dove le vengano quelle lacrime.

«Perché, vede...» dice il poliziotto. «Il problema è che Louise Andersen non è morta nel modo che mi descrive lei.»

«Ma... ma...» Helene lo guarda, sperduta.

«Louise Andersen non si è presa nemmeno una pugnalata. È stata uccisa a botte. E poi scuoiata.»

«Sì!» grida Helene. «Adesso mi ricordo. È così che ho fatto.

L'ho picchiata. E ho fatto anche quell'altra roba, che ha appena detto lei. Le ho levato la pelle.» Ha di nuovo la nausea.

«Per renderla irriconoscibile?»

Helene non capisce la domanda, ma annuisce. «Sì.»

«In modo da potersi spacciare per lei?»

«Sì.»

Sperling scuote la testa. «Signora, dove ha abbandonato il cadavere, dopo averlo scorticato?»

«È che, vede, non riesco a ricordare bene, ho in testa una gran... nebbia. Ma ce la farò, sa? Mi tornerà in mente tutto, mi dia solo un po' di tempo», dice Helene, disperata.

«Mi sta implorando di credere che è stata lei a uccidere Louise?» Lo stupore del poliziotto sembra sincero.

«*L'ho* uccisa», ribadisce Helene in tono deciso.

Ma le basta guardare gli occhi dell'uomo per capire che non le crede.

41

Finalmente si spengono le luci della guardina e lei resta sola. Senza Joachim, che è l'unica cosa bella che le sia mai capitata. E lei l'ha abbandonato. Adesso c'è solo il buio. Come quella volta. Ma il buio le è amico. Nessuno può capire come ci si senta ad avere come unico amico il buio.

«Signora Söderberg?» dice una voce da fuori.

Riecco quel nome. Söderberg. Il nome che lei non vuole più sentire.

«C'è suo marito.»

«Voglio stare sola. Per stasera non voglio più essere disturbata», risponde lei, in tono rabbioso. Poi grida: «Andate via!»

Nessuna reazione. Poi, passi che si allontanano. Sola, finalmente. Non vuole vedere nessuno, mai più.

La portano nella stanza delle visite. Sperling ha insistito: se Helene si rifiuta di vedere i familiari, lui la farà trasferire in un reparto psichiatrico. E lei non vuole questo. Vuole essere giudicata come tutti gli altri e prendersi l'ergastolo. Ha perso la nozione del tempo. È sera o mattina? Guarda fuori della finestra e vede una luce fioca filtrare dalle sbarre e proiettare strisce sul pavimento. Da quanto tempo è qui in custodia? Hanno provato a portarle la colazione già due volte, o forse tre, non ricorda di preciso, tanto non ha toccato cibo. Si guarda intorno. Piccoli tavoli quadrati con seggiole in tubolare. Pavimento in linoleum. Se non fosse per le sbarre alle finestre e l'allarme alla porta, sembrerebbe l'aula di un asilo.

«Si sieda», dice una poliziotta.

Poco dopo, si apre la porta ed entra Edmund, seguito a ruota da Caroline, che le rivolge un cauto sorriso, quasi affettuoso. Ma perché Edmund l'ha portata qui? O forse è stata Caroline a portare lui? Magari è lei a ordinargli che cosa fare.

« Helene, ti faremo uscire, vedrai. » Edmund si siede e tende le mani sul tavolo, verso di lei. « Non preoccuparti, abbiamo già richiesto la scarcerazione. La polizia non ha in mano niente, l'ha detto anche l'avvocato. »

« L'avvocato? » Confusa, Helene alza lo sguardo, ma non appena vede il volto pallido di Edmund lo riabbassa subito. Di nuovo la nausea, alle solite. *Ho avuto due figli da mio fratello.*

« Tranquilla, è la miglior penalista di Danimarca e ha già cominciato a lavorare al caso. Adesso sta parlando con la polizia, poi verrà qui da te. È inaudito che ti abbiano interrogata senza un avvocato, ma la cosa non si ripeterà. » Edmund parla ad alta voce, quasi agitato. « Sono accuse senza fondamento, non ci sono testimoni, gli inquirenti si basano solo sul fatto che tu sia ricomparsa col bagaglio di quella donna. Oltretutto, in quel momento non eri in te, quindi non possono condannarti per esserti ammalata. La cosa peggiore che possa capitare è un ricovero forzato, ma l'avvocato dice che è altamente improbabile. »

« Edmund », dice Helene, calma. « Io non sono malata. Non lo sono mai stata. Mi ricordo tutto. Ho ucciso Louise. Non mi serve un avvocato. Andrò in carcere. Adesso vattene. »

« Ma Helene, non ha senso. » Edmund parla rapidamente, con insistenza. « Non sei in te. È il trauma. Tu, in carcere? Non se ne parla neanche. Pensa ai bambini. Hanno bisogno di te. » Ha ancora le mani tese sul tavolo tra loro. Le basterebbe prenderle.

Ed ecco che all'improvviso emerge un altro ricordo, un'immagine nitidissima: un giorno d'estate, vento tiepido sulla pelle, lei distesa sull'erba morbida di primo mattino, con l'umidità della terra che evapora tutt'intorno. È il suo primo ricordo d'infanzia. Come mai le torna in mente proprio adesso?

Edmund si alza, borbotta qualcosa a proposito dell'avvocato e dice che tornerà tra poco. La porta si apre e si richiude, e Helene resta sola coi suoi pensieri. Guarda fuori della finestra. Manca ancora un bel po' al calare del buio.

« Helene? »

Alza lo sguardo. Da quanto tempo Caroline è seduta lì?

« Non abbiamo molto tempo, Edmund sta parlando con l'avvocato ma tornerà tra poco », dice la donna. È seduta a schiena dritta, con le mani appoggiate sulla borsetta che tiene in grembo.

« Che cosa vuoi? »

« Credo di sapere come ti senti. »

« No. »

« Sì, invece. » La vecchia la guarda con compassione. « Pensa a quand'ero incinta io. Aspettavo un bambino da un mostro. Dall'uomo che aveva ucciso mio padre. »

« L'hai fatto di tua spontanea volontà. »

« Anche tu. Eri molto innamorata di mio figlio. »

« C'è una bella differenza. »

« Verissimo. Però mio padre, William Hirsch, aveva contribuito a creare la ditta, e il tuo si è comportato come se l'avesse fondata lui solo. Edmund ha ottenuto il posto che gli spetta e i vostri figli sono il simbolo della felice riconciliazione tra le due famiglie. Adesso è tutto come deve essere, Helene. Tutto, a parte te. »

Helene resta seduta con un'aria spersa. Per diversi secondi non sa che cosa dire.

È la voce di Caroline a richiamarla alla realtà. « Mi senti? »

« Come sarebbe a dire? »

« Tu non saresti dovuta nascere. Allora sì, che tutto sarebbe come deve essere. Edmund è il primogenito. La ditta spetta a noi Hirsch. È nostra. Capisci? »

« Che cosa devo fare? » mormora Helene, smarrita.

Lo sguardo di Caroline è quasi affettuoso. « C'è una cosa che puoi fare. » Lancia un'occhiata alle proprie spalle, verso la porta. Poi si sporge sul tavolo, posando una mano sull'apertura della borsetta. « Ci sono passata anch'io, Helene. Ero disperata, credevo che tutto si sarebbe aggiustato se io fossi scomparsa. Credevo di essere io, quella che doveva sparire. » Apre la borsetta, infila rapidamente la mano, poi la solleva e la posa sul tavolo, stretta a pugno. « Helene, io avevo un amico medico, che ha... capito la mia situazione, allo stesso modo in cui adesso io capisco la tua. » Stranamente, parla a voce bassissima. Cala il silenzio. La sua espressione è cambiata, è più intensa, più diretta. La mano chiusa a pugno è quella di una vecchietta, la pelle è fragile e rugosa. Caroline si schiarisce la gola e riprende: « Mi ha dato una cosa... Mi capiva... L'ho conservata per tanti anni, mi dava sicurezza sapere di avere ancora questa possibilità, ma poi mi sono resa conto che non era la soluzione giusta, visto che il problema non ero io. Ecco che cos'ho scoperto, Helene. Capisci? Non era la *mia* soluzione. Non ero io, a doverla usare ». Gira il pugno e lo apre. Nel palmo c'è una pillola chiara. La fa cadere sul tavolo, ritira di scatto la mano e richiude la borsetta. « Era un medico, sapeva senz'altro che cosa c'era in ballo. Niente dolore, me l'ha assicurato lui. Era un brav'uomo, Helene, di quelli cui si può affidare la propria vita, capisci? »

Helene fa segno di sì e di no contemporaneamente, fissando inebetita la pillola sul tavolo.

Caroline fa per andarsene. Appena prima di raggiungere la porta, si volta. « La decisione spetta a te, ma l'occasione è adesso. L'avvocatessa è brava, la migliore di Danimarca, e ti farà rilasciare su cauzione. Quindi è adesso che sei sola e puoi decidere da te. » Preme il pulsante e, dopo pochi istanti, la porta si apre.

Helene vede la propria mano mollare la presa sul bordo del tavolo e avanzare lungo la superficie fino a chiudersi intorno alla pillola.

42

L'agente dietro il bancone rivolge a Joachim uno sguardo tutt'altro che accomodante. « Helene Söderberg non vuole ricevere altre visite. »

« Ma è importante! *Devo* vederla. »

« Lei non è nemmeno un parente. Ho qui un elenco, il suo nome non c'è », dice il poliziotto.

« Ma mi ha telefonato quel tizio, dicendomi che dovevo venire qui », insiste Joachim. « Quel... come si chiama? Gregor qualcosa... Un ispettore, comunque. Lei saprà senz'altro di chi sto parlando. È venuto qui ad Aarhus solo per via di questo caso. »

Nessuna reazione. Dallo sguardo, è chiaro che l'agente è abituato a tenere a distanza le persone e che sarebbe capace di restare lì in piedi per tre giorni di fila, pur di toglierselo di torno.

« Devo vedere Helene », ripete Joachim. Stavolta, non riesce a trattenersi dall'alzare la voce. Ha passato giornate bruttissime, da quando ha trovato il cadavere. Ha fatto molta fatica a scacciare l'immagine di quella donna martoriata. Quando finalmente ha preso sonno, ha avuto incubi in cui rivedeva quel corpo morto. Poi si è svegliato, è stato interrogato dalla polizia e gli è toccato raccontare più e più volte la stessa storia: il sottobicchiere del Campari col numero di telefono, Gorm, prostitute, sauna, camera delle torture, sangue e ferro... ed eccola lì. Niente da fare, ogni volta doveva riprendere daccapo. Gli hanno chiesto che cosa fosse il Campari, se fosse sicuro che l'incontro fosse avvenuto in sauna, come avesse trovato Gorm, le stesse domande ripetute mille volte, fino a mandarlo fuori di cervello. A un certo punto, ha pensato addirittura che sospettassero di lui.

Quando finalmente l'hanno lasciato andare, è venuto a sapere dell'arresto di Helene, e questo è stato un altro brutto colpo. Si è chiuso nell'appartamentino, continuando ad avere davanti agli occhi l'immagine del cadavere in fondo al cratere e provando una strana forma di... mah? Dolore? Sì, si sente in lutto. Non ha mai conosciuto quella Louise Andersen eppure, mentre stava trincerato in quel piccolo appartamento a trincare vino in cartone, non riusciva a distinguere Louise da Helene. Per lui erano la stessa donna. Il cadavere poteva benissimo essere quello di Helene. Forse è per questo che adesso sta alzando la voce, insistendo per vederla? Vuole accertarsi che sia viva? Che la *sua* Helene respiri ancora, che la sua pelle e il suo profumo siano intatti?

« Mi avete telefonato stamattina », dice, tentando di mantenere un certo contegno. « L'uomo con cui ho parlato si chiama Sperling, o qualcosa del genere. Mi ha detto di venire subito. » Ancora una volta pensa a Helene, la immagina sola, infelice, spaurita. Sarà contenta di vederlo, si sentirà meglio. Joachim sa che lei non ha fatto niente. Helene ha bisogno di lui, subito.

Ma il poliziotto dietro il bancone è irremovibile. Non lo guarda nemmeno, è tutto concentrato sul monitor che ha davanti a sé, come se il colloquio fosse concluso e bastasse ignorare Joachim per convincerlo ad andarsene.

E invece Joachim resta. Anzi, lancia un urlo. Un ruggito che contiene tutto il suo dolore, la rabbia, l'angoscia e il senso di colpa. Tutti i presenti lo guardano, spaventati, e un uomo in divisa che sta a guardia dell'ingresso si precipita verso di lui. « No! » grida Joachim.

La guardia gli prede le braccia, gliele blocca dietro la schiena e lo atterra. Ma a lui sta bene così, anzi, ha già un nuovo piano: farsi incarcerare, visto che è l'unico modo per stare vicino a lei. Magari lo metteranno nella cella accanto? Così potranno parlarsi attraverso il muro, come in quei film americani.

« Mollalo. »

Joachim alza lo sguardo e vede un uomo dall'aria importante e dai baffi grigi, il colore della serietà. È uno di quelli che l'hanno interrogato a Copenaghen.

« L'ho invitato io », dice Sperling, posando una mano sulla spalla dell'agente.

Sperling s'incammina di buon passo lungo il corridoio, seguito da Joachim. Svoltano diversi angoli e attraversano un certo numero di porte di sicurezza, prima di entrare nell'area di detenzione. Poi Sperling si volta verso di lui. « La lascio da solo con la signora per un momento, ma dopo vorrei fare altre due chiacchiere con lei. In tutta questa faccenda c'è qualcosa che non quadra e sospetto che lei possa spingerla a parlare. »

Joachim annuisce e, mentre la porta viene aperta, sente crescere la trepidazione. Finalmente, dopo tanto tormento, sta per rivederla. Entra, ma si ferma di colpo. Helene è a terra, rannicchiata in posizione fetale, ma a faccia in giù. I lunghi capelli biondi ricadono ai due lati della testa, nascondendola. Un braccio è ripiegato sulla nuca, l'altro è schiacciato sotto il corpo.

« Helene? » Joachim si accovaccia, le posa una mano sulla schiena, poi la rigira delicatamente fino a vederla in faccia. È fredda. Le solleva il busto e si posa la testa in grembo, ma la sente fiacca, pesante. Un corpo inerte. « Helene? Aiuto! »

Sperling accorre. « Che c'è? »

« Non respira », grida Joachim, ma la voce si spezza.

Si china su di lei e avvicina l'orecchio alla bocca. Niente. Niente aria, né in uscita, né in entrata. Sperling, calmissimo, le posa due dita sul polso e resta immobile per qualche istante, poi balza in piedi e corre a chiamare aiuto. Joachim posa nuovamente a terra il busto inerte di Helene e s'inginocchia accanto a lei. *Non può essere morta. Non deve.* Queste due frasi continuano a ripetersi nella sua mente. Si piega in avanti, posa le labbra su quelle di lei e soffia. Si alza, trova il punto giusto sulla cassa toracica e preme forte, a ritmo regolare, cinque volte. Conta, soffia, preme, conta soffia. Niente. Il corpo resta immobile davanti a lui. La sua amata, splendida Louise. Anzi, Helene. Louise o Helene, non può morire. È già abbastanza che sia morta la vera Louise. Helene no, non deve morire, non deve scomparire. Soffia, espira in lei, infondendole tutta la propria vita, la propria speranza, il proprio amore... e poi si sente afferrare con forza da dietro, braccia robuste che lo trascinano via, mentre altre braccia gli passano accanto e si tendono verso Helene. Maniche bianche di un camice, una barella. Joachim viene strattonato all'indietro, grida, si dibatte. La colpa è sua. È stato lui a trovare il cadavere di Louise, dunque anche a uccidere Helene. È tutta colpa sua, avrebbe dovuto lasciar perdere, rinunciare a lei. Guarda il corpo floscio che si contrae in modo innaturale ogni volta che il defibrillatore emette una scarica elettrica. La caricano sulla barella. Due lettighieri gli passano davanti correndo, seri e silenziosi. La barella scompare nel corridoio e Joachim si accascia, le gambe non lo reggono. Helene non c'è più.

43

Non gli permettono di entrare nell'ambulanza. La portiera viene chiusa con violenza e la sirena gli urla nelle orecchie anche dopo che la vettura è scomparsa alla vista. Di nuovo in taxi, tiene la mano sulla leva di apertura della portiera per tutto il tragitto fino all'ospedale ed è con impazienza che porge la Visa al tassista. Sceso dall'auto, varca l'ingresso principale e ferma la prima persona in camice bianco. «Il pronto soccorso? Il centro traumi? La... com'è che si chiama? L'astanteria?»

L'infermiera tenta di calmarlo posandogli una mano su un braccio. È ordinaria amministrazione, per lei, la fiumana di mariti, mogli, genitori, fratelli e sorelle che stanno per perdere un loro caro: gli ospedali sono le cattedrali di ciò che si è costretti ad abbandonare. Se si è fortunati, si tratta solo di un'appendice, un seno o qualche battito cardiaco, pensa Joachim, fiondandosi in ascensore e martellando il pulsante. Ma sì, dev'essere così anche per Helene. Perderà appena qualche pulsazione, dovrà sacrificare una manciata di respiri, non troppi. «Non troppi», mormora, premendo nuovamente il pulsante. Lo sa che non serve ad accelerare l'ascensore, ma non riesce a trattenersi, continua a pigiarlo finché la porta non si decide a chiudersi. Si guarda le unghie e vede che sono luride. Poi ricorda. Quelle immagini spaventose lo tormentano anche qui. Il sangue rappreso, il pavimento della camera delle torture.

«Aspetti.» Un piede s'infila nella porta, bloccandola.

Joachim, esasperato, batte una mano contro la parete. Poi vede il tizio che sta cercando di entrare in ascensore: pelle grigiastra, palpebre gonfie, occhi iniettati di sangue, come se non dormisse da giorni. Camicia gualcita e male abbottonata. Se non fosse per la reazione dell'uomo nel vederlo, probabilmente Joachim non lo riconoscerebbe. È Edmund.

«Avanti, venga dentro, cribbio, e lasci chiudere la porta», sibila Joachim, premendo freneticamente il pulsante.

C'era da aspettarselo, che ci fosse anche Edmund. Nessuno glielo vieta. È il marito di Helene, per quanto Joachim possa non gradire la cosa. Stringe i pugni e si dà un contegno, fissando le cifre luminose sopra la porta dell'ascensore, piano dopo piano. Finalmente Joachim esce, corre alla vetrata dello sportello e tenta d'ignorare i passi di Edmund dietro di lui. Più oltre, davanti alla porta della sala operatoria, c'è un poliziotto. Sta montando la guardia?

«Dica», gli chiede in tono gentile l'infermiera.

«Helene Söderberg», risponde ad alta voce Joachim.

«È appena entrata.»

Alle sue spalle, Edmund si schiarisce la gola ma non dice niente.

L'infermiera visualizza qualcosa sul computer e aggrotta le sopracciglia. Ma cosa potranno mai aver scritto, in quei dieci o venti minuti? «Lei è il marito?» chiede, rivolta a Joachim. E lui si sente cadere le braccia.

Edmund si fa avanti e lo spinge da parte. «Il marito di Helene sono io, Edmund Söderberg.» Dal modo di parlare, sembra quasi tranquillo.

L'infermiera s'inclina leggermente di lato per guardare Joachim negli occhi. «E lei è...?»

«Quello che l'ha trovata», risponde lui. Avrebbe voglia di aggiungere qualcosa, per esempio che non l'ha trovata solo adesso, ma anche tre anni fa, quando l'ha vista all'estremità opposta della caffetteria gremita, catturando il suo sguardo e scoprendo l'amore. Non sa più a che santo votarsi. Non è minimamente disposto a sedersi al fianco di Edmund, perciò resta in piedi, appoggiato al muro, a un paio di metri da lui. E lascia che il tempo scorra. Lunghi minuti penosi e imbarazzanti.

Finalmente la porta si apre e arriva il medico, uno spilungone serioso in camice verde, con una mascherina che gli penzola dal collo. Si presenta: dottor Rasmussen, primario. Stringe la mano a Edmund e rivolge un cenno a Joachim, ancora con la schiena al muro. «Helene ce la farà. È forte, sopravvivrà.»

Il sollievo è un'onda di piena dentro Joachim, che nasconde il volto tra le mani mentre il medico spiega a Edmund che hanno dovuto praticare una lavanda gastrica e che si tratta d'intossicazione. Dice anche quanta adrenalina hanno dovuto iniettarle direttamente nel cuore e quanto sia rara l'eventualità di lesioni cerebrali permanenti dopo così pochi minuti. I lettighieri hanno riscontrato un battito cardiaco già in ambulanza... Joachim non sente altro. Si siede e tenta di digerire la notizia. Helene è viva.

« Posso vederla? » chiede Edmund.

« La squadra medica è ancora all'opera, dobbiamo fare altri esami », dice il dottore. « Però è fuori pericolo, e al momento è la cosa più importante. »

« Ma che cosa le è successo? » chiede Joachim, con voce roca.

Edmund trasale nel sentire la sua voce. È come se si fosse dimenticato della sua presenza.

Il medico guarda prima l'uno e poi l'altro, ha una breve esitazione, poi risponde: « Bisogna attendere gli esiti delle analisi del sangue, ma con ogni probabilità ha assunto una sostanza tossica. Si capisce dalle pupille. Forse una dose eccessiva di paracetamolo, ma è ancora presto per dirlo ».

Joachim è confuso. « Ha tentato il suicidio? »

« Non abbiamo elementi per stabilirlo », dice il medico in tono brusco.

« Ma dove ha trovato quella sostanza? » chiede Joachim, turbato. « In guardina? Chi gliel'ha data? »

Edmund gli rivolge un'occhiata furiosa. « Non ha altro da fare, lei? Che cosa ci fa, qui? » Poi si volta nuovamente verso il dottore. « Scusi. Quando si saprà qualcosa di più? Quando posso vedere mia moglie? »

« Presto, direi. Prima dobbiamo stabilizzarla e fare gli ultimi esami. Aspetti qui, manderò qualcuno a chiamarla. » Il medico stringe la mano di Edmund, mentre a Joachim rivolge solo un gelido cenno di saluto, poi torna da dov'è venuto.

Una nuova emozione invade Joachim, lentamente ma inesorabilmente, un sentimento che negli ultimi minuti è rimasto sullo sfondo, sovrastato dalla preoccupazione per Helene. Ma ora la rabbia emerge e lui non è più in grado di trattenerla. « Che cosa sta succedendo? Come mai Helene ha preso delle pastiglie? Dove le ha trovate? » sibila.

Edmund si volta di scatto verso di lui e lo fronteggia, ma è perfettamente calmo, e questo fomenta la rabbia di Joachim.

«Che cosa le ha fatto?» dice Joachim, trattenendo l'impulso di balzargli addosso e spaccargli la testa, come si fa tra rivali fin dall'età della pietra.

«Veramente è stato lei a tirare fuori il cadavere di Louise. Se si fosse fatto gli affari suoi, non sarebbe successo niente. Vuole spiegarmi perché non lascia in pace Helene?»

Joachim scruta quell'uomo alto e moro, ascolta la sua voce tranquilla e posata, poi arretra di un passo e per un istante sente il peso della sconfitta. Ha ragione Edmund, per certi versi. Ma Joachim non è più padrone di sé, non riesce a controllarsi, e gli dà un pugno alla tempia. Forte, quasi senza rumore. Quel pugno è partito da lontano, da quando Gorm l'ha aggredito nell'Hareskoven, o forse ancora prima, dal giorno in cui Edmund ha fatto irruzione nella caffetteria e ha rovinato tutto. E a quel primo pugno ne segue un secondo, che ha fatto quasi altrettanta strada: è partito dalla sordida camera di Miss Daisy e dagli ultimi giorni d'infinito dolore e umiliazione.

«Basta», dice Edmund.

Ma Joachim non riesce a fermarsi, non adesso. Nulla può arrestarlo. Serra con entrambe le braccia il busto di Edmund e a piena forza gli dà una testata in faccia, colpendo la mandibola. Sente lo schiocco dei denti. Edmund parte al contrattacco, finalmente anche la sua rabbia è esplosa, e a Joachim sta bene così: la questione va risolta qui. Edmund gli dà un pugno all'orecchio e per un istante Joachim sente soltanto un sibilo, come quello che si sentiva una volta alla televisione, alla sera, alla fine delle trasmissioni. Monoscopio e fischio. Tenta di concentrarsi sul monoscopio, ma vede Edmund. Sangue? Benissimo.

D'un tratto sente una forte stretta a un braccio. Un uomo lo strattona, trascinandolo in piedi, gridando: «Che cosa sta succedendo, qui?» È un medico, quello di Helene. Rasmussen?

Silenzio. Joachin guarda Edmund, che ha un labbro spaccato.

«Dell'altro ti occupi tu?» dice il medico a una delle infermiere, facendo un cenno in direzione di Edmund.

Accorrono anche due lettighieri, due marcantoni pronti a intervenire.

« Allora ci diamo una calmata? » Il tono del medico è inequivocabilmente sdegnoso. « Questo è un ospedale. A venti metri da qui, lungo il corridoio, ci sono bambini che stanno morendo di cancro. »

Le sue parole restano sospese nell'aria. Joachim abbassa lo sguardo. Passano lunghi istanti di vergogna.

Dopo che tutti hanno fatto qualche respiro profondo, il medico riprende la parola. « La signora è sveglia e vorrebbe parlare con lei. » Sta guardando dritto verso Joachim. È rivolto a lui, a lui solo.

« Ma il marito sono io », protesta Edmund.

« Senz'altro, ma la signora è stata molto chiara », dice il medico. Poi torna alla porta e la tiene aperta.

44

Sembra un reduce di guerra. Questo è il primo pensiero di Helene nel vedere Joachim alla porta. Sangue sui vestiti e un po' anche in faccia, capelli più sudici e scarmigliati che mai... ma è davvero lui? Lo vede avvicinarsi a passo cauto al bordo del letto e sfiorare il lenzuolo. È quasi un tocco, e la fa sentire bene. «Sei riuscito a scrivere?» mormora.

Lui sorride. Ora sì, che è lui. Quel sorriso. «Sei viva.» Si siede sulla sedia accanto al letto.

«Ma io preferirei che tu non mi avessi trovato.»

«Non dire queste cose», dice Joachim, a bassa voce.

«Vorrei essere morta.»

Joachim si alza. All'improvviso le prende il volto tra le mani e la bacia. Un bacio che fa sgorgare lacrime. Poi torna a sedersi. Il silenzio tra loro viene riempito dai molti rumori dell'ospedale, tra cui quelli delle macchine che tengono in vita le persone. Quante di loro, come lei, preferirebbero sfuggire a questo tormento?

«Hai venduto la nostra storia», dice Helene. Non sa perché le viene in mente proprio questo, in un momento del genere, però è così. Le viene da piangere. Quella era l'unica cosa pura e bella, nella sua vita.

«Cosa?»

«Edmund mi ha mostrato il contratto...»

Joachim la interrompe. «Sstt. Non è andata così.» Mentre parla, si avvicina ancora di più a lei. In tutta fretta, tanto che è difficile seguirlo, le racconta come ha trovato Louise e le povere prostitute che vengono ridotte in fin di vita in quel sotterraneo, e poi il motivo per cui gli servivano quei soldi. Le parla del gancio di ferro, della ruggine sullo zaino, della ferriera.

«Perché?» gli chiede Helene.

«Perché... cosa?»

«Perché hai fatto tutto questo?»

« Perché ti amo », dice Joachim, come se fosse la cosa più ovvia del mondo, come se lei gli avesse chiesto quanto fa due più due. « E so che non l'hai uccisa tu. Non faresti del male a una mosca. Piuttosto, per quale motivo hai detto di essere stata tu? » La fissa, in attesa di una risposta.

Per un lungo istante, lei si rifiuta di parlare. Ma lui non demorde. Forse l'unica scelta giusta sarebbe quella di dire la verità, per brutta che sia? Helene fa un respiro profondo e comincia a raccontare. All'inizio è lenta, tentennante, si blocca diverse volte, ma poi le riesce più facile dare sfogo a tutte le parole, le emozioni e le spaventose rivelazioni su Edmund, Caroline e i bambini: l'incesto, i sordidi segreti della famiglia Söderberg... Però, verso la fine della storia, ha un'altra esitazione: quando gli avrà detto tutto, sarà nuovamente la fine. Non appena Joachim saprà tutto, quando sentirà che la donna che credeva di conoscere è in realtà un'assassina, calerà il sipario. Nonostante questo pensiero, gli dice le cose come stanno: ricorda benissimo di avere ucciso Louise. Non riesce ancora ad afferrare tutti i dettagli, ma è solo questione di tempo. « Mi sta tornando la memoria. Lentamente, poco per volta, ma sta tornando, sono sicura », mormora.

Joachim la osserva. Mentre lei parlava, ha infilato una mano sotto la coperta e ora le stringe delicatamente il braccio. Helene è confusa: come mai non si è ritratto? Si era aspettata che lui la disprezzasse, provasse disgusto, e invece lo vede pensieroso. Tutta qui, la sua reazione?

Joachim scuote la testa. « Ho passato venticinque anni della mia vita a inventare storie, facendone una professione, ma... nessuna fantasia di romanziere potrà mai superare la falsità delle famiglie reali. Mai. »

Helene lo guarda, frastornata.

Lui si blocca, si rabbuia, le stringe le mani. « Ma tu non sei un'assassina. Non sei stata tu a uccidere Louise Andersen. »

Helene tenta di liberare la mano. « Joachim, mi rendo conto di quanto sia difficile digerire la notizia, ma Louise è morta, e la causa del decesso sono io. Non sono quella che credi. Non mi hai mai conosciuto per davvero. E se è per questo non mi conoscevo neanch'io. Era tutta una bugia. »

«Tranne noi due. In tutta questa storia, l'unico elemento di verità siamo noi. Io ti conosco, so che non hai ucciso nessuno. Non ne saresti capace: sei la persona più sensibile che io abbia mai incontrato. Ti fanno compassione perfino i ragni! Quando ne vedi uno, provi a schiacciarlo, dicendoti che tanto è solo un ragno e che lo fanno tutti, ma non ci riesci. Lo prendi in un bicchiere e lo porti alla finestra e lo depositi delicatamente sul davanzale. Addirittura resti lì a controllare che il ragno trovi la sua strada senza farsi male! Non sei un'assassina, Helene. Io ti conosco, lo so.»

«No.»

«No... cosa?»

«I dipendenti della ditta... Tutti quanti...»

«Sì?»

«Mi odiano. Helene Söderberg è una stronza, tutti hanno paura di lei. Non sono quella che credi.»

Joachim sorride. «Sai, le persone sono un po' come le piante...»

Lei non ce la fa più, vuole dormire, spegnersi, e tenta di turarsi le orecchie.

«Helene, ascoltami», mormora lui, prendendole le mani. «Come le piante, bisogna trovare il posto giusto per mettere radici. Dobbiamo stare con le persone che tirano fuori il meglio di noi», le dice all'orecchio.

«No...» Helene sta piangendo.

«Oh, sì», insiste Joachim. Poi ripete, come una liturgia appena istituita: «Dobbiamo trovare il posto giusto per mettere radici e stare con le persone che tirano fuori il meglio di noi».

Helene sente il suo tocco e le sue parole.

«Io, prima di conoscerti, ero una persona spaventosa», continua Joachim. «Da soli non siamo niente, cominciamo a esistere solo nell'incontro col prossimo. È sempre così, in tutte le cose della vita. Pensa alla glicerina: in sé e per sé, è del tutto innocua, un alcol dolce che si usa in cucina, ma se la si combina con acido nitrico... *bum!*» le spiega, come se lei non sapesse che cos'è la nitroglicerina.

E Helene ride. È la sua prima risata dopo mille anni, si era dimenticata come funzionassero quei muscoli. Poi però piange, senza nemmeno sapere da dove le vengono tutte quelle lacrime. Non riesce a fermarle, e nemmeno Joachim. Lui insiste, nella sua solita convinzione di smuovere le montagne con la sola forza della parola, ma Helene ricorda benissimo Louise e la rabbia per i soldi spariti. «Ci sono talmente tante cose che non sai...»

«Veramente sei tu a non saperle», ribatte Joachim, deciso. «Sono stato io a trovare il cadavere di Louise, quindi è colpa mia se sei stata incarcerata. Sono stato io a seguire quella traccia che, secondo la polizia, può portare soltanto a te. Però ho trovato anche altro. Quello che sai tu è solo la punta dell'iceberg. Louise faceva parte di un ambiente... abominevole, violento. Sono convinto che a ucciderla sia stato qualcuno che proveniva da lì. Cioè, non tu. Mi ascolti, Helene?»

Certo, che ascolta. E prova a capire. «Eppure io mi ricordo...»

«Ti ricordi di averla uccisa o di averla conosciuta? Sono due cose ben diverse, non ti pare?»

Helene annuisce piano. Chiude gli occhi e riprova ad afferrare un ricordo, ma ovviamente la memoria non funziona così: deve arrivare da sé, come un'improvvisa folata di vento. Ricorda Louise, l'ha conosciuta. L'ha anche ammazzata? La polizia dice che Louise è stata scuoiata, segno che qualcuno voleva impedirne l'identificazione. Chi altri aveva interesse a cancellare tutto ciò che poteva renderla riconoscibile, a parte lei? «Sono stata io a rubarle l'identità.»

«Helene, tu non hai levato la pelle a nessuno. È ridicolo.»

Lei lo guarda e coglie qualcosa: speranza, forse? Poi si sente cascare le braccia: Edmund, Caroline, suo padre, tutto è talmente lurido da non poter più tornare pulito.

Joachim la scuote con delicatezza. «Helene, ascoltami, non sei stata tu a uccidere Louise.»

«Ma...» mormora Helene, disperata. «C'è dell'altro. È tutto sbagliato, perfino i miei figli... Mio padre era un mostro, non sarei mai dovuta venire al mondo.» Le ultime parole muoiono nel pianto.

«Non le hai decise tu, quelle cose. Ti hanno mentito, sei stata solo una pedina nel gioco di certe persone perverse.

Quello che mi hai raccontato non cambia niente, rimani comunque la persona più bella che io abbia mai conosciuto. La tua famiglia... Tuo marito e sua madre, sono stati loro a farti questo. È perverso, certo, ma la colpa non è tua, capisci? Non è colpa tua.» Joachim ha di nuovo quell'espressione meditabonda. «E comunque, tu conosci solo una versione della storia: la loro. Chi ti dice che sia quella vera?»

«Ma perché avrebbero dovuto raccontarmi una cosa così schifosa, se non fosse vera?» ribatte Helene. «Si sarebbero dati la zappa sui piedi, no?»

Joachim si stringe nelle spalle. «Al momento non sappiamo niente. Abbiamo visto qualche prova?»

«Joachim...»

«No! Per un po' hai potuto fare a modo tuo. Hai deciso di tornare...»

«Ho due figli.» Già, le restano pur sempre i bambini. Li ama, ma potrà mai rivederli? È per questo che tre anni fa è stato un bene che lei sparisse. Per risparmiarli. Si può sopravvivere alla perdita di un genitore, o addirittura di entrambi, ma all'incesto no. Perlomeno, non sul piano emotivo.

Joachim interrompe il filo dei suoi pensieri prendendole nuovamente il volto tra le mani. «Facciamo un patto?»

«Cioè?»

«A morire, si fa sempre in tempo, dico bene?»

«In che senso?»

«Prima scopriamo la verità. Tutta quanta, niente sottintesi né congetture. *Dopo*, potrai sempre decidere di morire.»

Helene sa bene a che cosa sta mirando Joachim. A qualcosa che a lei non interessa: a ridarle speranza, convincerla a guardare il lato buono delle cose.

«Stavolta pretenderemo prove.» Joachim si blocca e resta seduto a fissarsi intensamente le unghie, come se soltanto ora si rendesse conto di quanto sono sporche. «Prove», ripete a bassa voce.

45

È mattina presto, quando Joachim lascia l'albergo, il giorno dopo che Helene ha tentato di togliersi la vita e che lui ha ritrovato una ragione per vivere. Nel parcheggio dell'hotel Blicher c'è solo lui. Già, Blicher. Ogni regione ha un suo nume tutelare. Quello dello Jutland è Steen Steensen Blicher, autore della novella che è forse il primo giallo della storia, nonché fautore della democrazia danese. Joachim ricorda i suoi due blandi tentativi giovanili di leggere *Il pastore di Vejlbye*. Ma non aveva pazienza, da ragazzo. Alla quarta riga, già cominciava a elaborare la quinta idea per la storia che voleva scrivere lui. Solo a Christiansø è riuscito a imporsi di arrivare alla fine. « È roba vecchia », ha spiegato a Helene stanotte, mentre erano a letto nella camera d'albergo. « Del 1829. »

Dopo che è stata dimessa dall'ospedale, Gregers Sperling, il poliziotto di Copenaghen, ha accettato di rilasciarla su cauzione. Edmund, che era presente in tribunale, credeva che quel pagamento gli desse il diritto di riavere Helene, ma Joachim le ha cinto le spalle e l'ha accompagnata all'uscita sul retro, evitando la stampa. E si è sentito... ecco, finalmente ha riportato una vittoria, in questa secolare contesa della bella Elena. Gli è bastato vedere la tristezza nello sguardo e nella postura di Edmund, per rendersi conto di averlo sconfitto. Per ora, almeno.

« Andiamo », mormora tra sé, e vede il fiato mescolarsi all'aria frizzantina del mattino, mentre si siede nell'auto presa a nolo. Non è finita, no, lo sa bene. Hanno guadagnato un po' di tempo, esattamente come il prete accusato di omicidio nella novella di Blicher. Il pastore sostiene che il delitto sia stato commesso da altri, che sia opera del demonio, ma nessuno gli crede, allo stesso modo in cui nessuno crede all'innocenza di Helene.

« Perché mi parli di un vecchio libro? » gli ha chiesto lei, stanotte. Era esausta, voleva solo dormire.

«Voglio raccontarti la trama del primo giallo della storia, perché ha una morale», le ha risposto lui, sentendosi una specie di vecchio maestro di scuola. «Blicher ha voluto lasciarci un insegnamento: niente è come sembra, la verità è sempre un'altra, e bisogna stare molto attenti a non lasciarsi trarre in inganno dalle storie che ci raccontano. Spesso il narratore è inaffidabile.»

Il motore non produce quasi nessun rumore e Joachim sta correndo troppo, ma sente di non poter fare altrimenti. Viaggia costantemente in corsia di sorpasso, per paura di pentirsi e tornare indietro. Cioè da Helene. La notte che hanno passato assieme gli è rimasta addosso, ha ancora nella barba l'odore di lei. Ma stanno facendo ciò che è giusto, ne è convinto. Lei deve scoprire la verità su suo padre, mentre lui deve fare luce sulla morte di Louise Andersen per eliminare ogni sospetto da Helene. Cioè, per mettere ordine nel caos che ha creato. Ma da dove deve cominciare? Che cos'ha in mano? Niente di niente. Esasperato, batte la mano sul volante e senza volerlo colpisce il clacson. L'automobilista davanti a lui si spaventa, rallenta e cambia corsia. Joachim lo sorpassa e con una mano gli fa un cenno di scuse. L'ispettore Sperling non è ancora convinto dell'innocenza di Helene. Joachim ha dovuto insistere parecchio per farsi prelevare un campione del sangue rappreso che gli era rimasto sotto le unghie nella camera delle torture. Ha raccontato tutto sull'incontro con quegli uomini spaventosi e quella povera ragazza ma, non avendo la minima idea dell'ubicazione del sotterraneo, ha potuto dire soltanto che la prostituta Stella aveva un numero di telefono e che gli accordi venivano presi nella sauna della piscina di Frederiksberg, cioè la stessa cosa che ha già spiegato mille altre volte. Sperling era quantomeno scettico, così Joachim gli ha fatto presente un particolare: se la sua storia fosse priva di fondamento, come avrebbe fatto a trovare il cadavere di Louise? Sperling ha sorriso, poi ha fatto spallucce, dicendogli che la spiegazione più logica era che fosse stata Helene a parlargli della ferriera.

La novella di Blicher continua a ronzargli in testa. Non bisogna fidarsi delle storie altrui. Gregers non crede alla storia di Joachim, Joachim non crede a quella di Helene, né a quella della sua famiglia.

« La parola *fine*, la scrivo io », borbotta tra sé. « È una prerogativa dell'autore. » Ma dove sta il bandolo? Deve proprio ricominciare daccapo e parlare di nuovo con Stella?

I suoi pensieri vengono interrotti dal cellulare, che a metà del ponte comincia a squillare.

« Pronto, sono Sperling. » Il tono è un po' stanco.

« Avete analizzato il sangue? » chiede Joachim, senza fiato.

« Mah, per analizzarlo, l'abbiamo analizzato... solo che non è sangue, ma colore da pittura a base di colla animale. »

« Colore da pittura? » Joachim è confuso.

« I chimici hanno esaminato il campione raschiato dalle sue unghie. Non è sangue. So che lei aveva idee tutte sue, riguardo al caso, ma evidentemente sono infondate. »

Joachim mette la freccia, si ferma nella corsia di emergenza e lascia il motore acceso col cambio in folle. Tutto questo non ha senso. Ha ancora davanti agli occhi quella camera delle torture, con quegli spruzzi di fluido rappreso che lui ha grattato. « Non si può ripetere l'analisi? *Deve* essere sangue. Magari è solo mescolato al colore, anche se non so immaginare il perché. »

Sperling sospira. « I nostri analisti sanno fare il loro mestiere. È proprio pittura e... » S'interrompe. Fruscio di carte. « Rosso... car-mi-ni-o », sillaba il poliziotto. « Ho in mano l'esito dell'analisi, non c'è dubbio. È colore da pittura a base di colla animale, e non è mischiato a niente. Non è sangue », ribadisce.

Joachim si sente sgonfiare. Possibile che abbia preso una tale cantonata? Dunque non c'è nessuna traccia da seguire? Vorrebbe chiedere di nuovo di ripetere l'analisi, ma sarebbe inutile. Hanno ragione loro, è ovvio. Se dicono che non è sangue, non lo è. « E Stella? L'avete cercata? »

« Sì, ma non abbiamo avuto fortuna. »

« Non avete avuto fortuna? Guardi che da qualche parte c'è un sotterraneo dove torturano a morte le donne. »

« E lei ci è stato portato con un cappuccio in testa? »

« Forse nell'autosilo c'è qualche telecamera di sorveglianza », grida Joachim. « Trovate il furgone, trovate il proprietario. Vengono in mente solo a me, queste cose? »

« Senta... » dice Sperling, in tono vagamente paternalistico. « Non posso tenerla informata sull'andamento dell'indagine, visto che una delle persone su cui indaghiamo è lei. »

« Già, e a quest'ora a che punto sareste, se io non avessi trovato il cadavere? »

« Allo stesso di adesso, cioè all'incriminazione della signora Söderberg. Con un'unica differenza: alla ferriera abbiamo trovato... Non dovrei dirglielo, ma siccome la sento un po'... com'è che si dice, qui nello Jutland? »

« Ma che ne so? Me lo dica in danese, senza menare il can per l'aia! »

« La sento un po' su di giri, ecco. Non è la prima volta che vediamo qualcuno avviare un'indagine per conto proprio, ma nessuno ne ricava mai nulla. Sarà anche vero che viviamo nell'era del fai da te, ma il lavoro di polizia dovrebbe essere lasciato a noi. »

« Glielo chiedo di nuovo: chi è che ha trovato Louise, eh? » dice Joachim, spazientito.

Nessuna risposta. Poi il rumore di... una pipa che viene accesa? Che arroganza, questo Sperling.

« Alla ferriera abbiamo trovato alcuni capelli. Il DNA corrisponde a quello della signora Söderberg. »

« Questo non dimostra niente. »

Per un po' restano entrambi in silenzio, si sente solo quel rumore, che sembra quello di una pipa. Poi Joachim riattacca.

Per qualche minuto resta fermo nella corsia di emergenza. Guarda il mare e sente di avere appena perso l'occasione per dimostrare l'innocenza di Helene. In cambio ha ottenuto solo rosso carminio e colla animale.

46

Ha ancora la morte in corpo, la segue come un'ombra lungo il vialetto d'accesso. Ricchezza e potere, costruiti col sudore della fronte di suo padre. Dentro quel palazzo bianco c'è la verità, Helene lo sa, ed è il momento di portarla alla luce. Osserva la fontana coi delfini finemente scolpiti, a dimostrare che suo padre ha conquistato gli oceani. La luce del sole investe il muro bianco coi rosai, un sontuoso rigoglio di fiori rossi, bianchi, arancioni e rosa. Helene inspira fino a riempire i polmoni. Per lei, quest'aria profumata sarà sempre collegata a questa villa. Soffocante, malsana, piena di segreti.

Si ferma per un istante nell'atrio deserto. Sente delle voci provenire da una delle stanze. Tra esse c'è quella di Caroline. Deve parlarle, metterla con le spalle al muro e pretendere risposte. Chi era il testimone dell'assassinio di William Hirsch? Vuole saperlo, vuole costringere Caroline a raccontare tutto daccapo, guardandola negli occhi. È un giorno feriale, probabilmente i bambini sono a scuola. Già, i bambini. Che cosa deve raccontare ai suoi figli? No, ora deve solo fare ciò che ha promesso a Joachim: per prima cosa, scoprire la verità. Nient'altro. Segue la voce di Caroline fino al salotto che dà sulla terrazza, quello coi tre divani verdi e le tre ampie porte a vetri dalle quali si accede al giardino. Era la sua stanza preferita, quando ancora credeva che avrebbe continuato ad abitare qui, ossia nei pochi giorni in cui ha creduto di essere lei ad avere qualcosa che non andava. Ma mentre si avvicina riconosce l'altra voce: è quella di Edmund. Stanno litigando, Helene coglie alcune parole: bambini, soldi, omicidio, pillola.

«Pretendiamo solo quello che ci spetta», dice Caroline, dopodiché passa a rimproverare Edmund per aver trascinato a casa Helene. «Non ti rendi conto che hai aperto le porte ai problemi? Non potevi lasciarla laggiù, all'altro capo della Danimarca?»

Edmund le dà una risposta rabbiosa, ma la sua voce è fragile. Helene prova compassione per lui. Si fa forza e spalanca la porta. Edmund e Caroline la fissano, sgranando gli occhi.

«Dove sono i bambini?» chiede Helene, a denti stretti.

Edmund avanza di un passo. In lui c'è qualcosa, una risolutezza che la spaventa. Sembra del tutto in sé, quasi indifferente a quanto sta accadendo.

«Dove sono i bambini?» ripete Helene.

«A Londra», risponde Edmund, in tutta calma.

«A Londra?» Helene è confusa.

«Abbiamo deciso che per loro fosse meglio staccare un po'. Erano molto frastornati dall'assedio dei giornalisti, continuavano a chiedere dove fossi. Così si risparmieranno le prime pagine e le domande dei compagni di scuola.»

«*Avete* deciso?» mormora Helene, guardando Caroline. Sa che è la nonna dei bambini, ma non sopporta l'idea che la vecchia si senta in diritto di decidere dei *suoi* figli. «Ma... a Londra? Come mai proprio là? E...» Sposta lo sguardo su Edmund, poi di nuovo su Caroline. «Con chi?»

«Con Katinka», dice Edmund, come per tranquillizzarla.

«Katinka?» Helene fruga nella memoria. L'ha già sentito, quel nome?

«Sì, Katinka. L'insegnante di equitazione di Sofie, hai presente?» dice Edmund.

Helene ripensa alla giovane dall'aria ostinata che non voleva nemmeno salutarla. Pur con riluttanza, ripensa anche a quant'era diversa quando lei la spiava dalla finestra. Con lei, i bambini sono al sicuro, non c'è dubbio.

«Non è la prima volta che li porta a Londra alle corse ippiche. Lavora per noi da anni, i bambini la adorano. Si divertiranno e potranno distrarsi un po', finché non passa la tempesta», dice Edmund.

Helene sospira. Ha ragione lui. Lentamente, il groppo alla gola si scioglie. Primo problema risolto. I bambini sono in buone mani. Ma questo non la dispensa dal fare ciò per cui è venuta. Posa lo sguardo su Caroline. « Hai detto che mio padre ha ammazzato William. »

« Certo, cara. Altroché. »

Ma Helene sapeva già che, almeno su questo punto, Caroline non mente. « Dobbiamo trovare il corpo », dice a bassa voce. « Non voglio più vivere nella menzogna. Le azioni di mio padre devono venire alla luce. »

Incredula, Caroline fa per parlare, ma resta a bocca aperta senza riuscire a dire una parola. Tuttavia impiega pochi istanti a ricomporsi. « Non è necessario. »

« Eh? La giustizia non è necessaria? » dice Helene.

Caroline scuote la testa e lancia uno sguardo al figlio.

« Helene, se ti metti a rivangare quei fatti, la ditta si troverà in una brutta posizione », dice Edmund. « Non ti rendi conto? Se si venisse a sapere che la Söderberg Shipping ha costruito la sua fortuna grazia alla collaborazione coi nazisti, e che per giunta il titolare ha sacrificato un ebreo per poter dare inizio a tutto questo... Non sono esattamente cose che facciano alzare le quotazioni in borsa. »

Ora sì, che Helene lo riconosce. Affarista fino al midollo.

« Tu hai detto che il cadavere è stato buttato in un lago, e che c'era un testimone », prosegue imperterrita Helene, rivolta alla vecchia. « Chi era? »

Lo sguardo di Caroline vacilla per un istante. Paura? « Non so a che cosa tu ti riferisca. Io non ho mai parlato di laghi, né di testimoni. »

Helene aggrotta le sopracciglia. Anche stavolta, il suo punto debole è la memoria. Ripensa alla conversazione nella stanza delle visite, quand'era in custodia cautelare. Sì, ne è sicura: Caroline ha detto che c'era un testimone e che il cadavere di William è stato gettato in uno dei laghi. Helene ricorda perfino il tono trionfante con cui la vecchia le ha raccontato queste cose, quando finalmente l'ha convinta che Aksel era davvero un assassino. Ma perché adesso nega tutto? « Prima o poi lo scoprirò, quindi tanto vale che tu me lo dica subito. »

Caroline tenta di restare impassibile, ma si vede benissimo che quelle parole l'hanno colpita come un pugno.

« Non crederai che mi dia per vinta? Sarebbe più semplice se mi dicessi subito chi era il testimone. »

« Perché vuoi rovinare tutto? » dice Edmund, all'improvviso. La sua voce arriva da lontano. È alla scrivania, dov'era seduto la mattina in cui lei gli si è concessa. « Perché non vuoi arrenderti? »

« Come potrei? » risponde Helene. « Pensa ai bambini, a... »

« Sofie e Christian avranno l'eredità di entrambe le famiglie », la interrompe Edmund. « Basterebbe che tu lasciassi perdere e tornassi a casa, così potremmo continuare con la nostra vita. Potremmo ricominciare a stare bene... »

Helene lo guarda, come paralizzata. Edmund parla sul serio. È davvero convinto di ciò che dice. Ma come può credere che lei prenda in considerazione l'idea di tornare a vivere con lui? Povero, povero Edmund. Caroline l'ha rovinato. Quella donna ha sacrificato il figlio, pur di vendicarsi. Che cosa disumana. Helene non sa che cosa dire, perciò gira sui tacchi ed esce dalla stanza. Nell'armadietto dell'ingresso trova le chiavi della sua auto. C'è una sola possibilità, un solo modo per andare avanti: trovare il corpo nel lago. E il testimone. La verità.

47

Joachim entra nel colorificio e si guarda intorno. Questo ambiente gli è estraneo, ma al tempo stesso anche familiare. Qui, ogni cosa gli ricorda la ex moglie. Questo è il mondo di Ellen, il suo habitat: arte, Copenaghen, élite. Gli basta ripensare alle poche occasioni in cui è andato a farle visita all'accademia. C'era lo stesso odore di trementina, colla, pitture. Joachim attende con impazienza che l'unico commesso presente finisca di servire un cliente, un tizio che regge un pennello sottile e gesticola mentre parla. Rosso carminio. Joachim ha già cercato su Google i colori a base di colla animale e ha appurato che non sono quelli per le pareti di casa, ma per la pittura artistica. Finalmente il commesso è libero e rivolge il faccione grassoccio verso di lui, lisciandosi la camicia dalla stiratura perfetta. Joachim non osa pensare a com'è conciato lui.

«Buongiorno, dica», esclama l'uomo, in tono gioviale.

«Colore a colla animale rosso carminio», dice Joachim. Le parole gli sbrodolano di bocca.

«Le serve immediatamente?»

«No, no, non mi serve affatto, voglio solo sapere cos'è. Saprebbe dirmelo? Per che cosa si usa?»

Il commesso lo squadra da capo a piedi, ma senza lasciar trasparire ciò che pensa dell'aspetto di Joachim né della sua ignoranza. «Il carminio è una tonalità di rosso molto particolare, ottenuta dalla cocciniglia, un parassita dei cactus dell'America Centrale, che produce l'acido carminico per difendersi. I primi a usarlo come colorante sono stati gli aztechi.» Prende una scatoletta e la posa sul bancone. «In origine, l'insetto si trovava solo in America Centrale, poi è stato portato in Europa, e con esso anche la tecnica di produzione del pigmento.»

Joachim annuisce, mormorando di tanto in tanto qualche «Ah, sì?» o «Ma guarda», come se l'argomento lo stesse appassionando oltre ogni dire, ma in tutte quelle informazioni non c'è niente che gli sia utile. Che cosa ci fa una pittura rossa in una camera delle torture? «Benissimo. E la colla animale?»

«I colori a base di colla animale sono un'invenzione medievale. La colla viene ricavata dalle ossa, dal midollo e dalla cartilagine. È un procedimento un po' complicatino, richiede un trattamento con acido cloridrico per eliminare i sali di calcio, poi una bollitura per ridurre il composto alla consistenza giusta, infine un filtraggio.» Il commesso lo guarda, in attesa di un commento.

Joachim riflette intensamente. «Sono in tanti a usare questi colori?»

«Non direi proprio. Sono stati soppiantati da nuovi prodotti che hanno la stessa consistenza anche a temperatura ambiente. Per dipingere coi colori a colla animale bisogna scaldarli a sessanta gradi, non uno di più, non uno di meno, ed è un po' complicato mantenere esattamente quella temperatura. In più, ci vuole molta precisione nell'usarli, perché sono - come dire? - più vivi, rispetto ad altri tipi di colori. Per giunta, non sono esattamente privi di rischi.»

«Perché?»

«Se si scaldano troppo, possono prendere fuoco. Capitava spesso. Ha presente lo straccio per ripulire i pennelli? Magari cadeva per terra, poi il pittore si faceva una bella bevuta e si addormentava. Lo straccio restava lì, sotto il sole che entrava dal lucernario, e s'incendiava. Basta un niente per innescare l'autocombustione.»

«Quali pittori usano questi colori, oggi?» chiede Joachim.

Il commesso corruga la fronte. «Mah... boh... be'... So che li usa Tal R, ma a parte lui... Così, su due piedi, non mi viene in mente nessuno. Sa, mi occupo più di materiali che di artisti», dice, come scusandosi. «Però ho l'impressione che stiano rimontando. La domanda è in aumento. Sa, sono cose che seguono l'onda del momento. Vuole che gliene ordini qualcuno?»

«No, io non dipingo, ma grazie lo stesso, per il disturbo e la spiegazione.»

«Si figuri», dice il commesso, sempre cortese, passando a servire un altro cliente che attende con pazienza. Evidentemente chi frequenta questo negozio sa che occorre avere un po' di tempo a disposizione.

Joachim si guarda intorno un'altra volta, inspira il forte odore chimico e nella sua mente ricompare l'immagine di Ellen, l'ultima persona al mondo che lui desideri vedere. Ripensa agli innumerevoli vernissage ai quali Ellen continuava a indicargli le persone di spicco, artisti, galleristi, collezionisti. Sapeva tutto di tutti, era la sua specialità. Il *milieu*, come lo chiamava lei, rappresentava tutto ciò che Joachim ha sempre rifuggito, un universo dove si giocava secondo regole che lui non capiva, forse per stupidità, o forse semplicemente perché gli mancava il talento. Per destreggiarsi tra quegli scambi di battute, imbarazzanti nella loro superficialità, eppure affilate come coltelli, si attaccava alla prima bottiglia che trovava. Ebbene, adesso gli tocca trascinarsi di nuovo su quel Golgota: se c'è una persona al mondo che possa dargli qualche delucidazione sul motivo per cui quel carminio si trovava nella camera delle torture, è Ellen.

48

Helene attende che gli ultimi allievi della scuola d'immersione se ne vadano, poi scende al pontile e trova Martin intento a riporre alcune attrezzature. Si siede sul legno morbido scaldato dal sole e guarda l'acqua scura. Chiude gli occhi e annusa l'aria. Acqua dolce. Un odore profondo, millenario, che le fa venire voglia di allargare i polmoni sempre di più, per poterli riempire all'infinito. Espira lentamente e guarda Martin, che non si è ancora accorto di lei. Non è affatto sicura che questo sia il posto giusto per cominciare la ricerca, ma non ne ha altri. Lancia un'occhiata alle proprie spalle. Qualcuno la segue? Probabilmente no, ha impiegato quasi un'ora a girare intorno a Silkeborg per assicurarsi di non essere pedinata. Posa lo sguardo sull'ampio lago dalla superficie scura, di un nero quasi oleoso, e risente la voce di Caroline che tutt'a un tratto ha negato di aver mai detto che il corpo di William era stato gettato in acqua e che la verità si trova sul fondale. Vede Martin venire verso di lei e si alza. «Buondì, Martin», dice, porgendogli la mano.

Lui si asciuga il palmo sui pantaloncini bianchi e gliela stringe.

«Si ricorda di me?» gli chiede, pur vedendo chiaramente che l'uomo l'ha riconosciuta.

«Certo.»

«Sono qui perché mi serve il suo aiuto.» Helene si blocca. Da dove cominciare? Quanto può arrischiarsi a rivelargli? «È difficile, il nuoto subacqueo?»

«Vuole imparare?»

«È difficile?»

«No. C'è un corso che comincia il mese prossimo.»

Helene riflette. Da qui a un mese, potrebbe essere già stata condannata all'ergastolo. «Veramente pensavo a qualcosa di più accelerato.» Ride, pur senza sapere perché. Ma la risata la fa sentire bene, è adattissima all'atmosfera e fa un bel terzetto col lago e il sole.

Senso di libertà. Helene si aggrappa alla maniglia del gommone. La muta è stretta. Martin è seduto all'estremità opposta del natante. È un uomo adulto, ma è come un ragazzino: non si stanca mai. Il suo entusiasmo era palese quando, meno di due ore fa, le ha spiegato le basi del nuoto subacqueo e il funzionamento dell'erogatore: non bisogna mai trattenere il fiato, non deve esserci pausa tra inspirazione ed espirazione. Se ci s'immerge in acqua bassa, è sufficiente un corso di una giornata. Se invece si vuole scendere a profondità maggiori occorre un brevetto in piena regola. Ma prima di partire col gommone le ha impartito un ultimo insegnamento: come svuotare dall'acqua la maschera... restando sott'acqua. Helene ha dovuto provare cinque volte, prima di riuscirci. Premere forte con due dita la parte superiore della maschera e soffiare dal naso. L'acqua viene spinta fuori in un modo che a lei è parso quasi portentoso.

«Soffre il mal di mare, di solito?» grida Martin.

«Non mi pare. Mi sento bene.» Helene alza la voce per sovrastare il rumore del fuoribordo. Gocce d'acqua dolce le schizzano in faccia. Quelle che piovono sulle labbra, le risucchia. Il sapore del tempo. «Possiamo fare un'immersione dietro casa mia?»

«Eh?» Martin abbassa la velocità.

Helene si schiarisce la gola. Non gli ha spiegato il motivo del suo improvviso interesse per il nuoto subacqueo. «Mi è venuta quest'idea di... immergerci dietro casa mia.»

«È un po' profondo.»

«Nei dintorni, magari?»

Martin la scruta. Ha capito qualcosa. Certo, non può sapere che Helene sta cercando il cadavere del padre di Caroline, ma ha senz'altro afferrato che non è qui per vedere lucci, persici e alghe. «Allora fermiamoci dall'altro lato dell'istmo, a un centinaio di metri dalla riva dello Julsø. Così saremo vicinissimi a casa sua. La profondità supera i venti metri, è un'area scavata dal ghiaccio morto, con pochissima visibilità.» Poi passa a spiegarle che cos'è il ghiaccio morto: enormi blocchi che, durante l'era glaciale, hanno cessato di muoversi e si sono sciolti da fermi, intaccando il terreno come giganteschi trapani.

Il posto ideale per nascondere un cadavere, pensa Helene.

Martin spegne il motore e getta l'ancora. La catena scorre per un tempo interminabile. Gli sciabordii contro il gommone sono come una musica seducente, ipnotica. «Che cosa cerchiamo di preciso?» le chiede senza alzare lo sguardo, mentre prepara la bombola.

«Il mio passato.»

«Magari, se mi dicesse qualcosa di più, potrei aiutarla. Mi sono immerso in molte zone di questi laghi.»

Helene riflette. È il caso di metterlo a parte del segreto? Ma no, al momento non ce n'è ragione: se Martin avesse trovato un cadavere, l'avrebbe pur detto.

«Pronta?»

«Prontissima.»

«Non si allontani mai più di un metro da me, d'accordo?»

Le fanno male le orecchie. Le indica. Martin annuisce e le mostra come compensare: tapparsi le narici e soffiare dal naso. Lei obbedisce, mentre calano nell'oscurità. Per i primi minuti tiene lo sguardo inchiodato su Martin, ha troppa paura per guardare qualunque altra cosa. Solo dopo, quando lui sorride e indica verso l'alto, Helene trova il coraggio di distogliere gli occhi dalla sua ancora di salvezza, dall'uomo che la riporterà indietro viva. Alza lo sguardo e vede i raggi del sole che sulla superficie dell'acqua giungono al termine del loro viaggio siderale, intorno al lato inferiore del gommone. Uno spettacolo magnifico, come trovarsi al di là di uno specchio, lo specchio della vita, e assistere alla creazione: la luce ha fatto tanta strada per arrivare esattamente qui, sull'acqua. Martin le stringe un polso e le fa cenno di non usare le braccia. Helene ripensa a ciò che le ha appena spiegato: che i pesci non hanno arti anteriori perché sott'acqua non servono. Il movimento va governato coi piedi. Fa un tentativo ma tutt'a un tratto si trova girata dalla parte sbagliata, a faccia in su. Era molto più facile durante la prima prova, in acque basse. Martin fa un sorriso indulgente. Probabilmente la considera una bambina piccola, per quanto sovradimensionata, che non riesce ad andare né su né giù. Dopo un po', finalmente ottiene un po' di equilibrio e segue Martin verso il limite dell'oscurità. Vede banchi di pesci di cui non conosce il nome. Non hanno paura, queste creature. Vengono vicinissime e la guardano negli occhi. Ma lei non è qui per questo. Sta cercando qualcosa che si trova sul fondale. Peccato che il fondale in questione sia nascosto da una foresta di alghe. È una missione impossibile, queste non sono cose da sommozzatori della domenica. Poco dopo, Martin le prende il computer subacqueo e osserva alcune cifre che Helene non sa interpretare. Con un gesto del pollice le fa capire che tra poco dovranno risalire. Ancora cinque minuti. Helene annuisce e lo segue, ma tenta di scendere un po' più in profondità, verso la fitta vegetazione acquatica. C'è qualcosa? Laggiù, tra quelle diramazioni verdi che dondolano con grazia, come spighe al vento, forse c'è... un luccichio. Helene si avvicina. D'un tratto sente uno strattone al braccio. È Martin, sembra arrabbiato e ripete il gesto del pollice. Bisogna proprio risalire. Helene si volta a guardare la cosa che luccica. Per un istante le piante acquatiche si scostano. Una bottiglia. Una vecchia bottiglia, tutto qui.

«Perché si è allontanata?» le chiede Martin, dopo che tutti e due sono risaliti in superficie e si sono aggrappati al fianco del gommone. Sembra offeso.

«Scusi.»

«Si tenga forte, le sgancio la bombola.»

«D'accordo.»

Con movimenti tranquilli, da professionista, Martin le toglie di dosso l'attrezzatura, monta a bordo e aiuta Helene a fare altrettanto.

«È bellissimo, là sotto», dice Helene.

Martin le indica la poppa e lei va a sedersi sull'apposita tavola, appoggia le mani alle fiancate del gommone e serra i denti.

Martin si siede al motore. « Non doveva allontanarsi. » Accende il fuoribordo e comincia la traversata di ritorno.

Helene si sporge per sfiorare con una mano il pelo dell'acqua. Resta a lungo in quella posizione, a sentire il fluido freddo che le schizza tra le dita e a riflettere sull'impossibilità di ciò che si è prefissata. Si sporge ancora un po' e guarda in basso. L'acqua è scura e torbida, impenetrabile allo sguardo, un pozzo senza fondo, pieno di limo. Sembra un'impresa disperata, un'idea sconsiderata, immaginare di venire qui per conto proprio, a cercare un corpo. Richiama alla mente il volto spaventato di Caroline, le sue parole: cadavere, lago, testimone. Chiude gli occhi. Ha una gran voglia di buttare al vento tutto quanto e sparire nel buio di quest'abisso, ma... *Aspetta, aspetta...* Batte le palpebre. Cos'è che ha visto?

« Le dispiacerebbe tornare indietro? Appena un pochino? »

« Eh? » Martin le lancia un'occhiataccia. Si sente sfruttato, è palese.

« Martin... Solo qualche metro », dice Helene.

Lui, con un'espressione quasi puerile, si stringe nelle spalle e gira il gommone così all'improvviso che per poco non la fa cadere in acqua. La cosa lo diverte. Ride anche lei, e l'atmosfera è di nuovo distesa. Ed è allora che Helene nota un vecchio edificio in legno con un'insegna a lettere bianche: JULSØ KRO.

« Lei conosce quel posto? » gli chiede, indicando.

Martin si volta e fa spallucce. « È solo una taverna. Ce ne sono talmente tante... »

Julsø Kro? Helene osserva l'edificio, la terrazza rivolta verso il lago. Quel nome non le è nuovo. Come mai? Dopo qualche istante, le torna in mente quell'orribile giornata in cui, alla sede principale della Söderberg Shipping, ha parlato con la segretaria, cioè l'unica persona in tutto l'edificio che si comportasse in maniera normale e la trattasse con gentilezza. Helene le ha chiesto a che cosa stesse lavorando prima di scomparire, e Karen le ha detto qualcosa a proposito di un pagamento annuale allo Julsø Kro. Tre anni fa, Helene stava cercando il relativo contratto, ma non l'ha trovato. Che cos'altro ha detto Karen? Che non si trattava di una grossa somma, ma che Helene voleva comunque fare luce sulla faccenda. Per taccagneria? O per qualche altra ragione?

«Perché siamo venuti qui, signora?» le chiede Martin, con un sorriso. Non è più arrabbiato. È proprio come un ragazzino: fa in fretta a mettere il broncio, ma anche a toglierselo.

Helene fissa la vecchia taverna. Un testimone? Un cadavere, un lago, un testimone. E un pagamento. Forse là dentro c'è qualcuno che viene ancora pagato per mantenere un segreto?

49

Ellen sta concludendo la sua lezione. Non appena si accorge di lui, inarca le sopracciglia, ma non sembra poi tanto sorpresa. Joachim affonda le mani nelle tasche e si appoggia allo stipite, sperando che l'ansia passi inosservata. Uno alla volta, gli studenti gli passano accanto per uscire, tranne due, che si sono avvicinati alla cattedra e parlano a raffica mentre lei ripone i libri in una borsa molto elegante a strisce verticali bianche e nere. Pelle di zebra? Ellen è abbronzatissima e per un istante Joachim la immagina di ritorno dall'Africa. Non l'ha mai vista così dorata. Sta premurosamente rispondendo agli studenti, senza far caso al loro eccessivo entusiasmo e al loro gesticolare un po' esagerato. È qui, in quest'aula, che Ellen illude i giovani, dicendo loro che per diventare grandi artisti basta perseverare sino in fondo. Già, in fondo a cosa? Finalmente anche quegli ultimi due studenti se ne vanno. « A domani », dice uno, in tono quasi trasognato.

Ellen gli rivolge un sorriso fugace, poi punta quel suo sguardo acuto e intelligente verso Joachim, inchiodandolo come solo lei sa. « Non ho risposto al telefono, perché ho pensato che tanto, se fosse stata una cosa seria, avresti saputo dove trovarmi. » Il tono non è ostile. « Be', a quanto vedo è davvero una cosa seria. »

Joachim ha tanto temuto questo incontro, ha impiegato l'intera giornata a farsi forza, passando da un bar all'altro, discutendo con se stesso e soppesando le due alternative, entrambe sconcertanti: da un lato, affrontare Ellen; dall'altro, rinunciare all'opportunità di ottenere le risposte di cui ha un disperato bisogno. Più volte, nelle ultime ore, ha ripensato alla loro ultima lite: Ellen, schiumante di rabbia, si è scagliata contro di lui, e Joachim ha dovuto afferrarle saldamente i polsi, ma lei è riuscita ugualmente a graffiarlo con quelle sue unghie lunghe e forti, sempre curatissime. Quello è stato il momento in cui il loro rapporto ha toccato il fondo. Dopodiché, Ellen ha deciso di fare quel famoso viaggio di riconciliazione a San Sebastián. O era Parigi? L'ha aspettato all'aeroporto, ma lui non si è presentato. Adesso sono passati più di quattro anni. Durante il divorzio, si sono parlati solo tramite gli avvocati. Lui, da perfetto coglione, si è rifiutato d'incontrarla personalmente. Adesso si è rassegnato ad affrontare la rabbia di Ellen, ad ascoltare le sue accuse, ammettere le proprie colpe e chiedere perdono. Addirittura si è preparato a una possibile aggressione fisica. E invece eccola lì, sorridente e in forma smagliante, l'esatto opposto dell'arpia che si era aspettato di trovare.

« Resta da capire quale sia, questa cosa seria », riprende lei, calmissima.

« Mi serve il tuo aiuto, Ellen », dice Joachim, ma teme di essersi preso troppa confidenza. Sono stati assieme per tanti anni, durante i quali ognuno dei due pronunciava di continuo il nome dell'altro, con la massima naturalezza. Deglutisce. D'un tratto ha un nodo in gola. Le cose stanno andando in modo completamente diverso da come si era aspettato lui. « Ho bisogno di te. »

Ellen lo accompagna al bar e gli indica uno dei tavolini all'aperto. Joachim si siede e ascolta il rumore del cantiere dall'altro lato della strada. I suoni della città. Ellen va a prendere una bottiglia di S. Pellegrino e due calici di rosso. Brindano rapidamente, senza guardarsi negli occhi. Il tenue vino francese va giù che è una bellezza, mescolandosi ai litri di caffè che Joachim ha tracannato nel corso della giornata. Ha mangiato, almeno?

« Come stai? » le chiede.

« Bene. Il mese prossimo vado a Boston. »

Joachim esita. Avrebbe trovato più logico che lei parlasse del periodo subito dopo il divorzio, dei problemi che ne sono seguiti, e invece Ellen continua a raccontargli con entusiasmo i progressi del suo lavoro, allegra e rilassata. È l'effetto degli anni passati? Tutto qui? Oppure è cambiata? È ancora una donna minuta, Joachim la ricorda ossessionata dal fisico, altro che

Helene, formosa com'è. Helene è tutta curve, Ellen è tutta accenni: seno appena abbozzato, pelle senza lentiggini né nei, bianca come latte, come una pagina non ancora scritta. Un tempo l'ha amata. O no? Forse in realtà era innamorato solo di ciò che vedeva negli occhi di lei: grandiose aspettative su Joachim, che poteva diventare un grande scrittore, il più grande di tutti. Forse i problemi hanno avuto inizio proprio nel momento in cui Ellen ha smesso di vederlo in quel modo. Ha cominciato a dubitare delle sue potenzialità. E lui, per ripicca, si è trovato altre donne, per ingelosirla. Forse è stato lui a spingerla al crollo. L'ha detto lui, parlando con Helene in ospedale, che ogni persona è il prodotto del proprio ambiente e che bisogna mettere radici dove c'è gente che tira fuori il meglio di noi. Se è così, è stato Joachim ad avvelenare la vita di Ellen, è chiaro come il sole.

Soltanto ora si rende conto che, mentre lui era immerso nei propri pensieri, Ellen ha smesso di parlare. Se ne sta lì ad aspettare che lui le spieghi il motivo di questa visita. Da dove partire? Joachim cerca le parole giuste, s'inumidisce le labbra e comincia a raccontare del corpo di Louise, ma si rende conto che prima deve parlare di Helene, prendere tutto dal principio. Per fortuna Ellen ha letto sui giornali la notizia del ritrovamento dell'ereditiera scomparsa. Joachim continua, osservando nervosamente il volto di lei: ha ancora paura di una reazione violenta, un'aggressione o una crisi di pianto. E invece sembra che nulla la sconvolga, né il fatto che lui abbia trovato un'altra, né la storia dell'amnesia, dello scambio di persona e dell'accusa di omicidio, del DNA trovato da quella testa di rapa di Sperling. Dopo un po', Joachim si rilassa, riesce a parlare in modo più disinvolto e finalmente arriva al motivo per cui è venuto a cercarla: « Un fottutissimo colore a colla animale, rosso carminio. In una camera delle torture! »

« Colore a colla animale? » gli fa eco Ellen. Sta scuotendo la testa?

« Rosso carminio. » Joachim trangugia il resto del vino e fa un gesto al cameriere.

« No, io non ne prendo più », si affretta a dire Ellen, spingendo leggermente la sedia all'indietro.

Joachim la fissa. Ecco che arriva la rabbia. La scenata. Ora sì, che la riconosce.

Ellen finisce il suo vino e tende una mano verso il bicchiere d'acqua. Una volta non beveva vino. E non mangiava quasi niente, era sempre un po' malaticcia e lamentava dolori nei punti più impensati. È davvero la stessa donna, quella che sta seduta di fronte a lui?

« Ti suona familiare? Ti fa venire in mente qualcosa? » chiede Joachim.

« Cioè? Se conosco un pittore squilibrato che scuoia le donne e dipinge col rosso? »

Joachim si stringe nelle spalle. « Detto così è un po' riduttivo, ma... sì, qualcosa del genere. »

Ed è qui che accade. Lei sorride, scuote la testa e dice: « No », ma esattamente nel modo che lui conosce tanto bene. La pausa che fa sempre, quando mente.

« Sicura? »

« Non conosco il tuo assassino, mi pare ovvio », mormora lei.

« Ellen... non ti viene in mente proprio nessuno? »

« Mah, Tøger Saxild, forse », dice lei, in tutta calma, con la stessa lentezza.

Sulle prime, Joachim ha un dubbio. Doppia bugia?

« Ce l'hai presente? Usa i colori a colla animale, ma c'è dell'altro. Ha una specie di fissazione per le donne e la sofferenza fisica, dipinge scenari molto... difficili da digerire. Ha il chiodo fisso del dolore e nei suoi soggetti c'è sempre un elemento trasgressivo, spesso sessuale. »

Joachim è confuso. In pochi minuti è piombato in un'*impasse*. Sta seguendo una falsa pista? Non è detto che l'assassino di Louise si trovi nell'ambiente delle arti figurative. D'altro canto, che cosa ci faceva quel colore da pittura, così costoso e insolito, nella camera delle torture?

« Ovviamente non posso essere sicura, ma considerando le cose che mi hai appena raccontato su quell'ambiente... Saxild ha il pallino del dolore fisico, certo, ma c'è di più. » Ellen cerca le parole giuste, poi riprende. « Ha dipinto il crollo delle Torri Gemelle, scene immaginarie dei campi di sterminio nazisti...

Roba davvero *borderline*, come si dice.» Si appoggia allo schienale.

«Tøger Saxild. Bene, grazie del...» Sventaglia la mano, tanto Ellen capisce ugualmente a che cosa si riferisce: non soltanto all'aiuto che gli ha dato, ma al semplice fatto di essersi seduta qui a parlare con lui, dopo tutto quello che hanno passato.

Ellen lascia sul bicchiere una netta impronta rossa. Ha sempre usato il rossetto? No, anzi, non sopportava nessun cosmetico, nemmeno il profumo. E anche i capelli hanno un'aria diversa, sembrano più robusti, più folti. «Non è escluso che io lo veda stasera, alla cena del consiglio direttivo dell'accademia. Ne fa parte anche lui, ma non partecipa regolarmente. Però, se c'è, posso chiedergli se ha ammazzato una prostituta senza fissa dimora in una camera delle torture, per poi nascondere il cadavere in una ferriera.» Scoppia a ridere.

Joachim non riesce a trattenere un sorriso. «Posso venire a fare due chiacchiere con lui?» le chiede con entusiasmo, sporgendosi in avanti. «Posso aspettare fuori, parlargli dopo che avete cenato...»

«No, che non puoi. È un'idea folle.» Ellen sospira, all'improvviso ha un'aria stanca. Posa il bicchiere d'acqua e prende il cellulare dalla tasca per guardare che ora è. «Mi tocca andare.» Si alza all'improvviso.

«Ma potrei restare in strada. Non occorre dirgli che io e te ci conosciamo.»

Ellen scuote la testa. «Non se ne parla neanche, Joachim. Non è proprio il caso, come fai a non capirlo? Non avrei dovuto neanche parlarti di quella cena», dice, nel suo solito modo mitragliante.

Anche Joachim si alza, e le si para davanti. D'un tratto, Ellen sembra maldisposta. Ed è così che lui la ricorda: sbalzi d'umore, geli improvvisi. Un senso di tristezza cala su di lui. Le vuole bene, le augura il meglio, e gli ha fatto piacere sedersi al tavolino di un bar con questa nuova Ellen che dice pane al pane e vino al vino.

«È stato bello rivederti, spero che tu riesca a scoprire... tutto quanto», gli dice lei, in tono piatto e neutro.

«Grazie dell'aiuto, Ellen. Ne avevo proprio bisogno», risponde Joachim, ed è sincero.

Lei si volta e s'incammina lungo la strada a passo deciso, e Joachim resta a guardare quella figura minuta dai vestiti costosi. Tutt'a un tratto, però, il passo rallenta, si fa esitante. È il ritmo della Ellen bugiarda. Si ferma e si gira verso di lui.

Joachim si avvicina. «Che succede?»

«In effetti potresti venire alla cena», dice Ellen, quasi imbarazzata.

«Sì?» dice lui, sorpreso.

«È una cena a coppie, potrei portarti come mio partner.»

Nel tono di Ellen c'è qualcosa che gli fa vacillare lo sguardo. Joachim abbassa gli occhi e si ritrova a guardare i piccoli seni di lei. Ellen se ne accorge e Joachim si affretta a guardare ancora più in basso, dove ci sono i sandaletti bianchi dai lacci sottili che esaltano la bella forma del piede e la pelle dorata.

Quando Ellen riprende la parola, la sua voce è poco più di un bisbiglio. «In tal caso, dobbiamo fingere di esserci rimessi assieme.»

Joachim ci riflette. È un'immagine assurda, ma mai quanto quella di Helene in carcere.

«Allora, che ne dici, uomo di ghiaccio?» gli chiede Ellen.

50

Helene non sa se sia stata la traversata o l'immersione a darle questa costante impressione che tutto dondoli, che perfino l'auto abbia un rollio. Resta seduta per un istante a guardare lo specchietto retrovisore. Saranno solo manie di persecuzione, ma per sicurezza si è fermata lungo la strada boschiva, anziché davanti allo Julsø Kro.

Si guarda intorno un'ultima volta, poi entra nell'edificio a graticcio dal tetto in paglia. Nel parcheggio sterrato ci sono già parecchie vetture, e il locale ferve di attività. Sentendo il profumo di caffè, Helene ricorda di non aver mangiato né bevuto. Un giovane in camicia bianchissima e gilet nero viene verso di lei e, in tono gentile, le chiede: «Ha prenotato?»

Helene medita di chiedergli se ci sia un tavolo libero, tanto per mettere qualcosa sotto i denti, ma poi nota gli sguardi incuriositi e la donna che la indica con un gesto discreto, mormorando qualcosa al marito, perciò si affretta a dire: «Vorrei parlare col titolare».

Avrebbe dovuto portare un cappello, o almeno un paio di occhiali scuri. Non riesce ad abituarsi al fatto di non essere una persona comune. Per fortuna anche il cameriere si rende conto che la presenza di Helene desta attenzione, così annuisce e le fa cenno di seguirlo. Le fa strada lungo un corridoio, si ferma davanti a una porta e bussa.

«Avanti», dice qualcuno da dentro la stanza.

Helene fa un respiro profondo.

Il cameriere apre. «C'è la signora Söderberg, vorrebbe parlare con lei.»

Sulle prime, nessuna reazione. Poi Helene coglie qualche parola borbottata: «Söderberg... Ma è...» Tutto qui.

Il cameriere entra e richiude la porta. Dopo un istante, ricompare. «Si accomodi.»

Helene entra nell'ufficetto e il cameriere se ne va.

Davanti a lei c'è un uomo alto e robusto, dal naso adunco, piuttosto in là negli anni, forse oltre la settantina. Ha un'aria perplessa, ma l'accoglie ugualmente con un sorriso, tendendole una mano. « Marius Flint », si presenta.

Helene nota i documenti sparsi sulla scrivania e ripensa a quando teneva la contabilità del locale sull'isola. Una fitta di nostalgia. Le manca la sua cucina con tutte le spezie, la finestra che dava sulla parte antica del porto, i coltelli buoni, le piccole cose. Ecco, le mancano le piccole cose.

« Si accomodi », dice l'uomo, facendo un cenno verso la vecchia scranna a schienale alto. È imbottita, tanto meglio per i muscoli dorsali indolenziti. Marius Flint si siede dietro la scrivania e le rivolge uno sguardo conciliante. « A che cosa devo l'onore? »

Helene sa che i giornali hanno parlato di lei, quindi forse Flint può immaginare quale sia il motivo di questa visita. A questo punto, tanto vale andare dritti al punto. « La Söderberg Shipping effettua pagamenti annuali allo Julsø Kro. Lei ne è al corrente? » Si sforza di mantenere un tono neutro, ma si accorge che la voce ha un lievissimo tremito.

« È un accordo di tanto tempo fa », dice Flint. Nient'altro. Espressione ancora indecifrabile.

« Un accordo di che genere? »

« Risale a prima di me, a quando mio padre lavorava per suo padre. Non conosco tutti i dettagli. »

« Per mio padre, ma non per la Söderberg Shipping, dico bene? »

« È morto », risponde Marius Flint, con una leggera irritazione.

« Appunto, quindi è un po' strano che continui a percepire uno stipendio. »

L'uomo la fissa. Ora si vede benissimo: sotto la patina di condiscendenza c'è qualcos'altro. La sta osservando con la stessa attenzione con cui Helene osserva lui. Duellanti, ognuno dei quali attende la prima mossa dell'altro.

Stranamente, questo la mette a suo agio. Le mani di Helene si distendono e la voce non trema più. È sulla pista giusta. « Che rapporto c'era tra suo padre e Hirsch? »

« Chi? »

« Hirsch », ripete Helene, calmissima.

Flint si stringe nelle spalle. « Non ho mai sentito parlare di quell'uomo. »

« Come fa a sapere che si tratta di un uomo? »

La domanda ha un effetto maggiore del previsto. L'uomo si erge minaccioso su di lei. Anche Helene si alza e lo guarda negli occhi. Rieccola, la strega temuta e odiata da tutti i dipendenti: è qui ed esige risposte.

Flint si siede e si dà un contegno. Si è rimesso la sua bella maschera di cortesia. « Ero bambino, all'epoca, ma ho sentito dire che è scomparso durante la guerra. L'hanno preso i tedeschi, no? »

Helene scuote la testa. « Quei soldi che vengono tuttora versati annualmente sono il pagamento per il lavoro che suo padre ha compiuto per conto di mio padre, cioè... » Lascia la frase in sospeso e attende. Ora lo sa per certo, ma le serve qualcosa in più: una prova, un'ammissione.

Ma l'effetto sorpresa è ormai svanito. Marius Flint la guarda senza scomporsi. « Senta, mio padre aveva il senso degli affari e ha ottenuto buone condizioni contrattuali, delle quali io godo tuttora, e non c'è altro da aggiungere. L'accordo resta valido sino alla fine dei miei giorni. Non credo che sia il caso di approfondire ulteriormente. »

Da quest'uomo non si cava altro, è chiaro, ma Helene non demorde. « Non c'è nulla di firmato. Posso interrompere i pagamenti in qualunque momento », dice, calmissima.

Gli occhi di Marius Flint si riducono a due fessure. « Credo che il colloquio sia finito. Grazie della visita, signora Söderberg. »

« Lei *sa* che posso far cessare i pagamenti », insiste Helene, ignorando i tentativi dell'uomo di tenerla a distanza con le sue cerimoniose cortesie. « Anzi, lo faccio subito. Quando si sarà deciso a raccontarmi ciò che sa, potremo appurare se il lavoro di suo padre vale davvero tanti soldi. »

« Non può interrompere i pagamenti. C'è un accordo scritto. »

« In tal caso, mi farebbe piacere vederlo. »

«No, che non le farebbe piacere, mi creda. E non lo vedrà. A meno che non interrompa davvero i pagamenti. In quel caso lo leggerà sul giornale, perché l'avrò divulgato. E la cosa le darà un bel daffare.» Flint sorride, ma dalla sua voce è chiaro che ha paura. «Provocherà il crollo della Söderberg Shipping, migliaia di persone resteranno disoccupate, e lei perderà tutto. È appunto per questo che suo padre ha stipulato quel contratto. Non certo per generosità, figuriamoci.»

Helene si siede al volante e riparte. Ha tentato di chiamare Joachim, solo per sentire la sua voce, ma lui non risponde. *Fa' che non abbia cambiato idea. Che non si sia reso conto di quanto sia falsa e immonda la mia vita.*

Si sta facendo sera, ma essendo estate il buio è ancora lontano. Lungo la strada tortuosa gli alberi crescono fitti, ma di tanto in tanto si aprono quel tanto che basta a vedere il lago e i pendii. La mente di Helene è un subbuglio di pensieri. Un accordo? Secondo Marius Flint è tutto nero su bianco, ma Karen ha detto che negli uffici non c'è nessun contratto scritto. L'hanno rubato Edmund e Caroline? Bisogna cercare altrove, ricominciare daccapo. Il padre di Flint è stato un testimone fortuito, oppure qualcosa di più?

Dietro di lei c'è un'auto nera che avanza veloce. Helene accelera leggermente, ma la vettura continua a tallonarla. Rallenta e mette la freccia a destra per segnalare che è disposta ad accostare per permettere il sorpasso. Finalmente l'idiota passa avanti. Helene aggrotta le sopracciglia e si reimmerge nei propri pensieri. Ecco qual è il primo passo: scoprire qualcosa di più sul padre di Marius. Deve pur esserci un archivio comunale come quello di Gudhjem, in cui Joachim una volta ha passato un'intera settimana a spulciare vecchi documenti. In quel periodo, lei gli preparava un pranzo al sacco, pane nero e polpette di pesce, con la remoulade a parte, in modo che potesse dosarla da sé. Joachim prendeva il traghetto del mattino e rincasava a tarda ora, impegnatissimo a costruire una trama che poi tutt'a un tratto gli è svanita tra le mani, lasciandolo in preda a uno smarrimento che Helene non aveva mai visto in nessuno al mondo. Dopo pochi giorni, lui ha escogitato una storia tutta nuova, ma anche quella è finita in una bolla di sapone. Le ha spiegato che il suo mestiere è fatto così: lo scrittore è come un salmone che continua a balzare fuori dell'acqua e a ogni salto si convince che sia la volta buona, che riuscirà ad atterrare al di là dello sperone roccioso che gli impedisce di raggiungere il gradino fluviale successivo. Mentre le diceva queste cose, l'ha afferrata per le natiche per stringerla a sé... quando ancora era Louise. « I pesci che seguono la corrente sono quelli morti », le ha detto. « La vita è tutta in salita. A ogni salto, dobbiamo credere di potercela fare. » Come mai le è tornato in mente questo episodio? Ah, già, l'archivio comunale. La losca famiglia Söderberg non può certo aver fatto sparire anche i giornali che non le vanno a genio.

I suoi pensieri vengono nuovamente interrotti dall'auto nera, che stavolta è davanti a lei e viaggia molto lenta, troppo. Fa per sorpassarla, ma proprio in quel momento l'altro veicolo accelera. Ora Helene sta procedendo contromano. Rallenta, ma l'auto nera fa altrettanto, impedendole di rientrare sul lato destro. Confusa, lancia un'occhiata al guidatore e in quello stesso momento sente lo stridio metallico delle due carrozzerie a contatto. Ma ha il tempo di vedere che è proprio quell'uomo che nasconde il volto dietro gli occhiali scuri e il baschetto. Torna a guardare la strada e si accorge che dall'altra parte sta arrivando un camion. E l'uomo continua a costringerla a viaggiare contromano.

Helene si sposta ancora più a sinistra, sconfinando leggermente nell'erba. Il camion le sfreccia accanto con una lunga e irosa strombazzata di clacson. Sul terreno morbido, la ruota anteriore perde aderenza. Helene sterza nel tentativo di procedere in linea retta. L'auto nera, invece, avanza restando ben ancorata al fondo stradale e impedendo a Helene di rientrare in carreggiata. Il sottobosco è cedevole, scivoloso, ed ecco che sdrucciola anche la ruota posteriore, finché l'auto non slitta completamente fuori strada, lungo il pendio. Disperata, Helene inchioda, serrando forte il volante, ma la vettura non risponde più ai comandi, è in balia della forza di gravità e scende a velocità folle. I rami frustano i vetri, la macchina s'inclina e si ribalta, il corpo di Helene diventa leggerissimo. Sente la pressione della cintura di sicurezza contro la gabbia toracica, l'urto dell'airbag contro la testa, vede il terreno sfrecciare fuori del finestrino.

Poi tutto si ferma.

Helene riapre gli occhi. Non sa per quanto tempo li ha tenuti chiusi, forse un secondo, forse molto a lungo. È circondata da una tinta rosata, colore puro. Si muove, l'airbag si sgonfia e lei lo scosta con una manata. Poi sente dei passi. Guarda fuori del parabrezza, ma tutto è al rovescio: il terreno e la strada sono in alto, e ci sono due gambe che vengono verso di lei. Pantaloni neri, scarpe scure. Atterrita, brancola in cerca del pulsante per sganciare la cintura di sicurezza. L'uomo si sta avvicinando, si vedono benissimo gli anfibi neri. Vuole ucciderla facendolo passare per un incidente? Helene deve liberarsi subito, deve fuggire. Pesta freneticamente la mano nel punto in cui è convinta che ci sia l'ancoraggio della cintura. Quando riesce a sganciarla, cade pesantemente, battendo la testa contro il tettuccio. Spinge la portiera ammaccata, ma resta incastrata tra l'airbag rosa e il sedile. Il finestrino si abbassa per tre quarti, poi si blocca anche quello. Helene afferra la borsetta e s'insinua nell'apertura del finestrino, cominciando dalle braccia e dalla testa, ma riesce a far uscire solo il busto. Aggrappandosi agli arbusti, tirando e scalciando riesce a sfilare anche i fianchi. Col fiato corto, rotola su un fianco, si alza e comincia a correre. Gambe in spalla, la corsa più veloce di tutta la sua vita. Dietro di lei, l'uomo sta gridando qualcosa in tono rabbioso. Helene sente i tonfi dei passi di lui: la sta inseguendo. Non osa girarsi per vedere quanto vantaggio ha, se sia sufficiente. I suoi piedi percuotono il terreno irregolare, il muschio cede sotto il suo peso, ci sono radici nascoste che lei evita per un soffio. Alza le braccia per proteggere il viso dai rami. Lo sente, è vicinissimo, già si aspetta che da un momento all'altro la mano del suo inseguitore le afferri la gola, la spinga a terra, la strangoli, la cancelli. Come Louise. Non sa perché, ma il pensiero di Louise le dà un supplemento di forza.

Cerca di allungare i passi, di accelerarli, la borsetta batte contro la coscia, ogni inspirazione le graffia i polmoni. Non vuole morire. Non adesso. Sente un rumore indecifrabile. Un grido di dolore? Non riesce a trattenersi dal lanciare un'occhiata alle spalle. Riga da una parte, giacca a vento, volto contratto. Non vede altro. Continua a correre. Lo sente rialzarsi e riprendere l'inseguimento, ma il passo ha una leggera irregolarità. Zoppica?

Helene cade e soltanto quando stramazza a terra si rende conto di che cosa l'ha fatta incespicare: una lieve scarpata segna la fine del bosco e l'inizio della spiaggia. Intorno a lei c'è sabbia ocra. E nella scarpata c'è un buco. Fulminea, si volta ed entra nella cavità strisciando all'indietro, per poter cancellare le orme spazzandole con le mani. Chiude gli occhi, trattiene il fiato, sente il freddo del terreno contro i piedi, i polpacci, le cosce, il petto. Nessun movimento, né dentro, né fuori. Helene è racchiusa tra la terra e la sabbia. Una tana di volpi? Il corpo segue la forma della cavità, piegandosi di lato e verso il basso. Le braccia si chiudono davanti al viso. La fitta rete di radici delle piante che crescono sopra di lei ricade nella posizione di prima, dondola per qualche istante, poi si ferma. Silenzio. E poi arriva lui. È vicinissimo. Non cade nella scarpata, lui: salta, atterra e riprende a correre. I suoi passi si sentono ancora per lunghi istanti. Poi di nuovo il silenzio. Infine l'uomo torna indietro. Helene non muove un muscolo, a malapena osa respirare. I passi si avvicinano, sono pesanti: il suo inseguitore non sta correndo, ha un'andatura più lenta, e zoppica ancora. Un passo lungo, uno breve. Si ferma davanti al buco. Helene vede gli anfibi. C'è qualcosa di malvagio, in quelle calzature così pesanti, così scure, in spregio all'estate. Un no alla vita. La vita di cui vuole privarla. Helene trattiene il fiato. Se lui la trovasse... Non vuole morire. Rivede davanti a sé il visino aperto e fiducioso di Sofie, gli occhi scuri di Christian. E Joachim. La sua voce. Helene batte le palpebre, serra le labbra, inspira dal naso senza fare il minimo rumore.

51

«Non me l'aspettavo», dice una voce al suo fianco, roca ma femminile.

Joachim trasale. Era talmente assorto a osservare la fotografia nell'atrio del palazzo Charlottenborg, che non si era nemmeno accorto dell'arrivo di qualcuno. La donna ha un vestito verde bottiglia, capelli ramati, e un profumo che gli ricorda Helene.

«Non si aspettava cosa?» dice Joachim, confuso.

«Di rivederti.»

«Scusi, temo di non ricordare...»

La donna scoppia a ridere. «Non sei cambiato, vedo.» Arretra di un passo e scuote la testa.

Joachim arrossisce, non sa che cosa dire. Quando stava con Ellen, era troppo impegnato con le loro scenate in pubblico, con lei che si buttava sull'asfalto bagnato strillando come una pazza, sempre sul punto di crollare e trascinarlo con sé, perciò no, non ha nessuna memoria della donna vestita verde, che ora sostiene di chiamarsi Majse e di essere andata a parecchi ricevimenti assieme a lui e a Ellen. La riunione del consiglio direttivo dell'accademia è ancora in corso, e Joachim attende nell'atrio, con le altre persone che parteciperanno alla cena: consorti o amanti, categoria nella quale anche lui deve fingere di rientrare. *Una sera soltanto*, pensa. *Lo faccio per Helene*. Per amore di Helene, si spaccerà per amante di Ellen.

«Ma la finiscono o no? Ho una fame...» mormora una donna.

Nessuno le risponde: è chiaro che non fa parte del *milieu*, non conosce il linguaggio di settore. Quella in cui Joachim sta per tornare a immergersi è una specie di società segreta. Nelle scuole danesi s'insegnano due lingue straniere? Ebbene, dovrebbero aggiungerne una terza: il codice di questa cerchia. S'impiega mezza vita solo ad apprenderne i primi rudimenti. Non basta conoscere le parole giuste: bisogna anche comprendere i riferimenti, sapere che atteggiamento assumere di fronte alle minime quisquilie. Solo a pensarci, gli si chiude lo stomaco.

Una porta si apre e tutti i presenti si voltano. I membri del consiglio direttivo escono e si mescolano alle persone che li aspettano. Due giovani cameriere girano reggendo su vassoi circolari bicchieri alti e sottili, pieni di bollicine. Joachim ne prende uno e lo vuota quasi d'un sorso.

Ellen viene verso di lui, capelli raccolti e ombretto sugli occhi, ancora più penetranti del solito. «Mi auguro che l'attesa non sia stata troppo pesante», dice ad alta voce, prendendogli una mano e dandogli un casto bacetto, come prevede l'accordo. Con disinvoltura infila un braccio sotto il suo, e gli bisbiglia all'orecchio: «È quello con la barba, che sta parlando con la tizia in bianco».

Joachim si volta. Eccolo, l'uomo che dipinge solo sofferenza, corpi di donna deformati, campi di sterminio. Con colori a colla animale. Tøger Saxild. «Chi è la bambina?» chiede.

Ellen gli dà di gomito. «Non è una bambina. È una donna molto giovane. Giapponese», gli dice sottovoce. «Sapresti benissimo chi è, se avessi dato almeno un'occhiata alla produzione artistica di Saxild.»

Joachim non riesce a distogliere lo sguardo dall'amante - musa? - dell'artista. Ci vuole un grosso sforzo d'immaginazione per credere che abbia già diciott'anni. In qualunque altro ambiente sociale, nemmeno Ellen prenderebbe le parti di un trippone di mezz'età che si presenta a una cena a braccetto con una minorenne. Nel mondo degli artisti, invece, nessuno batte ciglio. Joachim li osserva. Saxild dimostra circa quarantacinque anni, testa rasata, barba ben curata, raccolta in una treccina che scende fino al petto, ha un contegno tranquillo e sicuro, come tutti gli altri presenti. Quanto alla giapponesina dal vestito nero semitrasparente... dà l'idea di una ragazza maltrattata? Dice qualcosa all'orecchio di Saxild, che corruga la fronte, scuote la testa e allarga le braccia. La sta palesemente sgridando. Che tipo d'uomo è, questo Tøger Saxild? Un torturatore di prostitute? Joachim deve trovare il modo di attaccare bottone con lui. Forse una domanda innocente sui colori a colla animale? Potrebbe osservare la sua espressione per capire se lo riconosce, non come ex marito di Ellen - ora tornato con lei - ma come persona vista attraverso uno specchio. Certo, è pur sempre una possibilità: magari c'era Tøger, dietro lo specchio della camera delle torture.

Joachim aveva dimenticato come mangiano le élite culturali danesi: cinque portate, e siamo solo alla seconda, orzo perlato e carpaccio di halibut affumicato - fettine sottilissime, dal sapore acidulo di mare - con crostini di parmigiano e capperi. *In queste cerchie funziona così*, pensa Joachim. *La raffinatezza culinaria è direttamente proporzionale all'oppressione della donna.* Tiene d'occhio la giapponesina, che praticamente non tocca cibo. Il vestito rivela la forma dei seni. Ed ecco una stranezza: non chiude mai del tutto la bocca, la tiene sempre leggermente aperta. Quando poi cattura lo sguardo del suo Tøger, la apre un pochino di più, come se fosse stato lui a ordinare che le labbra non debbano mai toccarsi. Joachim ha tentato di sedersi accanto a lui, ma Ellen l'ha trascinato con sé, dicendogli all'orecchio che i posti erano assegnati. Così ora è talmente lontano da non sentire nemmeno che cosa dice Saxild. Può solo osservare l'espressione facciale, il gesticolare, il modo di masticare, la quantità di chiacchiere e la postura che assume quando ascolta. E sa di non poterne ricavare nulla.

Seduta accanto a Joachim, Ellen è in gran forma: sempre un passo avanti agli altri, nelle giocose discussioni intrecciate con eleganza. Joachim tenta di tenere il passo, ma non ce la fa. Intanto, arriva una fiumana di piatti e piattini, con pietanze disposte come piccole opere d'arte, ognuno accompagnato da un vino scelto con cura. Ellen prova di continuo a trascinarlo nella conversazione e a un certo punto gli prende una mano, un gesto che a lui non sembra affatto inopportuno. Joachim si sorprende a trovare divertente questa situazione. Non avrebbe mai immaginato che la sua disperata richiesta di aiuto portasse a una riconciliazione con la persona che - per come la vedeva lui - lo odiava più di chiunque altro. Quand'erano sposati, lei era disposta a battersi pur di tenere in piedi il matrimonio, e lui lo sa. Per un istante si concede di tornare indietro con la mente, fino a un brutto ricordo che finora ha sempre represso: la volta in cui l'ha bidonata, lasciandola sola e spersa all'aeroporto. L'accordo prevedeva che lui la raggiungesse direttamente dopo un incontro coi lettori. Ricorda di essersi messo al volante della vecchia Volvo impolverata e di essere arrivato davanti al terminal, per poi decidere di tornare indietro. Il solo pensiero di passare diversi giorni da solo con Ellen, senza un minuto di requie, era così insostenibile che Joachim ha buttato al vento il senso del decoro e si è eclissato. Se n'è andato a Bornholm, per ricominciare daccapo, senza nessuno. È arrivato a Gudhjem, e ha preso il traghetto per il punto più lontano di Danimarca. Ha preso una camera in una pensioncina, diventando il novantaduesimo abitante di Christiansø, e si è steso a letto a fissare il soffitto. Per come la ricorda lui, è rimasto lì sdraiato fino al giorno in cui, alla caffetteria, ha visto per la prima volta Helene. Ma ovviamente non è andata così: si era pur alzato per mangiare, fare pipì, lavarsi. Quest'ultima cosa, per la verità, la faceva solo quando si accorgeva di puzzare. E poi scriveva. Pagine su pagine, l'una più pietosa dell'altra.

Ellen gli dice qualcosa, interrompendo il filo dei suoi pensieri.

«Scusa?» le chiede lui, colto alla sprovvista.

«Vieni, c'è il caffè con le *mignardises*, nella sala accanto.» Ellen si alza.

Joachim la fissa. *Con le... che?*

Mentre s'incamminano, una mano di Ellen gli sfiora il sedere. Un movimento improvviso, forse involontario? E invece la mano resta lì un po' troppo a lungo per esserci finita accidentalmente. O no? Poi Ellen passa avanti e prosegue. Joachim si ferma a raccogliere le idee. Beve un bicchiere d'acqua. Sarà il caso di mettere dei paletti.

Avendo avuto tutto il tempo per prepararsi, Joachim si sente abbastanza sicuro da avviare una conversazione con Tøger Saxild. «Lei lavora coi colori a colla animale?»

L'artista mostra una lieve irritazione, forse perché era impegnato a parlare con due donne – quella in bianco e la giapponesina – e lo guarda come uno straccione che sta togliendo il sole a un imperatore. «Sì», risponde. Senza aggiungere altro, si volta nuovamente verso le ragazze. La giapponesina tenta di dissimulare un risolino.

«Se mi posso permettere... come mai predilige i colori a colla animale?» insiste Joachim.

Saxild soffia tra gli incisivi, d'un tratto ha un'aria stanca. «Lei sta interrompendo», dice, posandogli una mano su un braccio. «Non le farebbe bene un caffè, piuttosto?»

«Scusi, mi rendo conto di essermi intromesso...» D'un tratto Joachim si accorge di avere una voce da ubriaco.

In suo soccorso arriva Ellen, che gli posa un braccio sulle spalle, si appoggia a lui e ride. «Scusa, Tøger, è colpa mia. Continuavo a riempirgli il bicchiere... Sai, Joachim sta facendo ricerche per un nuovo romanzo e gli servono informazioni sulla pittura coi colori a colla animale. Sono stata io a dirgli di chiedere a te, però mi sono bellamente dimenticata di presentarvi come si deve. Joachim sa essere un po'... travolgente, ma non lo fa apposta.» Ride di nuovo.

Joachim appoggia la testa a quella di Ellen e sente un discreto profumo di sapone, sotto il quale c'è però una nota diversa, floreale. Acqua di colonia? Da quando in qua si profuma?

Saxild comincia a parlare di colori a colla animale, ma è rivolto a Ellen, non a lui.

«E il dolore?» chiede Joachim, sorprendendosi lui per primo.

«Dica?»

«Perché tutto quel dolore? Povere donne...»

«Detto così, sembra che sia io a farle soffrire», dice Saxild.

«E non è lei?» Joachim lo scruta in volto, in cerca di una reazione.

L'artista fa spallucce. «È una questione annosa, ma non mi tocca.»

«Perché?» chiede Ellen in tono esageratamente scherzoso. Lei sì, che sa usare il linguaggio di settore. E la cosa funziona: ora Saxild sembra assai più disponibile.

«Io raffiguro il mondo per come lo vedo. Trasmetto solo l'impressione che mi fa. Trattengo in me tutta l'aggressività, tutta la violenza, finché non sono più in grado di contenerla. A quel punto, dipingo.»

La risposta sembra soddisfare Ellen. Starebbe bene in un catalogo d'arte, o in un'intervista. Invece Joachim ha l'impressione di essere fuori strada. Certo, non ha idea di che faccia abbia un assassino, né di che cosa gli dia tutta questa sicurezza, ma è convinto che non sia stato Tøger Saxild a uccidere Louise. Tenta di concentrarsi sulla conversazione, tuttavia i suoi pensieri vagano per conto loro. Se non è stato Saxild, gli tocca ricominciare daccapo. Ancora una volta a mani vuote. È pur vero che i capelli trovati alla ferriera sono di Helene, il DNA parla chiaro. E che lei è ricomparsa a Bornholm con gli effetti personali di Louise: portafogli, bagaglio. È sufficiente per incriminarla?

Ellen lo prende per mano e lo trascina all'altra estremità della sala. Tutti li guardano incuriositi. Joachim ripensa alle altre occasioni in cui lei gli ha fatto una scenata, piangendo e urlando. Ma in questa cerchia, chissà perché, le partacce melodrammatiche non hanno nessun valore: con questa gente si possono fare le cose più sconvolgenti: si può pisciare sul parquet, pulirsi il culo con le tende, trombarsi la moglie del padrone di casa, recidere i cavi elettrici con le cesoie del giardino, tutto verrà interpretato come una dimostrazione del coraggio di *épater la bourgeoisie*. A patto, naturalmente, di avere il loro stesso gusto artistico.

«Prima di andare, devo farti vedere una cosa», dice Ellen, concitata, conducendolo nell'atrio. Lo sta portando nel suo ufficio? No, prosegue dritta fino a una scala.

«Devo recuperare la giacca», dice Joachim.

«Rifaremo lo stesso percorso all'indietro», dice Ellen, senza rallentare. Comincia a salire la scala, sempre tenendolo per mano. «È particolarissimo, è stato esposto all'ultima mostra, ma domani lo rispediscono a Bruxelles, quindi questa è la nostra ultima occasione. Se potessi, ci entrerei dentro, come in quel film di Kurosawa.» Aggiunge qualcosa a proposito di un uomo che entra in un quadro, diventandone parte. Sta quasi correndo su per la scala, e Joachim la segue controvoglia, ma è incuriosito. Ellen ama l'arte, certo, però lui non l'ha mai sentita parlare in toni tanto entusiastici di un'opera in particolare.

Quando arrivano in cima, Ellen apre la porta del sottotetto. La luce del pianerottolo illumina l'interno quel tanto che basta per vedere che si tratta dell'ingresso di un magazzino. L'aria è tiepida e ci sono quadri ovunque, montati in strutture d'acciaio a ripiani, in modo da poter stare impilati senza toccarsi, in colonne che si elevano fino al tetto, separate da lunghi corridoi. Quasi tutti i dipinti sono protetti da sagome di compensato. Joachim trova l'interruttore e le lampade si accendono fila dopo fila, rivelando la profondità della sala. Ma Ellen, prima di raggiungere il fondo del magazzino, spegne la luce e si para davanti a lui, si solleva sulle punte dei piedi e gli posa le mani sul petto. Nella penombra, i suoi occhi hanno un luccichio di desiderio. « Joachim... »

La voce roca. È come una scossa elettrica. È solo un suono, ma sembra uno stimolo tattile, né più né meno delle mani contro il suo corpo. E Joachim resta immobile, mentre quelle mani scendono ad afferrare la cintura e slacciarla. Chiude gli occhi. Gli fischiano le orecchie. Si appoggia al muro, in preda a una vertigine. È come trovarsi su una nave, come mollare la presa su tutto. D'un tratto, però, rivede il gancio della camera delle torture, come un lampo che gli attraversa il cervello. O piuttosto, come la luce che, per quei pochi istanti in cui è rimasta accesa, ha illuminato qualcosa. Già. Poco fa, Joachim ha visto qualcosa. Il gancio? Si raddrizza di scatto, spinge via le mani di Ellen e preme l'interruttore.

« Che c'è? » gli chiede lei, con voce fragile. Ci è rimasta male. Respinta un'altra volta.

Joachim sente una stretta al petto. Che cosa le sta facendo? Come hanno fatto a cacciarsi in questa situazione? Le lampade si accendono, l'una dopo l'altra, e Joachim si guarda intorno freneticamente. Ha visto davvero quel gancio, oppure se l'è immaginato? Eh, no: eccolo. Un dipinto enorme, più grande di lui, appoggiato in verticale a una delle strutture metalliche. Un volto distorto, in una stanza altrettanto distorta. C'è qualcosa di bizzarro nella prospettiva e nelle proporzioni, ma è inequivocabilmente un viso di donna. E c'è un gancio. Appeso alla parete c'è anche lo specchio, nel quale s'intuisce una figura umana. La scena fa pensare a Venezia al tempo della peste, ma quello specchio convesso, che distorce la realtà, è esattamente lo stesso che ha visto lui. Ci sono anche i costumi, il muro, la parete. Non c'è dubbio. « Cos'è questo? » chiede, puntando un dito tremante.

Ellen si volta verso il dipinto. « Mah, quadri in partenza per una mostra in Svezia. »

« Sì, ma chi ha dipinto questo qui? Il primo, dico. » La voce di Joachim ne tradisce il turbamento.

Ellen scuote la testa e incrocia le braccia. « Se credi che abbia qualcosa a che vedere con l'omicidio, ti sbagli di grosso. Il pittore è Pierre Kollisander, che *non può* essere l'assassino. È uno dei più grandi artisti che abbiamo in Danimarca. »

52

Per ore non ha osato spingersi fuori della tana, per timore che lui fosse ancora in giro. Chi è il suo persecutore? Per scoprirlo dovrà restare in vita, va da sé. Deve risalire al padre di Marius Flint e alla ragione per cui quell'uomo era tanto importante per papà Aksel. Con tutti i soldi che sono stati pagati, perfino ora, a distanza di molti anni, deve pur esserci un motivo.

Helene si arrischia a uscire allo scoperto e s'incammina di buon passo verso le luci colorate che, col calare della sera, si sono accese lungo la riva del lago. Respira più liberamente, ora che ha un piano. Ha già lasciato un messaggio sulla segreteria telefonica di Joachim, dicendogli di non chiamarla, ma di non preoccuparsi: si farà viva lei. Dopodiché ha gettato il telefono in acqua, per paura che *quelli* la rintraccino. Non vinceranno. Lei scoprirà la verità. Ma prima deve provvedere a un'altra cosa: assicurarsi di non poter essere riconosciuta.

Entra nel piccolo supermercato del Sea Camp e prende un cestino. Ha ripulito il vestito dalla sabbia, per quanto ha potuto, ma è ancora gualcito e macchiato. Comunque sia, non le pare di avere un'aria più sciatta rispetto ai campeggiatori intorno a lei. C'è circa un centinaio di roulotte lungo la riva, il posto ideale per nascondersi mentre ci si trasforma. Anche il buio è un vantaggio, benché sia una di quelle sere d'estate danesi in cui la luce non si lascia mai sconfiggere del tutto. Domani tornerà in città a cercare l'archivio comunale. Nel campeggio c'è un'atmosfera blandamente vacanziera, uomini in infradito e donne dalle braccia grassocce e arrossate. I pochi clienti del supermercato sono quasi tutti a caccia di vino e birra. Helene studia le tinture per capelli. Per un bel po' tiene tra le mani un rosso fiammante, ma alla fine opta per un insulso castano e lo mette nel cestino assieme a un paio di forbici, una confezione di biscotti e qualche mela. Il broncio della giovane cassiera le ricorda un po' quello di Bjørk, la cameriera svogliata che aveva assunto alla caffetteria.

« Altro? » chiede la ragazza in tono brusco.

« A posto così, grazie. » Helene infila la carta Dankort nel lettore e digita il codice, ma ecco che sul display compare la scritta TRANSAZIONE RIFIUTATA, seguita da un rumoraccio che desta l'attenzione del cliente in coda dietro di lei. « Scusi, riprovo. Magari ho digitato male. »

La ragazza osserva il lettore, poi alza lo sguardo su Helene e socchiude leggermente le palpebre. D'un tratto sembra un po' più sveglia. « Codice 43. Vuol dire che la carta è rubata. »

« Dev'esserci un errore », dice Helene. « Tra poco arriva mio marito, così pago con la sua. »

Torna indietro sino alla fine della coda. La cassiera esita per un istante, è evidente che non sa bene come comportarsi di fronte all'eventualità che la Dankort sia stata rubata, ma poi comincia a servire il cliente successivo. Intanto ne entrano altri. Helene ha il cuore in gola, resta in fondo all'angusto negozietto, in mezzo ai prodotti che possono servire ai campeggiatori estivi, e attende. Ogni volta che la cassiera alza lo sguardo, lei sorride. Deve fuggire. Con le merci. Avanza verso l'uscita e, approfittando di un istante in cui la ragazza si volta a prendere dallo scaffale una bottiglia di vodka da quattro soldi, esce. Non appena oltrepassa il piccolo tornello dai colori terrificanti, sente l'urlo della cassiera. « Fermatela! »

Anche stavolta si mette a correre, lanciandosi un'occhiata alle spalle. Anche stavolta ha un uomo alle calcagna. Solo che qui si tratta di un ciccione in infradito, che non è poi tanto determinato ad acciuffarla. Helene aggira la reception e si addentra tra le roulotte. Non appena è fuori del campo visivo dell'inseguitore, rallenta e si adegua all'andatura degli altri campeggiatori, ma è ancora in preda al panico. Come farà ad andarsene senza essere vista? Imponendosi di camminare lentamente, segue i cartelli per i bagni. Sono troppo vicini al supermercato, ma le tocca tentare lo stesso. È dai capelli che possono riconoscerla. E dal vestito. Oltrepassa una roulotte davanti alla quale c'è il bucato steso ad asciugare su un filo provvisorio. I proprietari non ci sono, forse sono andati in città, o magari a fare una nuotata. Fulminea, Helene tende una mano e afferra un paio di pantaloncini color sabbia e una maglietta bianca, poi prosegue. Davanti ai bagni ci sono tre uomini impegnati in una discussione piuttosto accesa. Ogni tanto puntano un dito nella direzione in cui Helene si è allontanata dal supermercato, non contemplano minimamente l'idea che lei abbia descritto un percorso circolare e sia tornata qui, perciò non la notano. S'infila dentro la porta mentre un'altra persona esce. Abbassa gli occhi per non incrociare lo sguardo di nessuno. Accidenti, le docce sono a pagamento: cinque corone per cinque minuti, e lei non ha il becco d'un quattrino. Sentendo alcune voci all'esterno, si affretta a chiudersi nell'angusto stallo di un gabinetto. Deve fare in fretta. Appende il sacchetto del supermercato alla maniglia della porta e con un gesto deciso tira fuori le forbici e comincia a tagliarsi i capelli. Grosse ciocche bionde le piovono intorno ai piedi. Muove le forbici tutt'intorno, appena sotto le orecchie: un paggetto con frangia, più banale di così... Poi s'inginocchia davanti alla tazza, ma sente una zaffata di urina e d'istinto si ritrae. Infila le mani nell'acqua e si bagna i capelli, poi tira fuori la tintura. Con movimenti rapidi se la versa in testa e friziona la chioma. In attesa che il colore faccia presa, raccoglie le ciocche tagliate, le getta nella tazza e tira lo sciacquone. Al di là della porta ci sono due donne che parlano tra loro, dicono che qualcuno ha chiamato la polizia, che sta arrivando una pattuglia. Helene si sfila il vestito sporco, poi si sciacqua i capelli con l'acqua del water. Si pettina con le dita, scuote leggermente la testa bagnata, poi esce e va al lavandino a ripulirsi con cura le mani. Si guarda allo specchio. Chi è? Una donna nei bagni di un campeggio. Una donna in fuga. Una ladra coi capelli intrisi di acqua del cesso. Sola. Le manca Joachim, deve riuscire a contattarlo. Appena sarà tornata a Silkeborg, troverà un telefono e lo chiamerà per chiedergli aiuto. Questa faccenda è addirittura peggiore di quel che credeva, non può farcela da sola.

Helene si nasconde nel bosco, ma restando nelle vicinanze. Attende alcune ore, poi torna di soppiatto al campeggio. È notte, dormono tutti. Niente auto della polizia, evidentemente la ricerca della ladra è stata interrotta. Nell'erba davanti a una roulotte c'è un materassino gonfiabile, che Helene si affretta a prelevare. Lungo il tragitto di ritorno, afferra una salvietta abbandonata su una sedia a sdraio. Questi piccoli furti le vengono talmente naturali da sorprenderla: è come se fosse sempre stata una ladra, una latitante. Di nuovo nel bosco, trova una radura e si stende a terra. Passa una notte lunga e senza sogni, dormendo a tratti. Più volte si sveglia di soprassalto.

Alle prime luci dell'alba arrivano le zanzare, le tocca alzarsi. Camminando in cerchio e agitando le braccia per scacciare gli insetti, ricapitola tutto quanto. Sa che la Söderberg Shipping effettua pagamenti regolari allo Julsø Kro. Marius Flint sostiene che esista un accordo scritto. Ebbene, anche ammettendo che sia così, è assai improbabile che il contratto sia stato depositato presso un notaio. In ogni caso, in ufficio non c'è. La vecchia Helene, quella che è fuggita e ha dimenticato tutto, ha cercato quel documento, senza trovarlo. La nuova Helene, quella che non dimentica più niente, è convinta che quei pagamenti siano legati all'omicidio di Hirsch, e che il contratto sia un accordo di riservatezza, una cosa che *provocherà il crollo della Söderberg Shipping*. Erano queste le parole di Flint? Suppergiù. Ma per scoprire qualcosa di più deve cercare altrove, risalire più indietro. Chi era il padre di Marius Flint? Quei pagamenti potrebbero essere dovuti ad altro? Può esserci un'altra spiegazione? Il sole sorge, i raggi scaldano l'umida aria boschiva. Helene si siede a gambe incrociate sul materassino, che ormai è praticamente sgonfio. Non è ancora l'ora adatta, ma lei sa già dove cominciare a cercare. Basta aspettare un altro po', poi rientrerà a Silkeborg.

53

Pierre Kollisander. Joachim conosce questo nome fin da prima di cominciare a scrivere libri. Ellen è sempre stata affascinata da quell'uomo, il «genio Kollisander». Joachim entra alla Lundtoft, che, come tutte le maggiori gallerie d'arte, si trova in Bredgade. I dolori alla nuca continuano a ricordargli quanto ha alzato il gomito, ieri. I locali della Lundtoft sono pervasi di una luce calda e i dipinti alle pareti raffigurano... già, che cosa? Paesaggi? Non esattamente Turner, ecco. Joachim li osserva da vicino. Quello cos'è, un betulleto? E quell'altro... mah, una quercia dall'ampia chioma? In effetti i colori sono un po' particolari. Se almeno ci fosse Ellen... Ma era impensabile chiederle di accompagnarlo, dopo quello che è successo ieri. Joachim non riesce ancora a capacitarsi di aver permesso che le cose degenerassero fino a quel punto. E di aver bevuto come una spugna. Dopo, Ellen si è comportata come se non fosse accaduto nulla, ma lui la conosce, sa che per lei un rifiuto è un crimine imperdonabile.

«Se ha qualche domanda, io sono qui», dice il gallerista alle sue spalle.

Joachim si volta e osserva l'omiciattolo: somiglia a un barboncino, anche se, a giudicare dal sorriso, si può sperare che sia un po' meno aggressivo di quei litigiosi cagnetti.

«Volevo capire quale fosse la particolarità...» Joachim fa un ampio gesto, come a indicare l'intera produzione artistica di Kollisander.

Il gallerista pare sorpreso, quasi sconcertato. «Be', sta nel... nel... Lei non sa nulla sul metodo di Kollisander?»

«Nulla.»

«Questa è la Serie dell'Essere. Ognuna di queste opere è una metonimia.»

Joachim tenta di ricordare che cosa sia una metonimia. Lui per primo dovrebbe saperlo, e senz'altro l'ha saputo in gioventù, quando leggeva bei volumoni di teoria letteraria, ma ora non riesce a farselo venire in mente.

Per fortuna il gallerista prosegue il discorso, spiegandogli che l'artista ha dipinto il betulleto usando legno di betulla carbonizzato e colori ricavati dalle foglie e dalla linfa. Stesso metodo per la quercia e le rose: la pianta, abbattuta e lavorata in quel modo, è entrata dentro l'opera. « Così la pittura diventa la perpetuazione dell'oggetto naturale raffigurato, che risorge nell'abolizione della distinzione tra soggetto e materia pittorica, tra forma e contenuto », conclude il piccoletto. « Posso suggerirle un libro che le fornisca un'introduzione all'opera di Kollisander? »

Joachim sospira. *Chi se ne frega dei libri, ridatemi Helene,* pensa. « Preferirei contattarlo di persona. Lei potrebbe aiutarmi? »

Il viso del gallerista s'indurisce. « È all'estero. »

Joachim fa una risata, sperando che risulti disarmante. « Chissà quanta gente viene qui a farle la stessa domanda. Però la mia è una richiesta seria. Sono uno scrittore. » Come mai quest'ultima frase gli suona tanto inopportuna? Forse perché non scrive da un bel pezzo? « Se le lasciassi il mio nominativo, forse lei potrebbe trasmettergli un messaggio. Sto scrivendo un romanzo che ha per protagonista un pittore, e vorrei consultarmi con lui. » Sente le guance avvampare. Quel che ha appena detto è palesemente una sbruffonata, così si affretta ad aggiungere qualcosa sull'importanza di documentarsi.

« Mi dispiace ma, come le dicevo, Kollisander è all'estero. E comunque non concede quasi mai interviste. » L'espressione del gallerista è inequivocabile: non c'è niente da fare.

Joachim si dà per vinto, esce e s'incammina verso Kongens Nytorv.

E adesso? Come proseguire? È rimasto con un pugno di mosche. Anzi, nemmeno quelle. Giusto una sensazione, un vago sospetto, tutto qui. In prossimità dell'Hotel d'Angleterre, gli torna in mente l'espressione atterrita con cui Stella gli parlava dell'ambiente in cui si muoveva Louise. I suoi occhi angosciati. È roba seria, questa. C'è in giro un pazzo che scuoia le donne come fossero visoni, ma per la polizia l'unica sospettata è Helene. E Joachim è il solo a cercare il vero assassino. Certo, stamattina ha lasciato un messaggio a Sperling, parlandogli del gancio e di Kollisander, ma lui per primo si rende conto di aver fatto una figura meschina: uno scrittorucolo di quarta categoria accusa di omicidio un grande artista?

Prende di tasca il cellulare e riprova a chiamare Helene. Dovrebbe lasciare libera la linea e attendere che sia lei a chiamarlo. Resta immobile con un'aria spersa e il telefono in mano, poi cerca su Internet l'indirizzo di Kollisander e, sorprendentemente, lo trova al primo colpo: è lì, a disposizione di chiunque. Kollisander abita in Amaliegade, più modaiolo di così... e per giunta vicino alla galleria. Anzi, vicino a qualunque cosa. Ora, il gallerista sostiene che Kollisander sia all'estero? Benissimo, Joachim decide di verificare.

Si ferma davanti al portone, e solo adesso si rende conto di non avere un piano. Che cosa gli è saltato in mente? Non può certo presentarsi a casa di Kollisander e tempestarlo di domande. Forse potrebbe sfruttare la stessa panzana che ha raccontato al gallerista, cioè che si sta documentando per scrivere un romanzo? Eh no, sarà il caso d'inventarne una più plausibile, sperando di risultare più convincente. Sul citofono ci sono solo le laconiche iniziali PK. Joachim suona, ma nessuno risponde. Forse è davvero all'estero. Preme il pulsante immediatamente sotto e attende.

«Sì?» gracchia una voce.

«Cerco Kollisander.»

«Eh?»

«Pierre Kollisander», ripete Joachim, alzando la voce.

Silenzio. Dopo un istante, la serratura emette un ronzio e uno scatto. Joachim sale la scala, ampia e lucidissima, con un corrimano decorato e con piante ben curate alle finestre e sui pianerottoli. *Le case dei ricchi*, pensa, improvvisamente consapevole del proprio abbigliamento, tutt'altro che *soigné*. Si passa una mano tra i capelli, pur sapendo che non serve a molto.

La signora che abita sotto Kollisander è già sulla porta. È anziana, con gli occhiali sulla punta del naso affilato e i capelli grigi tirati all'indietro. «Pierre è via. La posta, la ritiro io.»

Joachim leva le mani, come per mostrare che non ha portato nulla. « Sono solo uno scrittore. Sto lavorando a un libro su Kollisander. Lei sa dove posso trovarlo? »

La donna indurisce il volto, proprio come ha fatto il gallerista. « Se non ha un pacco, devo chiederle di andarsene », dice in tono imperioso.

Joachim passa in rassegna le diverse opzioni. In un modo o nell'altro è entrato nella palazzina, e Kollisander abita al piano di sopra. Basterebbe salire... Violazione di domicilio? È questo che ha in mente?

La donna inarca le sopracciglia. « Le serve altro? » gli chiede, gelida. È chiaro che non ha la minima intenzione di rientrare in casa prima che lui sia sceso e uscito dal portone. Oltretutto, l'ha visto bene in faccia, quindi se poi ci fosse una denuncia di scasso potrebbe fornire una descrizione precisa di Joachim. Addirittura, c'è la possibilità che l'abbia riconosciuto come scrittore.

Joachim scuote la testa e si volta, arrabbiato con se stesso. Si sta comportando da idiota, gioca a fare il detective che s'introduce di soppiatto in casa altrui. Cos'è che gli ha detto Sperling? *Sarà anche vero che viviamo nell'era del fai da te, ma il lavoro di polizia dovrebbe essere lasciato a noi.*

Ci aveva visto giusto: la donna si sporge dal corrimano e lo segue con lo sguardo finché non lo vede uscire dal portone.

Ellen. Joachim lo sa benissimo, l'ha sempre saputo: Ellen sa tutto di tutti, nel mondo dell'arte. Lei saprà dirgli qualcosa di più su Kollisander e aiutarlo a fare qualche progresso. Sempre che abbia ancora voglia di rivolgergli la parola.

Qualcosa nell'espressione di Ellen gli fa capire che la sua non è una visita inattesa. Anzi, forse non ha fatto altro che aspettarlo. Ha un aspetto magnifico, i capelli lisci e castani sono raccolti in un nodo lasco alla nuca, è a piedi nudi e porta un vestitino grigio che le arriva al ginocchio. Joachim è pronto a scommettere che sotto sia nuda.

« Buondì », gli dice.

« Ciao, ehm... Scusa per ieri, era... » balbetta Joachim, agitato, tendendo una mano. D'un tratto risente di nuovo dei postumi della sbornia, stavolta sotto forma di nausea e reflusso acido.

Lei scuote la testa e alza gli occhi al cielo con aria rassegnata, poi allarga le mani e lo abbraccia. « Rilassati, Joachim. Non mordo mica. Non più, perlomeno. » Lo guarda in tralice, con aria spiritosa. Si volta e rientra in casa.

Lui la segue, imbarazzato. Gli fa uno strano effetto, tornare nel vecchio appartamento, soprattutto perché non è cambiato nulla: la solita mobilia spartana, sempre nella stessa disposizione. Ellen ha buoni gusti – su questo non ci piove – ma costosi. Danesi fino al midollo. Ma lui si è mai sentito a casa, qui? Ellen si siede con grazia a un angolo del divano e ripiega le gambe sotto le natiche, in una postura perfettamente rilassata. Joachim prende posto all'altra estremità, con le mani appoggiate alle ginocchia. La finestra che dà sull'ampio cortile è aperta e lascia entrare le voci dei bambini che giocano, i bambini che Ellen e Joachim non hanno mai avuto.

« Allora, uomo di ghiaccio? » dice Ellen. « Che mi racconti? »

« Ho cercato di contattare Kollisander, ma è all'estero. »

« Ah, sì, ha il suo atelier in Sicilia. » La testa di Ellen scatta leggermente all'indietro e un'onda di profumo dolciastro raggiunge le narici di lui. È delusa? Credeva che questa visita avesse un altro scopo? « È una follia, Joachim. Ho lavorato diverse volte assieme a lui, è un uomo affettuoso, garbato, intelligentissimo e con una cultura sterminata. Un grande artista e una bella persona. »

Eccola, la frecciatina. Due cose che Joachim non è: grande artista e bella persona.

Ellen si chiude in se stessa, sfiora con la punta dell'indice la pelle rossa del divano, un movimento lievissimo, a malapena percettibile, eppure Joachim lo nota. Ellen ha una relazione con Kollisander? Che strana, l'idea di lei con un altro. D'altronde è ovvio che abbia avuto altri uomini dopo di lui, ci mancherebbe. Dunque perché non Kollisander?

« Lo conosci bene? » le chiede con circospezione.

Lei serra subito la mano. Ha capito a che cosa allude. « Non in quel senso. Abbiamo lavorato assieme, tutto qui. »

Il tonfo di un pallone dall'altra parte del muro, poi la voce di una madre che sgrida il figlio.

« Ellen... » Joachim si volta verso di lei e le spiega tutto: lo specchio convesso, di foggia veneziana, il ferro, i ganci, i dettagli. E il sangue sotto le unghie, che non è sangue ma colore da pittura ricavato dall'acido con cui le cocciniglie si difendono dai predatori.

Sono quasi tutte cose che lei ha già sentito ieri, ma lo ascolta.

Lui si alza e cammina in cerchio sulle assi del pavimento che tante altre volte ha calcato, e continua a parlare, ma si rende conto di descrivere questo mistero come se fosse la trama di uno dei suoi romanzi.

Ellen lo interrompe. « È un genio », dice, calmissima. « È sempre stato uno dei grandi, fin dagli inizi, e questa è forse la sua maggiore particolarità. Rientrava senz'altro nella categoria 'giovani promesse', che tu ben conosci », aggiunge, con un ghigno sghembo.

Joachim sospira e abbassa lo sguardo.

« Però, contrariamente a tanti altri, lui è diventato *ancora più* grande. Nella sua pittura c'è una profondità che si ritrova in ben poche opere contemporanee. Il pubblico va in visibilio. »

« Perché i suoi quadri sono... metonimie? »

« Ah, vedo che hai fatto i compiti. » Ellen ride. « Sì, le sue opere si fondono col soggetto. Già quando studiava all'accademia... » Si blocca. Per un istante sembra spaventata.

« Sì? »

« Niente. »

« Ma no, stavi dicendo qualcosa. Quando studiava all'accademia...? »

« Lo vedevano tutti, il suo talento », dice Ellen. Lentamente. Troppo.

« Però non è questo che stavi per dire. »

Lei sorride. « Stavo per dire che metteva in ombra tutti gli altri. »

Joachim sa che Ellen sta mentendo, ma sa pure che è inutile insistere.

« C'è un'opera in particolare, sulla quale girano parecchie storie », riprende lei. « Ne ha parlato in diverse interviste. Dice che mira a varcare il limite entro il quale sono sempre state confinate le arti figurative. Ovviamente tutti muoiono dalla curiosità, ma lui non sente ragioni: l'opera verrà resa pubblica solo dopo la sua morte.»

Joachim torna a sedersi. L'ammirazione di Ellen per Kollisander è palese. Sarà pur vero che non hanno avuto una relazione, eppure è chiaro che a lei non dispiacerebbe.

Joachim ripensa a Louise, al cadavere gettato come un rifiuto nella tromba dell'ascensore, al gancio nel dipinto, al volto stranamente distorto della donna. Quello non è solo dolore, non è solo paura. C'è dell'altro. Limiti da varcare? Se solo riuscisse ad avvicinare Kollisander... È evidente che Ellen sa dove trovarlo. Forse potrebbe organizzare un incontro? Se volesse, beninteso. Ma magari si può far leva sulla sua attrazione per quell'uomo. «Ellen... io credo che quello Sperling sia un cretino.»

«Io invece credo che abbia fatto centro.»

«Si è fissato col DNA di Helene sul cadavere di Louise. Devo trovare Kollisander. Sai dov'è?»

Ellen esita. «Te l'ho detto, sarà senz'altro nel suo atelier in Sicilia. A Siracusa.»

«Tu lo conosci.» Joachim si sporge in avanti e le posa una mano su un ginocchio. «Potrei andare a trovarlo. Magari ci andiamo assieme, se ti va. Può benissimo darsi che il mio sospetto sia infondato, ma una visitina non nuocerà, chissà che non ne nasca qualcosa di...»

«È fuori discussione.»

«Puoi dirgli che sei andata in Sicilia a studiare l'arte etrusca e che io ti ho accompagnato. Al resto penserò io. Ti garantisco che ti lascerò fuori dalla mia... dalla mia indagine.»

«L'arte *fenicia*, vorrai dire.» Ellen gli prende la mano e la sposta dal ginocchio. «Per caso hai intenzione di piantarmi all'aeroporto come una cretina? Di nuovo?»

Joachim sente il sangue abbandonare il cervello. Ha paura di lei. Come sempre. «Scusa, Ellen, è stata una cattiveria, una mancanza di delicatezza...»

Sul volto di Ellen si dipinge un sorriso di trionfo. «Non arrivavi, e io ho creduto che avessi avuto un incidente. Ho chiamato la polizia, ma per denunciare la scomparsa di una persona bisogna aspettare quarantott'ore. Così ho telefonato a tutti gli ospedali. E solo allora...» Schiocca le dita. «Solo allora ho capito quant'ero stupida, a starmene lì all'aeroporto a strillare nel telefono.» Ride e scuote la testa. «E così ho spento il cellulare e sono andata in vacanza da sola. È stato allora che ho ritrovato me stessa.» Inarca le sopracciglia e serra le labbra, finendo per somigliare a una gatta tutta soddisfatta di essersi appena pappata un bel topone.

Joachim la fissa, in attesa della tempesta.

«Non so spiegare perché tutt'a un tratto sono riuscita a metterci una pietra sopra, a lasciarmi alle spalle tutte le cose brutte. Cioè te. E in generale la nostra spaventosa relazione. Adesso, ogni mattina mi sveglio e ringrazio il cielo che sia successa quella cosa.» Ellen gli stringe un braccio. Nell'appartamento a fianco si sente un bambino che cade e piange.

Joachim continua a guardarla. Sta aspettando l'ultimo atto.

Alla fine, lei fa segno di sì con la testa. «Ti accompagno volentieri a Siracusa. Non è verosimile che Kollisander abbia fatto le cose che dici. È ridicolo. Però sono disposta ad aiutarti a seguire la tua pista. Non so neanch'io perché, è molto probabile che io abbia un secondo fine, che non so spiegarti. Bene, uomo avvisato...» Sorride.

54

Che investigatrice del cavolo. Comincia dal museo comunale, mescolandosi ai visitatori più mattinieri, pensionati che si sforzano di riempire le troppe ore della giornata. Osserva a lungo la mummia di palude dell'uomo di Tollund. L'ha già visto, ne è sicura. Che strana cosa, quest'amnesia retrograda: Helene ha dimenticato tutto ciò che la riguarda, esperienze comprese, ma in compenso ricorda benissimo gli eventi storici di Waterloo e della Seconda guerra mondiale, e anche l'uomo di Tollund. Quel volto ha più di duemila anni, eppure ha ancora un aspetto talmente vivo che Helene non si sorprenderebbe se aprisse gli occhi e cominciasse a parlarle. E quel sorriso, poi. La calma che irradia. Anche lei, come gli altri visitatori, non riesce a staccare lo sguardo. È stato impiccato durante l'Età del Ferro. Come si fa ad avere un'espressione tanto serena, dopo una morte così violenta? Finirà così anche Helene? Troverà pace solo da morta? Altre persone vedranno il sollievo sul suo viso, dopo i tormenti della vita? Dopo l'impiccagione, l'uomo di Tollund è stato gettato in una palude di torba. Cos'è, una tradizione locale millenaria? Anche Aksel voleva liberarsi di un uomo, così l'ha fatto fuori e l'ha buttato nel lago. Quando finalmente riesce a distogliere gli occhi, Helene chiede a un dipendente del museo se ci sia un'emeroteca o un archivio di documenti dell'ultima guerra. Ebbene, è venuta nel posto sbagliato: queste cose si trovano in biblioteca.

L'archivio municipale è relegato in fondo alla biblioteca ed è pervaso dal silenzio e da un'atmosfera di lentezza. Oltre agli scaffali di faldoni e registri che salgono fino al soffitto, ci sono schedari, tavoli da lettura e computer. Un uomo dai capelli bianchi è chino su un giornale ingiallito. *Il posto ideale per Joachim*, pensa Helene. *Qui sì, che troverebbe l'ispirazione*. Si sente in colpa: non ha potuto fare a meno di notare che il blocco dello scrittore si è presentato non appena sono andati a vivere assieme. Forse è lei ad avere qualcosa che non va e ad avvelenare l'amore.

Un giovane dipendente della biblioteca alza lo sguardo dalla scrivania. Ha le guanciotte tonde, come i bambini, ma i capelli si stanno già diradando. «Posso aiutarla?»

«Grazie, sto cercando informazioni sul precedente proprietario dello Julsø Kro», dice Helene, nervosa.

«Conosce il nostro sistema di ricerca?»

Helene scuote la testa. Questo è il momento che ha tanto temuto: che cosa farà, se le chiederanno un documento d'identità? Ha soltanto la carta Dankort, che comunque è inutilizzabile, e in più ha tutto l'interesse a non rivelare il proprio nome.

E invece il giovane l'accompagna a un computer libero e, senza chiederle i dati personali, comincia a spiegarle come funziona il sistema. «Molti documenti sono visualizzabili da qui, ma ne esistono ancora alcuni che devono essere prelevati dall'archivio cartaceo. Può cominciare digitando 'Julsø Kro' e il nome del titolare. Se le serve aiuto, mi chiami pure.» Le fossette alle guance lo fanno sembrare ancora più giovane. Sembra un tipo amichevole, servizievole, ma mentre torna alla scrivania Helene lo tiene d'occhio. Ha paura di essere riconosciuta. Forse Edmund e Caroline hanno denunciato la sua scomparsa. Le tocca sperare che il camuffamento funzioni.

Digita *Julsø Kro* nel campo di ricerca, e in un istante appare una marea d'informazioni. Helene guarda le fotografie, passa in rassegna la documentazione, legge che la taverna è stata aperta centocinquant'anni fa, con una licenza reale per un posto di ristoro lungo la strada statale. Insomma, niente di rilevante. Impiega un po' di tempo a capire come restringere la ricerca a un certo periodo, ma alla fine trova il nome del precedente proprietario dell'esercizio pubblico, il padre di Marius Flint: Reinholdt. Digitando il nome nel campo di ricerca, ottiene documenti di tutt'altro tipo: scansioni di ritagli di giornale. A quanto pare, Reinholdt Flint era un collaborazionista. C'è un link a un articolo piuttosto lungo, che Helene legge subito. Durante la guerra, i tedeschi erano ben accetti alla taverna, ed era risaputo che Flint appoggiava le forze di occupazione. Ma pare che al tempo stesso facesse parte della Resistenza. Ma come? Helene scorre un altro articolo nel quale si parla delle fumose motivazioni che spingevano certe persone ad assumere il ruolo di delatori. Certuni erano mossi dal gusto dell'avventura, altri lo facevano per ragioni economiche, altri ancora erano nazisti convinti e dunque desideravano aiutare gli invasori. In quest'articolo, Reinholdt è citato come esempio di collaborazionista dalle motivazioni mai chiarite. C'era chi sosteneva che fosse solo una copertura per le sue attività partigiane, altri che avesse debiti di gioco, ma non si era mai saputo con certezza. Helene tenta di aprire altri documenti, cliccando con impazienza, finché non le viene il sospetto che vadano prelevati dall'archivio cartaceo. Esitante, guarda verso il dipendente della biblioteca. Preferirebbe evitare di parlare ancora con lui. Proprio in quel momento, il giovane solleva gli occhi e incrocia il suo sguardo. La sta sorvegliando?

« Le serve aiuto? »

« Sì », ammette Helene.

Lui si avvicina rapidamente e osserva lo schermo. « Deve cliccare qui, così parte l'ordine nel mio sistema e io scendo a prendere i documenti, ma prima deve fare il log-in. Lei è già registrata come utente? »

Helene s'innervosisce all'istante. Ora lui le chiederà i dati, forse un documento d'identità, così Edmund e Caroline scopriranno che lei è qui. « No », risponde con un filo di voce.

« Be', nessun problema, si fa in un attimo », spiega lui, premendo un pulsante. « Basta riempire questi campi: nome, indirizzo e-mail, codice fiscale. Poi scelga lei una password. »

Helene fissa il monitor. Che cosa succederà, se inserisce i suoi dati? Apparirà un avviso su qualche altro computer? È un rischio da correre. Digita il nome e quel codice fiscale che le è ancora tanto estraneo. Manca solo una parola d'ordine. Esita per un istante, poi scrive: *Joachim.* Stranamente si sente già più tranquilla, solo ad aver scritto il nome di lui. Bisognerà trovare un telefono per chiamarlo e spiegargli che cosa sta succedendo.

« Visto? Questione di un attimo », dice il giovane con aria incoraggiante. « E pare che i documenti siano tutti disponibili. »

Helene spunta le caselle di ciò che le sembra importante: permessi di ristrutturazione della taverna, atti del penitenziario di Møgelkær, più alcuni verbali di un processo dell'immediato dopoguerra. È soprattutto quest'ultimo a incuriosirla.

« Allora, andiamo a prendere il materiale? » le chiede il giovane.

Helene lo guarda, sorpresa. Non si era aspettata di dover scendere in archivio anche lei. Lo segue giù per la scala, e intanto lui le parla del sotterraneo, ricavato da un vecchio bunker dei tempi della Guerra fredda. Apre una pesante porta tagliafuoco che dà accesso a una stanza dal soffitto talmente basso da dare un senso di claustrofobia, con pareti in cemento a vista, piena di scaffalature. Qualunque cosa sia stata detta o fatta, in tutta la storia di Silkeborg, è registrata qui. Tutti i giornali, gli opuscoli e le comunicazioni pubbliche mai stampate in questa città si trovano qui dentro.

Il giovane si muove svelto e le indica un piccolo tavolo. « Qui dovrebbe esserci quasi tutto il materiale che ha selezionato. Se le servono altri documenti, li cerchi pure sul computer. » È talmente sollecito da farla sentire la prima cliente che entra in un negozio dopo molto tempo. « Mi chiami quando ha finito. Io, intanto, cerco gli atti del penitenziario, che saranno un po' più difficili da trovare. »

« Grazie. »

Helene dà inizio alla lettura dei documenti. Il primo è un quotidiano locale del 1929. Non vi trova nulla di rilevante per la sua ricerca, ma resta comunque turbata dalle fotografie della gente di allora: suo padre è cresciuto in quell'ambiente, la Danimarca degli ospizi, degli orfanotrofi, dei lavori forzati. Povertà e nessuna sicurezza, ecco il mondo di Aksel. E di William. In queste pagine, Helene riesce quasi a vedere l'origine dell'avidità di Caroline, del suo istinto di sopravvivenza. Sospira e mette da parte il giornale per scorrere rapidamente i permessi di ristrutturazione della storica taverna. Sono solo migliorie, modernizzazioni, niente d'interessante. Poi apre la cartella relativa al processo. C'è una fotografia in bianco e nero graffettata alla prima pagina: Reinholdt Flint, un uomo di mezza età, dall'espressione ostinata, ritratto di fronte e di lato. I primi documenti sono i verbali degli interrogatori. Helene li legge da cima a fondo, ma Reinholdt non dice nulla che spieghi il suo atteggiamento ambiguo verso le forze di occupazione. Comunque non nega nulla e non tenta nemmeno di sembrare simpatico. Sta di fatto che Reinholdt ha contribuito all'arresto di almeno trenta partigiani e venti ebrei da parte dei nazisti. Molte di quelle persone sono state uccise. Le voci sui pochi ebrei che lui avrebbe aiutato a fuggire, e sulle armi che nascondeva per conto dei partigiani, non sono bastate ad attenuare la pena. Reinholdt Flint è stato condannato a morte per omicidio e tradimento della patria. È stato fucilato nella zona militare del bosco di Undallslund, appena fuori Viborg, alle ore 00.33 dell'8 ottobre 1946. Helene alza lo sguardo sul computer, cerca le pene capitali comminate nei processi successivi alla guerra e trova una pagina con l'elenco di tutti i collaborazionisti condannati a morte in Danimarca. Le esecuzioni sono avvenute nello Jutland, nascoste dal buio e da un ampio bosco. È stato eretto un patibolo anche a Copenaghen, ma anche lì i condannati sono stati fucilati di notte. Helene trasale nel vedere una fotografia del patibolo in questione: un piccolo capanno in legno con una parete dotata di cinghie per tener fermi gli arti e il collo.

Mentre il processo veniva celebrato, Reinholdt era recluso nel carcere di Møgelkær. Ebbene, mancano solo gli atti del penitenziario, che il giovane bibliotecario è andato a prelevare. Helene lancia un'occhiata alla porta ancora chiusa, poi prova a riflettere sulle nuove informazioni che ha appreso, mettendole in relazione col crimine di suo padre: l'omicidio dell'ebreo William Hirsch, suo compagno d'affari e amico. Helene non riesce a immaginare come si viva durante una guerra, quando tutte le regole e i codici comportamentali normali perdono valore.

Finalmente ricompare il giovane, ma a mani vuote. Allarga le braccia, come per scusarsi. «Non capisco, i documenti non sono dove dovrebbero essere.»

«Sono spariti?» chiede Helene.

«Ma no, saranno finiti nella collocazione sbagliata. Da questi archivi non sparisce niente», risponde lui, quasi offeso.

Helene drizza la schiena e fa un respiro profondo. Ormai ha superato la fase in cui metteva in dubbio il proprio istinto e liquidava certe sensazioni come manie di persecuzione: gli atti del penitenziario non sono finiti nella collocazione sbagliata, sono stati trafugati, ne è certa. Dunque devono essere importanti, altrimenti perché prendersi il disturbo?

«Posso continuare a cercarli e... mandarle un'e-mail appena li trovo», dice il giovane.

Ma Helene scuote la testa e si alza. «Non fa niente.»

«Sicura?» Il bibliotecario sembra quasi deluso.

«Grazie infinite per l'aiuto.» Helene si volta prima che lui abbia il tempo di aggiungere qualcosa, risale ed esce di buon passo dall'edificio in mattoni a vista, mescolandosi al viavai della strada.

Helene cambia treno a Skanderborg. Fin qui, nessun controllore. Forse la fortuna sta ricominciando a girare dalla sua parte. Si siede vicinissima alla toilette. È esausta, se solo potesse chiudere gli occhi per un istante, riposarsi per un minuto... Li riapre nell'accorgersi che un uomo si è appena seduto di fronte a lei, poi guarda il monitor del vagone, con l'orario nell'angolo in basso a destra. Ma poco prima di riabbassare le palpebre vede comparire sullo schermo una sua fotografia. Si alza di scatto.

L'uomo trasale. «Doveva scendere a Skanderborg?»

Lei lo ignora e si avvicina al monitor, che nel frattempo è passato al meteo. Si prevede pioggia. Poi ricompare l'avviso di ricerca: *Helene Söderberg, scomparsa. Per eventuali segnalazioni, rivolgersi a...* Helene si volta e vede il controllore. Ormai non ha più il tempo di raggiungere la toilette. Se viene sorpresa senza biglietto, le verrà richiesto un documento, e non ce l'ha. L'alternativa è fornire un codice fiscale, ma conosce a memoria solo il suo. Si affretta a risalire i vagoni e intanto riflette. È ricercata? Sì, dalla polizia, essendo sospettata di omicidio. Però se viene arrestata adesso... la verità non emergerà mai. Nel secondo vagone c'è un gruppo di donne che hanno più o meno la sua età.

Sono lì da un bel po', con biscotti, marzapane, riviste e crema per le mani. Alcune si sono addirittura tolte le scarpe.

« Vi spiace se mi siedo anch'io? » chiede Helene con un sorriso.

« Prego », risponde una di loro, togliendo i piedi dal sedile di fronte.

Helene prende posto. Nel frattempo, il controllore compare in fondo al vagone. « Nuovi passeggeri? »

Helene chiude gli occhi e si sfila le scarpe come le vicine di sedile. Sono maestrine di ritorno da un corso di aggiornamento, lo si capisce dalle loro chiacchiere.

L'uomo si avvicina. « Nuovi passeggeri? »

Le donne continuano a parlare. Il controllore passa oltre, ma Helene non ha il coraggio di alzare lo sguardo. Altroché, se è una nuova passeggera: sta viaggiando verso la terra della menzogna, e non intende uscirne finché non l'avrà smascherata.

55

Un frenetico scalo a Francoforte, dove devono correre da un terminal all'altro e arrivano appena in tempo per prendere il volo successivo. *I viaggi sono diventati troppo facili,* pensa Joachim, mentre l'aereo sorvola gli Appennini, verso la Sicilia. Quand'è scappato da Ellen, ci ha messo due giorni a raggiungere Christiansø. Ha preso il traghetto notturno per Bornholm, ma a Gudhjem ha perso l'ultima partenza del pomeriggio, così gli è toccato aspettare l'indomani. In compenso bastano poche ore per arrivare in Sicilia.

Atterrano all'aeroporto di Catania, vicinissimo a Siracusa. Ellen punta a passo deciso verso l'autonoleggio. È lei ad avere il comando, ed è un bene, ma Joachim non sa fino a che punto fidarsi: per quale motivo lo sta aiutando? Lui la conosce bene, sa che c'è dell'altro. Con Ellen c'è *sempre* dell'altro, un lato nuovo, una sfaccettatura che lui non conosce ancora. Scuote la testa e, anziché scervellarsi sui possibili secondi fini di Ellen, accende il cellulare. Nessun messaggio di Helene.

« Che succede? » gli chiede Ellen, tornando dal bancone dell'autonoleggio.

Joachim medita di accennarle al fatto di non riuscire a contattare Helene. È preoccupato, ma alla fine lascia perdere. « Tutto a posto. »

Ellen sorride. « Vogliamo... »

« Sì. »

« Rilassati, uomo di ghiaccio », bisbiglia. Sopra la sua bocca ci sono minuscole goccioline di sudore. « Questa è la nostra vacanza, quella che avremmo dovuto fare. Ora il conto è chiuso. » Si siede al volante dell'auto, una specie di Maggiolino decappottabile, poi s'inclina di lato per aprirgli la portiera. « Salta a bordo. »

Questa sì che è bella. Una volta era sempre lui a guidare. Anzi, lei si rifiutava di prendere la patente, perché diceva che non avrebbe mai superato l'esame. Evidentemente la nuova Ellen è di tutt'altro avviso. Joachim si siede sul sedile passeggeri, lei accende il motore, con perfetta naturalezza manovra in retromarcia e parte verso sud. Fa un gran caldo, ci saranno almeno trenta gradi, anche se è quasi il tramonto. Qui il sole cala più rapidamente che in Danimarca, quindi tra poco farà buio pesto. Hanno circa un'ora di strada davanti a sé. Joachim osserva il paesaggio riarso e polveroso che sfreccia a lato dell'auto. Ellen alza il volume dell'autoradio, libera i capelli al vento e preme l'acceleratore. Radio italiana, parecchie chiacchiere e uno spiccato gusto per la musica degli anni '80. *You're My Heart, You're My Soul.* «Hai avvisato Kollisander?» grida Joachim, per sovrastare il rumore.

«Eh?»

«L'hai avvisato?»

Ellen tende una mano, spegne l'autoradio, tira fuori il cellulare ed effettua la chiamata quasi senza staccare lo sguardo dalla strada. «Pronto, Pierre? Ciao, sono Ellen Lütken. Sì, lo so che è...» S'interrompe e resta in ascolto per diversi secondi, poi scoppia in una risata argentina che Joachim ha sentito assai di rado. «Senti, ti chiamo perché sto arrivando a Siracusa. Sei lì, no?» gli chiede con aria innocente.

Joachim si china leggermente verso di lei per sentire che cosa dice Kollisander, ma non riesce a cogliere nemmeno una parola.

Ellen resta in silenzio a lungo, sempre con quell'espressione rapita che gli dà sui nervi, suo malgrado. «Be', direi che è magnifico. D'accordo così, allora.» Lancia un'occhiata a Joachim, poi aggiunge: «Però, senti, non sono sola. Sono con un collega. Be', per la verità è il mio ex marito, ma siamo qui per lavoro». Altra pausa, seguita da una risata sguaiata. «D'accordo, ciao.» Riattacca e con noncuranza lascia cadere il cellulare in grembo a Joachim. «Domani ceniamo da lui», dice, tutta soddisfatta.

«Come domani? Non stasera?»

Ellen gli dà una leggera pacca su una coscia. «Su, su, sono convinta che se ti sforzi riuscirai a dirmi: 'Grazie, Ellen, per avermi dato la possibilità di conoscere di persona un artista di fama mondiale che si rende irreperibile a chiunque'.»

Joachim incassa il colpo e si appoggia allo schienale. Ha ragione Ellen, ma lui è irrequieto. *Domani...*

Lei gli posa nuovamente la mano sulla coscia, un gesto lievissimo. « Così abbiamo una serata tutta per noi. »

56

Mentre Helene percorre la strada che porta al vecchio cascinale giallo che ospita il penitenziario, si sente fin troppo riconoscibile. È ricercata, di nuovo. Lei è Helene Söderberg, la donna sempre inseguita, che non ha mai pace. Ecco come stanno le cose. Si guarda intorno. L'ampia piana che circonda Møgelkær è curatissima, come un campo da golf. Entra nel parcheggio e in mezzo alle Škoda e alle Citroën cerca l'auto più costosa: il direttore del carcere guida senz'altro un gran macchinone. E riecco la vecchia Helene, quella che sa che il mondo gira intorno ai quattrini, quella che conta anche il centesimo. La cosa la spaventa, non è così che vuole essere. Forse aveva ragione Joachim, quando le ha detto tutte quelle scemenze pur di tirarla su di morale: bisogna trovare il posto giusto per mettere radici e stare con le persone che tirano fuori il meglio di noi. Ebbene, i Söderberg - e *la* Söderberg, nel senso della ditta - non tirano fuori il meglio di lei, anzi. Qui conta solo la moneta sonante, il potere. Ed è giustificabile quando si vive in tempi di grande povertà e incertezza, come suo padre prima della guerra. Quando si è disperati, si pensa al vil denaro perché è una questione di sopravvivenza. Però poi, una volta costruito un gran patrimonio, Aksel ha continuato a rastrellare soldi, come Caroline e Edmund. Chissà se prima di morire si è reso conto di quanto si è poveri, quando non si possiede altro che il denaro?

Per tutto il viaggio in treno, le è toccato sentire le maestrine blaterare del loro corso di aggiornamento, mentre a occhi chiusi tentava di escogitare un modo per accedere agli archivi del penitenziario. Già, non è che si possa entrare come se niente fosse e chiedere di spulciare la documentazione, soprattutto quando si è ricercati dalla polizia. Non si può nemmeno avviare una richiesta formale, che oltretutto comporterebbe lungaggini burocratiche. Ci vuole un approccio alternativo. Helene osserva le auto, ma le sembrano tutte uguali. Dopo un po', però, nota la Ford Mondeo nera, piuttosto impolverata, parcheggiata su una piazzola riservata. Bene, non resta che aspettare. Con le gambe stanche dopo la lunga camminata dalla stazione, si siede tra l'auto del direttore e la Fiat grigio-argento parcheggiata accanto. Dopo un istante passa un uomo, che per fortuna non guarda nella sua direzione. Helene non ha un orologio, ma a occhio calcola che è pomeriggio. Quando finirà la giornata di lavoro del direttore di un carcere? Si appoggia all'auto e pensa a Joachim, domandandosi se sia ancora innamorato di lei. Intanto passano diverse persone, che entrano o escono dal penitenziario, ma nessuno la nota. Poi arriva un uomo vestito elegante, con una cartelletta di pelle sottobraccio. Mentre cammina, con gesti stanchi si toglie la cravatta. Helene balza in piedi e l'uomo si ferma di botto, sul chi vive.

« Buongiorno, sono Helene Söderberg », gli dice in tono deciso, tendendo una mano e sperando di avere di nuovo tutta la sua aura di ceto elevato. Già in altre occasioni ha visto che effetto fa il suo cognome, chissà che non accada anche stavolta, nonostante il travestimento.

L'uomo resta immobile e non le stringe la mano. « Söderberg? » dice, aggrottando le sopracciglia.

Helene gli mostra la Dankort, stringendosi nelle spalle e tentando di assumere una postura rilassata ma ben eretta, che dia un'impressione di autorità.

Il direttore la scruta da capo a piedi, poi la guarda negli occhi senza batter ciglio. « Helene Söderberg è ricercata. Secondo i familiari ha perso di nuovo la memoria. »

« La cosa non mi sorprende. È appunto da loro che sto scappando », dice Helene, in tono secco. Ma la notizia la turba. Dunque hanno deciso di raccontare questa panzana?

« Mi dia un motivo per crederle », dice lui, impassibile.

« Lei sa quant'è potente la famiglia Söderberg. Ci sono parecchi soldi in gioco. Io rappresento una minaccia, perché mi sto incaponendo a cercare la verità su un omicidio commesso molti anni fa... da mio padre. » Helene s'interrompe per un istante e lo osserva. Negli occhi del direttore c'è un luccichio, forse di dubbio o forse di curiosità. In ogni caso, è riuscita a catturare la sua attenzione, ed è già qualcosa. « Sono appena stata all'archivio municipale di Silkeborg e ho scoperto che è scomparso un registro delle visite di un delatore condannato a morte subito dopo la fine della guerra. Era detenuto qui. Io credo che quell'uomo avesse assistito al crimine di mio padre, e che la sparizione di quel documento non sia accidentale.»

Il direttore socchiude le palpebre e la osserva come fanno quelli che per mestiere devono saper riconoscere i bugiardi. Helene si sforza di mantenere un contegno calmo e distinto, e gli spiega le circostanze della morte di Hirsch, tentando di trovare il dettaglio che possa convincerlo. *La narrazione si nasconde nei dettagli,* lo dice sempre anche Joachim. Lo Julsø Kro, forse? Il dettaglio può essere Marius Flint? Helene accenna al contratto sparito, ma capisce che non basta. A quel punto ha un fremito. Non sa più a che cosa aggrapparsi, si rende conto di risultare tutt'altro che credibile. Arretra di un passo e ha un senso di nausea, di stanchezza, di tensione. Finora non ha fatto altro che sbattere la faccia contro un muro. Come ha potuto essere così stupida da credere di poter convincere quest'uomo?

Il direttore apre la portiera dell'auto, ma non sale a bordo. «Una volta Helene Söderberg è stata la mia vicina di tavolo a una cena al municipio di Horsens», dice lentamente. «È passato tanto tempo, forse una decina d'anni.»

Helene sussulta e osserva di nuovo il volto dell'uomo. Palpebre pesanti, occhi con un vago luccichio di ostinazione. Cerca disperatamente un ricordo di quella cena, ma invano. Scuote con rabbia la testa e mormora: «Purtroppo la mia memoria fa un po' acqua. Su questo, hanno ragione i miei parenti».

«Le dirò, la signora non è stata una compagnia gradevole», riprende il direttore, secco, guardandola dritto negli occhi. «È risaputo che non sono esattamente un simpatizzante della famiglia reale, dell'aristocrazia e degli imperi aziendali come quello dei Söderberg. La mia famiglia ha tradizioni sinistrorse e so bene che i miei argomenti di conversazione possono urtare i membri di certe cerchie, ma quel dialogo con Helene Söderberg è stato *particolarmente* spiacevole. Quindi, se è davvero lei, per quale motivo dovrei aiutarla?»

«Se l'ho offesa, le chiedo scusa», dice Helene in tono docile.

« Offendermi? Mi ha messo in ridicolo! »

Lungo silenzio. Per quanto si sforzi, Helene non riesce a ripescare nemmeno un ricordo dell'uomo di fronte a lei. Non è più in grado di dire nulla. Bella sfida, dover dimostrare di essere la donna che lui detesta.

« So benissimo che è lei. L'ho riconosciuta », dice il direttore, a bassa voce. « Ha cambiato acconciatura, ma lo sguardo... »

Helene trattiene il fiato. È talmente tesa che le formicola la pelle. « La donna... che lei ha conosciuto anni fa, quella Helene... io non so chi sia. Non sono quella persona, non più. Ho davvero bisogno del suo aiuto, i documenti scomparsi dall'archivio... C'è qualcuno che sta insabbiando il delitto di mio padre », dice, col cuore in gola, stropicciandosi le mani.

« Tutti i grandi patrimoni poggiano su un crimine. Me l'ha insegnato mio padre quand'ero ancora bambino, e da allora non ho trovato altro che conferme del fatto che avesse ragione. » L'uomo lancia un'occhiata verso il penitenziario.

« Quindi mi crede. Grazie », mormora Helene.

Lui si stringe nelle spalle, si volta e s'incammina verso l'edificio giallo. « Non posso mostrarle nulla che sia protetto dalla legge sul trattamento dei dati della pubblica amministrazione. »

« No, certo », dice Helene, pur non avendo idea di che cosa sancisca quella legge. Lo segue fino all'ingresso, dove una guardia annuisce e li lascia passare senza fare domande. La porta si apre col classico pigolio cupo. Helene segue il direttore dentro l'edificio e solo dopo, quando ormai la porta si è richiusa, le viene in mente che potrebbe benissimo essere incappata in una trappola.

È un penitenziario di quelli di una volta, con due file di celle separate da un'ampia corsia centrale, dalla quale i secondini possono tenere d'occhio tutti. I detenuti sono nel corridoio, alcuni si sono radunati a gruppetti, e si voltano a guardare il direttore e Helene, dall'altro lato della grata. Solo uno le fischia dietro, più che altro perché è la situazione a esigerlo. Helene non riesce a trattenersi dal guardare quei volti. Li ha già visti tutti quanti, all'archivio municipale, in quel giornale degli anni '20. Sono gli uomini del passato, quelli che non sono riusciti a riscattarsi. Forse suo padre temeva di fare la loro fine, ma questo non giustifica certo le sue azioni. O sì?

Il direttore l'accoglie nel suo ufficio, una stanza linda, quasi accogliente. Appesa alla parete c'è la locandina di un film dal titolo *Ladri di biciclette*, che a lei non dice niente. Helene ha ancora paura che lui l'abbia attirata qui per metterla in cella. E se alla fin fine la sua sorte fosse questa? Che cosa penserebbe suo padre? Aksel ha faticato tanto per riemergere dal fango dell'indigenza, al punto di essere disposto a uccidere pur di non finire all'ospizio dei poveri, e adesso a sua figlia tocca proprio il destino che lui temeva più di ogni altro?

« La mia segretaria è già andata a casa, ma... Caffè? »

« Volentieri, grazie. » Helene si ferma al centro della stanza battuta dal sole del tardo pomeriggio e si sofferma a guardare una mosca che ronza pigramente alla finestra, poi si siede sulla morbida sedia imbottita di fronte a quella del direttore, che ha uno schienale più alto. Lui, intanto, è andato all'archivio in fondo al corridoio. Helene lo sente aprire e chiudere massicci armadietti e spera che non gli passi la voglia. Le cade lo sguardo su un fascio di carte sulla scrivania. Da quel poco che può vedere, sono documenti che riguardano un rilascio previsto per domani. *Jens Brink, condannato secondo il C.P. §28, Reati contro il patrimonio.* Non riesce a trattenersi dal proseguire la lettura, perché sente che quei reati riguardano anche lei: distinguono « chi ha » da « chi non ha ». Ripensa a ciò che le ha raccontato Joachim a proposito di Louise Andersen e delle cose che si riduceva a fare, pur di sbarcare il lunario: si lasciava frustare, distruggere... Chissà perché, le figure di Edmund e Caroline, e di quel povero Hirsch che è stato ucciso, le girano per la mente e si confondono col testo di questo documento su Jens Brink. Cresciuto con una famiglia affidataria, prima condanna all'età di quindici anni, seguita da innumerevoli altre, l'ultima delle quali per essersi introdotto nella villa di un calciatore. Ha rubato un paio di quadri e due sedie Børge Mogensen, ma è stato acciuffato al confine con la Germania, e solo perché il fanale posteriore destro era spento. Dunque un normalissimo controllo da « patente e libretto » ha portato al suo arresto. Fortunello, eh? Helene spera che da domani le cose gli vadano un po' meglio.

« Allora, diamo un'occhiata », dice il direttore, rientrando e sedendosi alla scrivania a sfogliare le carte.

Helene tende il collo, preferirebbe essere lei ad avere in mano quei documenti, ma il direttore li tiene dal proprio lato della scrivania e, aggrottando le sopracciglia, borbotta tra sé, mentre gira una pagina dopo l'altra. « Forse qui? » le dice, porgendole un foglio.

Lo sguardo di Helene scorre rapido lungo il testo senza trovare nulla d'interessante. Poi, però, a una seconda occhiata, tutt'a un tratto individua il nome di Aksel Söderberg: è venuto a far visita a Reinholdt in carcere, per due volte nello stesso giorno, il 5 ottobre 1946. Cioè poco prima della fucilazione di Reinholdt. Ma alla seconda visita non era solo. Accanto al nome di suo padre ne compare un altro: Robert Lundqvist, giurista.

57

Ellen guida piano per le strade di Siracusa. Joachim tiene in grembo la mappa e le dà indicazioni per il ponte che collega la terraferma a Ortigia, centro storico della città. Vi possono accedere solo i veicoli provvisti di un permesso speciale, perciò Ellen e Joachim parcheggiano, prendono le valigie e proseguono a piedi. Il buio è calato da un po', eppure le strade brulicano di vita. Sono quasi tutti turisti, gente colta e benestante che a Joachim dà sui nervi.

« Cerchiamo un albergo? Avrei un gran bisogno di una doccia, per togliermi di dosso la polvere », dice Ellen.

Ne girano parecchi, tutti al completo, essendo in alta stagione. Alla fine trovano una pensioncina con un'unica camera libera e non si concedono nemmeno il tempo di riflettere su quanto sia inopportuno dormire nella stessa stanza: sono troppo stanchi, hanno paura di non trovare un'altra sistemazione e di ridursi a passare la notte in spiaggia o sulla panchina di un parco.

La camera è minuscola, ha un vago odore di terra, è quasi interamente occupata da un letto matrimoniale dalla testiera ammaccata e ha una tappezzeria a righe rosse e oro che si sta staccando a ridosso del soffitto, ma non è priva di un certo fascino rustico, perciò Ellen non fa rimostranze. Apre la portafinestra che dà sul microscopico balcone e si sporge dal parapetto in ferro battuto. Joachim si piazza alle sue spalle. Davanti a loro si stende un mare di un blu irresistibile, Joachim non ha mai visto un colore tanto carico. Le onde battono a ritmo regolare contro gli scogli. Solo una stradina separa l'albergo dal mare. Quello spettacolo gli trasmette un senso di pace. Per un istante esiste solo l'acqua, il rumore delle onde, l'odore. Magari ci fosse Helene! Ellen esce dalla camera e s'incammina lungo il corridoio in cerca del bagno comune, poi rientra, orripilata, dicendo qualcosa a proposito degli scarafaggi che sono corsi a rifugiarsi nello scarico della doccia non appena lei ha aperto l'acqua. Poi comincia a sistemarsi i capelli, come se niente fosse. Non c'è proprio nulla che possa mandarla fuori rotta? Già, e la sua rotta quale sarebbe, poi? Che cosa desidera Ellen? Quali sono i suoi sogni? Lei butta indietro la testa, e i capelli ricadono in una pettinatura perfetta, con la riga da una parte, che le dà un'aria... mah? Seducente? Ha un vestitino nero attillato e sandaletti in cuoio scuro cosparsi di perline a colori chiari. « Allora, usciamo a mangiare? »

La cena diventa una bizzarra replica di riti familiari e al tempo stesso l'esplorazione di un territorio del tutto sconosciuto. Parlano un po' di tutto, senza un argomento specifico, ma senza nemmeno una parola sul loro passato, su Kollisander, sull'omicidio e su Helene. Joachim non ha voglia di pensarci. È liberatorio rilassarsi, lasciare che il vino faccia effetto e mandare a quel paese gli affanni della vita. Godersela. Solo in due momenti, nel corso della cena, non riesce a trattenersi dal riflettere sul motivo per cui Ellen abbia accettato di accompagnarlo qui. C'era qualcosa... Il giorno in cui hanno parlato in quel bar, lei ha detto una frase...

« Uomo di ghiaccio? » dice Ellen.

Joachim alza lo sguardo.

« Per stasera, basta preoccupazioni. Eh? »

Dopo cena, rientrano in albergo a braccetto. Ellen si appoggia a lui e comincia a vaneggiare. Quando entrano in camera, tira fuori un pacchetto di sigarette e va sul balcone a fumarne una, lentamente, con concentrazione, godendosela. « Ne vuoi una anche tu? » gli chiede con un sorriso, ma Joachim scuote la testa. È seduto sul bordo del letto, in una strana serenità che pensa di non meritare, e questo lo fa sentire in colpa.

Ellen lancia il mozzicone dal balcone e si stiracchia con godimento. « Be', mi sa che per me è ora di stendermi », dice, con voce leggermente arrochita.

Joachim si sente attraversare da una fiammata. Resta seduto immobile e avverte il movimento del materasso mentre lei si sdraia. Solo dopo, quando sente il respiro di lei farsi più pesante, si stende su un fianco e la osserva. La voce roca gli ha ricordato la prima volta che sono andati a letto assieme. È successo a una festa, naturalmente. Erano giovanissimi, e lui era stupidissimo, esaltato dall'inatteso successo della sua opera prima. Lei aveva passato tutta la sera a ronzargli intorno, provandole tutte, pur di farsi notare, ma non era il suo tipo, così lui l'ha cassata già al primo sguardo: troppo bassa, troppo minuta, troppo seria. Lui puntava alle tettone.

Poi però Ellen ha detto qualcosa, e per la prima volta Joachim ha notato quella voce roca, sensuale, che gli entrava in testa. Allora sì, che l'ha presa in considerazione. Lei se l'è portato a casa, in una camera ben diversa dallo stanzino in cui abitava lui, al pianterreno di uno studentato appena costruito, che puzzava ancora di vernice. Ellen stava in un appartamentino alle spalle del Teatro Reale, dove aveva abitato Hans Christian Andersen, e infatti nel muro bianco c'era la targa d'ottone con le date. A differenza di lui, aveva un bagno tutto suo, con una grossa vasca che poggiava su zampe di leone. Si era appena iscritta all'accademia. Lui si è seduto sul letto ben rifatto, con un copriletto acquistato a Damasco. Già, con lei era così, ogni oggetto di sua proprietà era legato a una storia. Gliel'aveva venduto una famiglia proveniente dalle alture del Golan, che l'aveva anche introdotta al mistero spirituale della danza del Samā', attraverso la quale si può giungere al Perfetto. Joachim ricorda di aver lasciato correre lo sguardo alla scoperta di tutte quelle cose, vecchie scatole di Lock & Co, la più antica cappelleria al mondo, con sede a Londra, e nell'angolo una chaise-longue in pelle rossa e bambù scuro, molto consunta, che Ellen affermava con insistenza fosse appartenuta a Sarah Bernhardt. Ma di queste cose gli ha parlato in seguito. Quella sera, la prima, Joachim è rimasto lì seduto senza sapere che cosa dire. Quando il silenzio si è fatto troppo greve, lei ha messo su un disco. La camicia leggera metteva in risalto le spalle spigolose, ma lei si è voltata di scatto e, in poche agili mosse, si è tolta i vestiti. «Ecco, io sono fatta così», gli ha detto, di nuovo con quella voce roca.

E lui l'ha fissata, l'ha scrutata senza ritegno, imprimendosi nella mente le forme di quelle cosce snelle e forti, la peluria scura del pube, i seni appena accennati ma con areole come cerchi perfetti. Non ha saputo che cosa fare, nemmeno allora. E forse lei se n'è accorta, considerando che, invece d'interpretare quel silenzio come un rifiuto, si è avvicinata e l'ha baciato. Si è seduta a cavalcioni su di lui, gli ha preso una mano e se l'è piazzata tra le cosce. «Toccami», gli ha detto, senza fiato.

Lui ha premuto il palmo contro quel grembo caldo e ha sentito il proprio sesso inturgidirsi fino a far male. Ellen si è stretta a lui, gemendo dalla smania, e solo allora Joachim si è reso conto di non avere nulla da temere: tra il suo desiderio e quello di lei non c'era nessuna differenza, Ellen lo voleva tanto quanto lui. Quella nuova consapevolezza ribolliva dentro di lui, dandogli sicurezza: d'un tratto era libero di fare ciò che voleva. Le ha posato una mano sulla nuca per trarla a sé e baciarla con una convinzione mai provata. Contemporaneamente ha infilato un dito dentro di lei, poi due, ed Ellen muoveva il bacino avanti e indietro, spingendosi contro la sua mano e stringendo i muscoli intorno alle sue dita. Lui le ha lasciato andare la nuca e lei l'ha cinto con un braccio, unendosi a lui in un bacio senza inizio né fine. I seni gli hanno sfiorato il torace, un contatto che ha strappato un sospiro a entrambi. Lui le ha posato una mano sui fianchi per seguire i movimenti, avanti e indietro, su e giù. Gemevano tutti e due, ognuno sulle labbra dell'altro. Il membro sollevava la stoffa dei pantaloni, Joachim smaniava dalla voglia di toglierseli ed entrare in lei. Ellen si è messa una mano in mezzo alle gambe e ha cominciato a toccarsi, e lui ha provato a muovere le dita avanti e indietro, dentro di lei, ma Ellen ha emesso un gridolino di protesta, ancora con la bocca spalancata sulla sua, così Joachim si è imposto di restare immobile, sempre coi pantaloni gonfi. Lei ha teso i muscoli delle cosce, muovendo le dita assieme alla mano che lui le teneva tra le gambe. Joachim attendeva, ma non sapeva che cosa. D'un tratto, è stato come se lei si fosse lasciata andare: le cosce si sono rilassate, i fianchi hanno ripreso a muoversi avanti e indietro, i gemiti si sono fatti più intensi, sempre con la bocca contro la sua, e poi all'improvviso Ellen ha rovesciato la testa e ha emesso un singulto quasi senza rumore, solo un'espirazione roca. Dopo un istante, anche lui ha raggiunto l'orgasmo. Non gli era mai capitato di venire in quel modo, non aveva mai incontrato una donna che lo eccitasse al punto di soddisfarlo senza un contatto diretto tra gli organi sessuali.

Ellen è andata in bagno a sciacquare i pantaloni, poi li ha messi ad asciugare sul termosifone, e questa è stata la scusa di Joachim per passare la notte lì. E anche il giorno seguente. Sono finiti a letto una gran quantità di volte, non riuscivano più a fermarsi, ma il rapporto cui Joachim sta pensando in questo momento è il primo. Perché? Perché tra loro si è frapposto qualcosa. Solo che stavolta quel qualcosa non è un paio di jeans, ma il tempo. Quello sì, che li separa. Eppure il desiderio c'è, Joachim lo sente chiaramente. Potrebbe svegliarla, baciarla, lei non lo respingerebbe di certo. Tanto, Helene non verrebbe mai a saperlo. È pur sempre un'occasione. L'ultima. Riconciliazione e addio. Si rigira sulla schiena e fissa il soffitto scrostato, la tappezzeria che si stacca. È tutto al rovescio, compreso lui. Sospira, in preda al desiderio, alla brama fisica, all'inquietudine.

58

Helene resta seduta nel taxi davanti alla facciata gialla del penitenziario. Sebbene sia pieno giorno, la foschia del mattino non si è ancora diradata. In compenso, lei si sente già più riposata. Ha dormito sul divano di Karen. La sua segretaria si è quasi spaventata, nel trovarsela alla porta. Non è stato difficile rintracciarla, in tutta Silkeborg c'è soltanto una Karen Schultz. L'ha accolta in casa, e Helene le ha spiegato che le serviva un posto per dormire, che c'era in gioco il futuro della ditta e che Karen era l'unica di cui potesse fidarsi. Quest'ultima cosa l'ha tranquillizzata, addirittura sembrava che fosse cresciuta di un paio di centimetri, mentre andava in cucina ad affettare il pane ai semi misti e preparare un tè verde. A quel punto, Helene si è resa conto che probabilmente la sua segretaria non è abituata ai complimenti. La vecchia Helene non le ha mai elargito una sola parola di apprezzamento.

Impaziente, tiene d'occhio la porta chiusa. Finora non è venuto nessuno a prelevare Jens Brink, che verrà scarcerato oggi. Il tassista, seduto al volante, sta sfogliando un giornale. Il motore è spento, ma il tassametro va avanti. Karen ha provveduto a rifornirla di contanti. Non ci sono stati problemi, nessuno dei dipendenti ha ricevuto particolari istruzioni su Helene, per esempio il divieto di procurarle denaro. Anzi, nessuno ha detto loro una parola, sanno soltanto ciò che hanno letto sui siti Internet dei quotidiani.

Senza staccare lo sguardo dall'ingresso del penitenziario, Helene ricapitola il suo piano, che fa acqua da tutte le parti ma è l'unico che ha. Tra poco quella porta si aprirà e ne uscirà Jens Brink, finalmente libero, dopo sei mesi di reclusione. È una mera coincidenza che ieri le sia caduto lo sguardo sui documenti di scarcerazione. Tutto merito della negligenza del direttore. Ebbene, ci sono occasioni in cui si può fare affidamento solo sul caso.

Finalmente la porta del vecchio casolare giallo si apre, ed esce un uomo dalla corporatura tozza e dai capelli radi, in pantaloni da ginnastica neri e felpa col cappuccio, slavata e di qualche taglia di troppo. In mano regge una sacca sportiva. Helene lo riconosce: è quello della foto sul documento, Jens Brink. Non dà l'idea di uno che sprizza gioia da ogni poro, anzi, ha un'aria incerta nello scrutare il parcheggio. Si aspettava di trovarci qualcuno?

Helene scende dal taxi e gli va incontro. «Jens?»

«Lei è del tribunale di sorveglianza? Ve l'ho detto, che mi serviva un trasporto in auto», dice Brink, in tono burbero, guardandosi intorno come se stesse cercando qualcosa. Forse la persona che doveva venire a prenderlo ha avuto un contrattempo, oppure gli ha dato buca?

Helene non ha tempo da perdere. Avanza di un passo. «No, non mi manda il tribunale di sorveglianza, però sono venuta a prenderla.»

«Chi è lei?» chiede Brink, con aria sospettosa.

Solo ora, tutt'a un tratto, Helene si rende conto che di fronte a lei c'è un criminale con una fedina penale che gronda condanne. Forse è pericoloso. E lei vuole portarlo con sé in taxi? Può contare solo sul proprio intuito. Qual è la prima impressione che le dà? No, non è pericoloso. Non in quel senso, perlomeno. «Non ci conosciamo. Sono qui perché mi serve il suo aiuto. Ho un lavoro per lei.»

«Dico, le va di prendermi per il culo?»

«Mi rendo conto di quanto sembri strano, che io mi presenti così, ma se accetta un passaggio in taxi le spiegherò tutto.» Helene parla a bassa voce, ma in tono incisivo.

Lui esita per un istante e ancora una volta esplora con lo sguardo il parcheggio nel quale sperava di trovare l'inviato del tribunale di sorveglianza che, per fortuna di Helene, non si è presentato. Poi, con un'alzata di spalle, dice: «Mi darebbe uno strappo fino a Horsens?»

«Prima andiamo in un posto dove possiamo parlare senza essere disturbati. Decida lei dove, ma mi dia una possibilità di spiegarle che tipo di aiuto mi serve. Dopo, la porto a Horsens.»

Brink è titubante, ma alla fine cede. Scuote la testa e si avvicina al taxi. « C'è un bar, prima dello svincolo per l'autostrada », borbotta, salendo a bordo. « Fanno uno spezzatino svedese che è la fine del mondo. »

Durante il tragitto, Helene ripassa il piano. Ha impiegato tutta la notte a escogitarlo. Ha cercato l'avvocato Robert Lundqvist, l'uomo che ha accompagnato suo padre a far visita a Reinholdt Flint prima dell'esecuzione. Ovviamente è morto, ma il suo studio legale esiste ancora e ha sede a Silkeborg. Helene ha pregato Karen di telefonare per suo conto e richiedere il contratto in virtù del quale la Söderberg Shipping effettua un pagamento annuale a Marius Flint, ma già prevede la risposta: il contratto è stato stipulato dal vecchio signor Söderberg, con una clausola di riservatezza che non si può aggirare. Come da manuale: il mondo della finanza è strapieno di accordi di questo genere, accessibili solo agli avvocati.

Finalmente raggiungono il bar. Helene tasta nervosamente la sciatta tovaglia a scacchi rossi e bianchi, e intanto parla. Jens Brink divora le patatine fritte ancora caldissime e ingolla in tre bocconi il panino bisunto. Lo spezzatino svedese era già finito. Helene sorseggia l'aranciata, l'unica cosa che la nausea le consenta di assumere. Non racconta tutto, si limita alle cose più importanti: il contratto si trova presso lo studio legale e una clausola le vieta di visionarlo, anche se è stato firmato da suo padre. « Se non riesco a farmelo consegnare, l'unica possibilità è prenderlo per conto mio », conclude.

« Come mai è tanto importante? » le chiede Jens Brink, a bocca piena, senza alzare lo sguardo.

Helene fa spallucce. « Non credo che le serva saperlo », azzarda. « È importante per me, e sono disposta a pagare per averlo. Non le basta? »

« E chi mi dice che li vedrò, 'sti soldi? Chi mi dice che lei è davvero una Söderberg? »

« Le darò un anticipo. Quanto al resto, le tocca fidarsi di me. » Helene posa sul tavolo una mazzetta di banconote da mille corone, ancora lisce, nuove di zecca, ma vi appoggia pesantemente la mano e aggiunge: « D'altronde, anch'io devo fidarmi di lei e contare sul fatto che non sparirà con questa somma. Chi mi dice che rispetterà l'accordo?»

Silenzio. Si guardano come duellanti, nessuno dei due vuole essere il primo a battere le palpebre.

«Certo, che rispetterò l'accordo», dice Jens Brink, piccato.

Helene solleva la mano dalle banconote e lui si affretta ad arraffarle. Accordo concluso.

Ci pensa lui. È un sollievo: Jens Brink è un ladro di professione, sa il fatto suo. A Helene resta solo un compito: acquistare un cellulare con scheda prepagata anonima e inviargli un messaggio, in modo che lui possa memorizzare il numero. Brink le raccomanda vivamente di usare quel telefono solo con lui e di attendere una sua comunicazione per fissare il prossimo incontro.

Helene passeggia per il centro di Silkeborg, passando da una panchina all'altra ed evitando di guardare la gente. Ha il batticuore alla sola idea di essere riconosciuta, per non parlare del fatto di essere la mandante di un furto con scasso. In un bar trova un giornale con un articolo che parla di lei, l'ereditiera che ha tutto, ma che ha perso il senno. Viene nominato anche Edmund, l'affranto maritino, e c'è una vecchia foto dei bambini, che sembrano piccoli e inermi. Le viene da piangere. I suoi figli *sono* piccoli e inermi, e adesso sono a Londra con una giovane tata, mentre dovrebbero essere con lei, la loro mamma.

Finalmente arriva il messaggio. Appuntamento alle 22.30 davanti al portone della palazzina in cui ha sede lo studio legale. Chiude gli occhi. Tutto gira. Li riapre e guarda fisso nel vuoto. È tutto talmente irreale... eppure va come dovrebbe: Helene sta agendo. Il segreto di suo padre non deve restare tale.

Lascia passare le ore, finché non cala il buio, poi s'incammina con buon anticipo. La strada è deserta. Helene rallenta il passo, non sapendo dove fermarsi ad aspettare, ma d'un tratto Jens Brink compare alle sue spalle, le afferra un braccio e la trascina dentro un portone, in un angolo buio. Le porge un passamontagna nero. «Adesso le spiego come faremo», bisbiglia. «C'è un sistema di sicurezza, non possiamo aggirarlo. Entreremo nella palazzina e saliremo al piano dello studio legale, ma non appena apriremo la porta suonerà l'allarme, e a quel punto avremo al massimo dieci minuti, prima che arrivi il guardiano. Afferrato? »

Helene è confusa. « Come 'entreremo'? Anch'io? »

« Certo, dobbiamo essere in due: uno sgraffigna, l'altro fa il palo. Mio fratello ci aspetta sul Gudenå, scapperemo per di là. »

« Dico, non pretenderà davvero che venga anch'io? » protesta Helene, che sperava di dover attendere in strada e farsi consegnare il contratto. Non ha la minima voglia di darsi al furto con scasso.

« Senta un po', più gente coinvolgiamo, maggiore è il rischio che qualcosa vada storto, quindi non possiamo rivolgerci a una quarta persona. Mio fratello è l'unico di cui io mi fidi, ma ci serve per squagliarcela, quindi dovrà essere lei a venire con me, altrimenti non se ne fa niente. Mi sono spiegato? »

Helene riflette, poi annuisce.

« Benissimo », riprende lui. « Dicevo: non possiamo aggirare il sistema di sicurezza. Anche se tagliassi i fili, le batterie durerebbero ore. Quindi dobbiamo entrare e agire in fretta, intesi? »

Anche stavolta, Helene non può fare altro che annuire, travolta dalla situazione.

« E adesso veniamo ai vantaggi: l'ufficio è al quinto piano, ha una scala sul retro e c'è un guardiano solo. Se sale dalla scala principale, noi scendiamo da quella di servizio, o viceversa. » Jens ha un'espressione soddisfatta. Guarda l'orologio da polso, poi le fa cenno di venire con lui.

Ancora frastornata, Helene lo segue lungo la strada deserta. Da taccheggiatrice a scassinatrice, nel giro di pochi giorni. Anche suo padre ha avuto una graduale evoluzione nel mondo del crimine? Si comincia rubacchiando mele e tinture per capelli, poi si passa al furto con scasso e si finisce con l'omicidio?

Jens s'infila un passamontagna identico a quello che lei ha ancora in mano. Helene si affretta a fare altrettanto. La lana è ruvida e ha un odore acre, chissà chi l'ha indossato prima di lei. Jens si ferma davanti all'ingresso, lancia una rapida occhiata a sinistra e a destra, poi prende la rincorsa e assesta un calcio al portone. Atterrita, Helene indietreggia. Un altro calcione. Un po' poco discreto, come ladro, questo Jens Brink. Forse questo spiega la fedina penale? Helene medita di filarsela, ma al quarto calcio la porta si apre e Jens sguscia dentro. Lei lo segue. Salgono di corsa la scala. Jens ha una torcia, il cono di luce scivola lungo i gradini. Già al secondo piano, Helene ha il fiatone e fatica a tenere il passo. Lo raggiunge davanti alla porta con la targa in ottone che dice: STUDIO LEGALE LUNDQVIST E FIGLIO.

«Tenga presente che abbiamo solo dieci minuti. Sa dov'è il contratto?» dice Jens, serissimo.

«No, ma...»

«Lo cerchi lei, io faccio il palo», la interrompe lui, in tono deciso. «È più pratico così. Lei saprà riconoscere il documento che sta cercando. Dieci minuti, intesi?» Prima che lei abbia il tempo di rispondergli, prende la rincorsa e con un solo calcio sfonda la porta.

Scatta all'istante l'ululato ritmico dell'allarme.

«Dentro, dentro, cribbio!» grida Jens, dandole uno spintone che per poco non le fa perdere l'equilibrio.

Helene ha il cuore in gola e sotto il passamontagna il sudore le cola negli occhi, in più non riesce a orientarsi in quelle stanze buie. Poi, tutt'a un tratto, un fiotto di luce inonda lo studio.

Col volto coperto dal passamontagna nero, Jens annuisce come per incoraggiarla. «Con tutto 'sto casino che stiamo facendo, tanto vale accendere le luci. Dobbiamo solo evitare di farci vedere in faccia, e levare le tende più in fretta che possiamo. Avanti, si muova.» Si piazza alla finestra, dandole le spalle.

Helene è disorientata, ma solo per un istante. Ogni secondo è prezioso. Si concentra sulla fila di bassi schedari che copre l'intera lunghezza di una parete. Apre un cassetto a caso, scartabellandone rapidamente il contenuto nel tentativo di capire se le cartellette siano disposte in ordine alfabetico o cronologico. Sono contrassegnate da numeri, ma chissà a che cosa si riferiscono. Frenetica, apre un altro cassetto, provando a combinare i numeri coi nomi e le date nell'angolo in alto a destra, ma non riesce a individuare un criterio. Si blocca, le tremano le mani, l'ululato dell'allarme le perfora i timpani e la testa. Non riesce a ragionare.

« Presto! » grida Brink.

Helene apre un terzo cassetto, un quarto, scartabellando a casaccio. È un'impresa disperata. Poi all'improvviso nota uno schedario chiuso a chiave, dietro la scrivania, un po' in disparte rispetto agli altri. « Può aprire questo? » grida.

In tre passi, Jens Brink la raggiunge e applica nuovamente il suo metodo, ben distante dai sofisticati grimaldelli che Helene aveva immaginato. Un calcione di lato e uno di fronte, e lo schedario si apre. Jens torna di corsa alla finestra e guarda fuori. « Oh, cazzo, arriva! »

Helene sfoglia a ritmo indiavolato le cartellette. Tutte hanno un timbro rosso: CONFIDENZIALE. La scritta è ripetuta su tutte le pagine.

« Avanti, cazzo! Dobbiamo andarcene subito », ruggisce Jens. « Sta salendo dalla scala principale, prendiamo quella di servizio. »

Helene sfoglia, sfoglia, i nomi si confondono. Deve trovare quel contratto. Sa che è qui.

« Si muova! » Jens Brink le afferra un braccio.

Lei si divincola. « Devo trovarlo », piagnucola.

« Dobbiamo filarcela subito! »

« No, io resto. Devo trovarlo. » Passa un secondo. Un secondo che non possono permettersi di perdere. Il sangue ribolle, l'allarme si mescola col sibilo dell'angoscia dentro di lei. Helene serra i denti. Non può andarsene proprio ora che è così vicina alla meta. « Scappi. Si salvi lei. Io resto. Devo trovare quel contratto. Le assicuro che non farò il suo nome. Scappi e segua il piano. Mi prenderò tutta la colpa, glielo giuro sul mio onore, e lei avrà i soldi che le spettano. »

Lui esita. Helene riesce quasi a vedere i pensieri che gli attraversano il cervello a velocità da treno espresso. Ma solo per un istante. Poi Jens fugge. E lei resta da sola. Sente i suoi passi che si allontanano giù per la scala fino a sparire, poi altri passi che si avvicinano. Il guardiano. Non c'è più tempo. Helene si china di nuovo sul cassetto e riprende a controllare rapidamente le cartellette. Le prende una per una, legge i nomi, poi le getta di lato. Tutt'a un tratto, si ritrova in mano il contratto. Ci sono entrambi i nomi, Reinholdt Flint e Aksel Söderberg. Il guardiano si avvicina. Helene non può più uscire, non ha scampo, ma le serve ancora qualche minuto per leggere il documento. Si guarda intorno. Il bagno! Corre dentro, sbatte la porta e la chiude a chiave. Che vengano pure, che l'arrestino, basta che venga a galla la verità. Quella verità che ora è tra le sue mani. Ora finalmente la conoscerà anche lei. Su di lei cala una strana quiete. Si siede sul coperchio della tazza e apre la cartelletta. Fuori, il guardiano sta entrando nell'ufficio, Helene lo sente correre di stanza in stanza. Poi vede la maniglia abbassarsi e per un istante teme che anche quest'uomo sia un sostenitore del metodo Brink. E invece niente calcioni, per fortuna. Helene trattiene il fiato.

«Sta arrivando la polizia», grida il guardiano, fuori della porta. Il suo respiro sta rallentando. È in attesa. Evidentemente non si arrischia ad agire da solo.

Helene ne approfitta per leggere il contratto. Legge, divora, risucchia il testo. La verità, finalmente. Cinquemila corone al mese finché sarà in vita il figlio di Reinholdt. Cinquemila corone, ecco quanto valeva la verità nell'immediato dopoguerra. Ma Reinholdt non era uno sprovveduto, così ha imposto un'indennità di contingenza, ecco perché la cifra che Helene ha trovato nei conti della Söderberg Shipping è decisamente più alta. Allegata al contratto c'è una lettera autografa di Reinholdt, da inviare alla stampa danese qualora il pagamento saltasse. Il figlio di Reinholdt ne possiede una copia, che può utilizzare in caso d'inadempienza, come specificato nel contratto stesso.

Rumore di sirene in avvicinamento. D'un tratto cala il silenzio, si spegne anche l'allarme. Helene non ha più tempo. Apre la busta e ne legge il contenuto, più veloce che può, mentre sente i tonfi dei passi di molti uomini che stanno salendo. Vengono a prenderla. Nella lettera, Reinholdt racconta tutte le cose che Helene ha già capito da sé, ma anche qualcosa in più. La sera dell'arresto di William Hirsch, Reinholdt era presente. A quell'epoca era pericoloso essere ebrei in Danimarca, perciò William voleva fuggire in Svezia assieme alla moglie incinta, Rosa. Ma Aksel aveva ben altri progetti. Da parecchio tempo

William si rifiutava di collaborare coi tedeschi, incurante dei possibili guadagni. Aksel, invece, era del parere opposto. Lui aveva poco più di vent'anni e, tra i due soci, non era certo il più influente, perciò ha pensato bene di togliere di mezzo William. Si è rivolto a Reinholdt perché era noto per essere un collaborazionista. Reinholdt, a sua volta, ha contattato i suoi conoscenti presso la Gestapo, denunciando l'ebreo Hirsch e il suo progetto di fuga. Quando William è stato arrestato, erano presenti sia Reinholdt, sia Aksel. Nella lettera, Reinholdt mette bene in chiaro che tutto ciò è accaduto per volontà di Aksel. I tedeschi avevano un interesse nell'azienda di spedizioni ed erano disposti a scendere a un compromesso, così Aksel ha deciso che Rosa poteva benissimo essere risparmiata e l'ha mandata all'estero. Ma William doveva morire, sparire senza lasciare traccia. I tedeschi l'hanno portato sullo Julsø, nel punto in cui l'acqua è più profonda, perché lo scioglimento dei ghiacci ha scavato una fossa di quasi venti metri. Reinholdt descrive nel dettaglio la posizione: partendo dal castagno al margine del giardino dello Julsø Kro, avanzando in linea retta in direzione sud-sudovest fino al centro del lago, ci si trova nel punto esatto in cui William è stato ucciso e gettato in acqua. Aksel era lì, ha visto tutto. L'aveva deciso lui.

All'improvviso, Helene prova un senso di affanno, fatica a respirare, come se sott'acqua ci fosse finita lei. La stanza dondola, e quando i poliziotti sfondano a calci la porta e fanno irruzione nel bagno, lei li vede come attraverso una fitta nebbia.

59

«Sei sicura che sia qui?» chiede Joachim, scettico.

Le case che sorgono lungo la stradina lastricata sembrano tutte uguali: tre piani, tutte appoggiate le une alle altre, come se si stessero aiutando a vicenda a sorreggere il peso della loro storia. Si trovano all'estremità opposta della città, rispetto all'albergo. Joachim alza lo sguardo sulla facciata. L'unica cosa che distingua questa casa dalle altre è il fatto di essere completamente buia: imposte chiuse a ogni finestra. Possibile che Kollisander alloggi qui? Ellen si stringe nel leggerissimo scialle: ora che il sole sta calando dietro i tetti, la brezza di mare è più fredda. È nervosa, è chiaro. Ha provato diversi vestiti, prima di decidere per quello arancione. D'altronde è nervoso anche Joachim, benché non per gli stessi motivi.

«L'indirizzo è questo.» Ellen si avvicina a passo deciso alla porta d'ingresso. «Ha detto di passare attraverso.»

«Attraverso?»

C'è un campanello, ma senza targhetta. Ellen esita, poi preme il pulsante color verderame. Lo squillo si sente fin dalla strada. Passa un istante, poi si sente un ronzio ed Ellen apre la massiccia porta in legno intagliato. L'ingresso è illuminato e ha un'ampia scala rivestita di panno verde, ma Ellen la ignora e va dritta verso la porta del cortile interno. Poi si volta. «Vieni?»

Joachim la segue e quando vede il cortile capisce il senso di quell'*attraverso*: è uno spazio oblungo, con un orto e una vecchia vera da pozzo, e in fondo a esso sorge un'altra casa. C'era da aspettarselo, che Kollisander alloggiasse in una posizione tanto defilata ed esclusiva, con vista sui tetti e sul mare, in una grande casa antica riattata a regola d'arte.

«Che te ne pare?» mormora Ellen, con un sorriso. Si sistema nervosamente i capelli, prende uno specchietto dalla borsetta e si ritocca il rossetto.

Joachim ridacchia a bassa voce. «Sembra quasi un vecchio monastero.» Da qualche parte ha letto che, di tutte le regioni del mondo, la Sicilia è quella che ha subito più invasioni. Molti popoli si sono contesi questa terra riarsa. Forse la cosa si riflette sull'architettura? Certo, le innumerevoli legioni che hanno attraversato quest'isola hanno portato con sé stili diversi, che però si sono fusi con sorprendente armonia. Muri bianchi, tegole a tre strati, ringhiere in ferro battuto, tre piani, imposte alle finestre. Sobrietà. Ed è ovvio, quando la gente deve ricostruirsi una casa ogni volta che gliel'abbatte un esercito di razziatori. Ma ecco che alla porta compare un uomo alto e robusto. Joachim è sorpreso. Non sa nemmeno lui che cosa si era aspettato, di sicuro non questo: Kollisander ha un'espressione cordiale e intelligente, occhi azzurri, pelle cotta dal sole e un pizzetto scuro ben definito. I capelli grigio-argento ricadono fino alle spalle, in una pettinatura creata dal vento.

«Ellen!» Kollisander allarga le braccia in un gesto affettuoso.

Ellen sale la scalinata d'ingresso e si lascia affondare in un abbraccio nel quale il suo corpo minuto sembra quasi scomparire. Quando si staccano, resta accanto a lui, con una vampa al viso. Joachim guarda i vasi di fiori, uno per ognuno dei dieci gradini.

«Allora, cos'abbiamo qui? Un ex marito che non vuole mollare l'osso? Eh, posso ben capirlo.» Kollisander ride.

Joachim vorrebbe protestare, ma non sa cosa dire, perciò fa spallucce e si unisce alla risata.

«Siete i primi, poi arriveranno altri ospiti. Ho pensato di approfittare della vostra visita per allargare la compagnia», dice Kollisander, accogliendoli in casa.

Niente vestibolo, si entra direttamente nell'enorme stanza che funge da cucina, salotto, biblioteca e cantina dei vini. Libri e padelle, scaffali di bottiglie, scrivania, travi a vista. Il centro della sala è occupato da un tavolo di assi massicce, attorniato da piccole oasi di divanetti e poltrone dalle fodere di design. Nell'angolo, un grosso letto sfatto.

«Ci lavori pure, qui dentro?» gli chiede Ellen, incuriosita.

Ancora una volta l'artista scoppia in una risata crassa, più contagiosa di uno sbadiglio. È impossibile non ridere con lui. «Io lavoro *sempre*», le risponde. «Ingenuo, io, a credere che tu venissi a trovare me, un vecchio solitario. E invece t'interessa la mia arte.»

Joachim lo scruta. Sotto il tono allegro di Kollisander c'è una nota di vulnerabilità. Forse è davvero un uomo solo?

«Domani vi porto di sopra a dare un'occhiata al *sancta sanctorum*. Il lavoro da una parte, la compagnia dall'altra. E stasera pensiamo alla compagnia, d'accordo?»

«Ma certo, ci mancherebbe, la mia era solo curiosità», dice Ellen.

«Ci ho messo cinque anni e ho speso una fortuna in bustarelle, solo per ottenere il permesso d'installare un lucernario, quindi ci tengo a mostrarvelo. Domani, promesso.» Kollisander dà qualche accenno sul suo particolarissimo metodo: estrarre un'essenza, un pigmento dall'oggetto che intende dipingere. Oggi ha spremuto camelie, e mostra a Ellen i palmi chiazzati di rosa, nero e bianco. Fa una strana impressione, un uomo di quella corporatura colossale che si mette a parlare del succo dei fiori. Prende a braccetto Ellen e l'accompagna al tavolo già apparecchiato. Scodelle d'argilla piene di specialità locali, ciotole di olive nere, quadrati di focaccia cosparsi di sale a scaglie. Riempie i bicchieri per un brindisi e solo ora cala un istante di silenzio, mentre si guardano negli occhi, da sopra il bordo dei calici. Il vino ha un gusto dolce, tondo. «È fatto con uve locali», assicura Kollisander, per poi passare a descrivere il viaggio dell'acino dalla pianta alla bottiglia: migliaia di grappoli appesi nel sottotetto per mesi, per asciugarsi lentamente al tepore dell'autunno siciliano, assorbendo l'aroma della brezza di mare. «Lo scirocco, un vento che soffia dal Sahara e attraversa il Mediterraneo, porta con sé la sabbia del deserto e la deposita sulle terre di Sicilia, lasciando all'acino una nota speziata di datteri, cardamomo e... merda di cammello.»

Ridono.

«Allora, che cosa vi porta qui, nel profondo culo d'Europa?»

«Ma cosa dici? Un così bel posto!» esclama Ellen, come se l'avesse offesa.

« Tagliaborse, tutti quanti. Mafia, frodi e corruzione, condite da un'ottima cucina e da un clima splendido. Un paradosso, questi italiani », dice Kollisander. « Non li capirò mai. Ma da qualche tempo mi sono reso conto che non si capiscono nemmeno loro. Sono profondamente sconcertati da se stessi. E questo è uno dei motivi per cui non viaggiano. »

« Non viaggiano? » gli fa eco Joachim, tanto per dire qualcosa, invece di starsene lì come un reggimoccolo.

« Mah, ditemi voi! Sapete quanti siciliani hanno un passaporto? Il cinque per cento. »

Kollisander si mette a parlare della sua governante ed Ellen ride, pende dalle sue labbra, neanche stesse ascoltando la voce di Dio. E ora Joachim capisce come mai la cosa lo urti: l'oggetto dell'ammirazione di Ellen è un uomo che è riuscito laddove lui ha fallito, ossia a mettere da parte il sogno piccolo-borghese dell'amore e puntare tutto sull'arte. E la cosa ha dato i suoi frutti. Joachim prende un grosso sorso di vino fresco, tentando di distinguere, tra i vari aromi, quello dello sterco di cammello.

Intanto arrivano gli altri ospiti: tre donne, una delle quali piuttosto giovane, e un giovane emaciato, poco più di un ragazzo. Due delle signore gestiscono un negozietto qui a Ortigia, vendono la stessa carta di papiro che si può acquistare in qualunque altro posto. Qui al Sud, ogni città ha un suo prodotto tipico - vasi, senape, porcellana, bambole - e i turisti scandinavi si portano a casa oggettini che fino a due giorni prima ritenevano indispensabili. Scampoli di dolce vita. *Così ci si ritrova a Hvidovre o a Haderslev, con la casa piena di puttanate*, pensa Joachim, tentando di simulare interesse per la produzione di papiri delle due donne. Il negozio è un laboratorio aperto, dove una di loro prepara la carta. Non c'è verso di scoprire che mestiere faccia la terza donna, quella giovane, né se le tre siano sorelle. Si somigliano, ma forse tutte le siciliane hanno quell'aspetto. Sono così basse da far sembrare alta perfino Ellen. I capelli sono così neri da tendere al blu, e lunghi fino ai fianchi. Lo smalto alle unghie ha la stessa tinta del rossetto sulle labbra sottili ma ben modellate. Anche loro, come Ellen, sono stregate da Kollisander e relativamente indifferenti a Joachim, e questo gli permette di assumere un ruolo da osservatore senza che nessuno lo disturbi.

Il ragazzo viene presentato come Billy, ma non si capisce se sia un soprannome, viene fatto oggetto di una battuta di spirito che Ellen coglie all'istante, ma che Joachim non afferra. Una sola cosa è chiara: si tratta di un girovago sperduto, che Kollisander ha preso sotto la propria « ala protettrice ». Il ragazzo non regge l'alcol e ben presto comincia a bofonchiare frasi sconclusionate. A un certo punto si mette a cantare, con una voce acuta e limpida che toglie il fiato a tutti, e per un istante le quattro donne si uniscono a formare un uditorio intenerito. Joachim le osserva, ed è forse la sua vecchia idea di considerarsi un Ulisse in guerra per la bella Elena a fargli pensare alle sirene greche dell'Egeo che stregavano i naviganti col loro canto, attirandoli verso la morte sugli scogli aguzzi. Ebbene, ora le sirene tacciono per ascoltare Billy. Supereranno l'esame di ammissione al coro? Ellen è la sirena di Joachim? Farfuglia anche lui, ha alzato un po' troppo il gomito, ma beve un altro sorso e riprende a osservare Kollisander, tentando di scoprire cosa si celi dietro la facciata dell'uomo di mondo, dell'artista. Kollisander è l'uomo che si trovava dietro lo specchio della camera delle torture? È stato lui a uccidere Louise? Sembra talmente inverosimile... All'improvviso lo sguardo di Kollisander incrocia quello di Joachim. Un luccichio di... curiosità? Sospetto?

« Billy resta ad abitare qui con te? » gli chiede Joachim, per sviare l'attenzione.

« No, lo rispedirò ad Aberdeen dai genitori, ma prima voglio assicurarmi che si sia rimesso in carreggiata. Non vorrei piazzarlo a bordo di un aereo per poi scoprire che si è fermato nella prima metropoli, pronto a reimmergersi in chissà quali lordure », risponde Kollisander, con aria preoccupata.

« Però adesso alloggia qui? » chiede Joachim, lanciando un'occhiata al letto sfatto. Si rende perfettamente conto di che cosa sta insinuando, ma è meglio fare la figura dell'indiscreto, piuttosto che rischiare che Kollisander si metta a fare domande.

Il pittore fa un sorrisetto sghembo. « No, l'ho sistemato a casa della mia governante. Sono una persona molto più banale di quanto non creda. Non faccio altro che lavorare, perciò mi serve quiete. È anche per questo che tengo la casa tutta per me: se avessi un atelier esterno, lungo la strada rischierei d'incrociare una vicina attaccabottoni, che mi farebbe perdere la concentrazione. »

« Ah, è tutta di tua proprietà? » chiede Joachim, sorpreso.

« Posso permettermelo, quindi tanto vale approfittarne. La cosa la offende? I danesi si scandalizzano tanto, a sentire che possiedo una casa così grande e ci abito da solo. Ma perché no? Qui, la mia vita è perfetta. Tutto ciò che mi serve è concentrato in una stanza. Quando sono in atelier, la mia governante provvede a tutte le necessità pratiche, così posso dedicarmi solo all'arte. Se voglio vedere qualcuno, esco. Oppure lo invito. A parte quelli che s'invitano da sé. » Kollisander guarda in tralice Ellen, che ricambia con un sorriso di beatitudine.

Le donne tacciono, ascoltano religiosamente le sue parole e solo ora Joachim si rende conto che Kollisander è passato all'inglese in modo che tutti possano seguire il discorso. In pochi istanti, tutta la tavolata imbastisce una vivace conversazione sulle persone che s'imbrigliano alle norme e soffocano i propri sogni pur di essere normali. Una vita ai ceppi.

« Io credo di essermi guadagnato il diritto di vivere libero solo perché la mia arte ha successo », dice Kollisander, guardando Joachim negli occhi. « Triste, ma vero, amico mio. Finché non ci si afferma, si è schiavi delle idee altrui, che pretendono di decidere del nostro comportamento. »

« Ah, quant'è vero », bofonchia Billy, per poi lanciarsi in un discorso sconclusionato su un mondo in cui tutti vivono in armonia.

Kollisander gli accarezza i capelli e inarca scherzosamente le sopracciglia, rivolto alle donne, che si mordono il labbro per non scoppiare a ridere. La conversazione riprende, la cena continua, ma Joachim si sente punto sul vivo dal discorso di Kollisander: avrebbe rinunciato agli anni passati con Helene, in cambio di un po' di successo in più?

Nel frattempo, Ellen è andata in bagno, l'unico locale della casa ad avere una porta. Quando torna a tavola, Joachim reclina la testa e guarda il soffitto. Il legno vecchio delle travi si abbina con grazia ai grossi blocchi di pietra della muratura. All'estremità opposta della sala, non lontano dal letto, c'è una grossa vasca da bagno in ottone lucidissimo. Joachim osserva a lungo i ganci di ferro fissati a intervalli di un metro lungo la trave centrale. Continua a pensare al gancio che ha visto nella camera delle torture, a cercare indizi. Ma forse ha ragione Ellen: si è fissato su un'idea e interpreta tutto alla luce del suo sospetto. Questi ganci potrebbero benissimo essere lì da quando questa stanza era adibita a tutt'altro. Se fosse stata un granaio, per esempio, potrebbero essere serviti ad appendere i sacchi. Oppure pezzi di carne, se fosse stata un essiccatoio. Non sarebbe poi strano. Si lascia sfuggire un sospiro di scoramento. Ellen è un po' alticcia, Kollisander continua a squadrarla da capo a piedi e lei ricambia spudoratamente i suoi sguardi. Joachim si alza un po' troppo di scatto, la sedia striscia contro il pavimento e lui l'afferra appena prima che cada. « Mi sa che per noi è ora di andare. »

« Di già? » Ellen si alza.

« Domani ci attende una giornata di lavoro », dice Joachim.

Ellen si stringe nelle spalle e sporge le labbra, imbronciata. « Nessuno c'imporrà una levataccia, no? »

Joachim si avvicina e la prende a braccetto prima che abbia il tempo di tornare a sedersi accanto a Kollisander. « Direi di sì, se vuoi riuscire a ritagliarti un po' di tempo per visitare l'atelier », le dice, con un sorriso rigido. Si china su di lei e le sibila all'orecchio: « Dai, Ellen, è una cosa seria ».

Ellen guarda un'ultima volta Kollisander e fa un sospiro profondo. « Domani vedrò anche la tua chiacchieratissima opera? » gli chiede, con una voce arrochita da un desiderio impudente.

Kollisander si rivolge a Joachim. « Quale, *La donna segreta*? Non l'ha vista nessuno. » Con galanteria fa un baciamano a Ellen, ma senza alzarsi.

« *La donna segreta...* » ripete lei. « Tu sì, che sai creare un'aura di mistero. »

Le tre donne si alzano e salutano Ellen con un frenetico giro di baci sulle guance. A Joachim rivolgono un cenno piuttosto contenuto, evidentemente non hanno avuto una buona impressione di lui.

Quando tornano nel cortile interno, non appena la porta si richiude alle loro spalle, Ellen protesta: « Era proprio necessario? »

« Sai benissimo perché siamo qui », dice Joachim, serissimo.

« Cosa? Pensi ancora a quella stronzata? Non credi che quella Helene possa cavarsela da sé, senza... » Ellen non conclude la frase. È di nuovo quella di una volta. Quella gelosa. « Helene la passerà liscia, Joachim. È ricca, e i ricchi si aiutano tra loro, così restano impuniti », mormora. È visibilmente ubriaca.

« Torna all'albergo », le dice Joachim. « Io do un'occhiata all'atelier. Ci metto un attimo. »

« Eh? E cosa conti di trovare? »

« Niente », risponde Joachim, ma si accorge di avere un tono disperato. « Però è così che si fa. Quando la polizia sospetta di qualcuno, fruga nel... »

« Ah, la polizia. Sei un poliziotto, adesso? »

Joachim la guarda e le sistema lo scialle intorno alle spalle. « Riesci a trovare la strada per l'albergo? »

« Col cazzo. »

« Prego? »

« Non pretenderai di essere l'unico a vedere la sua opera segreta? »

Joachim riflette per un istante, poi le posa una mano su un braccio. Preferirebbe agire da solo. Lei è sbronza e fa troppo rumore, anche se il baccano della tavolata basterà di sicuro a coprirli: il ragazzo ha ripreso a cantare, le donne parlano tutte contemporaneamente... Joachim sale il primo gradino della scala esterna che porta all'atelier. « Togliti le scarpe », bisbiglia.

Lei obbedisce.

Una volta in cima, Joachim esita. Ha fatto cose ben peggiori, negli ultimi giorni, eppure stavolta gli sembra diverso. Apre la porta. Dagli ampi lucernari entra solo il chiarore della luna, ma è più che sufficiente. Ellen resta immobile, in silenzio, ed è comprensibile: per lei è un'esperienza grandiosa, come lo sarebbe per lui, se questa fosse la casa di Hemingway. Dipinti ovunque, alcuni montati su cavalletti, altri accatastati contro le pareti. Non sono finiti, s'intuiscono i diversi stadi di lavorazione, ma portano già l'inconfondibile cifra stilistica di Kollisander: l'uso della natura. I colori sono ricavati da fiori e legni bruciati, lo si capisce dall'odore. Joachim passa di quadro in quadro, perdendosi in essi, e ha una sensazione di peso, di fiacchezza, come un'ipnosi. Non saranno tossici, questi colori? Sta respirando i vapori velenosi di qualche pianta locale? Al centro della stanza c'è un cavalletto con un quadro girato dalla parte del retro. Si avvicinano, Ellen gli prende una mano e lui la sente tremare. Il quadro è piccolo, nulla di grandioso. Ellen lo prende con delicatezza e lo gira. «*La donna segreta*», bisbiglia.

Tutto qui? Un volto femminile, nient'altro. La donna è ritratta di schiena e sembra lanciare uno sguardo alle proprie spalle, verso l'osservatore. Le labbra... sorridono? C'è qualcosa negli occhi, un'aria mite. Intorno a lei, il cielo è rosso, forse è un orizzonte al tramonto. Joachim non saprebbe descrivere l'impressione che ne ha. Da un lato gli sembra banale, ma ha anche qualcosa di... ultraterreno.

«No», mormora Ellen. La sua voce si spezza.

«Quant'è piccolo», dice Joachim.

Ellen gli stringe la mano e lui si sente svuotato. È davvero tutto qui? Dunque aveva torto, alla fin fine. Questa roba non c'entra niente con la morte di Louise. Frustrato, le lascia andare la mano e la guarda. Ellen ha le lacrime agli occhi. Perché? È davvero un'opera così grandiosa? Lui non riesce a entusiasmarsi allo stesso modo, il mondo dell'arte non è mai stato il suo. Osserva di nuovo *La donna segreta*. C'è qualcosa... mah? È come se ci fosse più vita in quel dipinto che non in una persona vera. Ma cos'è che lo rende tanto particolare? Il colore? Il rosso delicato di quel tramonto? Sembra quasi stampato, anziché tirato a pennello. Ma non è solo questo, c'è anche qualcosa nella tela. La guarda da vicino.

«Joachim...» mormora Ellen, nel vederlo tendere una mano.

«Sì?»

Lei scuote la testa. «Non vedi?»

«Cosa?» I polpastrelli di Joachim sfiorano delicatamente la

tela tesissima. È secca, sottile, porosa. Non è tela comune. Papiro, forse? Avvicina il viso e strizza le palpebre. No, non sono fibre vegetali intrecciate, è un materiale più morbido. Ed è un pezzo unico. Pelle animale? La sfiora di nuovo con un dito.

« Andiamocene », sibila lei, tirandolo per una mano.

Ma lui continua a sfiorare il dipinto, imperterrito, sempre con quella sensazione di peso e di fiacchezza. È come se il suo cervello non stesse lavorando a piena velocità, come se gli sfuggisse qualcosa. Il dito si ferma su una depressione nel rosso della bocca della donna. Le labbra sono un buco. E ce n'è un altro, in una pupilla. E un terzo, nella piega dell'orecchio sinistro. Un triangolo.

« Joachim... » Ellen non vuole avvicinarsi al quadro, e lui si domanda perché. È come se la donna del dipinto fosse circondata da una barriera che Ellen non vuole violare.

Orecchio, bocca, occhio. Tre orifizi triangolari. Joachim li tocca, l'uno dopo l'altro. Piccoli spazi vuoti, assenza di vita. Be', chi se ne frega, quel che conta è che lui ha fatto un altro buco nell'acqua.

« Vieni. » Ellen lo tira verso la porta.

Intanto, sentono Kollisander salutare gli ospiti che se ne vanno. Attendono che le donne se ne vadano con Billy, poi Ellen comincia a scendere di soppiatto la scala per tornare alla casa che dà sulla strada.

« Ellen! » La voce di Kollisander, alle loro spalle.

Lei si volta.

« Credevo che ve ne foste andati », dice il pittore.

« Ci stavamo godendo una sigaretta sotto le stelle », dice lei, tentando di assumere un tono allegro.

Ci sa fare, pensa Joachim.

Kollisander scende la scalinata d'ingresso e alza lo sguardo. « Eh sì, stasera il firmamento è una meraviglia. O forse è l'effetto dell'alcol? » Ride. Poi, con aria esaltata, aggiunge: « Oh! Sapete cosa ci siamo dimenticati? Il mio limoncello fatto in casa! »

Joachim lo guarda. « Dovremmo proprio tornare all'albergo. »

« Non mi negherete quest'onore? » dice Kollisander. « Mille limoni che in un solo istante esplodono sulla lingua. » Schiocca le dita. « Una riproduzione citrica della nascita dell'universo. » Rientra in casa, dicendo a gran voce: « Giusto due minuti, venite! »

Ellen guarda Joachim. Sembra... già, cosa sembra? Spaventata? « Sarà il caso? »

« A questo punto... »

Ellen entra per prima, Joachim esita per un istante. Continua a non capire la reazione di Ellen nell'atelier, ma alla fine torna in salotto.

Kollisander sta già versando il limoncello in tre bicchierini. « L'ho fatto tutto da me. Nella prossima vita farò il contadino. »

Ellen prende il bicchierino che lui le porge. La mano ha un lieve tremito.

Kollisander tende il secondo bicchierino a Joachim. Bevono in silenzio. Il liquore è gelido e ha un sapore grasso, dolce e forte. Mille limoni, come ha detto il pittore.

« Vero, che è buono? Secondo giro? »

Joachim guarda Ellen e nella penombra ha l'impressione di vederla scuotere la testa, ma alla fine accetta. « Diciamo che è il bicchiere della staffa, altrimenti domani chi si sveglia più? » Trangugia il limoncello numero due con la stessa rapidità del primo. Ora però sente l'effetto dell'alcol, come capita nel momento in cui si è bevuto un sorso di troppo: sembra che la rotazione terrestre acceleri. Si siede per un istante. « Posso chiederti un bicchiere d'acqua? » mormora.

Anche Ellen ha l'aria stanca.

Kollisander va all'acquaio, senza smettere di parlare e di ridere.

Joachim chiude gli occhi e rivede... i triangoli. Identici ai segni sulla pelle della donna che lui ha pagato migliaia di corone per torturare a morte. Quei segni sono stati lasciati dalla frusta, quando l'uncino le si è conficcato nella coscia. « Ellen... » Si alza, ma la vista si annebbia e un'onda leggera lo trascina. Non si è sbagliato, ora lo sa. Il cadavere di Louise era senza pelle, così ha detto la polizia. Gli inquirenti credono che Helene l'abbia scuoiata per renderla irriconoscibile. E invece è stato Kollisander. La donna segreta è Louise. Ritratta con la sua stessa pelle. L'ha scuoiata lui. « Ellen... » Joachim tenta di avvicinarsi a lei, ma le gambe non obbediscono come dovrebbero. Alza lo sguardo e vede Kollisander pararsi davanti a lui. Il pittore è calmissimo, ma non sorride più: si sta godendo il momento in cui Joachim si rende conto di avere appena ingerito... già, che cosa? « Ellen! » Joachim tenta di raggiungerla, ma Kollisander lo blocca, delicatamente ma con fermezza, e lo posa per terra.

Joachim sta per morire? È stato avvelenato? Tutto diventa nero. Tenta di gridare, di reggersi in piedi, si sente come una foca che fa capolino da un buco nel ghiaccio per respirare, senza sapere che cosa l'aspetta, un orso polare o un cacciatore. Qualcosa di scuro sfreccia verso di lui. Prima di avere il tempo di reagire, sente un colpo alla testa. Forte.

Il cacciatore di foche, pensa, anche se quell'immagine non gli serve a nulla. Fa per portarsi una mano alla fronte, ma non riesce a completare il movimento: cade in avanti, cade...

Cade.

60

La polizia porta Helene direttamente alla centrale di Viborg. Lungo il tragitto, tutti tacciono. D'altronde, che c'è da dire? L'hanno colta sul fatto. All'arrivo non le tolgono le manette, ma la cosa, chissà perché, non la imbarazza. Si sente più libera che... mai? Era libera, sull'isola con Joachim? Per certi versi, sì, eppure forse ripensandoci c'era una specie di ombra minacciosa. La realtà.

La centrale è un edificio basso e marrone. Hanno quel colore perfino le vetrate dell'ingresso. La chiudono in una cella del sotterraneo, con una branda dura, pareti nude, un lavandino e nient'altro. Tanto, ormai ci è abituata.

« Per quanto tempo devo restare qui? »

L'agente si ferma sulla soglia. « Deve comparire in tribunale entro ventiquattr'ore. È la legge. »

« Un giorno e una notte, quindi? »

« Si fanno sempre di mattina, queste cose. »

« Avrei fame », dice Helene.

Lui la guarda, poi indica un pulsante. « Quello è il campanello del servizio in camera, ma a quest'ora dovrà accontentarsi di caviale e champagne. »

Ecco il disprezzo per la signora Söderberg, l'invidia del denaro. Helene scuote leggermente la testa. Se quell'uomo sapesse quanto lei vorrebbe rinunciare a tutto...

È un altro agente, quello che viene a prelevarla per portarla in tribunale, un altro edificio scialbo. La conduce su per una scala, fino a una stanza luminosa dal soffitto basso. Le altre persone presenti - le due cinesine, i tre immigrati dell'Est - sono tutte qui per assistere alla sua caduta? No, sono la cacciagione di stanotte, quelli che hanno oltrepassato il limite. In poco tempo, Helene appura che quelli dell'Est sono implicati in un contrabbando di sigarette dalla Romania, mentre le due cinesine, che avranno diciannove o vent'anni al massimo, stanno solo cercando un posto in cui mettere radici e trovare persone che tirino fuori il meglio di loro. C'è un interprete, ma la sua presenza è superflua: le cinesine piangono così tanto che i loro singulti strazianti costituiscono da soli un elemento di prova. Sono arrivate in Danimarca dopo essere fuggite da qualcosa, ma la loro storia è complessa e Helene rinuncia a seguirla. Sorprendentemente, accusa e difesa concordano: rimpatrio. E la giudice sorride. Una sola cosa le è chiara: tutto ruota intorno ai soldi. Aksel, Hirsch, le cinesi, le sigarette rumene, i contrabbandieri... tutto. Soldi, soldi, soldi. Sente montare la rabbia, mentre la conducono al tavolo della giudice. È stato il denaro a indurirle il cuore e a fare di lei una persona che tutti temevano. La sua spietatezza non le piace, tuttavia spera che duri ancora un po': ha bisogno di essere la vecchia Helene, se vuole vincere questa guerra. Intanto è arrivato anche Edmund, ma è irriconoscibile: sciupato, pallido, smagrito, a occhi bassi. Al suo fianco, un uomo dai capelli radi con un gessato così impeccabile da far quasi ridere. Si sistema gli occhiali e guarda Helene con un'espressione che probabilmente, nel suo intento, dovrebbe tranquillizzarla. Poi l'avvocato dal completo gessato si alza, si schiarisce la gola e si rivolge alla stanca giudice. « La signora Söderberg soffre comprovatamente di... amnesia retrograda. »

C'è uno scambio di carte, la giudice legge da sopra gli occhiali, poi spuntano qua e là le parole decisive: « ... disturbo psichico... » « ... imprevedibile... » « ... la Söderberg Shipping rimborserà tutti i danni subiti dalla Lundqvist e Figlio... »

Helene è ammutolita. Non c'è fine a questa follia? Vogliono davvero tapparle la bocca chiudendola in manicomio e imbottendola di farmaci per impedirle di mettere a rischio il loro castello di menzogne? Si volta verso Edmund, che evita il suo sguardo. Così Helene si rivolge alla giudice, una donna più anziana di lei, dai capelli cortissimi e dalla calma serafica. È lei, la persona che Helene deve convincere. Approfittando di una pausa di silenzio, le dice: « Io non ho nessun disturbo psichico.

Mi rendo perfettamente conto di avere commesso un reato. Mi è concesso spiegare perché l'ho fatto? »

La giudice inclina la testa di lato e si sistema gli occhiali.

« Se posso continuare... » dice l'avvocato.

« Vorrei ascoltare l'imputata », lo interrompe la giudice.

Helene fa un respiro profondo. « Quest'avvocato non rappresenta me, ma la mia famiglia. » Spiega le cose come stanno, cioè che per decenni la direzione della Söderberg Shipping ha coperto un delitto commesso durante la guerra. Lancia un'occhiata alle proprie spalle. Se tra i presenti ci fosse qualche giornalista, sarebbe perfetto. « Il mandante di quel delitto era mio padre e la vittima era William Hirsch, cofondatore della Söderberg Shipping. La prova si trova nell'archivio dello studio legale in cui mi sono introdotta a forza. »

Sì, un giornalista c'è: un uomo in giacca a vento ocra, che scrive freneticamente. Helene guarda Edmund, che serra i pugni fino a sbiancare le nocche. Interrompe il discorso e, col fiato sospeso, attende la reazione. Dopo una lunga pausa, la giudice comincia a porre domande. Parecchie. Helene descrive nel dettaglio l'intero corso del furto con scasso, badando bene a lasciare Jens Brink fuori della narrazione. Raccontare tutto le dà sollievo. Parla anche del tentato omicidio: dell'auto nera che l'ha spinta fuori strada e dell'uomo che l'ha inseguita. L'udienza sembra non finire mai. Helene risponde alle domande, mentre Edmund incassa la testa tra le spalle e si fa piccolo piccolo.

L'avvocato scuote la testa, senza smettere di prendere appunti, in attesa d'intervenire.

Ma la giudice non gliene dà la possibilità. « Si sieda pure, signora Söderberg. » Guarda per un istante le carte, poi chiede se l'accusa abbia motivo di opporsi al rilascio dell'imputata. L'uomo scuote la testa. Così si passa a fissare la data della prima udienza del processo. *Tra cent'anni*, pensa Helene. Qui, la signora Söderberg conta poco: con tutti i delitti che sono finiti su questo tavolo, il reato di Helene sembra una quisquilia.

L'aria è ancora tiepida, il cielo è blu cupo, l'ultimo colore che assume prima del buio. È stato difficile convincere Martin, che la trova troppo inesperta per immergersi a profondità maggiori di cinque o sei metri, ma lei ha insistito ridiventando la vecchia Helene, quella che sa farsi valere, quella di cui tutti hanno paura. Però ha dovuto promettere di non allontanarsi, di restare sempre a non più di due metri da lui. Tuttavia Martin è ancora inquieto all'idea di cercare un cadavere assieme a una dilettante. Salgono a bordo del gommone e si dirigono verso il punto indicato da Helene, in mezzo al lago, esattamente dove si comincia a vedere il castagno dello Julsø Kro. Martin manovra il natante e regge in mano una bussola. Helene si sente sicura nella muta nera. « Ecco », dice, non appena vede comparire il grande albero dietro la frangia scura degli abeti.

Martin ferma il motore. Cala il silenzio. « Io non m'immergo qui. È pericoloso. » Abbassa lo sguardo verso l'acqua. È impallidito, il sangue ha abbandonato il viso, lasciandolo bianco come un cencio, in forte contrasto con l'abisso scuro scavato dalle masse di ghiaccio migliaia di anni fa, un'eternità conservata su un fondale irraggiungibile. « C'è già stata una sommozzatrice che è annegata qui. »

Helene esita. Forse ha ragione lui. « La conosceva? »

« No, è successo prima che arrivassi io. Sarebbe meglio lasciar fare ai sommozzatori della polizia. »

« No, perché arriverebbero prima altri, che eliminerebbero le prove. »

Martin resta immobile, ma alla fine, pur controvoglia, getta l'ancora. Poi l'aiuta a indossare l'attrezzatura.

Helene allaccia la cintura a piombi. Con la bombola sulla schiena e trenta chili legati intorno alla vita, riesce a malapena a stare in piedi.

« Si ricorda tutto quanto? » chiede Martin.

« Il pollice in su significa 'risaliamo'. La mano aperta sopra la testa vuol dire 'squalo'. » Helene ride.

Martin sogghigna. « Tenga presente che questa non è un'immersione da principianti. »

« Starò attenta, promesso. »

Per ultima cosa, calzano le pinne. Martin si tuffa per primo e Helene lo segue a ruota. L'acqua le cede spazio, accoglie il suo corpo, o perlomeno l'impressione è questa. È già più piacevole, stavolta. Restano faccia a faccia per un istante, mettono il respiratore contemporaneamente, poi a un segnale di Martin immergono anche la testa. Braccia lungo i fianchi, rilassate, piedi che si muovono piano, regolando velocità e direzione. Helene punta la torcia subacquea avanti a sé, illuminando i prati ondeggianti delle alghe, un mondo sotto il mondo. Un pesciolino attraversa il cono di luce e si allontana.

Giù.

Le tenebre si chiudono intorno a loro. I fasci luminosi delle torce sciabolano nel buio, disperdendo piccoli banchi di pesci, che si muovono leggeri come le bollicine intorno al viso di Helene. Lentamente calano ancora più in profondità. La discesa fa l'effetto di una caduta, una caduta irreale, infinita, verso il nulla. La pressione alle orecchie aumenta. Atterrita, Helene si porta una mano all'altezza del padiglione auricolare, coperto dallo stretto cappuccio della muta. Martin nota subito il gesto e rallenta. Per un istante restano fermi, come sospesi nel vuoto, poi riprendono piano piano la calata. Gradualmente il corpo si abitua alla pressione, il dolore digrada, Helene può tornare a concentrarsi su ciò che vede. Sono scesi parecchio, il buio è fitto e non ci sono più alghe, solo acqua, acqua immobile. Per un bel po' di tempo è tutto uguale, mentre continuano a scendere, poi all'improvviso Helene nota qualcosa che sopraggiunge alle sue spalle e si volta di scatto, spaventata. Un'anguilla. Li oltrepassa, serpeggiando imperturbabile. Poi ne arriva un'altra, stavolta da davanti. Il movimento di quelle creature ha un che di sinistro, appartengono a un mondo diverso, nel quale Helene è un'intrusa. Martin, invece, è tranquillo. Punta un dito verso il basso, e solo ora Helene si accorge che hanno raggiunto il fondale. Non ci sono sabbie fisse, ma un pantano limaccioso. Le loro pinne, sfiorandolo, sollevano strani mulinelli rossastri che ondeggiano una volta o due, per poi tornare a posarsi pesantemente in una disposizione diversa, formando una nuova superficie. Non c'è altro, solo una distesa interminabile che non riesce a fissarsi in una struttura precisa. Helene si sente cascare le braccia: sono passati decenni da quando il corpo di William è stato gettato qui, magari è affondato di diversi metri sotto questa fanghiglia. Si muove senza meta avanti e indietro, ma poi si accorge che Martin ha dato inizio a una ricerca sistematica, nuotando a piccoli cerchi ed esplorando il fondale con la torcia. Prova a imitarlo, ma non riesce mai a determinare con precisione dove si trovi il centro del suo cerchio. Intanto le anguille continuano a passare, perfino loro sembrano più metodiche di lei.

Helene è scoraggiata. Il senso di trionfo che ha provato nell'immergersi è ormai sparito. È impensabile sperare di trovare qualcosa, in questo mondo subacqueo di fango e buio. E poi le manca Joachim, non ha idea di dove sia, di che cosa stia facendo. Senza contare che è ancora sospettata dell'omicidio di Louise Andersen e rischia il carcere. La realtà è questa. La sola idea le fa venire le lacrime agli occhi, che sono già stanchi per conto proprio, dietro la maschera da sub. Batte più volte le palpebre, sforzandosi di mettere a fuoco la vista, anche se ha una gran voglia di gettare la spugna. Martin le segnala che l'aria compressa comincia a scarseggiare: ancora quattro minuti, poi dovranno risalire in superficie. Helene si costringe a proseguire, anche se le gambe sono rigide e pesanti. Cala ancora di più, guardandosi intorno. Dov'è Martin? Non deve allontanarsi da lui. Due minuti. Lui le fa segno di avvicinarsi e nuota più veloce. Helene si sforza di aumentare il ritmo dei colpi di pinna, nonostante la stanchezza alle gambe. Per avanzare si aiuta con qualche bracciata. Intanto, Martin continua a guardare il computer subacqueo, ma lei non ha bisogno di un profondimetro per capire che sono scesi parecchio in basso: qui fa freddo e non c'è vita, niente pesci né alghe, solo questa distesa indefinita - e infinita - un gigantesco cratere scavato dai ghiacciai dell'Età Würmiana, un pozzo senza fondo... be', no, un fondo c'è, se non altro. E laggiù c'è... Cos'è? Un blocco di cemento? Martin è alle sue spalle, l'ha visto anche lui, e le passa avanti per guardare meglio. Ed ecco il cadavere. È legato al blocco di cemento con una robusta corda sfilacciata. Notando l'ottimo stato di conservazione, compresi i vestiti e le scarpe, in un primo momento Helene pensa che sia molto recente: sembra che sia stato gettato in acqua appena ieri. Il busto è quasi del tutto coperto di fanghiglia, e Martin la spazza via con alcuni movimenti rapidi delle mani. La stoffa è in condizioni sorprendentemente buone. Un completo da uomo, di vecchio taglio. Ma il volto non è sereno come quello dell'uomo di Tollund. Martin lo illumina con la torcia. Le orbite sono vuote, ma il resto del viso è praticamente intatto, ed è l'immagine stessa della paura. Martin indica il foro di proiettile alla fronte, un buchetto piuttosto piccolo, come se avesse cominciato a rimarginarsi qui, in fondo al lago. I lineamenti sono gli stessi delle fotografie. D'un tratto Helene si sente sopraffatta dal dolore: finora erano solo voci, ma adesso ha la prova che suo padre era un assassino, un'anima nera. Martin le fa segno che è ora di salire. E subito, anche. Helene gli dà un cenno di assenso. Il corpo di William, finalmente! Ora ha una prova, Caroline non può più negare. Non appena saranno in superficie, dovranno telefonare alla polizia e restare sul gommone finché non arriva la scientifica. Non può permettersi rischi, stavolta. Drizza la schiena e si prepara a tornare su, ma Martin le prende una mano per farle capire che deve seguire il suo ritmo. Bisogna risalire piano, anche se ogni fibra di lei è impaziente di portare alla luce le prove. Busto in verticale, sgambata. Ma le pinne colpiscono il fondale con troppa forza, e in pochi istanti Helene si ritrova avvolta in una nube di fanghiglia rossastra. Dà un altro colpo di pinne per salire più in alto della nube, e solo ora si rende conto che la melma del fondale non dovrebbe essere dura come ciò che ha urtato coi piedi. Lascia andare la mano di Martin e ridiscende. Lo sente chiaramente, c'è qualcosa. Martin la raggiunge e tenta di agguantarla, ma Helene continua a scavare nella fanghiglia seguendo i contorni dell'oggetto. Lui comincia ad aiutarla. Un altro cadavere? Smettono di scavare, piano piano la melma si deposita.

Si scambiano uno sguardo, Martin sembra atterrito, e Helene capisce che devono sbrigarsi a risalire. Forse hanno trovato la sommozzatrice? Ora che la fanghiglia si è posata, riescono a vedere il cadavere. Non è una donna, non ha una muta, niente gomma né cintura a piombi. È un uomo, steso a faccia in giù, con una vecchia divisa militare. Martin le prende una mano. Bisogna risalire subito. Helene lancia un'ultima occhiata al cadavere. Chi è questo soldato? Non ha modo di vederlo in faccia, ma al collo c'è qualcosa che luccica. È la piastrina di riconoscimento, che fluttua nell'acqua. Martin la trascina con decisione verso l'alto, non la molla. A Helene sfugge di mano la torcia. Tende il braccio più che può e brancola sulla testa del morto, lungo il collo, con le dita intirizzite riesce ad agguantare la catenina e a sfilarla. Chiude la mano intorno alla piastrina rettangolare e, mentre risale assieme a Martin, sente al tatto la scritta incisa. Il nome del soldato.

61

Joachim batte le palpebre. Tutto è annebbiato. Le batte di nuovo, poi spalanca gli occhi. C'è talmente tanta luce che lì per lì non riesce nemmeno a capire dove si trova. Poi vede il quadro, *La donna segreta,* il volto rosso sangue. Louise. Kollisander li ha trascinati fino all'atelier. Accanto al dipinto c'è la camicia di Joachim. Lui è a torso nudo, le braccia tese gli fanno male, così cerca di abbassarle, ma sono legate strette. Per quanto strattoni, restano fisse in quella posizione. Prova a deglutire, e soltanto ora si accorge di avere qualcosa in bocca, un grumo bagnato? Stoffa dal sapore aspro, intrisa della sua saliva. Tenta di sputarlo, ma è bloccato da un bavaglio che lo costringe a stare a bocca semiaperta, come in un urlo muto. Gira la testa e accanto a sé vede Ellen, legata allo stesso modo. Robusti brandelli di stoffa avvolti ai polsi e legati con una corda al gancio di ferro di una trave del tetto. Sopra di loro, il cielo. È mattina, da quel che Joachim ha modo di vedere. Ma come...? Il limoncello...? *Un altro bicchierino? Ma sì, grazie, l'ultimo.* Il Roipnol, incolore e insapore, viene spesso usato come droga da stupro. È capitato alla figlia di un suo amico, in un locale notturno. Osservando Ellen, vede che gli occhi sono chiusi e il busto dondola in avanti, e si sente ghermire da un improvviso terrore. Poi, però, si accorge che la gabbia toracica si dilata e si restringe a ritmo. *È viva, grazie a Dio!* Tende l'orecchio. Dov'è Kollisander? Fuori, si sentono i vaghi rumori della vita della città, lo scampanio di uno degli innumerevoli campanili di Siracusa. Joachim piega la testa all'indietro. Dalla finestra ottagonale si vede il cielo azzurrissimo, senza nemmeno una nuvola. Dev'essere mattina, dunque è rimasto privo di sensi per tutta la notte? Prova a muovere le gambe, ma anche le caviglie sono legate strette. È talmente tirato verso l'alto che i talloni non toccano il pavimento, così deve reggersi sulle punte. Tenta di cambiare postura, ma perde l'equilibrio e per un istante l'intero peso del corpo poggia sulle spalle. Per paura di lussarsele, si affretta a ripristinare la posizione di partenza.

« Fermo », dice all'improvviso una voce dietro di lui. Una sedia che si sposta, qualche passo, poi Kollisander appare davanti a lui, con un alito di aglio e carne. « Buongiorno, Joachim. Dormito bene? » Sta ripulendo un pennello con un cencio. « Ho pensato che vi facesse piacere avere qualcosa di bello da guardare, mentre lavoro », continua, facendo un cenno verso il quadro. « Vi piace? »

Joachim tira le braccia con tutte le proprie forze. I nodi ai polsi si stringono, bruciando la pelle.

Kollisander torna alle sue spalle. « Inutile, Joachim, è solo uno spreco di energie. Rilassati e goditi lo spettacolo. »

Disperato, Joachim tenta ancora, facendo forza sulle punte dei piedi e dondolandosi di lato, in modo da sfruttare il peso del corpo per lacerare gli stracci che gli legano i polsi, ma poi sente qualcosa che gli sfiora delicatamente la schiena, più e più volte. Impiega qualche istante a capire: Kollisander sta dipingendo su di lui. Joachim si divincola.

« Spreco di energie... » canterella pazientemente la voce alle sue spalle.

Joachim si ferma, col batticuore, sprizzando sudore da ogni poro. Gira la testa più che può, in ogni direzione. Ellen emette un gemito e si guarda intorno, ancora assonnata, poi sobbalza e strattona le braccia, ma invano. Esattamente come Joachim, anche lei si solleva sulle punte nel tentativo di gettarsi di lato, o all'indietro, senza ottenere nulla. Poi si volta verso di lui e lo fissa. Per un istante, Joachim non capisce come faccia a mantenere quell'espressione impassibile. Poi capisce: lei lo sapeva, in un modo o nell'altro. Non è sorpresa.

« Buondì, Ellen », dice Kollisander.

Ellen gira la testa e dalla sua espressione è chiaro che ha visto che cosa sta facendo.

« Mi fa molto piacere che abbiate trovato Louise. Devo ammettere che mi sentivo un po' solo, a essere l'unico ad ammirarla. »

Joachim sente il pennello tracciare lievissimi cerchi sulla pelle. Gesti lenti, elaborati. Di tanto in tanto, Kollisander gli terge delicatamente il sudore dalla schiena, poi riprende l'eterno movimento circolare. Lo straccio in bocca gli dà un senso di soffocamento. Ed ecco il calore alla gamba: non è riuscito a trattenersi, si è pisciato addosso.

« Be', c'era da aspettarselo. » Kollisander si alza e si schiarisce la voce. « È la paura. Il meccanismo è geniale, in effetti. Quando siamo terrorizzati e dobbiamo fuggire, molliamo quanta più zavorra possibile. La lucertola stacca la coda, noi ce la facciamo addosso. »

Joachim sente un rumore dietro di sé e gira la testa più che può. Kollisander sta spostando con cautela un tavolo d'acciaio dietro Ellen. Su di esso c'è un contenitore smaltato di bianco, con un termostato a vite, pieno di una massa densa e rossa. Lo stesso colore del quadro davanti a loro. Colore a colla animale, rosso carminio, a sessanta gradi esatti. Joachim respira affannosamente. Kollisander posa uno sgabello dietro la schiena di Ellen, al margine del campo visivo di Joachim, poi si siede composto, si china in avanti, afferra il tiretto della lampo e le apre il vestito. La cerniera scende appena sotto l'incavo della schiena. Lui scosta amorevolmente il tessuto leggero, denudando la schiena, poi con uno scatto deciso lacera la stoffa. D'un tratto il corpo di Ellen sembra ancora più minuto, fragile. Kollisander le sfila il vestito dal basso, scoprendo il seno. Nel frattempo si è tolto la camicia e ora il busto è coperto solo da una canottiera bianca, di quelle di una volta. Le braccia sembrano colonne, il torace è una montagna di muscoli. Prende un pennello, lo intinge nel colore denso e si concentra sulla pittura. Ellen guarda Joachim, come per... scusarsi?

« Louise è stata buona con me », dice tutt'a un tratto Kollisander. « Ha capito le mie motivazioni. Tu, invece, non ci arrivi proprio. Ma Ellen sì, credo. Quindi voglio essere buono con lei, così come Louise lo è stata con me. »

Joachim riesce a ragionare più lucidamente e cerca di capire se ci sia un modo per liberarsi.

« Ho pagato Louise per poter esercitarmi. Ho dipinto sulla sua pelle diverse volte, prima di... Ho provato diversi... metodi, prima di trovare quello più efficace. È importante che la superficie non diventi come il cuoio. È difficile ottenere la superficie delicata che mi serve.» Insoddisfatto, Kollisander pizzica la pelle di Ellen, che emette un gridolino. O forse è uno strillo, che però viene attutito dallo straccio che il grande artista le ha infilato in bocca. «Tu sei troppo abbronzata, è più adatta la pelle di Joachim, ma pazienza. Quel che viene, viene. Fa parte del mio lavoro. Molti credono che io pianifichi tutto, ed è pur vero che mi piace mantenere il controllo, ma il potere maggiore è quello che si ha quando si è capaci di concedere deroghe e prendere le cose per come vengono.» Si gratta il pizzetto. «Per esempio, voi siete arrivati a sorpresa, ed ecco che mi fornite l'occasione di ritentare. Con Louise credevo di avere raggiunto l'apice, e invece adesso scopro che quello era solo l'inizio.» Intinge di nuovo il pennello nel colore, regola il termostato e riprende a dipingere. D'un tratto, fa un sospiro. «L'ho pagata profumatamente, ma a lei non bastava.»

Per la prima volta, Joachim coglie una nota diversa. Finora Kollisander ha sempre avuto un tono da uomo affermato, ma ora, mentre comincia a raccontare che Louise l'ha ripreso di nascosto con la telecamera del cellulare, la sua voce perde gli armonici bassi e, sotto il peso della confessione, si riduce a un mormorio chiaro. Kollisander ha frustato Louise, l'ha presa a pugni, a calci, sbraitandole in faccia, e l'intera scena è stata catturata dal telefono di Louise. Immagini spaventose, che avrebbero potuto distruggere la sua carriera.

«Louise è sparita dalla circolazione, ma io l'ho trovata. Andava a dormire alla vecchia ferriera, assieme a quella gran signora che era scappata da chissà cosa», dice Kollisander, vicinissimo al viso di Joachim. «Be', adesso sappiamo che era la tua Helene, dico bene?»

Joachim resta di stucco. *Come l'ha capito?*

Kollisander sorride. «Ce l'hai detto tu, in quel sotterraneo.» Gli dà un buffetto su una guancia.

Dunque l'omone che Joachim ha intravisto quando sono venuti a prenderlo... era Kollisander.

«Mi ha colto di sorpresa, mentre stavo levando la pelle a Louise. Lì per lì, mi sono detto: 'Benissimo, adesso ho *due* tele su cui dipingere'. E invece ha fatto resistenza, la pazza. Le ho battuto la testa sul pavimento...»

Joachim, addolorato, immagina Helene stesa sul cemento gelido della ferriera, con Kollisander che le sbatte la nuca per terra per ucciderla. Helene è appena fuggita dall'orrore della sua storia familiare, si è nascosta e cerca un modo per salvare il salvabile, cioè sottrarre i figli a Edmund e Caroline. Poi salta fuori Kollisander, che uccide Louise e aggredisce anche lei. Ma Helene scalcia, si divincola e lo colpisce, forse con uno dei ferri rimasti lì per terra, vestigia dell'epoca in cui si costruiva un mondo tutto nuovo usando una materia nera e dura. Un'epoca di cui ha fatto parte anche il padre di Helene. La vera Età del Ferro. Si rialza per scappare, mentre il colosso si contorce dal dolore. Ma non le è rimasto più niente. Però lì, accanto all'uscita, ci sono la borsetta e la sacca di Louise. Le raccoglie. E così, contusa e col bagaglio di una morta, fugge di nuovo. Alla ventura, come Joachim, quand'è scappato via da Ellen. Quasi in trance, prende il traghetto e, dopo una notte sballottata dalle onde, ricompare a Rønne. Disidratata e pesta, al calore del mattino perde i sensi sulla passerella, mentre sta scendendo alla banchina. Si risveglia in ospedale e non ricorda più niente. Ha dimenticato la famiglia, l'incesto, l'omicidio, Kollisander... tutto.

Joachim cerca di guardare Kollisander con la coda dell'occhio. Il pittore è ancora seduto lì, col pennello in mano, e fissa pensosamente l'opera sulla pelle di Louise. Le ha fatto il ritratto sulla sua stessa schiena? Anche Joachim ha un volto dipinto sul dorso? Anche loro moriranno e diventeranno muti testimoni della follia di Kollisander? Joachim ha la bocca secca e una fitta al petto, un dolore mai provato.

« Meglio cominciare stendendo una base. Prima la base, poi si lascia asciugare, e *dopo* si scuoia. Adesso lo so, ma... questa è solo tecnica, a voi non interessa », borbotta Kollisander, come tra sé.

Ellen sembra esausta e scoraggiata, la sua testa ciondola mollemente in avanti. Joachim sta ancora tentando di escogitare un piano di fuga.

« La cosa che mi stupisce di più sei tu, Ellen », riprende Kollisande. « Tu mi conosci, c'incontriamo spesso all'accademia.

Se c'era qualcuno che poteva scoprirmi, eri tu.» Si piazza davanti a lei.

Ellen lo guarda. Annuisce? Non si capisce bene.

«Ma perché gettarsi spontaneamente nella tana del lupo? Per *questo qui*?» Kollisander lancia uno sguardo di disprezzo a Joachim. «Per morire assieme? Meglio morire che perderlo? È così?»

Ellen abbassa gli occhi. Lui le prende il mento, la costringe a rialzare la testa e l'annusa. Lei lo guarda con aria di sfida, ma il labbro inferiore ha un tremito.

«Bella, bella Ellen. Che meschinità, usarmi per risvegliare il suo interesse. Non capisci che non ti vede neanche? È un verme, è cieco. È condannato a restare nelle tenebre.» Kollisander le lascia andare il mento.

Lei chiude gli occhi, le narici vibrano dalla rabbia.

Joachim sente il sangue refluire dalla testa, le braccia non hanno più forza. Ellen lo ama ancora? È per questo che l'ha accompagnato qui? Tutti quei discorsi sul fatto di averci messo una pietra sopra, di essere felice, erano una recita? Ellen sapeva che è stato Kollisander a uccidere Louise?

Kollisander gira intorno a entrambi, osservando le loro schiene con aria soddisfatta, poi reclina la testa all'indietro. Il sole è già alto. «Avete sete? Purtroppo non posso offrirvi acqua, perché rallenterebbe la disidratazione e nuocerebbe al fissaggio del dipinto. Il colore a colla animale sta agendo, penetrando nella pelle. È come se le bestie morte si stessero trasferendo nel vostro corpo, diciamo così. È molto importante che il processo avvenga nei tempi giusti, cioè che il colore si fissi via via che voi vi disseccate.» Si strofina una mano sulla fronte sudata. Lentamente chiude gli occhi, inspira, espira, solleva le braccia e unisce le gambe. Resta in quella posizione per un istante, come per replicare la loro, in un'immagine speculare incarnata. Poi riapre gli occhi e compie un lieve movimento curvo, come l'accenno di una riverenza. «Adesso mi faccio da parte e lascio che sia il sole a fare il resto. Sarà doloroso, non ve lo nascondo. Arriverete al punto di desiderare che qualcuno vi dia il colpo di grazia, ma non transigo: mi serve un'essiccazione lenta. È anche nel vostro interesse, che vi conserviate al meglio. Tenetelo in mente, quando il dolore diventerà insostenibile: la sofferenza ha un senso, è necessaria, dovete abbandonarvi a essa. Pensate di esserne capaci?»

Su queste parole, se ne va, sparendo dal campo visivo di Joachim. La porta si richiude.

Joachim alza lo sguardo sulla palla infuocata nel cielo.

62

La polizia ha impiegato tutta la notte a ripescare i due cadaveri. Alle prime luci dell'alba è arrivato il commissario, un uomo dalle spalle larghe ma dalla postura ingobbita, con l'aria di chi regge il peso di tutti i problemi del mondo. Si è presentato a Helene con una sbrigativa stretta di mano, poi si è mescolato alle molte persone che stavano lavorando al di là del nastro di delimitazione. Le barche della polizia stanno ancora descrivendo piccoli cerchi nella zona in cui il lago è più profondo. Martin e Helene, seduti in una delle auto di pattuglia, osservano il grande circo che si dispiega davanti a loro. Lui le prende una mano e lei gliela stringe, ringraziando il cielo di non essere sola. Helene è ancora in preda all'inquietudine. È davvero William? Non può essere altrimenti. Ma l'altro chi è? Non vede l'ora di parlarne a Joachim, che però non risponde. Helene riprova a chiamarlo dal telefono di Martin, ma senza successo. Forse ha il cellulare spento. Oppure l'ha perso?

Un poliziotto apre la portiera anteriore destra, sale a bordo e si volta verso di lei. «Secondo la targhetta è un certo Henry Louis Miller. Le dice qualcosa?»

Helene scuote la testa.

«Era un militare americano, di stanza in Germania, presso la base di Katterbach. Abbiamo inserito il suo nome nell'archivio digitale internazionale delle persone scomparse...» Il poliziotto sfoglia gli stampati che ha in mano. «Durante una licenza, ha attraversato la Germania in motocicletta ed è venuto in Danimarca. Una volta qui, è scomparso senza lasciare traccia. La famiglia l'ha cercato per anni.»

«Quando?» chiede Helene, meravigliandosi dell'improvvisa efficienza degli inquirenti: hanno già scoperto parecchie cose.

Il poliziotto guarda fuori del parabrezza. «Nel 1968.»

«Nel '68? Ma è...»

«Perfettamente conservato. Come l'altro», finisce Martin per lei.

Il poliziotto spiega che, nei terreni paludosi di quella zona e nei profondi solchi lasciati dalla glaciazione, in ambiente povero di ossigeno, le sabbie e i fanghi hanno un pH che impedisce ai batteri di vivere e dunque decomporre la materia organica. Ma Helene ha già sentito queste cose al museo, e al momento sta tentando di trovare un nesso tra questo Miller e suo padre, tra l'omicidio di William e il soldato scomparso vent'anni dopo. Interrompe il filo dei suoi pensieri, accorgendosi che in riva al lago sta accadendo qualcosa: la barca sta rientrando e gli agenti si preparano ad aiutare i colleghi a portare a terra ciò che hanno trovato.

«Hanno ripescato i cadaveri?» chiede Martin.

«Parrebbe», risponde il poliziotto, aprendo la portiera.

Anche Martin e Helene scendono dall'auto e si avvicinano. Tutti stanno nella stessa posizione, con una mano sopra gli occhi per ripararli dai primi raggi del sole. Helene ha ancora timore che quell'uomo non sia William, che questo sia soltanto un punto in cui i malviventi si liberano dei cadaveri. Se così fosse, lei non avrebbe prove. I sommozzatori giungono a riva, reggendo i due corpi dai volti tanto vivi e al tempo stesso spaventosamente morti. Uomini in muta nera continuano a entrare e uscire dal campo visivo di Helene. I cadaveri vengono posati su un telo di plastica steso sul prato, poi tutt'intorno si forma un cerchio di vivi dagli sguardi curiosi. I tecnici della scientifica li pregano di lasciare spazio e cominciano a esaminare l'uomo dal completo di vecchio taglio. L'agente più anziano spiega che si procede sempre a una prima osservazione in loco, per verificare che non manchi niente - un dito o un'altra parte del corpo che bisogna trovare nei dintorni - e soltanto dopo si passa in laboratorio.

«È per questo che i sommozzatori stanno tornando laggiù?» chiede Helene, guardando gli uomini in muta nera seduti in silenzio sul gommone.

«No, vogliono provare a cercare l'arma.»

Helene si fa largo e avanza un poco, si sente in diritto di seguire la procedura: se non fosse stato per lei, non avrebbero trovato niente. La scientifica fruga nelle tasche di William, ma senza trovare niente. In seguito si provvederà agli esami veri e propri, oltre al calco dentario. Ora i tecnici passano al cadavere in uniforme, che ha il volto ancora coperto di fanghiglia. Helene sente qualcuno dire che la divisa è statunitense, di quelle che si usavano in licenza. Già nella prima tasca trovano qualcosa. Il tecnico estrae lentamente la mano chiusa a pugno, poi la apre piano. Monete americane e danesi, da cinque centesimi o dieci. La tasca successiva è vuota. Da una di quelle dei pantaloni, però, salta fuori qualcosa: un tubetto nero. Il tecnico lo mostra a un collega, chiedendogli: « Hai idea di che cosa sia? » Poi lo scuote e aggiunge: « C'è dentro qualcosa ».

Helene, vedendolo accingersi a levare il coperchio, grida: « No! » Tutti si voltano, sorpresi, e Helene si fa avanti. « Sono negativi fotografici. A quei tempi si usava la pellicola. Se aprite il tubetto, le immagini andranno distrutte. »

Il tecnico osserva il piccolo contenitore di plastica e arrossisce: certo, è il tubetto di un rullino fotografico, avrebbe dovuto riconoscerlo all'istante. Lo chiude subito in una bustina di plastica, sulla quale scrive: *Al laboratorio.* Le immagini vanno sviluppate.

Gli inquirenti ritengono che tra i due cadaveri ci sia un nesso, perciò pregano Helene di andare con loro ad Aarhus, dove hanno trovato uno dei pochissimi laboratori fotografici ancora esistenti. Il commissario è del parere che possa essere utile la sua presenza, intanto perché è stata lei a trovare i cadaveri, ma soprattutto perché sa che faccia hanno i protagonisti di questa vecchia tragedia.

Helene saluta Martin con un abbraccio, un gesto un po' troppo confidenziale per il rapporto che hanno, ma al momento si sente più al sicuro con lui di quanto non si sia mai sentita con Edmund. « Grazie, Martin, non dimenticherò mai quello che hai fatto per me », gli dice sottovoce, stringendolo. Poi sale a bordo dell'auto. Il commissario, che è già seduto al volante, attende che lei allacci la cintura di sicurezza, poi parte.

In breve tempo raggiungono l'autostrada. Helene guarda

fuori del finestrino e ascolta con mezzo orecchio il commissario che parla al cellulare.

Alla fine della telefonata, le spiega: « La scientifica ha confrontato il cadavere con le fotografie, sembra proprio che sia William Hirsch, ma non possiamo ancora affermarlo con certezza: occorrono analisi del DNA e altri esami ».

Helene sa già a chi devono rivolgersi per il DNA: a Caroline e Edmund, che ora non potranno più nascondere la verità, né farla passare per squilibrata e chiuderla in manicomio.

« L'altro è il soldato Henry Louis Miller, a meno che non avesse preso la piastrina di un altro. Dobbiamo solo capire come si colloca quest'uomo nel quadro generale », riprende il commissario.

« Ma siete sicuri che ci sia un nesso? »

« Due cadaveri così vicini... La mia esperienza, che non è poca, mi dice che non è un caso. »

« Anche se il secondo uomo è morto vent'anni dopo? » obietta Helene.

Parcheggiano davanti a una villetta unifamiliare con una scialba facciata in mattoni a vista, tetto piatto e garage doppio.

« Non è stato facile trovare un patito di fotografia non digitale », riprende il commissario, mentre si avvicinano alla porta.

Sono attesi, il pensionato li accoglie nella sua casa che sa di frittura e pelo di cane, e li conduce nel seminterrato, in una stanza dal soffitto basso con le finestre oscurate. Helene lo osserva: corporatura magra, ma con un ventre prominente, dà l'idea di avere qualche malattia che impedisce l'accumulo di grasso ovunque fuorché sulla pancia. L'uomo chiude con cura la porta, spegne la luce e contemporaneamente preme l'interruttore accanto, riempiendo la stanza di un vago chiarore rosso. Helene impiega un po' di tempo ad abituare la vista. Il fotografo si muove agilmente nello stretto spazio che separa i due grossi tavoli occupati da bacinelle e flaconi. Helene sta ancora pensando al possibile collegamento tra i due cadaveri. Che cosa ci faceva in Danimarca un soldato americano? E come mai è finito in fondo al lago accanto a William?

«Ora spegnerò anche questa luce. Volete aspettare fuori o dentro?»

Helene e il commissario attendono all'aperto, al sole. Non ci guadagnerebbero nulla, a stare laggiù ad alitare sul collo del vecchietto. Ma l'attesa è tormentosa. Per ammazzare il tempo, Helene fa una passeggiata lungo la fila di piccole villette e vede giovani mamme rincasare coi figli piccoli, tecnici venuti a riparare una lavatrice o a installarne una nuova... Vite normali. Le torna in mente una cosa che le ha detto Joachim, una sera, quand'erano a Christiansø, citando *Robinson Crusoe.* Appena prima che Robinson vada per mare, il padre gli dice che la vita più bella è quella del ceto medio, o qualcosa del genere. Non desidera che il figlio insegua ricchezza e fama. Bisogna avere il coraggio di fermarsi nel mezzo. Una vita normale. «Ceto medio», mormora Helene, guardando una finestra di una villetta gialla.

Il padre di Robinson parla di questo, della capacità di accontentarsi di quel che basta e trovare la felicità negli affetti, nel lavoro, nel tempo libero, nei passatempi, un po' come fa quel vecchietto con la sua passione per la fotografia tradizionale. Ma resta inascoltato: Robinson non si accontenta. Anche il padre di Helene voleva di più. *Molto* di più. Troppo.

«Signora Söderberg?»

Helene si volta. Il commissario e il vecchietto sono venuti a chiamarla.

«Le fotografie sono state sviluppate», dice il commissario. «Rientriamo?»

Tutti e tre tornano nella camera oscura. «I negativi si sono conservati», spiega il vecchietto. «Tutto sta nel vedere che cosa c'è in quelle immagini.»

Helene aggira il tavolo, si piazza accanto a lui e lo guarda maneggiare la carta sensibile con una lunga pinza di plastica e immergere i fogli, l'uno dopo l'altro, in una delle bacinelle. Li lascia a bagno per qualche istante, poi li ripesca e li posa nella bacinella successiva. I suoi movimenti sono lenti. Ha approntato diverse serie di bacinelle, in modo da lavorare su più fogli allo stesso tempo. A un certo punto ne indica uno. « Forse qui c'è qualcosa. »

Helene osserva la carta, che tuttavia è completamente bianca. Poco dopo, però, cominciano a delinearsi i contorni di una figura, ombre che si allargano e si fanno sempre più nitide. Un campo di fragole, con alcuni giovani chini lungo una fila di piante. Colori di un'altra epoca, colori Kodak, che in qualche modo danno alla scena un'aura d'innocenza, benché palesemente illusoria. Nella foto successiva, anch'essa scattata nel campo di fragole, ci sono tre uomini fianco a fianco, ognuno cinge con un braccio le spalle del vicino. Pantaloncini e maglietta, sudore, allegria, giovinezza. Helene osserva i volti. Uno dei tre è Henry? Non sa nemmeno lei che cosa sta cercando. Il vecchietto prende il foglio con le pinze, lo immerge per qualche secondo in un altro liquido, poi lo stende ad asciugare su una corda tesa sotto il soffitto lungo la diagonale della stanza. Alla luce rossa è difficile vedere con chiarezza.

« Un momento... » Helene si avvicina alla foto appesa. Ecco Henry, il giovane americano.

« Tutto a posto? » le chiede il commissario, alle sue spalle.

« So chi è quest'uomo », dice Helene, voltandosi verso di lui. « Il soldato morto... So chi è. »

63

Il sole fa quel che fa sempre: sale verso l'apice del suo arco. Non è ancora mezzogiorno, il peggio deve ancora venire. Joachim guarda Ellen e tenta di dire qualcosa, ma riesce a emettere solo un gemito che penetra attraverso lo straccio in bocca. Lei batte le palpebre. Ha gli occhi arrossati e gronda sudore. Forse Kollisander è dietro la porta, al fresco, ad attendere la loro disidratazione? Davanti a loro c'è ancora *La donna segreta,* con quella bizzarra espressione. Joachim non riesce a staccare lo sguardo da lei. Una volta, quel dipinto era una donna che respirava, pensava, mangiava, faceva l'amore. Per un istante la vede come se fosse ancora viva. Osserva il modo in cui la donna si lancia un'occhiata alle spalle guardando in faccia l'osservatore. *La donna segreta* ha un'aria indulgente. Quegli occhi, dipinti direttamente sulla pelle morta, hanno pietà di lui, di Kollisander, di chiunque li guardi. Louise perdona l'infinito odio che l'ha uccisa: l'odio per le donne, il vero carburante che spinge gli artisti come Kollisander e molti altri... come Joachim? Quella sensazione radicata e cocente di non essere notato, amato... La carenza d'affetto può portare al crollo, oppure alla grandezza. In assenza del vero amore dell'unica persona cui tengono, artisti e scrittori si sentono spronati a farsi amare da migliaia, milioni di altre. Ma, a ogni nuovo ammiratore, a ogni copia venduta, a ogni quadro appeso in un'enorme sala, cresce la rabbia. L'artista prova a portarsi a letto donne giovanissime, ma senza trarne lenimento, così si mette a picchiare, umiliare. Non giova nemmeno questo, è impossibile lasciarsi alle spalle la rabbia. Alla fine, Kollisander si è spinto all'estremo: ha ucciso Louise, l'ha scuoiata. E ora eccola qui, risorta, davanti a Joachim, con quello sguardo lieve da sopra la spalla, il sorriso quasi impercettibile sulle piccole labbra rosse. Non c'è dubbio, la donna segreta perdona agli uomini il loro odio per le donne.

Dall'aldilà, dice: *Con la mia morte, avete ucciso voi stessi. Avete perso tutto, mentre io continuo a esistere.*

Sì. Joachim ha ucciso se stesso. Ora si rende conto che tutto il suo percorso ha portato a questo: è stato lui a plasmare Ellen a forza di rifiuti e tirannie, dando forma a un mostro. Può ringraziare solo se stesso. Ed Ellen ha reagito alla prima occasione, ossia quando Joachim le ha chiesto aiuto. È come se gli avesse risposto: *Benissimo, andiamo assieme verso la rovina, prendiamoci per mano e buttiamoci nell'inferno.*

Ellen ha gli occhi chiusi e il respiro affannoso, dondola leggermente avanti e indietro. Disperato, Joachim distoglie lo sguardo. Alza gli occhi ma la luce lo abbaglia, perciò china la testa fino ad appoggiare il mento al petto, e abbassa le palpebre. Il buio gli dà sollievo per un istante, ma poi emerge il volto di Helene, coi capelli biondi e lo sguardo puntato su di lui, e riecco il nodo in gola. L'idea di non rivederla mai più è intollerabile. Nessuno sa che lui ed Ellen sono qui. Prima o poi la polizia li cercherà, va da sé, ma Kollisander non dovrà fare altro che eliminare i loro corpi. Stavolta sarà più furbo, si assicurerà che spariscano davvero, senza lasciare traccia. Nessuno, neppure Helene, collegherà la loro scomparsa ai nuovi misteriosi dipinti di Kollisander. E questo significa che nessuno potrà allontanare il sospetto da Helene: c'è il suo DNA sul cadavere di Louise, e agli inquirenti basta questo. Finirà in carcere. *No!* Disperato, Joachim strattona le braccia, ma gli stretti nodi di stoffa non cedono. Tira con tutte le sue forze, ma ottiene solo un gran bruciore alla pelle. Sentendo i suoi rumori, Ellen riapre gli occhi e gli rivolge uno sguardo addolorato. Si è arresa, è evidente. Ma Joachim no. Flette le gambe e sente il peso del corpo tirare fino allo spasimo i legamenti delle spalle. Il dolore si propaga alle braccia e alla schiena. Ma la stoffa non cede ancora. Punta i piedi a terra e fa un salto, in modo da lasciar cadere pesantemente il corpo, più e più volte. Niente, i nodi non fanno che stringersi. Si ferma a riflettere. Ora il sole è alto, brucia, il sudore cola negli occhi e forma rivoli lungo la schiena. Magari poter bere... Acqua fresca con cui sciacquarsi il viso e schiarirsi le idee. È come se, assieme al sudore, stesse perdendo il ben dell'intelletto. Per quanto tempo si può sopravvivere in sauna? L'intero corpo brama acqua. Il sole arde implacabile, non c'è neppure una nuvola, solo cielo blu, senza filtri né protezioni. Che temperatura ci sarà, adesso, qui dentro? Cinquanta gradi? Di più? Joachim abbassa lo sguardo, ha un bruciore agli occhi. Se fa abbastanza caldo, il corpo umano può andare in autocombustione? C'è qualcosa che gli sta sfuggendo, lo sa ma, più ci riflette, più il cervello corre per conto proprio. Deve pur esserci una via di scampo, c'è sempre. D'un tratto gli cade lo sguardo su un oggetto per terra, un cencio appallottolato. Tela bianca striata di rosso. Rosso sangue. Lo straccio che Kollisander ha usato per pulire il pennello. Sessanta gradi, ci vuole una temperatura di sessanta gradi esatti, affinché il colore sia abbastanza fluido da poter essere usato. Non di più. Che cos'ha detto Ellen sul colore a colla animale? Ah, no, non lei, ma il commesso del colorificio. È stato lui a spiegargli che bisogna stare molto attenti perché questi colori sono pericolosi, molti atelier sono andati a fuoco in questo modo. *Ha presente lo straccio per ripulire i pennelli? Basta un niente per innescare l'autocombustione.* Kollisander ha badato bene a rimettere il coperchio sul contenitore smaltato e a portarlo fuori dell'atelier, quindi evidentemente ha tenuto conto del rischio d'incendio, però si è dimenticato gli stracci. Certo, li ha lasciati sul tavolo, che è all'ombra, ma se Joachim riuscisse a tirarlo tra sé ed Ellen, in pieno sole? Alza lo sguardo. Le corde sono legate alla trave sopra di lui. Tendendo un piede verso l'esterno, prova a raggiungere il tavolo. Non è pesante, Kollisander l'ha scelto apposta per poterlo spostare quando dipinge. Basterebbe avvicinarlo un pochino, sotto i raggi del sole. Non è impresa facile, incendiare una stanza mentre si è legati nella posizione dell'Uomo vitruviano, ma magari, se Ellen potesse dare una spintarella... e se le fiamme salissero abbastanza da attecchire sulla trave... Non è escluso. Il fuoco va pur sempre verso l'alto. C'è solo da sperare di non morire asfissiati dal fumo. Emette un gemito. Ellen gira stancamente la testa verso di lui e lo guarda con occhi annebbiati. Joachim fa scattare più volte il mento verso il tavolo alle spalle di lei, scalciando in quella direzione. Lei scuote la testa. Non ha capito. Lui si puntella sui piedi per qualche istante, per riposarsi e raccogliere le energie, poi si solleva sulle punte, protendendosi di lato più che può. Il dolore è atroce. Allarga una gamba, restando in bilico sull'alluce, col peso del corpo sulle giunture delle spalle. Finalmente Ellen capisce. O no? In ogni caso, tenta di aiutarlo. Essendo più vicina al tavolo, riesce a spingerlo di qualche centimetro. Il rumore dello sfregamento sembra darle nuova speranza, la sensazione di reagire, fare qualcosa. Joachim le dà un cenno d'incoraggiamento e lei riprova, ma dopo diversi tentativi è sul punto di rinunciare. Proprio in quel momento, riesce a sollevare le gambe, restando sospesa per le braccia, e a calciare il tavolo. Joachim non riesce a capacitarsi del fatto che una donna tanto minuta abbia tutta quella forza, ma alla fine Ellen riesce ad avvicinare il tavolo a lui. A quel punto, non ce la fa più. Ma ora Joachim può raggiungerlo coi piedi: ne aggancia una gamba e lo tira sotto i raggi del sole. Adesso il tavolo è in mezzo a loro. Ellen scocca uno sguardo preoccupato agli stracci e le sue narici si dilatano leggermente: ha capito. Tutti e due sentono l'odore acre della colla animale. Ellen scuote la testa, i suoi occhi dicono: *No! Troppo pericoloso*. Il fuoco non si può controllare, finirebbero bruciati vivi. Dagli stracci comincia già a levarsi un filo di fumo. Si scambiano uno sguardo. Questa è la loro unica possibilità, lo sa anche lei. Per un istante Joachim teme che la combustione non s'inneschi, ma poi vede la tenue luce azzurrina e gialla che ricopre la stoffa. Accade tutto in un secondo: come in uno scoppio, tutti i cenci sul tavolo vanno a fuoco. Le fiamme divorano il legno del tavolo e salgono sempre più in alto. Joachim guarda Ellen che resta immobile, a denti stretti, forse anche lei sta pensando che è meglio morire bruciati, in fretta, piuttosto che star lì a disseccarsi piano piano. Punta i piedi e si piega di lato per allontanare il più possibile il corpo dal fuoco, ma brandelli di tessuto restano pericolosamente vicini al rogo. Tutt'a un tratto, sul pavimento di pietra si accende un rivolo di fiamme – forse Kollisander ha rovesciato un po' di colore per terra? – che con la rapidità di un fulmine va a colpire il muro al di là di Joachim. Le vampe non raggiungono la trave sopra di loro. In compenso, l'orlo del vestito di Ellen si sta facendo nero, e Joachim sente un calore minaccioso alla pelle, prima ai fianchi e poi, all'improvviso, alla schiena ricoperta di pittura. Aveva ragione Ellen, è troppo pericoloso, non c'è modo di controllare l'incendio, finiranno arsi vivi. Urla, ma lo straccio in bocca attutisce la voce, lasciando uscire solo un gemito disperato. Ormai il tavolo tra loro è completamente in fiamme e il lato inferiore della trave è già nero, ma il fumo... Ellen grida e Joachim chiude gli occhi, pensando: *Buon Dio, io non ho mai creduto in Te, ma...* Non riesce a completare la preghiera, il dolore è troppo forte. Riapre gli occhi e guarda in su. Il fuoco ha attecchito alla trave. Tenta di attirare l'attenzione di Ellen, che però è inerte. Il fumo irrita le narici, Joachim sa che non ci vorrà molto tempo prima che l'intero atelier si trasformi in un mare di fuoco. Tenta di avvicinare la corda alle fiamme, ma d'un tratto si rende conto che è un'impresa disperata: queste vampe non saranno la lama che reciderà i nodi. Lui morirà e assieme a lui andrà in cenere anche *La donna segreta,* la prova che scagionerebbe Helene. E la colpa è proprio di Joachim. Certo, non dovrà reggerne il peso ancora per molto, avendo solo pochi minuti di vita, ma questa consapevolezza non lo rassicura per nulla. In compenso, guardando attraverso il fumo, vede che almeno Ellen ha trovato pace.

Joachim non riesce più a tenere gli occhi aperti, gli bruciano troppo. « Ellen! » grida, ma quel nome diventa un rantolo disperato dietro lo straccio che gli tappa la bocca.

Ellen non reagisce. Ha perso i sensi o è già morta?

64

Il commissario è uscito all'improvviso, ma il vecchietto ha detto che non fa niente, tanto è buio anche il resto del seminterrato, quindi non è entrata abbastanza luce da distruggere le fotografie. Helene ha ancora la mente occupata da tutti quei pensieri che non le danno requie, ma tenta lo stesso di cogliere qualche stralcio di conversazione, mentre il commissario parla al cellulare fuori della porta, perché ha l'impressione che sia una telefonata importante. Pare che abbiano trovato qualcos'altro, sul fondale del lago. Qualcosa di tanto decisivo da doverlo nascondere a lei? Perché? Quando finalmente il commissario rientra nella camera oscura, Helene lo fissa, come per dirgli: *Ebbene?* Ma lui tituba, nei suoi occhi si legge chiaramente il dubbio: sarà il caso di fornire informazioni a una civile, che per giunta è sospettata di omicidio?

« Senza di me, stareste ancora brancolando nel buio », gli dice, gelida, inchiodandolo con uno sguardo duro, persistente, persuasivo, come solo Helene Söderberg sa fare.

« Hanno trovato un'arma », dice lui, a bassa voce.

« Sul fondale? »

« A pochissima distanza dal punto in cui c'erano i cadaveri. Hanno usato un metal detector subacqueo... » Sogghigna. « Non mi era mai capitata una cosa del genere, parola mia. »

« Ed è l'arma... con cui...? » Helene non trova le parole giuste.

« È troppo presto per dirlo. Oltretutto, in acqua, le impronte digitali si cancellano in poco tempo. » Il commissario guarda le fotografie e il vecchietto che lavora alacremente, continuando ad appendere nuovi fogli. « Lei, piuttosto, cos'ha scoperto? »

« Guardi un po' qua. » Helene gli mostra le foto del campo di fragole. Persone sedute in spiaggia, un sorriso d'altri tempi, col sole negli occhi. Lui scruta tutti i volti, senza capire su quale concentrarsi. D'altronde anche lei, all'inizio, era incerta su cosa cercare. Poi però si è accorta che in una di quelle immagini c'era una coppietta: un uomo abbracciato a una donna dai capelli lunghi. Li ha notati perché sono girati di spalle e in posizione defilata, mentre al centro della scena c'è un albero. O è un errore d'inquadratura, oppure l'autore dello scatto aveva un intento artistico. Intanto il vecchietto appende altri fogli, la galleria fotografica del soldato morto. Giovani in spiaggia, volti aperti, allegri, scene estive di un gruppo di gitanti che raccoglie fragole in una giornata di vacanza. Ricompare la donna dai capelli lunghi, che stavolta guarda l'obiettivo, con un sorriso innamorato.

«Che cosa devo cercare?» chiede il commissario.

«Lei sa che faccia ha mio marito?»

«Certo.»

«Bene. Lo vede in queste foto?»

«Ma se sono degli anni '60!» obietta il commissario. Poi però guarda meglio il volto di Henry, il soldato americano. È come guardare in faccia Edmund: stesso naso, stesso mento smussato, stessi occhioni. Anche la folta chioma nera è identica a quella di Edmund. «È il...?»

«Il padre.» Helene indica la giovane in motocicletta assieme a Henry. «E questa è la madre.»

È Caroline. Giovane, bella, palesemente innamorata, con le braccia intorno ai fianchi di Henry. I due volti gioiosi che si guardano con devozione reciproca sono quelli dei genitori di Edmund.

65

Joachim alza lo sguardo. Il fuoco ha attecchito a quasi tutte le parti in legno e il calore sta per uccidere entrambi. Non vede Ellen, il fumo è ormai ovunque. L'unica cosa che non è andata in fiamme sono le corde. Joachim pensa a Helene, rivede il suo volto al mattino, appena sveglia. La sente alle sue spalle, gli sta gridando qualcosa... in una lingua straniera? Joachim alza lo sguardo. No, non è la voce di Helene. È arrivato un gruppo di persone, qualcuno si è accorto dell'incendio. Joachim grida dentro allo straccio che gli riempie la bocca, nel tentativo di fare più rumore che può. Calcia il tavolo con tutte le sue forze, rovesciandolo, ma lo schianto viene sovrastato dal ruggito delle fiamme. Per un istante intravede Ellen, forse perché il movimento del tavolo ha spostato il fumo: ha cessato di reggersi sulle punte e pende mollemente dalle corde. Joachim sente altre voci in cortile: gli italiani, che come al solito parlano l'uno sopra l'altro. All'improvviso, passi sulla scala. Qualcuno grida: « Attenzione! » Chi? Uno che sta dicendo a un altro di stare lontano, di non gettarsi nel mare di fuoco. E poi di nuovo: « Attenzione! » Una o più persone, rivolte a un'altra. Joachim tenta di girare la testa verso la porta per vedere se sia aperta. Fa più rumore che può. Tutt'a un tratto, in mezzo al fumo vede una sagoma che si avvicina, e per un istante gli pare che abbia il volto di Kollisander. E invece no, è un giovane italiano con la maglietta tirata su, a coprire la bocca e il naso. Guarda atterrito Joachim e Helene. Poi ne compare un altro. I due si parlano ad alta voce. Joachim è costretto a chiudere nuovamente gli occhi, perché gli bruciano troppo. I due provano a sciogliere i nodi, che però sono troppo stretti, e anche stavolta è colpa di Joachim: è stato lui a tirarli, nel tentativo di liberarsi. Però ecco che... Sì! Una mano cade. Con l'aiuto del giovane italiano, riesce a sfilare dal nodo anche l'altra. È libero. Libero davvero! Le braccia sembrano stranamente prive di peso. Le agita per ripristinare la circolazione e riprenderne il controllo. Intanto, l'altro italiano sta sciogliendo i nodi ai polsi di Ellen, il cui vestito sta ormai prendendo fuoco. Joachim accorre a strapparglielo di dosso, allontanando con un altro calcio il tavolo incendiato. La pelle della schiena è ustionata. I due giovani si concentrano sulle corde, un braccio ciascuno. Lui le sfila il bavaglio ed Ellen emette un gemito di dolore. Solo allora Joachim si toglie lo straccio dalla bocca. Ora il fuoco ha fatto presa sugli elementi lignei della muratura. « Forza! » dice, con una voce roca che non gli sembra nemmeno la sua.

Ellen sembra disorientata. Uno degli italiani la prende tra le braccia e la porta via. Ma lì, tra il fumo e le fiamme, c'è ancora la prova dell'innocenza di Helene. Basterà che l'abbiano vista lui ed Ellen? Sarà sufficiente a scagionarla? Joachim si getta tra le vampe. « No, no, no! » grida il giovane italiano.

Nel fumo, Joachim va a sbattere contro il tavolo e cade. Dolore alla gamba. Si rialza e agita le braccia, nel disperato tentativo di diradare il fumo. Poi si sente afferrare per un braccio: gli italiani l'hanno raggiunto. Lancia un urlo rabbioso, ma poi si arrende e si lascia trascinare via. Però... eccola lì, per terra, *La donna segreta*. Con uno strattone si divincola e afferra il dipinto prima che i due italiani lo agguantino. Stavolta non oppone resistenza, anzi, corre con loro verso l'uscita, verso la luce, verso la vita.

Ellen è stesa su una coperta in cortile. Una donna, seduta dietro di lei, versa acqua sulle ferite e le dà da bere. I due giovani italiani sorreggono Joachim e l'aiutano a sedersi. Altri sono già pronti a occuparsi di loro. I due fanno per tornare nella casa perché, a quanto ha capito Joachim, hanno visto un uomo al piano rialzato, ma altri stanno già buttando giù la porta, che è chiusa dall'interno. Dietro la finestra, dove poche ore fa hanno cenato con Kollisander, infuria l'incendio. Per un istante Joachim vede una sagoma robusta, poi sente un grido e si rende conto di una cosa che i giovani italiani non possono aver capito: che Kollisander preferisce finire arso vivo, piuttosto che esporsi allo scandalo.

«Joachim?» La voce di Ellen.

Lui si volta, le sorride, poi chiude gli occhi.

66

L'acqua è sonnolenta, si ravviva solo nei pochi istanti in cui viene scagliata contro le rocce dell'isola, altrimenti resta lì distesa, nera, morta. È morto anche lui? Morto come l'acqua? No, viene scagliato contro le rocce, e gli fa male ovunque. Si sveglia e vede il mondo come lo vedrebbe l'acqua: attraverso un velo. Poi ricade in un mare di fiacchezza. *Lasciatemi sparire,* pensa. *Lasciate che le duecentosei ossa e i novantamila chilometri di vasi sanguigni che compongono l'umano Joachim scompaiano per sempre.* Chi lo ricorderà? Chi avrà nostalgia di lui? I parenti? Sarà dura. I lettori? Sì, buonanotte. «Avanti», mormora in un breve istante di veglia. «Avanti, Signore, gettami un'ultima volta contro lo scoglio che Tu chiami vita.» Ma Dio non l'ascolta, Joachim non muore. Sono passati giorni? Settimane? Si sveglia, ma in modo diverso dalle altre volte: ora non ha più voglia di riaddormentarsi. Si guarda intorno. Una grande stanza con un'ampia finestra. Leggere tendine bianche schermano il sole del pomeriggio. A intervalli regolari i vetri tremano con un rumore cristallino. È il treno che passa, gliel'ha spiegato un'infermiera in un nauseante momento di veglia, quando l'ha obbligato a bere. Si trova a Palermo, in una clinica che si chiama Villa Maria Eleonora, o giù di lì. Bel nome, bel posto per morire. Meglio di tanti altri. Starà bene sulla nota biografica delle future riedizioni, sotto la foto: *Nato la notte di Capodanno del 1966 a Onsevig (Lolland), morto nel 2015 a Palermo (Sicilia).* Dai margini della Danimarca a quelli dell'Europa.

Passi veloci in corridoio, mormorii preoccupati, ogni tanto una voce più alta e concitata, o un colpo di tosse. Joachim abbassa lo sguardo: fasciature e grossi cerotti. La parte più malconcia è la schiena: vesciche scoppiate, ferite aperte che lo costringono a stare steso su un fianco. Tutto ciò che non è coperto di bende è ricoperto di una pomata densa e appiccicosa. I polmoni sono ancora doloranti. Ma tutto sommato gli è andata bene. Questa è una delle poche cose che ha capito da una delle rare conversazioni col primario. In un inglese terrificante, il medico gli ha assicurato che in poco tempo riacquisterà la salute. Joachim gli ha chiesto di Ellen, ma il dottore è rimasto in silenzio un po' troppo a lungo. Poi, facendo a botte col lessico e la grammatica, gli ha spiegato a fatica che stanno facendo tutto il possibile per aiutare... *the woman from Denmark*. « Intossicazione da monossido di carbonio. Polmoni. Molto grave. »

Joachim si sente in colpa, anche se in un modo o nell'altro Ellen sapeva - o perlomeno sospettava - che fosse stato Kollisander a uccidere Louise. Non riesce a capacitarsene, perciò smette di arrovellarsi e pensa piuttosto a Helene. Gli manca, tanto che non sa se prova più dolore per la nostalgia di lei oppure per le lesioni dell'incendio. In ogni caso, soffre dentro e soffre fuori. Poi gli torna in mente *La donna segreta*. Il quadro è scampato alle fiamme? Joachim continua a rivivere la scena. Quando l'hanno portato giù per la scala, lui aveva il dipinto sottobraccio, ma da lì in poi non ricorda più niente, forse ha perso i sensi. Senza quell'opera, fatta con la pelle di Louise, non ci sarebbe più modo di dimostrare che è stato Kollisander a uccidere la donna. Perciò tutto sarebbe stato inutile. Continua a ricomparirgli davanti il volto di Helene. Bella, bella Helene. Tutta questa folle battaglia contro il mostro Kollisander serviva solo a salvarla dal carcere. Sarebbe insopportabile l'idea che la rinchiudessero ugualmente in cella per un crimine che non ha commesso. E riecco il senso di colpa: i medici stanno facendo di tutto pur di salvare Ellen, e lui riesce solo a pensare a Helene.

Entra un'infermiera, seguita da due uomini in divisa. « Polizia », dice la donna.

Hanno un'aria seria, col berretto d'ordinanza sottobraccio. L'infermiera esce, ma dopo un istante rientra con due sedie, che posa accanto al letto. Dà una sbrigativa lisciata al lenzuolo, come per renderlo più presentabile, poi se ne va e richiude la porta. I poliziotti sono più o meno coetanei di Joachim, hanno una rasatura perfetta e sono entrambi sposati, lo si capisce dagli anelli. Proprio qui, in questa stanza in una città sul mare, il Signore ha radunato un campione di maschi europei sulla quarantina. Ma non sono tutti uguali. Due sono belli, dritti come fusi, timorati di Dio, sicuramente padri di famiglia e compagnia bella. Il terzo, quello nel letto, continua a innamorarsi delle donne sbagliate, con tutte le sciagure che ne seguono. Uno dei poliziotti guarda l'orologio, si schiarisce la gola e borbotta qualcosa al collega, che forse ha un grado più elevato. Quest'ultimo si alza, nervoso, va ad aprire la porta e guarda in corridoio. Poco dopo entra un altro uomo, magro e dai capelli grigi, con lineamenti fini e un gessato che gli cade a pennello. Viene dritto verso Joachim e dice: « Sono Frans Villumsen, ambasciatore ». Pausa a effetto. « Sono venuto in aereo da Roma. Come sta? »

Joachim si stringe nelle spalle senza dire niente.

« Eravate all'ospedale pubblico », dice l'ambasciatore. « Vi abbiamo fatti trasferire qui, dove sono esperti in ustioni. Però adesso la polizia vorrebbe farle qualche domanda. Se la sente? »

« Sì », mormora Joachim. « E... grazie. »

L'ambasciatore Villumsen sembra sorpreso, poi fa un ampio sorriso, che per un istante ridà a Joachim la voglia di vivere. Forse la gratitudine è il suo nuovo propellente? Dopo tanti anni passati a pretenderla... Possibile che sia così semplice? Joachim sta ancora riflettendo sulla gratitudine, quando torna l'infermiera, con una terza sedia. L'ambasciatore danese le dice qualcosa in un italiano fluente, disinvolto.

Intanto compaiono le biro e i blocchi per appunti, e comincia l'interrogatorio. Villumsen fa da interprete, con scioltezza e nonchalance, come se stesse traducendo un'innocente chiacchierata sui migliori spaghettari di Trastevere, anziché di una questione di vita o di morte. I poliziotti sono perplessi e impiegano parecchio tempo a districarsi tra i vari travisamenti, solo per appurare l'identità di Joachim e il motivo della sua presenza - assieme a Ellen - in casa di Kollisander. Joachim tenta di dare una spiegazione quanto più semplice possibile, ma ogni suo sforzo viene vanificato dal fiume di domande e dalla disorganicità dei fatti stessi, senza contare che l'ambasciatore continua a interromperlo a metà di una frase e che i cellulari squillano di continuo. I poliziotti si danno il cambio:

uno resta nella stanza, l'altro va in corridoio a parlare ad alta voce al telefono e ad aprire e chiudere porte. Alla fine di ogni telefonata, si mettono a bisticciare tra loro. Oltretutto, ogni cosa va messa per iscritto, e ci vuole tempo. Ma piano piano comincia a ricomporsi il quadro generale, che risveglia anche l'interesse dell'ambasciatore. Quando finalmente la storia giunge al termine, anche Joachim può fare qualche domanda: « Avete trovato il quadro dipinto sulla pelle di Louise? Quello che dimostra che l'assassino è Kollisander? »

Villumsen traduce. I poliziotti sembrano sorpresi, scuotono la testa.

« Lei è sicuro che il dipinto sia uscito dalla casa incendiata? » gli chiede l'ambasciatore.

« Ce l'avevo sottobraccio, mentre mi portavano giù dalla scala », dice Joachim. « Ma da lì in poi non ricordo... »

Uno dei poliziotti scrive, l'altro prende il cellulare e fa una telefonata, anche stavolta parlando a lungo e a voce molto alta. Dopodiché dice qualcosa in italiano, che l'ambasciatore traduce: « L'hanno preso i lettighieri, lo tengono qui in clinica. Gli agenti vorrebbero contattare la polizia di Copenaghen, e io concordo con loro: in casi come questo, è normale avviare una collaborazione internazionale ». Continua a parlare, ma Joachim non lo ascolta, sente solo se stesso, in testa ha una voce che continua a dire: *È certo, finalmente. Helene non andrà in prigione. Non andrà in prigione.*

Poi, accorgendosi che Villumsen ha finito di parlare e se ne sta andando, lo richiama: « Signor ambasciatore... »

L'uomo si volta sulla soglia.

« Potrebbe dire a questi signori che vorrei parlare con Helene? »

L'infermiera lo accompagna lungo il corridoio. Joachim non vede l'ora di sentire di nuovo la voce di Helene, ma allo stesso tempo teme che lei non lo voglia più.

« Eh no, basta con questi pensieri », mormora tra sé.

L'infermiera si ferma e lo guarda. « Sì? »

Joachim annuisce, come per dirle: *Sì, accidenti, sì alla vita, a Helene, alla libertà di respirare e vedere la giustizia fare il suo corso.*

Ma evidentemente l'infermiera ha frainteso. Apre la porta accanto, che non è quella dell'ufficio del medico, dove c'è il telefono che lui ha chiesto di poter usare. Joachim si ferma sulla soglia. La tapparella è abbassata, ma lascia trapelare sottili strisce di sole. E lì nel letto, immobile, c'è Ellen.

« Prego », dice l'infermiera, facendogli cenno di entrare.

Controvoglia, Joachim avanza di un paio di passi. La porta si richiude alle sue spalle. Sono soli.

Ellen è una piccola sagoma nel letto accanto alla finestra, in posizione reclinata. « Mi odi? » gli chiede. La sua voce è più roca che mai.

Joachim si fa avanti fino a riuscire a vederla in faccia. Niente lesioni, ma ha un'aria stanca.

« Ho avuto lo stesso trattamento di Niki Lauda », dice Ellen.

« Niki Lauda? » Joachim guarda le fasciature che le coprono le braccia.

« Il pilota di Formula 1, quello cui hanno fatto il lavaggio polmonare dopo che la sua auto è andata a fuoco. »

Lui è ancora in piedi accanto al letto. È il caso di sedersi? Si fa un esame di coscienza. La odia? « Come facevi a sapere...? »

« Non ti va di sederti? Mi sento talmente sola... »

No, che non gli va. Vuole solo andarsene e sentire la voce di Helene, non quella di Ellen. Alla fine si siede lo stesso, ma resta in silenzio: è lei a doversi spiegare.

E infatti Ellen comincia: « Quando abbiamo cominciato gli studi all'accademia... »

« Tu e chi? »

« Kollisander. Cioè, in realtà si è iscritto un anno dopo di me. Ma comunque già allora aveva qualcosa di... perverso. »

« In che senso? »

Ellen si schiarisce la gola e a fatica prende fiato per parlare. « Quando ritraeva le modelle che posavano per noi, voleva fare cose che noialtri trovavamo spropositate. »

« Cioè? »

Ellen si stringe nelle spalle, ma il movimento le procura dolore, lo si capisce dalla smorfia. « Una volta ha dipinto un ritratto con l'urina e il sangue di una giovane modella. Ci sono state discussioni piuttosto accese.» S'interrompe per riflettere un istante. «Non gli bastava che l'arte *riproducesse* la realtà. Non doveva essere solo una metafora.»

«Ossia, come dovrebbe invece essere.»

«Poi arrivi tu, con la tua storia della ragazza scuoiata e del colore a colla animale...» Ellen si blocca. Per un lungo momento si sentono solo i rumori della piazza, piccioni, una coppia che bisticcia.

«Ma se sapevi che era lui...» dice Joachim. «Se lo sapevi, come mai mi hai portato qui?»

Ellen si gira dall'altra parte.

Joachim resta seduto immobile. La sua rabbia è sparita, lasciando solo compassione. Conosce benissimo la risposta, ma vorrebbe ugualmente sentirla. Perché?

«Ho sempre saputo che saresti tornato da me. E sapevo che a quel punto te ne saresti accorto subito.»

«Di cosa, Ellen?»

«Di quello che mi hai fatto.»

Joachim digita la lunga serie di cifre sull'antiquato telefono. È stato l'ambasciatore a fornirgli il numero, dicendogli che Helene attende una sua chiamata. Gli squilli sembrano durare un'eternità, poi tutt'a un tratto all'altro capo della linea qualcuno solleva la cornetta e una voce femminile gli dice, col fiato corto: «Joachim?»

«Helene?»

Respiri, tanto lontani eppure vicinissimi.

«Helene», ripete lui, con un nodo in gola.

«Stai piangendo? O è un disturbo nella linea?»

Joachim ride tra le lacrime. «Tutt'e due le cose... ma più che altro la prima.» E poi racconta, quasi senza sapere da dove cominciare.

Helene ha già avuto qualche spiegazione dalla polizia. Quando le hanno detto che Kollisander era stato alla ferriera, ha recuperato qualche brandello di memoria. Per esempio, si è ricordata della colluttazione, dopo la quale è salita a bordo del traghetto per Bornholm. Le è tornata in mente anche la fuga da Silkeborg. Ora sa che non ha mai avuto intenzione di abbandonare i figli, è scappata solo per avere il tempo di schiarirsi le idee e trovare il modo di portarli via da quella casa, da Edmund e Caroline. Ha fatto l'autostop, un camionista l'ha portata fino a Copenaghen, dove Helene ha trovato Louise... o, più precisamente, Louise ha trovato lei, e l'ha accolta. In quel momento Helene era ancora sotto shock, non voleva accettare la realtà, perciò la misera vita che Louise conduceva alla ferriera si adattava benissimo al suo stato emotivo. Doveva salvare i bambini, ma non sapeva come. Aveva paura di Edmund, di Caroline, di ciò che potevano fare, ma soprattutto voleva proteggere i figli, che all'epoca credeva frutto di un incesto.

«Credevi?» le chiede Joachim.

«Ci arrivo tra un momento», dice Helene. Poi prosegue. Quando Kollisander ha ucciso Louise, è fuggita, ma non poteva rivolgersi alla polizia, perché altrimenti Edmund l'avrebbe trovata. Così si è ritrovata di nuovo nell'incubo. Al momento di sbarcare a Bornholm, era ormai stremata, convinta di essere sul punto di morire, e ha perso i sensi. Quando si è risvegliata, il suo cervello le aveva finalmente dato pace, cancellando tutte le cose brutte, o perlomeno nascondendole molto bene, in modo che lei potesse continuare a vivere.

Ora è il turno di Joachim. Le parla del raccapricciante quadro che Kollisander ha dipinto sulla pelle strappata a Louise. Helene si mette a piangere e Joachim riesce a farla smettere solo quando le racconta che Kollisander è morto tra le fiamme. Segue un lungo silenzio. «Ci sei?» le chiede.

«Sì.»

«Dove ti trovi?»

«Al commissariato. Volevano sentire anche loro», dice Helene.

«Ci stanno ascoltando?»

«Adesso no, siamo soli. E ho un'altra cosa da raccontarti.»

67

Joachim guarda l'ingresso della caffetteria di Christiansø. È chiusa e buia, sui vetri c'è uno spesso strato di polvere. Sul marciapiede, le sedie sono impilate e legate da grosse catene, e il vento fa frusciare le foglie secche ammassate davanti alla porta. *Dalla calura siciliana all'autunno danese,* pensa, incamminandosi verso l'ingresso posteriore. La chiave di riserva è sotto il grosso vaso di rosmarino, dov'è sempre stata. La ripulisce dalla terra, la infila nella toppa ed entra. I tavoli sono coperti da tovaglie, con tanto di saliera e pepiera, e sul bancone ci sono i vassoi tondi coi calici da vino. Visto così, sembra che il locale stia per aprire. Soltanto la polvere e le mosche morte sui davanzali interni rivelano che è chiuso da parecchio tempo. Joachim resta immobile per un istante, a ripensare al giorno in cui è cambiato tutto, quando Edmund ha fatto irruzione nella caffetteria... anzi, nelle loro vite. Adesso è tornato a dedicarsi al lavoro, con più zelo che mai, e questa è l'ultima cosa che Helene gli ha raccontato di lui: non ha voluto parlare di nulla, si è chiuso in se stesso ed è andato avanti come se niente fosse, rifiutandosi di accettare il fatto che sua madre fosse finita in carcere per l'omicidio di un soldato americano, ossia il vero padre di Edmund. Caroline ha continuato a sostenere le sue bugie finché non è arrivato l'esito dell'analisi delle impronte digitali trovate sulla pistola che ha ucciso Henry. In circostanze normali, l'acqua le avrebbe cancellate nel giro di pochi mesi, al massimo un anno, ma la zona lacustre in cui è cresciuta Helene ha caratteristiche fuori del comune. Qui, l'acqua conserva la Storia. Uomini e donne sacrificati a divinità primitive migliaia di anni fa restano immutati in quella fanghiglia povera di ossigeno. E così anche le tre impronte della mano sinistra di Caroline: mignolo, anulare e indice.

Caroline ha sedotto Aksel, il padre di Helene, per avere ciò che le spettava di diritto. Sapeva di non poter ottenere nulla tramite un tribunale, quindi sperava in un matrimonio. Ma il vecchio Söderberg prendeva le sue precauzioni, non c'era modo d'incastrarlo, perciò Caroline ha trovato un soldato americano in viaggio e in cerca d'avventure, per servirsi di lui e restare incinta. Dopodiché ha sostenuto che il bambino fosse figlio di Aksel, per convincerlo a sposarla. Peccato che nel frattempo Henry si fosse innamorato di lei e non avesse la minima intenzione di farsi da parte. Oltretutto, sapeva benissimo che il bambino era suo. Quando ha scoperto che cosa stava combinando Caroline, l'ha minacciata di smascherarla. Era disperato, come capita a chi s'innamora. Ma Caroline non era disposta a rinunciare una seconda volta all'eredità. Una sera d'agosto ha preso la pistola di Henry e l'ha usata contro di lui. Ha sparato un solo colpo, e non ha nemmeno colpito organi vitali, ma Henry è caduto nel lago e si è dibattuto per quasi un minuto, mentre il suo sangue si mescolava a quelle acque millenarie. Quando finalmente è rimasto immobile sulla superficie, Caroline gli ha legato al piede l'ancora della barca, così come altri avevano fatto a suo padre, su ordine di Aksel. Ora, durante l'interrogatorio, ha dichiarato che non ha avuto l'impressione di uccidere il padre di suo figlio, ma di lottare per ciò che era suo. E che lei, come tutti gli altri, era disposta a far fare la stessa fine a chiunque le avesse sbarrato la strada. Ecco perché non ha provato il minimo imbarazzo nel pagare profumatamente un sicario che uccidesse Helene, il giorno in cui lei è andata a trovare Marius Flint allo Julsø Kro. La polizia l'ha cercato a lungo, gli inquirenti non hanno mai dubitato che prima o poi l'avrebbero acciuffato. Era uno degli addetti alla sicurezza interna della Söderberg Shipping, un ex poliziotto che, dopo l'espulsione dalle forze dell'ordine per avere accettato mazzette, era silenziosamente passato al settore privato. Del resto sono molti gli agenti che si riciclano come consulenti per la sicurezza, guardiani o segugi. Quest'uomo in particolare è stato assunto subito dopo la scomparsa di Helene. Edmund gli ha affidato mansioni di sorveglianza personale, dunque a stretto contatto con la famiglia. Così Caroline l'ha assoldato, sventolandogli una bella sommetta sotto il naso. Non è stato difficile, c'è gente che per soldi farebbe qualunque cosa. Ecco un bel titolo per la serie di eventi che Joachim ha vissuto nelle ultime settimane. C'è gente che per soldi – e per fama – farebbe qualunque cosa. Ma proprio qualunque.

Helene è andata a trovare Caroline in carcere. La vecchia ha fatto cose spaventose, ha commesso un omicidio e ha rovinato l'unico figlio col suo folle progetto di vendetta, ma Helene prova solo compassione. Anche per Edmund, certo. Si è rifiutato di far visita alla madre: per lui è un discorso chiuso, non vuole più parlarne. L'ha detto esplicitamente, una delle pochissime volte in cui Helene l'ha incontrato in ufficio. In una di quelle occasioni, lei ha firmato ventidue deleghe con le quali gli dà pieno potere sull'azienda. Tutto, pur di essere libera e portare i figli lontano da quella folle battaglia per il denaro e il potere. Edmund è rimasto del tutto indifferente: non ha provato sollievo nell'apprendere che i bambini non sono frutto d'incesto, né turbamento di fronte al fatto che sua madre avesse ucciso suo padre. Pensa solo ad ampliare la ditta, portando a termine l'acquisizione di quella compagnia di navigazione olandese, in modo da diventare il leader mondiale tra gli spedizionieri, passare di riunione in riunione col suo piccolo jet privato e appartenere all'élite del potere, quella che cena con ministri e capi di Stato stranieri.

Joachim prova una punta d'invidia. Non può competere con uno come Edmund. Non sa nemmeno svolgere un vero e proprio lavoro, è capace solo di scrivere per qualche ora al giorno, dopodiché perde la concentrazione e passa il resto del tempo a gingillarsi. Un giorno Helene si stancherà di lui? Le mancherà il brivido del potere?

« Eh no, fermi tutti », mormora tra sé. Esce a prendere la valigia e il borsone di generi alimentari che ha lasciato fuori della porta, poi attraversa le cucine, torna fuori dall'ingresso di servizio e sale la scala fino all'appartamento. Anche qui è tutto inalterato: una casa abbandonata in tutta fretta, senza prelevare nulla. Apre il frigorifero, che contiene solo un vasetto di capperi. Evidentemente Lina l'ha svuotato prima di partire dall'isola, ma le è sfuggito quell'unico barattolo. Joachim comincia piano piano a riempire i ripiani. Non aveva idea di che cosa occorresse, così ha comprato le cose che, per quel che può immaginare lui, piacciono ai bambini. Cioè dolciumi a vagonate: crema gianduia, tre tipi di marmellata, acqua aromatizzata alle fragole. Chissà le proteste di Helene! Poi fa un giro per le stanze, come per assicurarsi che ci sia ancora tutto. Sulla soglia del salotto si ferma per un istante, poi va a sedersi sul morbido divano, un po' a fatica: è ancora rigido e legnoso nei movimenti, a causa delle ustioni, ma anche quelle sono ormai in via di guarigione. Non avrebbe mai immaginato che la vista di un divano potesse dargli una gioia tanto profonda. Si sfiora una coscia ancora dolorante e si rialza. È un combattente ritornato a casa, reduce da una guerra d'amore. Un Ulisse. Sorride. È conciato da far paura, c'è solo da sperare che i bambini non si spaventino, quando lo vedranno. Helene l'ha avvisato: non se la passano bene, sono sconvolti e disorientati. Ma piano piano impareranno a conoscerlo, e lui a conoscere loro, il tempo non manca. E anche lui e Helene si conosceranno daccapo. Joachim si rende conto di essere cambiato, e dalle telefonate con Helene si è reso conto che anche lei ha vissuto esperienze che l'hanno trasformata. Ha anche un aspetto diverso, l'ha già avvertito: nuovo colore di capelli, nuovo taglio. Rideva, quando gli ha raccontato della seduta da «parrucchiere VIP» nel gabinetto del campeggio. A lui sembra ancora inconcepibile che siano davvero accadute tutte quelle cose.

Per terra c'è ancora la sacca, nel punto in cui l'ha lasciata cadere quando ha trovato il sottobicchiere col numero di telefono. La raccoglie e pensa a Louise, la donna segreta. Il prossimo romanzo sarà la sua storia. Ma lo scriverà? Se Helene rinuncia alla ricchezza e alla Söderberg Shipping per stare con lui, per avere una vita, per lui sarebbe un sacrificio da nulla rinunciare alla scrittura per lei. Ora lo sa. Forse è per questo che sente di poter ricominciare a scrivere: proprio perché non è poi così importante, anzi, è una cosa marginale. In ogni caso, lo studio verrà sgombrato per diventare la cameretta di Christian, e il bambino potrà partecipare alla scelta dei mobili e del colore da dare alle pareti, se vorrà. O magari non gli va. Boh? Si vedrà. Sofie, invece, avrà un letto nella camera di Joachim e Helene, almeno all'inizio. Poi, più in là... be', si vedrà, anche in questo caso.

Joachim guarda il mare, verso l'orizzonte. Stringe le palpebre e si china in avanti. Le nuvole si fanno da parte e lasciano passare il sole, che per un istante lo abbaglia e poi scompare dietro un'altra nube. A quel punto, appare alla vista un puntino che si avvicina. Il traghetto.

Il vecchio traghetto avanza controvento tra le onde. Helene stringe Sofie a sé e sente il calore del suo corpo. Continua a rivedere la scena dei suoi figli che vengono verso di lei al terminal degli arrivi dell'aeroporto, accompagnati da Katinka. La ragazza aveva ancora la stessa espressione scontrosa che Helene le aveva visto in faccia nei loro brevi incontri in scuderia. Non riesce ancora a capacitarsi del fatto che Edmund e Caroline abbiano affidato a questa giovane la responsabilità dei bambini. D'altro canto, nessuno dei due era in grado di occuparsi di loro. E in quel momento non ne era capace nemmeno Helene. Questa consapevolezza le è piovuta addosso mentre li attendeva all'aeroporto, e anche adesso, durante la traversata. Continua a ripetersi mentalmente: *Mai più*. All'inizio, Sofie non voleva mollare la mano di Katinka. La giovane stalliera le ha mormorato qualcosa all'orecchio e le ha dato una delicata spintarella per incoraggiarla. Solo allora la bimba si è avvicinata alla mamma e si è lasciata abbracciare. Piano piano, si è affidata a Helene. È ancora piccolina, con lei è più facile. Christian, invece, è rimasto a tre passi di distanza, con le mani affondate nelle tasche e una faccia imbronciata. È salito in auto senza protestare, ma non ha risposto neppure a una domanda. Anche adesso, se ne sta chiuso in se stesso e resta in disparte a guardare il mare, col vento nei capelli e le guance arrossate. Ha l'espressione di un adulto, un ometto che ne ha passate troppe. Helene lo guarda, preoccupata, ma cerca di convincersi che le cose miglioreranno. Il tempo è un gran dottore. Ora bisogna trovare nuovi ritmi e una nuova scuola. I bambini vedranno il papà durante le vacanze e per qualche weekend. Ventidue deleghe sull'azienda, in cambio dei suoi figli? L'affare più facile che Helene abbia mai concluso.

Appoggia la schiena al parapetto e fa un respiro profondo.

Si volta, guarda avanti a sé, poi strizza le palpebre. Christiansø. Ha sempre amato quegli scogli che sembrano sorgere dal mare, un'oasi in un deserto acqueo. Questa è la sua casa. È qui che lui l'aspetta. Ci sono ancora tante cose di cui non hanno parlato. Helene non sa quanta memoria recupererà, col passare del tempo. Ormai si è abituata ai barlumi di ricordi che riaffiorano all'improvviso, un po' per volta, come tessere di un puzzle che forse non sarà mai completo. Ma non è più tanto importante. Le cose che contano davvero, le sa già. Sa chi è, chi vuole essere, e sa che il suo futuro è qui, alla caffetteria di Christiansø, in quell'appartamento. È qui che deve mettere radici, circondarsi di persone che tirano fuori il meglio di lei e, a sua volta, tirare fuori il meglio da quelli che ama. Stranamente, la vita che ha vissuto quando l'amnesia era totale è quella che le sembra più autentica. Ed è a quella vita che vuole tornare. Resterà qui, con Joachim e coi bambini. E sa che Joachim desidera la stessa cosa. Addirittura si è offerto di sgomberare il suo studio per trasformarlo in una cameretta per Christian.

«La cameretta di Christian a Christiansø», le ha detto, sorridendo.

«Ma tu dove scriverai?» gli ha chiesto lei, perplessa.

Joachim ha riso. «Oh, dove capita. Si vedrà.»

E questa è stata la risposta a tutte le ansie di Helene. *Si vedrà*. Le ha parlato con una serenità mai sentita, che le alleggerisce il respiro e la rilassa. Joachim l'aspetta laggiù, su quell'isola che poco per volta si staglia sempre più nitida: tetti, formazioni rocciose... Helene indica la caffetteria al porto. E ora le tornano in mente tutte le mattine in cui si è svegliata e ha guardato il mare, sempre in attesa di veder arrivare sulle onde qualcosa che avrebbe cambiato tutto. Ebbene, ora sa che stava aspettando se stessa.

Claire Douglas

LA MIGLIORE AMICA

Una è scomparsa. Una ha un segreto.

Ogni cosa le ricordava la sua migliore amica. E il segreto che condividevano. Subito dopo la misteriosa scomparsa di Sophie, Francesca aveva capito di non poter più restare a Oldcliffe, la cittadina di mare dov'era nata e cresciuta, e si era trasferita a Londra per cominciare una nuova vita. Ma non è mai riuscita a dimenticare. Così, quando il fratello di Sophie la contatta per informarla che sono stati rinvenuti dei resti umani vicino al vecchio molo, proprio nel luogo in cui la ragazza era stata vista per l'ultima volta, Francesca vorrebbe solo nascondersi, essere lasciata in pace. Poi però cede alle insistenze dell'uomo, che chiede il suo aiuto per ricostruire cosa è veramente accaduto a Sophie quella sera di vent'anni prima. Non appena ritorna a Oldcliffe, tuttavia, Francesca ha l'impressione di essere costantemente seguita, forse spiata. E il sospetto diventa certezza nel momento in cui inizia a ricevere inquietanti messaggi anonimi e telefonate mute. Come se qualcuno sapesse tutto di lei e volesse impedirle di scoprire la verità. Una verità che le costerebbe molto caro. Perché potrebbe portare alla luce anche il segreto che Francesca e Sophie avevano giurato di custodire a ogni costo...

EDITRICE NORD

Michelle Frances

LA FIDANZATA

Lei ama tuo figlio. Lei vuole la tua vita.
Lei vuole essere te...

Laura sa di essere una madre iperprotettiva con suo figlio Daniel, un brillante neolaureato dal futuro luminoso. Così, quando Daniel le presenta la fidanzata, Cherry, lei si impone di essere gentile e invita la ragazza per qualche giorno di vacanza a Saint Tropez. Ma tutti i suoi buoni propositi vanno in frantumi quando Laura scopre che Cherry si fa riempire di regali e, soprattutto, ha mentito a Daniel riguardo alla sua vita e al suo lavoro. E poi c'è sempre quella sgradevolissima sensazione che Cherry nasconda un lato oscuro e che stia tramando per metterla in cattiva luce col figlio. No, Laura non può rimanere a guardare mentre una spregiudicata arrampicatrice sociale vuole rubargli Daniel. Deve agire. Ma sta per commettere un errore imperdonabile...

Cherry odia la sua vita. E adesso, finalmente, ha la possibilità di riscattare tutte le umiliazioni subite in passato grazie all'amore di Daniel. Peccato che fra lei e la felicità ci sia ancora un ultimo ostacolo: l'invadente, onnipresente Laura. Cherry è convinta che Laura la disprezzi e sia disposta a tutto pur di tenerla lontana da Daniel. E allora l'unica soluzione è screditarla, farla apparire come una madre paranoica agli occhi del suo stesso figlio. Sì, sarà proprio Daniel l'alleato più prezioso per rendere l'esistenza di Laura un inferno. E per conquistarsi così la vita da favola che lei ha sempre sognato...

EDITRICE NORD

Fotocomposizione Editype S.r.l.
Agrate Brianza (MB)

Finito di stampare
nel mese di giugno 2017
per conto della Casa Editrice Nord s.u.r.l.
da Elcograf S.p.A.
Stabilimento di Cles (TN)
Printed in Italy